T0275053

Solo vive quien muere

Salvador Gutiérrez Solís

Solo vive quien muere

NOVELA

𝄞

ALMUZARA

© Salvador Gutiérrez Solís, 2022
© Editorial Almuzara, s.l., 2022

Primera edición: octubre de 2022

Autor representado por Silvia Bastos, S.L. Agencia literaria

Editorial Almuzara • Colección Tapa negra
Director editorial: Antonio Cuesta
Edición de Javier Ortega
Diseño y maquetación de Manuel Montero

www.editorialalmuzara.com
pedidos@almuzaralibros.com - info@almuzaralibros.com
@AlmuzaraLibros

Editorial Almuzara
Parque Logístico de Córdoba. Ctra. Palma del Río, km 4
C/8, Nave L2, nº 3. 14005 - Córdoba

Imprime: Romanyà Valls
ISBN: 978-84-11311-30-4
Depósito Legal: CO-1467-2022
Hecho e impreso en España - *Made and printed in Spain*

Por los que se fueron, por los que siguen
estando, por todo lo que nos queda por
vivir y seguir sintiendo.

A la memoria de Isaías.

Vestido para morir, el sensual balanceo comenzó,
con mis rojas venas repletas de monedas

Dylan Thomas

Ha venido una extraña, a compartir mi espacio en la casa.

Miércoles, 29 de abril de 2020. 7:08 h

Jesús acaba de pasar del enfado al miedo, en apenas un segundo.

Los vecinos del piso contiguo, un matrimonio de unos setenta años, canosos y simpáticos, desaparecieron hace unos días, una semana tal vez. Jesús, en un principio, dio por hecho que se habían marchado a una casa que tienen en el campo, desconoce exactamente dónde. Es lo poco que sabe de esta pareja, que se mudaron al piso de al lado hace algo más de seis meses, y con la que no ha mantenido apenas relación. No conoce Jesús sus nombres; tampoco si tienen hijos o de dónde proceden, ni tampoco sus profesiones cuando estuvieron en activo. Los lunes y los viernes, sobre todo, Jesús los solía encontrar en la puerta del ascensor, trayendo y llevando bolsas, maletas y cajas de fruta y verdura, que previamente habían cargado en el coche, un Toyota gris, que aparcan en el garaje comunitario.

Desde mediados de marzo, tal vez lo tenían en la casa del campo y decidieron traerlo, los acompaña Lucas, un terrier canela de movimientos eléctricos. No le costó deducir a Jesús que mantienen una estrecha relación con el perro. Y no solo por los paseos que contempla desde la ventana, sino también por lo que ha escuchado a través de los delgados tabiques de su vivienda. Con Lucas, con el perro, comparten todo tipo de conversaciones, como si se tratara de un hijo: «¿Lucas, tienes hambre?, ¿quieres un paseíto?, ¿estás cansado?, ¿quieres ver la televisión?». Le preguntan y el perro ladra, en ocasiones, a modo de respuesta.

11

No es la primera vez que sucede, ya van unas cuantas. La primera vez tuvo lugar una semana después de que se mudaran, a finales de octubre de 2019. Como en otras ocasiones, se han dejado el despertador conectado y, como el dormitorio de Jesús comparte un tabique con el de la pareja, han conseguido que se hayan borrado sus fines de semana, especialmente el domingo. Todos los días, desde que desaparecieron, a las 7 y 8 de la mañana comienza a sonar el despertador, durante toda una hora. Toda una larga hora, todos los días de la semana. Y aunque todavía se mantiene el confinamiento decretado por el Gobierno, a través del estado de alarma, como consecuencia de la pandemia mundial provocada por el COVID-19, a Jesús le gusta respetar los horarios de siempre, tal si la peluquería estuviera abierta.

Para desgracia de Jesús, es un pitido agudo y constante, muy desagradable, que se le mete dentro de la cabeza y le impide seguir durmiendo, incluso permanecer en la cama. Un sonido amplificado en el silencio de los largos y monótonos días del confinamiento. Un lunes o jueves, Jesús sobrelleva este constante pitido, ya que casi coincide con su propia alarma, pero los sábados y los domingos, especialmente, le resulta insufrible. Por eso, días después, seis después de que viera a la canosa pareja por última vez, Jesús llamó a su puerta, pero nadie respondió. Dio Jesús por supuesto que se habían marchado a su casa del campo. En ese preciso momento, recordó que fue a finales de febrero la última vez que los tuvo que advertir por un descuido similar, no tan temprano, a las 7:50 de la mañana, pero igualmente molesto. Y en aquella ocasión no fueron tantos los días soportando el agudo e insoportable pitido.

Esa última vez, previa al confinamiento, Jesús los abordó tras encontrarlos en el garaje, descargando paquetes, frutas y verduras del maletero de su coche. Como en las anteriores ocasiones, se volvieron a disculpar y volvieron a contarle la misma historia, la de que «Las cabezas ya no están como antes», «Se nos ha ido el santo al cielo», «Nos liamos con los botones» y demás excusas similares. Ese mismo día, justo antes de regresar al trabajo, la pareja llamó al timbre de su vivienda, para regalarle una caja con calabacines y tomates de su huerto en el campo, a modo de disculpa. Ecológicos, ecológicos, como dicen ahora, que estos no han visto ni una gota de nitrato, le advirtió él con orgullo. Pero esta misma mañana, cuando ha vuelto a sonar el despertador, Jesús se ha dado cuenta de algo que lo ha sobresaltado especialmente: Lucas, el perro, está en casa de los vecinos. Y durante toda la hora que ha durado el pitido no ha dejado de ladrar, muy nervioso, alterado, incluso angustiado.

Durante los últimos días, Jesús había percibido movimientos en el piso de los vecinos, pero creyó que se trataba de un robot aspiradora, un Roomba, chocando contra los rincones y las patas de los muebles en su recorrido. El que sea Lucas, el perro, como acaba de descubrir, lo cambia todo. Por un segundo, Jesús se teme lo peor.

Obviamente, lo primero que se le ha pasado por la cabeza ha sido esta terrible pandemia, y no le ha costado imaginarlos en la cama, inertes, con las caras empapadas, producto de los lametones de Lucas, el perro, en su inútil intento por despertarlos. La imaginación en ebullición, Jesús ha creído recordar cómo los escuchaba toser, a través del tabique, en los días previos a su desaparición.

Aunque sobrepasado por la situación, Jesús ha tratado de trazar un itinerario de actuación, como si pretendiera emular a su particular y especial vecina. Y así, en primer lugar, ha llamado a la puerta de la pareja, pero solo ha respondido Lucas, arañando la madera al otro lado y profiriendo algún ladrido tristón. Luego ha tratado de alertar al resto de vecinos y al administrador, buscando a alguien que tuviera un teléfono o contacto de la anciana pareja, pero no ha podido localizar a nadie que le pueda ayudar. El vecino de enfrente, por ejemplo, al que conoce desde hace muchos años, apenas oye y casi ha perdido la vista, muy mayor.

Aun así, Jesús tiene claro que no va a llamar a la policía, de momento. Considera que no se dan las suficientes circunstancias para hacerlo. Solo se trata de sospechas, de temores, seguramente infundados, que le costaría mucho trabajo poder explicar. Tampoco quiere molestar a Carmen Puerto, su «casera», con este asunto.

En el portal, mirando en los buzones, Jesús ha podido descubrir el nombre de los vecinos desaparecidos: Andrés Castro Montero y Teresa Sánchez Olmo. Ha copiado sus apellidos en una hoja, y luego los ha combinado para buscar un posible hijo. Jesús abre una antigua guía telefónica de Sevilla que aún conserva, pero no tarda en descartarla, por desfasada y porque tiene la sensación, por lo que recuerda de sus acentos de las pocas veces que han hablado, que tal vez no sean de Sevilla. Recurre a Internet. Muy comunes, ha encontrado en unos pocos minutos más de cien posibles candidatos. Comienza a marcar los números que va subrayando, al mismo tiempo que no deja de escuchar a Lucas, el perro, tras el tabique.

En las veinticinco primeras llamadas no obtiene resultado alguno. Sin embargo, en la veintiséis, para su sorpresa, una mujer llamada Ana responde y le dice que es su hija y que acaba de hablar con sus padres, precisamente, y que están en la casa del campo, «en perfecto estado». «No tiene de qué preocuparse», añade la mujer. Por unos minutos, Jesús se queda tranquilo, a pesar de la extrañeza que le supone el que no se hayan llevado al perro con ellos.

Desconfiado, no deja de darle vueltas al asunto, tanto que apenas ha probado bocado del almuerzo. Jesús marca de nuevo el teléfono de la mujer llamada Ana, que dice ser la hija de sus vecinos. «Me extraña mucho que sus padres no se hayan llevado a su perro», le dice nada más atender su llamada. Mis padres no tienen perro, responde la mujer. «Sí, claro que tienen, Lucas», insiste. Las palabras de Jesús cortan drásticamente la conversación, provocando un tenso silencio, que solo es vulnerado por la respiración grave y pesada que se escucha al otro lado de la línea telefónica.

Por fin, con extrema sequedad, como si la hubiera ofendido en lo más íntimo, la mujer que dice llamarse Ana le responde: «Si mis padres tuvieran un perro, le puedo asegurar que jamás lo hubieran llamado Lucas, jamás. Así se llamaba…». Jesús, muy nervioso, se queda en blanco, no sabe qué decir, por lo que decide finalizar la llamada, tan agobiado como falto de recursos.

Nada más concluir la conversación, Jesús vuelve a introducir «Castro Sánchez» en Google, y lo primero que le llama la atención es la multitud de referencias que encuentra sobre «Amalia Castro Sánchez». Y es que Amalia Castro ocupó un lugar muy destacado de los informativos hace tres años, en 2017, durante varias semanas, tras desaparecer sin dejar rastro. Protagonista de un secuestro o fuga, siendo aún menor de edad —diecisiete años—, su supuesto captor, y a la vez su profesor de Literatura, Lucas Matesanz, se suicidó lanzándose al río Guadiana, desde el Puente Internacional de Ayamonte, Huelva, cuando lo perseguían. Sospechoso del secuestro de Amalia, la guardia civil lo siguió desde Punta Umbría, una espectacular persecución, y viéndose acorralado en el puente que une España con Portugal, saltó al río. Puede leer Jesús que tres años después, el cuerpo de Lucas no ha aparecido, y lo mismo sucede con Amalia, prosigue en paradero desconocido. Todos los medios de comunicación, así como multitud de expertos, dieron y dan por fallecidos a Lucas y Amalia, dado el tiempo transcurrido desde el suceso.

Cuando Jesús contempla la fotografía de Lucas Matesanz es cuando recuerda con más nitidez el célebre caso que protagonizó, y del que los informativos se ocuparon ampliamente, durante varios días. De hecho, Matesanz se convirtió en la persona más conocida del país, de la mañana a la noche, como presunto responsable del secuestro de Amalia Castro, en aquel momento una jovencita de diecisiete años, así como de Rafael Moreno, el que fuera novio de la citada. Tras su fallecimiento, la mayoría de los medios especularon con la idea de que Amalia y Rafael fueron asesinados por Lucas, antes de acabar con su vida, lo que ha imposibilitado que se hayan podido encontrar los cadáveres. Algunos periodistas, como el caso del célebre Pedro Ginés, elucubraron con la posibilidad de que Amalia permanecería con vida, escondida en el lugar donde la mantenía secuestrada Lucas Matesanz, y que no falleció hasta un tiempo después de que él lo hiciera, y que tal vez Rafael corrió la misma suerte. Esto justificaría el que la policía, según detallaron algunos medios, siguiera investigando el secuestro de los chicos varios meses después de que Lucas Matesanz se lanzara al Guadiana, en su desembocadura en el Atlántico. Jesús no puede creer que sus vecinos sean los padres de esa chica, que protagonizó uno de los sucesos más relevantes del país en los últimos años.

Necesitado de respuestas, Jesús baja al garaje a comprobar si el coche del matrimonio desaparecido se encuentra allí aparcado. La plaza está vacía, lo que confirma la respuesta de Ana, su hija. Todo cuadra, menos Lucas. ¿De quién es ese perro con el nombre del supuesto secuestrador de su hija? ¿Quién le pondría a un perro ese nombre, después de haber vivido semejante tragedia? No piensa Jesús volver a llamar a Ana, la hija del matrimonio, tampoco a la policía, no sabe qué les podría contar, sin argumentos convincentes. Es una casualidad, quiere pensar.

Pasan las horas y Jesús sigue escuchando a Lucas, al otro lado de la puerta, gimoteando. Cada vez que trata de calmarlo, más se excita el animal, necesitado de salir a la calle, como todas los días a las 7 de la mañana, cuando suena el despertador. Mira Jesús hacia el fondo del largo y solitario pasillo, antes de hablarle al perro, tal y como escuchaba que hacían sus desaparecidos propietarios. Y durante unos segundos, consigue calmarlo, apaciguarlo.

Por la noche, apenas duerme Jesús. Cree escuchar permanentemente el gemido del perro y cuando, al fin, puede conciliar el sueño, una terrible pesadilla le hace despertar. Todo está oscuro, hay un hedor insoportable, mientras recorre la vivienda del matrimonio desaparecido. En la cocina, sobre una pequeña mesa de mármol, hay comida putrefacta, que está siendo devorada por una legión de gusanos. En el dormitorio, Jesús descubre los cadáveres del matrimonio, en avanzado estado de descomposición. Y también descubre que Lucas, el perro, se ha alimentado de los que fueron sus dueños. Lo sorprende tratando de retirar las últimas hebras de carne a lo que parece una tibia.

Un hombre que agoniza

Una respiración agónica, que se funde con el murmullo del agua, en su tránsito por el caño. Una legión de cangrejos exhiben sus desproporcionadas pinzas, como si fueran unos disciplinados y mecánicos robots. Un vehículo de color negro que aparca junto a la cancela, el perro apenas levanta un ojo, sumido en un profundo sueño.

Dos hombres, fornidos, vestidos de negro, completamente rapadas las cabezas, descienden en primer lugar y comprueban que no haya ningún obstáculo o peligro. Solo se encuentra en la vivienda el hombre que respira agónicamente.

—Listo.

Y un hombre sale del vehículo y se dirige a la vivienda. No tarda en llegar junto al hombre que agoniza, un hombre de pelo blanco, conectado por diferentes vías a goteros, oxígeno y control cardíaco.

—No me has dejado nada —dice el recién llegado.

Y el hombre que agoniza cierra los ojos.

A pesar de que Jesús despierta muy sobresaltado, demasiado real la pesadilla, Lucas parece muy calmado. Mira el reloj, las 6:58 de la mañana, decide quedarse en la cama hasta que vuelva a conectarse el despertador de los vecinos. «Diez minutos de paz», piensa Jesús, mirando al techo.

Como era previsible, el despertador comienza a emitir su insoportable y agudo pitido a las 7 y 8. Se escucha especialmente en esta mañana, porque tal vez esté siendo la más silenciosa desde que comenzó el confinamiento decretado por el Gobierno. Y de nuevo Lucas, muy alterado, como todas las mañanas, comienza a ladrar, reclamando poder salir a la calle, lo que reactiva la angustia de Jesús.

En esta ocasión, en vez de calmarlo a través de la puerta, se dirige Jesús a la terraza, compartida con los vecinos desaparecidos, tan solo separada por un frágil tabique de cristal, dividido en cuarterones. Llama a Lucas, colando su cabeza en la terraza de la otra vivienda, y el perro reacciona, tras una veloz carrera, apoyando sus patas delanteras en el cristal de la puerta de la cocina. Por lo que ve, el animal se encuentra en aparente buen estado, a pesar de la soledad y el prolongado enclaustramiento.

Con cuidado, sin apenas esfuerzo, ayuda también que uno de los cuarterones de cristal esté roto desde hace años. Jesús podría colarse sin ningún tipo de problema en la vivienda de los vecinos desaparecidos, a través de la terraza. «Si al menos la puerta de la cocina estuviera abierta —piensa Jesús—, podría proporcionarle comida y agua a Lucas, el perro».

A pesar de la respuesta que le ofreció su hija —la mujer que dice llamarse Ana—, no puede Jesús dejar de ver la imagen de la pareja que le ha mostrado la pesadilla de la pasada noche: en la cama, inmóviles, lamidos y casi devorados por el perro.

Tampoco puede dejar de pensar en el otro Lucas, el secuestrador, lanzándose al Guadiana antes que desvelar dónde tenía escondidos a Amalia Castro y Rafael Moreno. Dos imágenes tan virulentas y dramáticas que mantienen a Jesús en un constante nerviosismo, con trazos de ansiedad.

Vuelve a buscar más información sobre el secuestrador suicida. Contempla con detenimiento las abundantes fotografías que ha conseguido de Lucas y de Amalia y encuentra algo familiar, e inexplicable, en sus ojos. Especialmente en los de ella, como si no le fueran desconocidos. También le llama la atención que, desde que Lucas Matesanz se lanzara desde el puente que une España con Portugal al Guadiana, apenas ha podido encontrar más referencias, como si las investigaciones estuvieran estancadas, o hubieran dado el caso por cerrado, a pesar de la enorme repercusión que tuvo durante su momento.

Se acerca Jesús de nuevo a la puerta que da acceso a la vivienda de la pareja desaparecida y Lucas lo huele desde la distancia, propiciando que se altere. Suena, como un cañón en el silencioso pasillo, su teléfono. Lo llama Ana, la hija del matrimonio.

—No sé cuál es su intención haciéndome creer que mis padres tienen un perro con el nombre de Lucas —le suelta sin mediar saludo alguno.

—No tengo respuesta a su pregunta —dice Jesús, al tiempo que acerca su teléfono a la puerta—. Escuche, el que ladra es Lucas, el perro de sus padres.

La que dice llamarse Ana guarda silencio durante unos segundos.

—Si vuelve a llamarme, lo denunciaré —le advierte muy severamente, con un rencor repentino.

Fin de la conversación.

La dura advertencia de Ana no consigue que Jesús deje de escuchar todo el tiempo a Lucas, el perro. Lo oye gimotear al otro lado de la pared e imagina de nuevo al matrimonio, en la cama, putrefactos y devorados. Regresa de nuevo a la terraza, trata de calmarlo, hablándole a través de la puerta de cristal —como recuerda que hacían los vecinos—, y por unos segundos surte efecto, se tranquiliza. Vuelve a comprobar Jesús que apenas le costaría pasar a la terraza de los vecinos y comprobar si todo está en «orden».

Una idea empieza a circular por su cabeza, una vez llegado al punto en el que no está dispuesto a seguir escuchando el despertador todas las mañanas, a las 7 y 8, y a pasarse todo el día hablándole a Lucas, para consolarlo. Si ya es duro el confinamiento, la soledad, el no poder atender sus obligaciones como le gustaría, mucho más lo es escuchando el continuo lamento del animal. Pero requiere que llegue el momento adecuado, tal y como le señala el plan que ha ideado.

Noticia

SEVILLA

Hallan de nuevo un cadáver quemado, en esta ocasión en un vertedero próximo al estadio de la Cartuja[1]

- La Policía todavía no ha podido precisar si se trata de un hombre o de una mujer

- Una persona que buscaba chatarra lo encontró sobre las siete y media de la tarde

FERNANDO PÉREZ ÁVILA
05 junio, 2013 — 03:02 h

La Policía Nacional está investigando el hallazgo de un cadáver quemado en las inmediaciones del estadio de la Cartuja. El cuerpo se encontraba en un vertedero ubicado entre el estadio y los campos de *rugby* y de golf que hay próximos, en la zona norte del recinto. El cadáver está completamente carbonizado, por lo que no ha sido posible identificarlo. Ni siquiera se ha podido determinar si se trata de un hombre o de una mujer, según indicaron a este periódico fuentes policiales.

---

1 Modificación de una noticia aparecida en el *Diario de Sevilla*, el 5 de octubre de 2021, y firmada por el periodista Fernando Pérez Ávila.

El hallazgo se produjo sobre las siete y media de la tarde de este lunes. Una persona que estaba buscando chatarra en la zona encontró el cuerpo y avisó a la Policía Nacional. Un patrullero acudió a confirmar la veracidad del aviso y se activó entonces el protocolo habitual de cada vez que se encuentra un cadáver en la calle. Hasta el lugar de los hechos se desplazaron agentes del Grupo de Homicidios y de la Policía Científica, así como la comisión judicial, que ordenó el levantamiento del cuerpo pasadas las nueve de la noche.

Se desconoce también cuánto tiempo podía llevar el cadáver carbonizado en este lugar, ya que se trata de un sitio al que no es fácil acceder y no suele estar transitado. La zona sí suele ser frecuentada por personas que acuden a mantener encuentros sexuales. Una vez levantado, el cuerpo fue trasladado al Instituto de Medicina Legal de Sevilla, donde se le practicará la autopsia.

Esta prueba debe ser fundamental para la identificación del cuerpo, si bien es posible que no pueda extraerse ADN del mismo, al encontrarse carbonizado. En ese caso, tendría que ser identificado mediante otras técnicas, como el análisis dental. Este proceso puede prolongarse en el tiempo. Otra cuestión que debe aclararse es cómo se produjo la muerte. La Policía coteja ahora las denuncias por desaparición recientes para tratar de orientar la investigación.

De confirmarse que se trata de un homicidio, sería la quinta persona que muere a manos de otra en Sevilla en lo que va de año, tras el triple asesinato cometido en la capital a principios del mes de mayo, y que la Policía, según han informado, no relaciona con este reciente hallazgo, ya que no «repite el *modus operandi*».

Durante un instante, puede que no fuera más de un segundo, Carmen Puerto ha creído seguir estando dentro del sueño que protagonizaba, hasta que AC/DC lo ha finalizado con sus poderosas guitarras.

> *Back in black*
> *I hit the sack*
> *I've been too long I'm glad to be back.*

Carmen Puerto, en el sueño, en Las Vegas, de la mano de Alberto, caminaba por una solitaria calle, tras una loca noche de juego y sexo. De repente, un James Brown orondo, inflado y electrificado, más de tres metros de altura, desde la terraza de un edificio de ladrillo, reclamaba su atención.

—Hey, vosotros, ¿qué queréis que os cante? —les preguntó.

—Gloria —respondió Carmen sin dudar, sonriente y joven, agarrada de la mano de un arrebatador Alberto.

—¡¿Gloria, Gloria?, yo no tengo ninguna canción que se llame así! —Muy enfadado, gritaba el recauchutado y fluorescente James Brown antes de arrojarse al vacío.

Carmen y Alberto no podían creer lo que acababan de ver, se llevaban las manos a la cabeza, consternados. Pero el James Brown neumático tenía los pies enganchados a una gruesa goma que lo hizo rebotar y volver al lugar desde el que había saltado. Carmen y Alberto, aliviados, no podían dejar de reír. Contagiados, rieron tanto, tanto y durante tanto tiempo, que olvidaron que debían tomar un avión. En la alocada carrera hacia el aeropuerto comenzó a sonar la canción de AC/DC.

Un sueño agradable, si se compara con los sueños, las pesadillas, que se cuelan habitualmente en las noches de Carmen

Puerto. Muchas noches de fuego y cenizas, de cabezas envueltas en llamas.

El sueño, su recuerdo, modela una sonrisa placentera, disfrutona, en los labios de Carmen Puerto. Entiende perfectamente que haya soñado con Alberto, después de las horas que han pasado juntos. La segunda vez en el último mes, tras casi más de cuatro sin solicitar sus servicios, desde antes de que decretaran el estado de alarma. Demasiado tiempo.

El martes por la tarde Carmen le envió un correo electrónico a Alberto, a su cuenta personal, albertomts12@hotmail.com, desde la que siempre ha utilizado para contactar con él: carmenteve@gmail.com.

«Tengo que verte», tan escueta como directa.

«Mañana podría», no tardó en responder.

«Me parece perfecto».

«¿A las 9 o es demasiado temprano?», propuso él.

«Está bien, que más tarde es complicado», aceptó ella.

«Pues a las 9 nos vemos».

«A las 9».

Y Carmen Puerto lo primero que hizo fue calcular las horas que faltaban para volver a estar entre los brazos de Alberto: treinta y seis. Sin importarle las recomendaciones sanitarias, las distancias sociales y demás asuntos relacionados con la pandemia padecida durante las últimas semanas.

Desde el principio, Carmen Puerto ha dosificado sus encuentros con Alberto, como si fuera un tratamiento médico del que no se puede abusar, pero del que tampoco se puede prescindir. Con frecuencia, Carmen recupera un archivo en el que guarda todos los documentos que tiene de Alberto. Imágenes robadas en los diferentes encuentros, mayormente, o el anuncio en el que lo descubrió. Una fotografía desde las rodillas a la barbilla, vaqueros ajustados, torso cincelado, piel morena y brillante, una mano metida en un bolsillo del pantalón y otra en la nuca. «Chico joven, universitario, muy guapo, se ofrece como acompañante para mujeres y parejas. Abstenerse hombres». A continuación aparecía un número de teléfono móvil. Todavía no se explica Carmen cómo se atrevió a llamar, primero, y a concertar una cita con él, aquí mismo, en su refugio, en su mundo lejos del mundo, después. Está convencida Carmen de que el «abstenerse hombres» fue fundamental a la hora de tomar la decisión. Aunque también lo fue el cuerpo que contemplaba. En cualquier caso, ya han pasado más de diez años desde entonces. Alberto contaba con veinticuatro, Carmen acababa de cumplir los cuarenta y cuatro, y ni un solo día, desde que lo conoció, ha podido dejar de pensar en él. Ni un solo día ha dejado de recordar aquel primer encuentro que, en cierto modo, ha marcado su vida, su esta escondida y solitaria vida.

En aquella primera cita no le parecieron extrañas a Alberto, aunque sí exageradas, todas las indicaciones y precauciones de su nueva cita; tampoco le extrañó la hora, la una de la noche, frecuente en la mayoría de sus clientas. «Las mujeres no han perdido ese pudor que los hombres nunca han tenido», repite con frecuencia Alberto, cada vez que una clienta se sincera. Tras llamar veinte metros antes de la dirección indicada, calle Padre Pedro Ayala, y dejar que el teléfono sonase durante dos tonos, entró Alberto a la carrera en la casa y luego subió de puntillas la empinada escalera. En la oscuridad, tras la puerta repleta de cerrojos, encontró a una mujer madura y hermosa, de mediana estatura, de mirada firme y afilada, con una melena corta, entre cobriza y ceniza, a ras de los hombros. Una mujer de pocas palabras y gesto dominador que, sin embargo, estaba necesitada de muchas caricias y besos. No trasladaba a la cama esa soberbia que le intuyó en un principio, tampoco la brevedad y esa concreción que rozaba el silencio en sus conversaciones. Intensa, dulce, necesitada.

Alberto no sabe nada de la vida de Carmen Puerto, de su encierro, de a lo que se dedica, y pretende que siga siendo así. Una norma que ha cumplido con todas sus clientas. Tampoco ella cuenta con una información detallada de Alberto, a pesar de haber estado tentada en alguna ocasión de rastrear su correo, su teléfono, su pasado. Para Carmen, Alberto es ese breve espacio limpio de su vida, no contaminado, diferente, salvaje. Necesita que siga siendo así, alejado de todo lo que es su rutina.

Como en todas las anteriores citas, la policía dedicó varias horas a hidratar su piel, a maquillarse y peinarse, a pintarse los labios, a aplicar volumen a sus pestañas. Le gusta a Carmen recuperar esa parte de la mujer que fue cada cierto tiempo, aunque solo sea por unas horas.

En esta ocasión no ha podido preparar tan a conciencia el encuentro. La peluquería de Jesús permanece cerrada por el confinamiento decretado y tiene que ser sigiloso a la hora de dejarle la compra en el montacargas. Aun así, ayer pudo hacerle llegar unas cervezas y una botella de vino blanco —un verdejo seco—, además de lo acostumbrado en cada pedido: capuchino, tabaco, lápices, verduras, chocolate negro, ensaladas…

Hace años, siempre lo recordará Carmen, dos después de comenzar a verse, Alberto le confesó, aún desnudo en la cama, mientras fumaban y bebía cerveza, que lo había dejado, que había conocido a una chica, que iban a empezar a vivir juntos, que por suerte ya tenía un trabajo y que no necesitaba hacer «esto» para ganar dinero.

—¿Eso quiere decir que no vendrás más? —le preguntó Carmen, a punto de llorar, más herida de lo que el tono de su voz reflejaba.

—Si tú quieres que siga viniendo… —insinuó él.

—Claro que quiero que sigas viniendo —no dudó en decir Carmen, más sincera de lo que nunca había sido.

—Me gusta estar contigo —le dijo él.

Y ella se abalanzó sobre sus labios.

Aun así, Carmen sigue pagándole a Alberto sus servicios. Procura hacerlo de una manera discreta, sin que él se dé cuenta, sin pactar una cifra. En un descuido cuela trescientos, cuatrocientos, a veces quinientos euros, en uno de sus bolsillos. Cuando se vuelven a ver, Alberto no se lo reprocha, no le dice nada, vuelve a ser ese amante vigoroso y complaciente, dulce en gran medida, a pesar de la distancia y el tiempo.

—No me dejes nada en los bolsillos —le suele advertir.

—No te preocupes —suele responder la policía.

Las sábanas huelen a Alberto, una sensación reconfortante que tratará de mantener durante varios días. Por eso, esta mañana se siente bien en la cama, le cuesta abandonarla y entregarse a su rutina. A regañadientes, como si pactara con ella misma —en realidad lo está haciendo—, altera los horarios para seguir disfrutando de este momento. Hoy es un día especial, uno de esos días que es capaz de atreverse con cualquier cosa, con cualquiera, hasta con una de esas cosas que la mayor parte de los días ni se le pasaría por la cabeza.

No todos los días son iguales.

Directamente, se dirige al salón. En primer lugar, como corresponde, saluda a Karen, la reproducción del cuadro de Alex Katz. A diferencia de otras mañanas, hoy le dedica Carmen Puerto un buenos días eufórico, alegre, al que la plana imagen no responde. Seguidamente, conecta el ordenador y el enorme plasma que emplea como pantalla, en la pared de enfrente, antes de acceder a la cocina. Introduce una taza con agua en el microondas y programa un minuto en el temporizador. Durante la espera se deja acariciar por los rayos de sol que se cuelan a través de los cristales esmerilados. Llegan amansados a su rostro, a sus mejillas, que los reciben como un cálido y agradable cosquilleo. Un instante de calma.

—¿Y si pudiera? —se pregunta en voz alta.

—¿Tú crees que puedo? —le pregunta a Karen.

—¿Puedo?

Como siempre, le gusta que el primer trago de capuchino le queme en los labios, es un placer cotidiano. Aferrada a sus costumbres, que le reportan tranquilidad, seguridad, el primer cigarrillo apenas lo prensa, necesita no sentir resistencia cuando lo lleva a sus labios. Se encuentra tan cómoda, tan feliz y relajada que una idea empieza a crecer en su cabeza. Al principio, se asusta solo de pensarlo, pero unos minutos después comienza a entenderla como una real posibilidad.

—¿Por qué no? —se pregunta tras encender el cigarrillo.

Rafa

Apenas recuerda un leve pinchazo. Perder el conocimiento, en un sueño difuso.

Despierta en un garaje, pequeño, atestado de herramientas y estanterías metálicas con latas de pintura, cajas y útiles de limpieza en sus baldas. Es un lugar desconocido. Aunque su bicicleta esté a un par de metros. Ahora también recuerda que estaba sobre la bicicleta.

No puede mover ni un solo músculo de su cuerpo, pero aun así siente las bridas que lo mantienen fijado a una silla por los antebrazos y los tobillos.

—Y ahora tú y yo vamos a ajustar cuentas, colega —le dice una voz que le es conocida, a su espalda.

El día de ayer transcurrió muy lentamente para Jesús. Para su tranquilidad, pudo dedicar buena parte de la tarde a comprar en el supermercado y a atender las demandas de su «casera». Cuidar, atender a los demás sigue siendo una parte esencial de su vida. Le llamó la atención que incluyese vino y cerveza en la lista.

Con disimulo, cada cuatro o cinco días, se cuela en su peluquería y finge que la limpia. Por el momento, ha pasado desapercibido, nadie se ha percatado de estas visitas. Como siempre, nada más abrir el montacargas se encontró con nuevo pedido, escrito a mano en una hoja de papel. Por lo solicitado, verduras, tabaco, capuchino y tarros de legumbres, sabe que se encuentra bien, en calma, que no transita por una de sus etapas de gran excitación y actividad. Son demasiados años juntos, atendiéndola, para saber en qué punto se encuentra.

Jesús está en la terraza de su vivienda. Mira hacia abajo, hacia la calle, aunque no es demasiada altura sí la suficiente para lastimarse, o algo más grave. Según ha planeado, este es el momento adecuado para llevar a cabo su plan, coincidiendo con el inicio del insoportable pitido del despertador. Quiere camuflar sus posibles ruidos con el que escucha todas las mañanas a las 7 y 8. Puntual, cuando el despertador comienza a sonar, Jesús se desplaza hacia la terraza de sus vecinos, agarrándose a los barrotes. En el último momento, mira hacia abajo y extrema las precauciones. Esa imagen le traslada nuevamente a Lucas, el supuesto secuestrador, cayendo sobre el Guadiana, desde el puente que une España con Portugal.

Por suerte para Jesús, tal y como había previsto, apenas tarda cinco segundos en acceder a la casa de los vecinos. Y como también había previsto, no obstante, la vivienda del matrimonio desaparecido debe ser similar a la suya, la puerta de la cocina está abierta. Lucas comienza a lamer eufórico a Jesús, que se siente abrumado por tal avalancha de afecto animal.

Junto a un Lucas radiante de felicidad, Jesús recorre la vivienda de los vecinos desaparecidos. Afortunadamente para él, no se cumplen sus peores presagios, y no encuentra al anciano matrimonio tal y como ha contemplado en las pesadillas de las pasadas noches: inertes, sobre su cama, semidevorados por el perro. Tampoco los encuentra en ninguna habitación: el piso está completamente vacío.

En su recorrido, la vivienda huele a humedad, lo que realza su estética setentona, Jesús descubre sobre una cómoda una fotografía de Amalia, la hija, tomada en una playa. Feliz, sonríe a la cámara con una copa, enorme y exótica, en la mano. Junto a la fotografía, encuentra una carpeta que está rotulada con «Lucas Matesanz». Al abrirla, lo primero que Jesús contempla es su certificado de defunción, aparentemente falso por su apariencia «artesanal», en el que se concreta la fecha de su fallecimiento: 1 de mayo de 2017, a las 7:08 de la mañana. Suspira Jesús sobrecogido al leer esto. Hoy también es 1 de mayo, y son las 7:08.

Está Jesús a punto de abandonar la vivienda, cuando se da cuenta de que no ha desconectado el despertador —prosigue el pitido— y que mañana volverá a despertarlo a las 7 y 8. Nada más hacerlo escucha el timbre de un teléfono fijo, que jamás antes había escuchado, tal vez silenciado por el estruendoso y constante pitido. Durante unos segundos, Jesús se piensa la conveniencia de responder. Finalmente lo hace, creyendo que puede encontrar información relativa a la pareja desaparecida. Una voz conocida, de mujer, la que dice llamarse Ana, la otra hija del matrimonio desaparecido, le habla:

—Lucas, por favor, no hagas tanto ruido, que te van a descubrir —le pide.

Cabeza redondeada

Lo primero que le llamó la atención es la forma de la cabeza, muy parecida a la suya: redondeada. También que se hubiera dejado una barba muy similar, tal vez un poco más larga, «pero eso tiene fácil solución», pensó. Un poco más bajo, no tardó en descubrir, una vez que se puso en pie y bajó del tren.

Ese mismo día descubrió también que vivía en un piso próximo a la estación, en un barrio normal, de muchas parejas jóvenes. Ciudades dormitorio las llaman.

Y a partir de entonces, no le costó conocer el relato de su vida.

No podría haber tenido más suerte.

«Lucas, por favor, no hagas tanto ruido, que te van a descubrir». Esas palabras no cesan de retumbar dentro de la cabeza de Jesús. Es lo último que escuchó antes de que un duro objeto impactase en su nuca. Casi una hora después, abre los ojos y lo primero que ve es a Lucas, enfrente, esperando a que despierte. El animal, nada más descubrir que abre los ojos, empieza a lamer sus tobillos, primero, su barbilla a continuación, tras apoyar sus patas delanteras en las rodillas. No puede impedirlo Jesús, que tiene las muñecas y los tobillos fijados a los reposabrazos y a las patas de la silla en la que está sentado. Tapada la boca con esparadrapo, tampoco puede pedir auxilio o decirle al perro que se retire. Pasados unos segundos, Lucas se aleja y Jesús puede escuchar el murmullo de una conversación, en la puerta que intuye a su espalda. Trata de girarse, pero está perfectamente anclado a la silla.

Con la escasa movilidad que tiene, Jesús examina el lugar en el que se encuentra: una especie de «habitación del pánico» de paredes acolchadas y estanterías con latas de comida, abundan las conservas de pescado y verduras, los briks de leche y las botellas de agua. En una esquina, encuentra un pequeño frigorífico, junto a una televisión, con la pantalla en negro. Una fotografía, de gran tamaño, de una mujer guapa y misteriosa, con el pelo cobrizo y peinado años sesenta que Jesús no conoce: la cantante Lana del Rey. Sobre una mesa de cristal, redonda y baja, puede ver su teléfono móvil.

Escucha pisadas que se acercan, lentamente. Lucas, el perro, mueve el rabo. Amalia Castro Sánchez, más mujer, ya no es la jovencita que fue secuestrada tres años atrás, y Lucas Matesanz García, aunque casi rapado al cero, sigue conservando una expresión infantil, se sitúan frente a Jesús. Lucas se inclina hasta casi rozar su nariz con la del apresado. Lo mira muy fijamente, como si pretendiera colarse en su interior, a través de sus ojos.

—Y ahora… ¿qué hacemos contigo, colega?

Jesús no puede dar crédito a lo que contempla, y por un instante siente como si se encontrara frente a dos fantasmas. Amalia cierra la puerta y Lucas toma asiento en un taburete, al tiempo que le quita a Jesús la cinta que le cubre la boca de un tirón. En otras circunstancias le escocerían los labios, pero en este momento el miedo es el anestésico más potente.

—No estáis muertos… —apenas puede decir Jesús.

Amalia y Lucas se miran, muy serios, preocupados, en completo silencio.

—¿Qué sabes de nosotros?

—El secuestro, la huida, el puente de Ayamonte… —enumera la información que encontró en sus búsquedas en Internet.

La respuesta de Jesús altera más a Amalia y a Lucas, que apenas lo disimulan. Contraen los labios, visiblemente disgustados y muy tensos. Con un gesto, Lucas le indica a Amalia que le acompañe. Abandonan la habitación y Lucas, el perro, otra vez comienza a lamer los tobillos a Jesús.

—Cómo he podido ser tan estúpido, por qué he tenido que decirles lo que sé; debo controlarme, no puede volver a suceder —se lamenta Jesús en silencio de su respuesta.

Lucas empina sus puntiagudas orejas cuando presiente que la pareja regresa a la habitación de paredes acolchadas.

—¿Por qué has venido, colega? —le pregunta Lucas nada más entrar.

Jesús, en esta ocasión, se piensa las palabras antes de responder:

—Por el perro, creía que estaba solo, y por los padres de ella, no sabía si les había sucedido algo. Y también por el despertador, no deja de sonar todas las mañanas.

—Ya te dije que lo del despertador no era una buena idea, mil veces te lo he dicho —le reprocha Amalia a Lucas.

—Te cagas lo que tengo que escuchar… Pues dime tú cómo nos íbamos a duchar o cómo íbamos a poder hablar con tu hermana sin que nos escucharan, dime, ¿cómo lo podríamos haber hecho? —reacciona Lucas.

Hay violencia en sus palabras, se mueve enérgicamente y deja a la vista lo que parece una pistola.

Jesús descubre el arma y un frío gélido, que lo congela interiormente, se adueña de todo su cuerpo. Se produce un tenso silencio, que se atreve a finalizar Jesús, a pesar del miedo que le embarga.

—De verdad, ha sido por tus padres, creí que les había sucedido algo. La pandemia está siendo muy mala con las personas mayores…

—¿Qué coño dices? —le pregunta de nuevo Lucas.

—Por favor, no me hagáis nada —les ruega muy nervioso.

—No sabes lo que nos pides, colega, nos ha costado demasiado llegar hasta aquí —dice Lucas, y Amalia cabecea, conforme. Hasta Lucas, el perro, parece estar de acuerdo.

—Todo el mundo os da por muertos, y yo no voy a contar nada —apenas puede decir Jesús.

Amalia y Lucas se miran en silencio y vuelven a abandonar la habitación. En esta ocasión, el perro va con ellos. A diferencia de la vez anterior, cierran la puerta, para evitar ser escuchados. Una circunstancia que altera sobremanera a Jesús. Con la escasa movilidad que le queda, rastrea con la mirada el espacio a la búsqueda de algo que le pueda ayudar.

Justo al lado de donde se encuentra el frigorífico, descubre Jesús varias pelucas, de diferentes tamaños y colores, colgando de la pared. También hay bigotes, barbas y patillas postizas. En la estantería hay tarros de tomates en conserva, con toda seguridad del huerto de los padres de Amalia, y latas de atún, cajas de cereales y de galletas, y botellas de aceite sin etiquetar. Vuelve a contemplar, desde la extrañeza, la fotografía de Lana del Rey. Y fija su mirada, de nuevo, en su teléfono móvil, que sigue en la pequeña mesa de cristal.

A pesar del terror que le invade, la visión del móvil le sugiere una idea. Tal vez su única posibilidad.

Escucha Jesús el sonido de la puerta, a su espalda, y los dos Lucas y Amalia se sitúan enfrente, como si fueran un tribunal que se dispone a examinarlo.

—No podrías haber llegado en peor momento, colega —dice Lucas.

—El peor —recalca Amalia.

—No entiendo cómo puedes seguir vivo... —dice Jesús lo primero que se le pasa por la cabeza, a modo de huida.

Lucas ríe sus palabras y busca con la mirada a Amalia. Viéndolos tan cerca, considera Jesús que los más de veinte años de diferencia existentes entre ellos apenas se perciben.

—Te lo voy a contar, colega, porque hoy es mi nuevo cumpleaños, tres añitos cumplo, y porque es tan increíble que no te lo vas a creer. Y como tampoco se lo vas a poder contar a nadie... —Le dedica Lucas a Jesús una mirada siniestra, antes de iniciar su relato—. Cuando me lancé al Guadiana, desde el puente de Ayamonte, viendo que no tenía escapatoria, tenía claro que iba a morir, aunque no lo hice con esa intención. Me costó horrores regresar a la superficie, no dejarme arrastrar por las ramas y mil cosas que llevaba la corriente, creí que no lo podría conseguir, y cuando lo hice me encontraba a cientos de metros de donde me había lanzado. Las mareas tienen su propio lenguaje, como me dijo Gustavo... Fue un auténtico milagro que coincidiera en el peor momento con el mayor experto en mareas... Gustavo pasaba por allí, en su moto acuática, y me salvó. En su puta moto de agua, colega, como un dios. Con el tiempo que ha pasado, todavía lo sigo recordando como un auténtico milagro. Un auténtico milagro, colega.

—Un auténtico milagro —repite Amalia, prendada por la narración de su pareja.

—Y como si alguien le señalara el camino, Gustavo recorrió un laberinto de caños y esteros, que te cagas, por el que nadie podría habernos seguido, nunca jamás. Nadie se conocía aquel laberinto como él —hay añoranza en las palabras de Lucas, que durante unos segundos guarda silencio—, son muchos los que se han perdido en ese lugar, muchos.

Jesús, aunque agarrotado por el miedo, no puede disimular la sorpresa que la confesión de Lucas le produce.

—Pasados unos días, fuimos a por Amalia. —Y Lucas agarra la mano de ella con tosca ternura, como si pretendiera rememorar ese momento.

—Pero ¿fue un secuestro? —interrumpe Jesús a Lucas.

—Que me secuestrara es lo mejor que me ha pasado en la vida —no duda en afirmar Amalia.

Por esos extraños mecanismos mentales que somos incapaces de controlar, diferentes imágenes, supuestamente inconexas, se cuelan en la cabeza de Jesús: escenas de la película de Pedro Almodóvar, *Átame*, protagonizada por Antonio Banderas y Victoria Abril, en la que cantan felices al final; una habitación a oscuras, solamente iluminada por una bombilla roja; la empinada escalera que conduce a la vivienda de su particular casera; una panorámica de la ciudad de Estocolmo. Imágenes que desaparecen cuando Jesús cree ver de nuevo la pistola, en la cintura de Lucas.

—Y ya creo que es mejor que no sepas nada más, colega —le dice Lucas, a modo de advertencia.

—¿Y los padres de Amalia? —pregunta Jesús, más por intentar establecer una proximidad con sus captores que por curiosidad.

—Donde mejor pueden estar —responde Amalia, enigmática.

—¿Cuánto tiempo he estado inconsciente, qué hora es? —pregunta Jesús.

—Casi una hora. Van a dar las ocho y media —responde Amalia.

—A las nueve he quedado con un cliente, si no aparezco me buscará. En veinte años nunca he faltado a una cita, nunca he dejado tirado a nadie —dice Jesús.

—¿Cliente? —pregunta Lucas, desconfiado.

—Sí, tengo una peluquería de caballeros.

—Ahora no hay peluquerías abiertas —reacciona Amalia y Lucas se acerca hasta Jesús, esperando su explicación.

—Atiendo a clientes... especiales, a puerta cerrada. Os aseguro que si no lo aviso no parará hasta encontrarme —insiste Jesús.

Lucas, el perro, parece entenderlo y entorna su cabecita nerviosa, como preocupado.

—Por lo que parece, solo nos va a traer problemas —dice Amalia, mirando a Jesús.

—Pues cuando tienes un problema, lo mejor es eliminarlo lo antes posible, de raíz —sentencia Lucas.

El corazón de Jesús es un bólido de carreras en la recta más interminable. Respira hondo antes de poder hablar:

—Dejadme que le envíe un mensaje y se acaba el problema —les suplica.

—No te enteras: el problema eres tú —le dice Lucas muy cerca, intimidándolo.

Amalia, en tanto, sitúa su cabeza a la altura de los ojos del apresado, lo examina, como si pretendiera leer en el interior de su cerebro.

—Lucas, tal vez deberíamos dejarle enviar el mensaje —dice.

—Yo a este tío no le voy a dejar un teléfono en las manos —niega.

—Que nos diga el número y el mensaje y nosotros lo escribimos —aconseja, y Lucas, el perro, bosteza.

—¿Estás segura?

—No tenemos nada que perder.

—Vale, pero a las 8:55, con el tiempo justo —accede Lucas.

De repente, se ilumina el teléfono de Jesús y comienza a sonar el tono de llamada, que no tarda en silenciar Amalia.

—¿Quién es Manolo Contreras? —pregunta Lucas por el nombre que aparece en la pantalla del teléfono.

—Un vecino.

—¿Y qué quiere?

—No sé, imagino que vaya a su casa a pelarlo.

Una vez finalizada, el tal Manolo Contreras repite en tres ocasiones más la llamada, obteniendo el mismo resultado.

—Qué pesado —protesta Lucas.

Cuenta con poco más de quince minutos para pensar en esa frase que es su única y última oportunidad. Vuelve a mirar su teléfono móvil, a menos de un metro, como el que contempla un madero en el naufragio.

Mientras transcurren los minutos, muy rápidos para Jesús, que trata de buscar y ordenar las palabras en su cabeza, Amalia juguetea con su colección de pelucas y el perro la observa moviendo el rabo, contento. Lucas, en tanto, entra y sale de la habitación, muy atareado. Cada vez que lo hace, pasa unos segundos mirando a Jesús fijamente a los ojos, consiguiendo que esté plenamente convencido de que tiene decidido matarle.

Esas miradas no le ayudan a pensar en el mensaje que les tiene que dictar. Tampoco las ataduras, que han adormecido sus pies y manos. Tampoco el gesto de tristeza que cree contemplar en Lucas, el perro.

—Venga, acabemos —dice Lucas.

—Dime la contraseña —le exige Amalia a Jesús, que se la dicta.

—¿Contacto?

—C P —responde.

—¿C P?

—Sí, las iniciales de Carlos Prado.

—Dime, ¿qué escribo?

—Imposible cita. El lunes te compenso con un café bien negro, te lo llevo en taxi —le dicta Jesús a Amalia.

—¿Y eso? —pregunta Lucas, extrañado.

—Siempre nos tomamos un café antes de atenderlo en la peluquería y siempre me está diciendo que me gusta muy claro. —A pesar del nerviosismo que le invade, Jesús se muestra convincente.

—¿Y lo del taxi, colega?

—Es una broma: va a todos sitios en taxi —responde Jesús con rapidez, las palabras salen de su boca tal y como las había memorizado.

—¿Lo envío o qué? —pregunta Amalia, con el móvil en la mano.

—Sí, venga.

Apenas dos minutos después, Jesús recibe un mensaje de respuesta de C P en su teléfono, que lee Amalia en voz alta: «OK».

—Yo ya he limpiado el piso, solo me queda esta habitación. Tenemos que irnos cuanto antes —dice Lucas.

—Recojo tres cosas y estoy lista —dice Amalia, con una bolsa roja de rafia en las manos.

—¿Os vais? —pregunta Jesús.

—Nosotros sí, tú te quedas aquí.

Lucas se coloca unos guantes de látex y abre el pequeño frigorífico. Busca y encuentra un botecito de cristal, del que extrae el líquido transparente que contiene ayudándose de una jeringuilla.

—¿Eso qué es, eso qué es? —pregunta Jesús, sacudido por el pánico.

—No te preocupes, colega, que no te va a doler.

Cuando Jesús ve cómo la aguja se dirige hacia su brazo comienza a gritar:

—¡El mensaje no se lo habéis enviado a un cliente, es una policía, que vive encima de mi peluquería, Carmen, yo le ayudo, ha resuelto algunos casos muy importantes!

—¿Cómo dices, Carmen qué? —pregunta Amalia, sorprendida.

—Lo que oyes, le habéis mandado un mensaje en clave y en menos de cinco minutos estará aquí —les advierte un Jesús desesperado.

—¿Carmen qué? —pregunta Lucas.

—Carmen Pérez —duda Jesús.

—Y dime algún caso que haya resuelto, así como muy famoso, según tú...

—El de las chicas que desaparecieron en Ayamonte —sin margen de maniobra, no se le ocurre ningún otro, responde.

—¿El de Ana Casaño y Sandra Peinado? —pregunta Lucas, muy serio.

Está Jesús a punto de responder cuando Lucas ladra muy alterado, al tiempo que corre en dirección hacia la salida.

—¿Qué pasa? —pregunta Amalia, mientras Lucas sigue al perro.

Nada más terminar de abandonar la habitación, escuchan golpes y gritos que proceden de la puerta de la vivienda. El teléfono de Jesús se ilumina al recibir una llamada. «C P» se puede leer en la pantalla.

Una historia de amor

2016. Amalia Castro Sánchez, de dieciséis años, y Lucas Matesanz García, de cuarenta y uno, estudiante de 4.º de ESO y profesor de Lengua y Literatura, respectivamente, del IES Juan Ramón Jiménez de Moguer, Huelva, mantienen una relación íntima desde el curso anterior, año 2015.

No fue algo repentino, fue sucediendo muy lentamente, día a día, clase a clase. Sus miradas se cruzaban y una corriente eléctrica, de alto voltaje, se les colaba dentro. Amor, esencial, primario, para Amalia, y mucho más que amor para Lucas, algo parecido al descubrimiento o a la redención. Un sentimiento superior (y diferente) para ambos, de íntima conexión, de encontrarse con un igual en un mundo de diferentes —y extraños—. Algo que tardaron en comprender, especialmente él. Algo que también sucedió lentamente.

Para Amalia conocer a Lucas no solo le supuso descubrir el amor, también dejar de ser esa chica invisible que creyó ser durante tantos años. Nunca fue una de las «populares» del barrio o del instituto, siempre estuvo a la sombra de otras chicas que sí despertaban la atención de los demás, especialmente de los chicos. Pero ella no. Con una cara normal —ella misma se califica como feúcha—, una estatura normal, pelo castaño, de un marrón oscuro, con *brackets* desde la infancia, Amalia nunca destacó por nada. A pesar de eso, desde muy niña sintió que ella era diferente a las demás, que en su interior había algo, inexplicable, que a ratos la asustaba, por simple desconocimiento, que la hacía dudar hasta de ella misma, en lo más profundo. Algo que la convertía en otra persona. Pensamientos que no podía controlar, que en nada coincidían con la persona que todos veían exteriormente. Pensamientos y deseos salvajes, violentos, irracionales.

Born to die. El día que descubrió a Lana del Rey pensó que algo mágico había sucedido en su vida. Un buen día. Una llamada, un encuentro, mucho más que un descubrimiento. Y se pasaba las horas viendo el videoclip, pensando que un día ella también podría ser como Lana del Rey, extraña y hermosa. Sensual y diferente. Un deslumbrante milagro en la oscuridad.

Lucas Matesanz llegó a Moguer en septiembre de 2014, tras pasar por diferentes institutos de Sevilla y Málaga. Durante los primeros meses, Lucas fue capaz de controlar al hombre que lleva dentro, y fue ese profesor pulcro, eficiente y cumplidor, poco hablador, distante a ratos, observador, que todos creían conocer. Alguien tan neutro como transparente. Durante esos meses tuvo controlado al Lucas que a veces escapa de su interior y que lo transforma en otra persona. O tal vez sea una liberación, y muestre al verdadero hombre que lleva dentro.

Él comenzó a darse cuenta de esto a los ocho años, cuando descubrió el fuego. La gata de su hermana Pilar tuvo una camada de cachorritos. Uno de ellos era casi de color rojo, eléctrico, al que llamó Cobre, por su color, y porque era como un chispazo, en sus movimientos. Pero Cobre no llegó a cumplir la segunda semana de vida. Sin previo aviso, sin mostrar ningún tipo de enfermedad o malestar, murió una noche. Pilar lo encontró a los pies de su cama, rígido, con espuma en la boca, con gesto de haber sufrido mucho en sus últimos minutos de vida. En la puerta del dormitorio, como si llevara allí un tiempo esperando, la observaba su hermano, entre curioso y sorprendido. Expectante ante el dolor. No hay un manual, no nos instruyen a reaccionar ante el dolor. Improvisamos, somos nosotros mismos.

Cuando estuvo solo, Lucas tomó al pequeño gato y se lo acercó a los ojos todo lo que pudo. Durante unos segundos lo estuvo examinando muy detenidamente. Sentir en sus manos el dolor del cachorro, en esos instantes finales, parecía proporcionarle una extraña y sucia felicidad, que su hermana descubrió desde el estremecimiento, horrorizada por lo que contemplaba, desde la distancia.

—¿Qué haces?

—Nada —respondió, antes de dejar al pequeño gato sobre el suelo.

En más de una ocasión, Lucas ha querido contarle a Amalia lo que sintió ese día que envenenó a Cobre y pudo percibir cómo se moría entre sus manos. Nunca ha tenido nadie cerca a la que poder contarle esos sentimientos, esa energía, que con frecuencia recorren su interior. De hecho, nunca podría haber imaginado Lucas que acabaría encontrando a una persona como Amalia, una compañera, lo más parecido a una semejante. Desde la infancia, tuvo claro que la suya habría de ser una vida solitaria, lejos de su familia —a la que renunció en cuanto pudo—, en permanente búsqueda y huida, tras ese algo, ese alguien, ese espacio o momento que le proporcione esa plenitud, esa electricidad, que tanto ansía. Una vida marcada por el fuego, como el que consumió al cadáver del pequeño Cobre en un descampado de las afueras de Valladolid, su ciudad hasta los veinte años.

Lucas, desde el principio, creyó descubrir algo distinto, conectividad, en Amalia, o así lo pretendió percibir cuando la vio tras el pupitre, con aquellos ojos de miel incrustados en los suyos. No lo pudo explicar, tampoco asimilar en los primeros momentos, solo sentía que había encontrado a alguien con quien le gustaba estar, desde la más absoluta normalidad.

Una historia de amor o la necesidad de subsistir en la inclemencia.

En ocasiones, cuando cierra los ojos vuelve a contemplar a Cobre, el pequeño gatito rojizo, muriendo entre sus manos. Antes de arder en el fuego.

El fuego.

Casi diez años después, Carmen Puerto va a hacer lo que nunca creería que volvería a hacer alguna vez, por propia iniciativa: salir a la calle.

Respiración honda, pulso acelerado.

«Puedo, puedo», se repite.

Desde que comenzó el estado de alarma por la pandemia originada por el COVID-19, ha sido una idea que ha estado rondando en su cabeza, y que ha coincidido con una etapa en la que se encuentra más estable, más segura, sin apenas crisis. Considera que es el momento, su momento, y aprovechar que las calles están desiertas, que las personas están confinadas en sus casas, para poder salir. Y volver a recorrer Sevilla como lo hizo hace veinte o veinticinco años, ya no lo recuerda con exactitud, cuando era joven, o así cree verse ella.

No ha sido una idea improvisada, ha ido creciendo en su interior y lo ha ido postergando a lo largo de los días, como si creyera que el periodo de encierro nunca iba a terminar. Hace dos semanas lo intentó, llegó a poner la mano en el pomo de la puerta de la calle. Llegó a girar la cerradura, pero cuando la luz del exterior empezó a colarse el miedo se apoderó de ella. Ese miedo que la mantiene retenida en su pequeño mundo de reproducciones de Alex Katz, capuchinos abrasadores, cigarrillos y marihuana, libros y películas, y un rato de sol cada día, en la azotea. Instalada en su rutina, la mayor excitación es comprobar cómo Jesús, cada mañana, abre la peluquería que regenta, ubicada justo debajo de su vivienda. Algo, precisamente, que no sucede desde hace semanas, como consecuencia del cese de la actividad comercial.

«Puedo, puedo».

Está convencida y va a hacerlo. Se cuela la menuda Carmen Puerto en un chándal negro, con rayas blancas en los laterales, muy ajustado. Y se calza una zapatillas de *running* azules, con los cordones blancos.

Va a hacerlo. Quiere hacerlo.

Está dispuesta.

Si quiere recorrer una Sevilla vacía, hoy, 1 de mayo, es el último día para poder hacerlo. Mañana entran en vigor las nuevas medidas de desconfinamiento, y desde las seis hasta las diez estará permitido salir a practicar deporte. En esto piensa Carmen Puerto mientras gira la llave, por fuera, de la puerta de su vivienda. Esto no le ha costado tanto, contemplar la empinada escalera que conduce a la calle, directamente, ya le impone mucho más. Vacilante, baja los primeros peldaños, con más decisión los intermedios. Los cinco últimos, los más cercanos a la salida, cree verlos cuesta arriba, y el esfuerzo es supremo. Cada paso va acompañado de un jadeo, un pinchazo en el estómago, una nueva opresión en el pecho. Pero va a hacerlo, tiene planeado hacerlo.

No quiere contar sus pulsaciones.

«Puedo, puedo», repite.

Quiere hacerlo. Tras varios intentos, consigue introducir la llave en la cerradura y comienza a girarla. Le opone muchísima más resistencia que cuando la abrió para que entrara Alberto la última vez. Es una comparación imposible que escapa de toda lógica. «Voy a hacerlo, puedo hacerlo», dice en voz baja.

A pesar de la hora, temprano aún, un sol denso y amarillento se cuela, deslumbrando a Carmen, tan acostumbrada a la oscuridad. Pone el primer pie en la calle, sacudida por un temblor que recorre todo su cuerpo. «Voy a hacerlo, voy a hacerlo», repite. Como si accediese a una nueva dimensión, como los primeros hombres que pisaron la Luna, así se siente la inspectora cuando sus dos pies pisan la acera, junto al naranjo que contempla desde la cámara del portal. Respira con fuerza, como si necesitara más aire del que sus pulmones son capaces de administrar.

«Venga, puedes, venga, venga».

Mira hacia un lado y otro, para comprobar que está sola, que nadie la observa. «Voy a hacerlo, voy a hacerlo», prosigue con su mantra. Le sorprende, por la novedad que le supone, ver la peluquería desde esta distancia y perspectiva. Puede imaginar a su inquilino en su interior, a Jesús, tijeras en mano, atendiendo a un cliente que está sentado en el aparatoso sillón.

Recorre unos metros, es una mañana de luz apocada a pesar de la fecha, no tarda en llegar a la avenida de Andalucía. Vuelve a ver, después de tanto tiempo, la antigua fábrica de la cerveza Cruzcampo.

—Están dejando en los huesos a Gambrinus —dice Carmen, nada más contemplar la imagen del célebre personaje, representado en la fachada principal de la instalación, como si Karen caminara a su lado.

«Puedo, puedo, coño».

Se dirige hacia Luis Montoto, la larguísima avenida que une Nervión con el centro de Sevilla. Nada más comenzar a recorrerla, descubre la Cruz del Campo, bajo su cúpula, y que recordaba más oscura, no tan blanca y reluciente como se muestra en la actualidad. «Lo estoy haciendo, lo estoy haciendo», repite mientras fotografía el monumento con su teléfono móvil.

Camina la policía junto al carril bici. Cada pocos metros se gira, y comprueba que no haya nadie alrededor. Donde una calle que se abre a la derecha, contempla la luz de un quiosco de prensa que acaba de encenderse. Puede ver a una mujer de pelo castaño, cubierta en la parte superior con una sudadera negra, que carga con un taco de periódicos. Aligera el paso Carmen Puerto, como si quisiera aprovechar que la quiosquera está de espaldas y no puede verla.

«Lo hago, lo hago, lo hago».

Si la memoria y el sentido de la ubicación no le fallan, Jesús, su inquilino de la planta baja, que regenta la peluquería, debe vivir muy cerca, en una calle que comienza justo donde finaliza la que ahora contempla, enfrente, al otro lado de la avenida. Por un instante, no puede evitar Carmen recordar a Luz Márquez, aquellos ojos siempre perfilados y el color de sus uñas, exagerados los tonos.

La presencia de un coche, un Toyota blanco, la altera, consiguiendo modificar su plan establecido de llegar hasta el centro de Sevilla en este su primer paseo tras varios años de confinamiento.

«Al final de la avenida, me doy la vuelta», se propone, mientras ve cómo el vehículo se aleja.

Al pasar junto al Corte Inglés, sin saber por qué, Carmen Puerto recuerda la Navidad, la decoración del establecimiento, sus célebres anuncios publicitarios. Y por un segundo recuerda a sus padres y a su hermana, con nitidez, como si acabara de verlos, y una sensación fugazmente cálida, fría a continuación, se cuela en su interior. Un tiempo que ya pasó.

—Entonces era Galerías Preciados —dice en voz alta.

No deja la policía de tomar fotografías de todo lo que ve y que, en gran medida, percibe como nuevo, o como extrañamente desconocido. Deja a su derecha Kansas City, la avenida que conduce a la estación de Santa Justa. Recuerda esos viajes en tren, dentro de una nube de humo, en el vagón de fumadores.

Aunque el semáforo está en rojo, Carmen continúa la marcha ante la ausencia de vehículos. En realidad no sabe qué la empuja a seguir avanzando, a seguir alejándose de la que ha sido su casa durante los últimos años. A pesar de que la angustia crece en su interior a cada metro, sigue caminando en dirección hacia el centro de Sevilla, como si alguien le estuviese señalando la dirección.

«Sigo, sigo, puedo, puedo», insiste.

—Trescientos metros más, solo trescientos más —dice en voz baja. Lamenta el no poder hablarle a la Karen que cuelga de la pared del salón. Del mismo modo que echa de menos no calmar su ansiedad preparándose un capuchino o liando unos cigarrillos. Fumar, le gustaría fumar.

Contempla, a lo lejos, la parte de acueducto que aún se conserva, y que anticipa el final de la avenida Luis Montoto. Necesita seguir registrando todo con la cámara de su *smartphone*, como si fuera la primera vez que lo ve, o como si temiera no volverlo a ver.

«Hasta la Casa de Pilatos», se autoconvence, y sigue caminando.

«Un nuevo reto. Puedo, puedo», y resopla.

A pesar de los temores, a pesar de la angustia que padece, y que en ella no deja de ser un estado al que está más que acostumbrada, disfruta a su manera de este paseo en una Sevilla desierta, y que en gran medida la traslada a épocas pasadas de su vida pasada, especialmente de su juventud. Sigue utilizando la cámara de su móvil para registrar buena parte de lo que encuentra a su paso, necesitada de conservar este momento que sigue considerando increíble, y que aún le sorprende que siga protagonizando.

Al pasar junto a la Casa de Pilatos, que sigue estando tal y como la recuerda, noble y vetusta al mismo tiempo, piensa que debería alargar un poco más el trayecto, hasta alcanzar donde durante años estuvo un bar al que siempre acudía en todos sus viajes a Sevilla, la Alcaicería. Planificar el nuevo destino, el nuevo objetivo, la traslada a una noche de viernes, no más de treinta años, cree recordar, en el que abandonó el local con la luz del día. No estaba sola, la acompañaba Ismael, un inspector de policía gaditano, pero con destino en Sevilla, con el que se citaba con relativa frecuencia. No fueron nunca una pareja estable, a pesar de las noches que compartieron. Busca Carmen Puerto en su memoria una imagen que le evoque a Ismael y no la encuentra. Cree recordarlo muy moreno, de hombros amplios, fuerte. Pelo encrespado, muy negro, de un rizo con la consistencia del alambre. Y muy divertido, lo recuerda muy divertido, y atrevido, siempre tenía una respuesta para todo, fuese cual fuese la situación.

Hablaba muy rápido.

Y cree recordar sus besos, su fuerza, sus manos en su cintura. Su olor, intenso pero agradable.

Ismael le sabía a mar.

Murió Ismael, en 2004, recuerda Carmen. Poco después de los atentados en la estación de Atocha. Un cáncer se lo llevó por delante, en muy poco tiempo. No fue capaz la policía de despedirse de Ismael. Prefiere recordarlo sonriente, moreno y con sabor a mar, como si lo acabara de ver.

La plaza de la Alfalfa, anticipo del final del recorrido, no se parece en nada a la que conoció en el pasado. Un parque infantil, con juegos de colorines, ha sustituido a aquel espacio tumultuoso, vibrante, en el que apenas podía andar sin tropezar con algún tenderete o vendedor. Hoy es un espacio embargado por el silencio, ordenado en su definición.

«Sigo, sigo, unos metros más», continúa Carmen con su particular oración.

Por el callejón de enfrente, esquina con Pérez Galdós, alcanzará su objetivo en apenas unos metros. Cree ver ya la apertura, donde vio a Ismael aquella noche, fumando, mientras la esperaba. No más de diez metros para alcanzar el objetivo, que hoy es un portón maltrecho y oscuro, de un marrón enterrado en negro y tiempo, que en nada representa al establecimiento que ella recuerda, siempre bullicioso, abarrotado, en donde tan buenos ratos pasó.

Carmen Puerto maldice en silencio lo que sus ojos le muestran, y a pesar de la ansiedad —menor de la que ella misma podría haber previsto, muy elevada para cualquier otra persona—, por un segundo piensa en continuar y llegar hasta la plaza Nueva, otro espacio muy transitado en sus frecuentes viajes a Sevilla. Un cambio de planes que acaba en menos de un segundo, cuando contempla cómo un chico, vestido con un chándal rojo, apenas visible el rostro por la mascarilla celeste que le cubre la nariz y la boca, comienza a aproximarse. Sin pensarlo, Carmen se da la vuelta y empieza a recorrer la calle en sentido contrario, en dirección a la plaza de la Alfalfa y en dirección, también, de su vivienda y que en este preciso momento siente muy lejana, muchísimo más lejana de lo que realmente está.

«Venga, venga». Ha transformado el ánimo por auxilio.

El corazón de Carmen Puerto comienza a latir acelerado, atropellado. En apenas tres segundos ha tenido tiempo suficiente para adjudicar varias identidades a ese rostro oculto por la mascarilla. Ahora sí empieza a padecer una ansiedad que tiende a dominarla. Una ansiedad elevada, asfixiante, violenta, incluso para ella.

—Joder —apenas puede maldecir.

Aunque acelera el ritmo, Carmen sigue escuchando las pisadas del desconocido que va tras ella. El miedo le impide girar la cabeza y comprobar la distancia que aún le separa.

«¿Por qué tenía que hacer esto?», se pregunta, y no obtiene respuesta.

«¿Por qué, coño, por qué?».

Acelera el paso cuando comienza a recorrer la calle Águilas, completamente vacía. Por una vez echa de menos las calles abarrotadas. Confía Carmen en la avenida, de nuevo Luis Montoto, seguro que allí se sentirá más a salvo, más protegida, pero aún le queda un trecho, ya que todavía no ha pasado por la Casa de Pilatos. Es un punto intermedio, que traza como un inminente objetivo que cumplir, que a buen seguro le transmitirá algo de la tranquilidad que ahora demanda.

Una tranquilidad terriblemente vulnerada por los pasos que sigue escuchando a su espalda, y que aceleran cuando ella lo hace, como si no quisiera perder la distancia que los separan. Piensa que tendría que haber salido con su arma reglamentaria, y no solo con este bolsito apretado a la cintura en el que guarda las llaves y una tarjeta de crédito. En realidad, Carmen Puerto piensa que no debería haber salido a la calle, que tendría que haberse negado ante un deseo tan temerario, para nada justificado. Piensa en todo esto, así como en la posible cara de la persona que la persigue, cuando nada más pasar junto a la iglesia de San Pancracio contempla, no más de diez metros adelante, la plaza en la que se encuentra la Casa de Pilatos. Con más calma, menos atropellada por las circunstancias, por el miedo, habría recordado las visitas de su madre al convento de San Pancracio en Córdoba, todos los martes. Siempre regresaba con palmeras y magdalenas, deliciosas, esponjosas, elaboradas por las monjas de clausura que ocupaban el edificio.

Pero hoy, ahora, en su cabeza no hay espacio para los recuerdos. Solo piensa en seguir adelante y no derrumbarse. Teme que el miedo, el pánico, se apodere de ella, como otras muchas veces, y sus piernas, sus brazos, todo su cuerpo, dejen de obedecerla. «Joder, ¿por qué he tenido que hacer esto?».

Nada más llegar a la plaza donde se encuentra la Casa de Pilatos, descubre una enorme pancarta, realizada sobre una sábana blanca que cuelga de dos balcones, en la que se puede leer: «Ánimo». Solo eso: «Ánimo».

Gracias a la soledad que reina, Carmen Puerto descubre asombrada que ya no escucha los pasos de la persona que la seguía detrás. Muy lentamente, sin dejar de caminar, mientras recorre la empedrada plaza, se gira buscando la confirmación de lo que le indican sus oídos. La persona vestida de rojo que la seguía detrás ha desaparecido. Calcula la inspectora que ha debido tomar la calle que se abre a la derecha, en la parte lateral de la Casa de Pilatos.

El descubrimiento le transmite una instantánea y placentera tranquilidad, que apenas dura un segundo, ya que nada más volver a mirar al frente se topa con una persona, oculto el rostro tras una mascarilla celeste y una gorra negra, que acierta a abrir el cierre de la pequeña mochila que lleva ajustada a la cintura. Carmen reacciona lanzando un puñetazo que impacta en quien trata de robarle. A continuación, le propina una patada en el tobillo que apenas consigue que se tambalee levemente. El agredido reacciona acercándose hasta la policía, los suyos son unos ojos marrones, muy grandes y redondos, bajo unas frondosas cejas, que solo pueden ser de un hombre. Trata Carmen de propinarle un nuevo puñetazo, pero el atacante actúa con rapidez, la detiene en su intento y la empuja con fuerza, seguidamente. Carmen cae sobre el suelo empedrado. Y cuando trata de reincorporarse solo tiene tiempo de ver cómo el asaltante se aleja, en dirección a Luis Montoto, con la pequeña mochila en las manos.

—Joder, joder, me ha quitado las llaves el hijo de puta y la tarjeta —se lamenta en voz alta, pero nadie, aparentemente, la escucha.

Trata de hacer lo posible por evitar no romper a llorar, pero no lo consigue. Demasiada la rabia que atesora.

Solo tiene su teléfono móvil. Con un 64 % de batería.

—Joder, joder, por qué me tenía que meter en este lío yo solita —se lamenta de nuevo y mira hacia adelante, apesadumbrada. Por un momento siente que su casa se encuentra demasiado lejos.

«Puedo, puedo», ya no repite.

CICATRIZ

Aunque Sofía está acostumbrada a contemplar la enorme cicatriz que se extiende a lo largo de la mejilla izquierda de su marido, ahora no puede dejar de mirarla, como si hubiera descubierto algo nuevo en ella. Alejandro, a su lado, con la vista perdida en la inmensidad del Atlántico que aparece al otro lado de la cristalera, está sumido en sus pensamientos. Sofía, encogida a su lado, sobre un sofá de tres plazas en tonalidades burdeos, acerca su mano derecha hasta su mejilla desfigurada y la acaricia con suavidad, con mimo. Cree imaginar en lo que está pensando su marido, y al mismo tiempo no le gustaría acertar.

—¿Por qué te gusta hacerme esto, amor? —pregunta Alejandro Jiménez sin apartar la vista del océano, que lo inunda todo como un universo azul verdoso infinito.

—Porque creo que te alivia —le responde, miente, sin dejar de acariciar la cicatriz.

—Te lo he dicho mil veces: ya no duele.

—Cuesta creer. Esa cicatriz no deja nunca de doler.

Veinticinco años después, Sofía y Alejandro siguen juntos. Y a pesar de que tras aquella fastuosa boda en Puerto Vallarta —a la que asistieron más de mil invitados— los momentos grises, negros, malos, malísimos, hasta terribles, han sido muchos, demasiados para la mayoría de las parejas, casi con toda seguridad, ellos se han acostumbrado a estar juntos. A pesar de todo. A pesar de los descubrimientos, de las certezas y de las ausencias. Y no es porque en el fondo se sigan queriendo, que a su manera tal vez lo sigan haciendo, tampoco es por guardar las apariencias, ni siquiera es por rutina. Tampoco es por interés, ya no lo necesitan. Es por resistencia, que es la gran cualidad sobre la que han cimentado sus vidas, tanto ella como él. Si son lo que son, si siguen juntos, es porque su capacidad de resistencia está fuera de toda duda. Porque, tanto como pareja como individualmente, son y han sido más fuertes que todas las inclemencias, trampas, situaciones y enemigos que han encontrado en el camino. Y no han sido pocos.

Una resistencia de cemento, de acero, de amianto, de golpes recibidos y golpes devueltos. Todos los golpes devueltos, aunque hayan costado años, sangre, dinero o amigos. Ni un golpe sin devolver. Esa es la teoría, la gran máxima, de su resistencia. Defenderse de cualquier manera, y atacar cuando llega el momento. Saber cuál es el momento. Esa intuición que no todos poseen. Escoger el momento adecuado para lanzar el mejor golpe. El golpe definitivo.

Hasta no hace tanto, que una grieta ha comenzado a abrirse en el cemento. Esa grieta que termina haciendo añicos el cristal. Devolver los golpes. No dejar uno solo sin respuesta.

Cuando Sofía Hernández conoció a Alejandro, no era aún el gran Alejandro Jiménez, el influyente hombre de negocios, que hoy todo el mundo conoce en México, así como en distintos puntos del mundo. Ya lo era por dentro, pero el poder y el dinero aún no habían llegado a su vida, no en la dimensión actual. No tardó. Con poco más de treinta años ya fundó la poderosa TAXACOL, su gran obra, en donde acogió a la mayoría de las empresas que había adquirido en los últimos años: constructoras, cadenas de hoteles, casinos, dos plazas de toros —una de ellas en Tijuana—, plantaciones de fruta y cereales, una cervecera —*La tostadita*—, una empresa de transporte o una marca deportiva, que viste a numerosos equipos de fútbol de su país. La mayoría de estos negocios surgieron para explicar, o justificar, sus otros negocios.

Cuando Alejandro Jiménez conoció a Sofía acababa de cumplir ella veintitrés años, mientras que él contaba con cinco más, veintiocho. Era una chica silenciosa pero pendiente, examinadora desde la distancia, inteligente por prudente, propietaria de unos bonitos ojos azules y de una piel nacarada, que te trasladaban a la Polonia de su abuela Alexandra. De ella heredó su piel, el sigilo de su madre —y ese esperar antes de responder lo primero que se te pase por la cabeza—, y de su padre heredó la constancia. Dueño de una imprenta, en la que imprimían varios periódicos, no faltó ni un solo día a su trabajo.

Físicamente, poco queda ya de aquella chica. La Sofía actual es una mujer de formas y curvas construidas en las mesas de los quirófanos, propietaria de un pelo platino exagerado y artificial, como si nunca hubiera tenido vida, y hasta su piel nacarada ha sucumbido a las sesiones de rayos UVA y las muchas horas en la tumbona, bajo el sol. Pero por dentro sigue siendo aquella chica que se aplicaba en no volver a pasar por las penurias que contempló en su casa. No fue hambre, tampoco otras carencias graves, fue una permanente y constante austeridad. Inseguridad. Incertidumbre. El no hacer nada extraordinario, el vivir siempre en el mismo barrio, ver los mismos vecinos, el apenas estrenar vestidos. No tener dinero, tener muy poco dinero. Y ese no tener dinero, Sofía lo relacionó desde el principio con la falta de libertad.

Alejandro, veinticinco años después, es prácticamente el mismo hombre que un día fue hasta las afueras de Hermosillo y obligó a Darío Grandona, el camionero que acabó con la vida de su madre veintidós años antes, a cortarse la mejilla izquierda, antes de arrastrarlo durante varios kilómetros, atado a su coche, hasta que murió. No lo hizo porque aquello sanara en parte la cicatriz que le cubre la práctica totalidad de la mejilla izquierda, lo hizo por reparar la equivocación de su padre, que acabó con la vida de otro hombre, creyendo que era el responsable de la muerte de su esposa y del accidente del entonces bebé Alejandro.

Pero ese Alejandro, violento, esencial, primitivo en gran medida, no es el Alejandro habitual que hoy todos conocen. Hombre de negocios, asiduo de los restaurantes y hoteles más caros y lujosos de México, amigo de ministros, políticos, obispos y hombres influyentes, a Alejandro no le gusta aparecer, mostrarse, prefiere mantenerse en la sombra. Es hombre de reservados, de ninguna entrevista, de silencio, hermetismo, de aguardar. Esperar su momento.

Una vez que Sofía entendió a Alejandro —un conocimiento que tiene mucho de admiración y también de comprensión—, han sido una pareja sólida y unida, sin apenas fricciones entre ellos. Sofía comprendió que existe una parte de Alejandro que siempre le será inaccesible, que le es imposible compartir con ella. Aunque lo quisiera, que no lo quiere. Esa parte en la que se transforma en otro hombre y transforma el poder en sometimiento, en mando, en violencia si es necesario. Solo una vez ha contemplado Sofía a ese hombre, pocos meses después de comenzar a estar juntos, todavía novios. A la salida de un restaurante en Guadalajara, Sofía se encontró con un viejo amigo de su padre con el que no acabó bien, por culpa de un negocio ruinoso. Ricardo, así se llamaba, acompañado de dos amigos, más jóvenes que él, quiso poner en entredicho a Sofía, mofarse de su padre, pero Alejandro no lo permitió. A pesar de la diferencia de edad —ese hombre llamado Ricardo debería tener unos cincuenta y cinco años en aquel momento—, Alejandro no dudó en patear su entrepierna, arrojarlo al suelo y golpearlo con saña en todas las partes de su cuerpo hasta que los dos amigos pudieron bloquearlo momentáneamente. Una vez liberado de los brazos que lo agarraban, desplegando una fuerza y, sobre todo, una rabia que Sofía nunca jamás podría haber imaginado, extrajo una pistola de la parte trasera de sus pantalones y les apuntó a la cabeza.

«Hijoputas, os mato como si nada, como si nada», les dijo.

Y no parecía estar fingiendo o exagerando, Alejandro los podría haber matado sin el menor esfuerzo.

Y no le habría importado hacerlo.

Después de los años de convivencia y conocimiento, cada día le cuesta más a Alejandro engañar a Sofía. Por eso, que ahora, en plena pandemia, se encuentren tan lejos de México, en Punta del Moral, Ayamonte, la última localidad de la provincia de Huelva, de Andalucía y de España, en la frontera con Portugal, contemplando este interminable y abrumador Atlántico, ella no lo puede entender como una casualidad. Es consciente Sofía de que no se encuentran en Punta del Moral por hacer algo diferente por su veinticinco aniversario; tampoco por terminar de decorar este lujoso apartamento que adquirieron en el verano de 2018, y que es la excusa que Alejandro esgrimió para justificar el viaje. Ni tan siquiera por consolidar el control de los negocios que Alejandro tiene en la zona. No. Por primera vez en su vida, en estos veinticinco años que llevan juntos, Sofía ha creído descubrir en Alejandro algo parecido al furor, al rencor más exacerbado, que es más que la rabia o la ira, más que el odio, aunque se alimente de él.

Por eso cree Sofía, ahora, mientras deja caer los pies sobre las piernas de su marido, mientras contemplan ese océano infinito, que en realidad Alejandro la ha traído hasta Punta del Moral, en Ayamonte, Huelva, tan cerca de la frontera con Portugal, porque necesita ajustar unas cuentas con su pasado, hacer algo que lleva esperando durante mucho tiempo y que ella ha comenzado a descubrir en los últimos meses. Porque ella misma, lo que es, en gran medida es resultado de ese pasado.

—¿Qué hacemos? —en parte acongojada, le pregunta Amalia a Lucas, frente a la puerta de la vivienda, que está siendo aporreada.

—Abrir —responde Lucas, muy seguro.

—¡Jesús, Jesús, ¿estás ahí?! —una voz de hombre grita al otro lado de la puerta.

Nada más escucharlo, Lucas vuelve sobre sus pasos y se dirige hacia la habitación secreta en la que se encuentra Jesús.

—¿Quién te busca?

—No lo sé —apenas puede decir, presa del miedo.

—¿Esto no tendrá nada que ver con el mensaje que hemos enviado? —le cuestiona Amalia, muy enojada y nerviosa.

—Ya te dije que no era una buena idea lo del mensaje —lamenta Lucas.

Jesús sigue la conversación desde su forzado asiento. El sudor, generado por el nerviosismo, ha conducido sus gafas de metal hasta la punta de la nariz.

—Está claro que no es tu Carmen quien está llamando a la puerta. ¿Me podrías decir de quién se trata? —le pregunta Lucas.

A Jesús le cuesta hablar, el miedo le tapona la garganta.

—Creo que es un vecino…

—¿Y qué quiere?

—No lo sé.

—No sabes nada, amigo, nada. Te cagas —bromea Lucas.

—¿Puede ser el que te llamó antes? —pregunta Amalia.

—No sé… —Fingir y el miedo no son compatibles, Jesús no resulta convincente.

—¡Jesús, te he visto pasar de una ventana a otra, ¿te ha pasado algo?, dime! —grita de nuevo el hombre que aporrea la puerta.

—Claro que es él —dice Lucas, contrariado.

—¿Qué hacemos? —pregunta Amalia.

Lucas le responde mirándola muy fijamente a los ojos. Toma la jeringuilla con la que extrajo el líquido transparente y aprieta el émbolo hasta hacer desaparecer el aire que contiene.

—Abre.

—¿Y qué hago?

—Dile que pase, que Jesús se ha hecho daño... —ordena Lucas, a la vez que cierra la puerta de la habitación secreta.

Lucas, el perro, ha optado por seguir a la pareja. Con un gesto, Lucas le indica a Amalia que abra la puerta, mientras que él se coloca a la derecha.

—¿Jesús, el peluquero, está aquí? —dice un hombre de mediana estatura y pelo canoso, de unos sesenta años, con voz fatigosa.

—Sí, sí, pase, se ha hecho un poco de daño al saltar de una casa a otra... —explica una creíble Amalia.

—Ya lo he visto, que vivo justo enfrente, y me he temido lo peor, ¿qué le ha pasado? —pregunta el recién llegado, con gesto temeroso.

—Poca cosa, poca cosa, pase y lo ve, que está ahí.

Lucas aguarda tras la puerta, con la jeringuilla en alto, preparada en su mano derecha. El perro lo observa, entre sorprendido y curioso. Nada más acceder al interior de la vivienda, todavía la puerta abierta, Lucas lo atrapa, rodeando su pecho con el brazo izquierdo, y con un certero movimiento clava la jeringuilla junto a su cuello, donde comienza el hombro. En menos de un segundo, todo el líquido transparente se cuela en el interior de su cuerpo.

—¿Qué pasa? —apenas puede decir el recién llegado, tras recibir un fuerte golpe en la nuca con una botella de vidrio negra, que sujeta Amalia con su mano derecha.

El hombre cae fulminado sobre el suelo, a los pies de la pareja. Lucas, el perro, comienza a lamer su cara.

—Este perro le chupa la cara a cualquiera —despotrica Amalia.

—No tenías que haberle pegado un golpe tan fuerte, coño, que en un minuto el paralizante le iba a hacer efecto —lamenta Lucas.

Mientras, encerrado en la «habitación del pánico», atado de pies y manos, y empapado en sudor, Jesús aguarda acontecimientos, superado por los nervios y la ansiedad. Es incapaz de dejar de llorar y un temblor interior se reproduce en su barbilla y nariz, como si se tratara de un tic incontrolable. Cree escuchar pasos que se acercan y el latido de su corazón se acelera considerablemente. Pasan varios segundos, a los que ha regresado el silencio, y cada nuevo que pasa la angustia crece más. Aunque apenas avanzan, Jesús tiene la sensación de que han transcurrido cinco o seis minutos desde que se quedó solo en la habitación, cuando apenas ha pasado uno. Por fin, la puerta se abre.

—Colega, colega, ¿qué podemos hacer contigo? —le pregunta Lucas, nada más entrar en la habitación.

Jesús, aunque no tuviera la boca tapada con cinta americana, sería incapaz de responder. Se limita a llorar y a mirar lastimosamente a la pareja. Lucas se acerca y le lame los tobillos de nuevo.

HONORÉ

—¿Sigues echando de menos a tus padres?

—La verdad es que sí.

—¿Te sigue doliendo?

—No sé si doler es la palabra.

—¿Y tener pareja, no lo echas de menos?

—Eso no tanto.

—¿Y a qué crees que se debe eso?

—La verdad es que no lo sabría explicar. No siento la necesidad…

—¿No te importa estar solo?

—En realidad, no estoy solo.

—¿Y eso?

—Tengo a Honoré.

—¿Quién es?

—Mi perro.

—¿Y ese nombre?

—Por Balzac, se llamaba así.

—Perro y trabajo, por lo que veo.

—Ojalá le pudiera enseñar Balzac a los chavales, pero no.

—¿Y eso?

—Porque creo que el plan de estudios, sobre todo el programa de lecturas, está mal diseñado, y no lo digo solo por Balzac.

—¿Te gustaría diseñar un plan de estudios?

—Claro, me encantaría.

—¿En qué lugar sitúas tu trabajo?

—Importante.

—¿Cuánto de importante?

—Muy importante.

—Desde luego, no lo disimulas.

—Creo que no.

—¿Te sientes acompañado por los libros?

—Por supuesto.

—Pero libros y otras personas no es incompatible.

—Claro que no.

—¿Entonces?

—Me encuentro bien.

—¿Seguro?

—Claro.

Carmen Puerto, tras evaluar durante unos minutos cómo proceder, se dispone a llamar a Jesús, el peluquero, que ocupa el bajo de su vivienda y que en los últimos años se ha convertido en su conexión con el mundo exterior, cuando descubre que acaba de recibir un mensaje del mismo.

«Imposible cita. El lunes te compenso con un café bien negro, te lo llevo en taxi», lee Carmen Puerto muy sorprendida, sin entender lo que ha escrito Jesús.

—Qué coño dice este —suspira.

Aunque muy extrañada, para ganar tiempo, se limita a responder «OK».

En cualquier otro momento, Carmen llamaría a Jesús al instante, pero el contenido del mensaje y en el contexto en el que le ha llegado la frena. Entiende que no hay coincidencia o casualidad entre ambas situaciones: un desconocido le ha robado la riñonera, con sus llaves dentro, y Jesús le envía un mensaje que inevitablemente esconde un aviso o advertencia. Son muchos los años de convivencia para saber que a la policía no le gusta el café negro, lo suyo es el capuchino, muy caliente, con doble de sacarina, así como que nunca ha necesitado un taxi en todo este tiempo, ya que nunca ha abandonado su vivienda.

—¿Qué coño estará pasando? —Y por un momento recuerda a su inamovible Karen.

Le gustaría tenerla cerca.

A continuación, piensa en Juan Santamaría, el abogado con el que ultimó todos los detalles de su vivienda, así como la selección de Jesús como ocupante del local de la planta de abajo. Comprueba que su número prosiga en la agenda de su teléfono. Juan S, no le cuesta encontrar, pero le responde el contestador, «apagado o fuera de cobertura». Se lo piensa diez segundos antes de acudir a Jaime Cuesta, el que fuera su compañero durante varios años y con el que sigue colaborando en la actualidad. Uno, dos, tres pitidos y no responde.

—Joder, ¿nadie coge el teléfono en el confinamiento? —maldice, mientras se aproxima a la avenida Luis Montoto.

Se da unos minutos para volver a tomar nuevas decisiones y efectuar otras llamadas. Si nadie le responde, llamará de nuevo a Juan Santamaría, y lo volverá a intentar con Jaime.

A esta hora, Luis Montoto es un desierto de silencio y cemento. Nadie camina por sus aceras y solo algún vehículo, que llama la atención por lo inusual, hace acto de presencia. Descubre Carmen, según avanza, los azulejos que señalan las estaciones penitenciales del Via Crucis y una imagen escondida en su memoria, en la que aparece ella siendo una niña, por un segundo la traslada a otro tiempo y a otro lugar.

Mira de nuevo el reloj de su teléfono móvil, pasan tres minutos de las nueve de la mañana. Por un instante, piensa que Julia Núñez también podría ser una buena opción, pero de momento la deja en la recámara. Por nada quiere sentir la sensación de que la pueda contemplar necesitada de ayuda y ella como la única persona que se la puede ofrecer.

Pasan cuatro minutos de las nueve de la mañana, y cuando pasa junto a la iglesia de San Benito, ya ha dejado atrás la cervecería que tantas veces frecuentó en el pasado —La Chicotá—, y como activada por un repentino impulso, Carmen marca el número de Jesús.

Nadie responde.

—Me manda un mensaje pero no atiende el teléfono, joder, joder. Y encima es 1 de mayo, un festivo en pleno confinamiento, vaya ojo he tenido para salir a la calle —se reprocha de nuevo la policía.

∞

A menos de trescientos metros, en el piso de los vecinos desaparecidos, Lucas y Amalia han visto y escuchado cómo sonaba el teléfono de Jesús, y han podido comprobar que se trataba de C P, el contacto al que le enviaron un mensaje con anterioridad. Nada más terminar de inmovilizar al vecino que se ha presentado en la vivienda, Lucas y Amalia se dirigen hacia donde se encuentra Jesús.

—Amigo, venga, dime, cuéntame cosas de esa amiga tuya, por favor, ¿cómo dijiste que se llamaba? —le pregunta Lucas, agachado, muy cerca.

—Carmen no sé qué —responde Amalia.

—Vamos a dejar que responda él —dice Lucas, al tiempo que despega la cinta americana que cubre su boca de un fuerte tirón—. Venga, querido y desconocido amigo, cuéntanos algo de esta Carmen no sé qué...

Jesús, muy asustado, reacciona mirando muy fijamente a los ojos de Lucas, y tomando aire, como si la cinta le hubiera impedido respirar mientras le cubría la boca.

—Carmen Pérez, sí, mi... vecina.

—¿Pérez?

—Dijiste que era policía, ¿no?

Jesús se lo piensa antes de responder, arrepentido del impulso anterior.

—Sí, policía.

—Y también dijiste, si no recuerdo mal —y Lucas se acerca aún más a Jesús, casi roza su nariz con la de él—, que había participado en la resolución de casos muy importantes, ¿no dijiste eso?

—A lo mejor exageré...

—Vaya, ahora resulta que nuestro amigo se pasó y ya su supervecina superpolicía no es tanto como nos dijo, te cagas —y mientras dice esto, Lucas se aproxima al frigorífico y coge con su mano izquierda un bisturí que hay en la parte superior.

—¿Qué vas a hacer? —apenas puede decir Jesús.

—Chica, ¿le digo lo que voy a hacer? —le pregunta Lucas a Amalia y ella no responde, se limita a sonreír malévolamente.

—¿El qué?

—Mira, amigo, voy a empezar por cortarte las orejas, primero la derecha y luego la izquierda. Pero muy lentamente, los lóbulos primero, y luego ya voy recortando, hasta que no te puedas volver a poner gafas en tu vida, colega… —Y Lucas acerca el bisturí hasta la nariz de Jesús.

—¿Qué quieres saber? —apenas puede decir Jesús, presa del pánico.

—¿No se llamará Carmen Puerto tu vecina, por casualidad? —Y Lucas recrea una sonrisa terrorífica.

El Puente Internacional

El 1 de mayo de 2017 todas las portadas de los periódicos españoles coincidieron en recurrir al Puente Internacional que une España con Portugal, atravesando el río Guadiana, a su paso por la localidad onubense de Ayamonte, para informar sobre la huida y desaparición (y posible fallecimiento) de Lucas Matesanz. Viéndose acorralado, la *guardinha* portuguesa ya había bloqueado su entrada en el país vecino y varios vehículos de la guardia civil lo perseguían apenas unos cientos de metros detrás, Lucas Matesanz detuvo el vehículo en el que circulaba, un Volvo V50 de color blanco, y sin pensárselo se lanzó al río. Apenas pasaban unos minutos de las siete de la mañana.

Varios fueron los testigos directos de este hecho. Como Manolo Rejano, un hombre de setenta años que esa mañana del 1 de mayo de 2017, como tantas otras mañanas, se encontraba junto a la base del puente, en el «lado» español, y vio cómo Lucas Matesanz caía al agua. Manolo Rejano, dos horas después, cuando le preguntó un agente de la guardia civil, respondió que no había visto que el hombre que se había lanzado al agua subiese a la superficie. Y lo mismo declaró Natalia Feu, que caminaba por las inmediaciones de la orilla, y también vio, y sobre todo escuchó —porque Lucas Matesanz acompañó su salto de un sonoro grito—, cómo un hombre era engullido por el Guadiana. Un hombre que no volvió a aparecer.

Lucas Matesanz, tras sufrir toda clase de golpes y cortes, provocados por la cantidad de maleza, ramas y demás objetos que transporta el río, cuando ya se creía muerto, pudo alcanzar la superficie, a más de cien metros de distancia de donde había caído, en dirección al Atlántico. En ese momento, tuvo un instante de lucidez, y recordó lo que le contó su padre, y que le había sucedido, en ese mismo río, muchos años atrás, pocos días antes de contraer matrimonio. Le dijo: «Un marinero me dijo que nadara siempre a favor de la corriente, que si iba a la contra moría seguro, y así me fui acercando a la orilla». Eso es lo que hizo Lucas Matesanz en ese momento, como si su padre le guiara, a pesar de sentir muy cerca la muerte. Un momento de iluminación, en el que creyó ver a su padre entre llamas.

La marea muy alta, la corriente del Guadiana tiraba con fuerza esa mañana de mayo, y aunque Lucas cada vez contemplaba más cerca la orilla, su fuerza comenzó a flaquear y el cansancio empezó a bloquearle los brazos y las piernas, maltrechos por los numerosos impactos recibidos. Cuando peor lo estaba pasando, cuando entendió que no podría alcanzar la orilla, a pesar de seguir la recomendación de su padre, apareció una moto de agua, de color azul, gobernada por un hombre joven, en la treintena, que le ayudó a subir y tomar asiento tras él. «Agárrate fuerte», fue lo único que dijo, antes de poner rumbo al Caño de Canela a toda velocidad.

Con soltura y decisión, como si fuera algo que llevaba haciendo desde la infancia —la realidad no era otra—, el joven pilotó la moto de agua por los caños y esteros que componen las marismas que unen Isla Cristina con Ayamonte, a través de Punta del Moral, con destreza y a toda velocidad. En ese primer momento, y a pesar de tratarse de una persona acostumbrada a las emociones intensas, incluso trágicas, Lucas no fue capaz de apreciar la belleza, salvaje y esencial, del espacio por el que transitaban. Agarrado con fuerza a su desconocido salvador, Lucas solo deseaba volver a pisar tierra firme.

Unos pocos minutos después, no más de diez, llegaron hasta las inmediaciones de un barco que estaba atracado en el puerto de Punta del Moral. *El navegante* por nombre, como se podía leer, escrito en letras blancas, sobre el casco verde.

—Ya puedes bajar —le dijo a Lucas su rescatador, nada más detener la moto.

—¿Ya, aquí?

—Sí, aquí.

A continuación, también descendió el joven de la embarcación y le indicó a Lucas, tras cerciorarse de que no había nadie cerca, que lo siguiera. Con habilidad casi circense, el joven se coló en el barco ayudándose de una pequeña escalerita con peldaños de una madera ennegrecida y quejica. Una vez en la cubierta, bajaron hasta la bodega, nada más dejar el puente atrás. Olía a pescado y a sal, a goma y a humedad, a gasoil, olores ante los que Lucas reaccionó con un gesto de rechazo, como si le escocieran en el interior de la nariz. Ayudándose de una brida que sacó de entre dos tablones, perfectamente escondida, abrió una puerta camuflada, que daba acceso a una pequeña habitación, en la que apenas cabía un colchón y un urinario.

—Aquí no te encontrarán —le dijo el joven, al tiempo que lo invitó a pasar adentro.

—¿Quién eres? —por fin se atrevió a preguntarle Lucas.

—Alguien que sabe distinguir a quien está huyendo y necesita que le echen una mano...

—Y yo te doy las gracias, pero me gustaría saber a quién le estoy dando las gracias, por qué me has salvado la vida... —insistió Lucas.

—Ya lo sabrás... —y lo invitó de nuevo a pasar.

—Yo no puedo quedarme aquí, tengo que ir a por mi mujer.

—¿Mujer?

—Sí, mi mujer, y no puede aguantar mucho tiempo sin mí...
—Y Lucas miró muy fijamente a los oscuros ojos de su salvador.

—¿Y eso cómo es?

—La tengo encerrada, no puede salir, y no quiero que muera de hambre o sed... Además, si ve las noticias creerá que he muerto y es capaz de cualquier cosa, la conozco —explicó Lucas con la mayor sinceridad.

—¿Todavía no la has matado? —le preguntó el salvador a Lucas, dejándole claro que conocía su historia.

—No, jamás lo haría —le costó responder a Lucas, impresionado por la frialdad de quien le hablaba.

—Dime dónde está.

—¿Para qué lo quieres saber?

—Para traerla contigo —no dudó en responder.

—¿Aquí?

—Sí, aquí, no creo que puedas encontrar un sitio más seguro.

—¿Y por qué vamos a tener que estar aquí? —preguntó Lucas, desconfiado.

Conforme pasaban los minutos, superado el impacto inicial, volvía a ser el hombre que siempre había sido.

—Porque vas a empezar a trabajar para mí —le respondió con seguridad.

—¿Trabajar, contigo, haciendo qué?

—Un poco de todo —le dijo antes de cerrar la puerta de la bodega.

A Gustavo Porta, más conocido por *Chanclitas*, diminutivo heredado de su padre, el *Chanclas*, hombre de pocas palabras, ese día, 1 de mayo de 2017, que recogió a Lucas Matesanz de las aguas del Guadiana, en su desesperada huida de la policía y guardia civil que lo perseguía, y lo condujo, a través del laberinto de caños y esteros que forman las marismas que unen Ayamonte con Isla Cristina, le habría gustado decirle que un hombre como él, muerto oficialmente, podía ser para alguien como él un estupendo aliado, un inestimable colaborador —tal y como acabó siendo, solo unos pocos meses después—, pero calló y se limitó a mirar muy fijamente a Lucas a los ojos.

—Confía.

Y Lucas Matesanz, lejos de rehusar la mirada de *Chanclitas*, se sintió reconocido, protegido, incluso reconfortado en aquellos ojos, en los que creyó descubrir algo muy parecido a lo que descubrió en los de Amalia, cuando la vio sentada, delante del pupitre. Sin dudar, como si se tratase de alguien de su misma sangre, le dijo a *Chanclitas* dónde se encontraba escondida Amalia. Y cuando Lucas vio cómo cerraba la puerta del cuchitril en el que se encontraba, no tuvo la menor duda de que *Chanclitas* cumpliría con su palabra. Como hizo apenas dos horas después, cuando Amalia llegó.

—No estoy muerto de milagro —le dijo Lucas nada más verla.

—No me digas eso, porque también acabaría muerta yo —respondió la chica, y Lucas no supo qué responderle, y se limitó a abrazarla.

Demasiado que aún se mantiene en pie. Demasiado que no se ha derrumbado. Demasiado que tiene algunas ideas. Demasiado, todo es demasiado esta mañana para Carmen Puerto.

Y, después de haber agotado las posibilidades que entendía como más rápidas y operativas, solo le queda una opción: volver a llamar a Jaime Cuesta. Por un instante piensa que debería darle una nueva oportunidad a Jesús, el peluquero de la planta inferior de su vivienda, pero rápidamente deshecha la idea. Muy cerca de la avenida de la Cruz del Campo, y por tanto de su vivienda, marca el teléfono de Jaime.

—Te suena el teléfono otra vez —le advierte Julia Núñez a Jaime Cuesta, que introduce una moneda en una máquina de café.

—Voy. —Por un segundo, Jaime piensa en su esposa, Sonia, a la que dejó dormida cuando esta mañana salió de casa.

Nada más descubrir en la pantalla quién llama, Julia ha tratado de controlarse, pero no lo ha podido evitar.

—Tu amiga, la *pirada*.

Jaime Cuesta abre los ojos en toda la extensión, sorprendido. Antes de atender el móvil, se coloca un cigarrillo en los labios y sale a la terraza, desde donde contempla una selva de rascacielos.

—Dime.

—Jaime, no sé cómo explicarte... —a la vez que se detiene en su camino, cerca del monumento de la Cruz del Campo, casi en el final de la avenida Luis Montoto, donde deja de hablar. Se siente incómoda, y también desconocida, en esta tesitura tan distinta a la habitual.

A pesar del poco tiempo transcurrido, Jaime Cuesta percibe que la llamada no es como las que habitualmente ha mantenido con la inspectora. Su voz suena diferente, menos segura, más frágil, incluso indefensa. Esta percepción aumenta cuando escucha el ruido lejano de lo que parece una motocicleta.

—Carmen, dime, ¿estás bien?

—Sí, sí, estoy bien, pero necesito que me ayudes —le confiesa.

—¿Qué puedo hacer por ti? —Por el tono de su voz, Jaime Cuesta deduce que tiene un grave problema.

—Necesito que vengas… cuanto antes. —Como de costumbre, trata de ser la mujer impetuosa y directa de siempre.

—¿Que vaya, adónde? —Aunque desde hace años sabe que se encuentra en Sevilla, el inspector reacciona con rapidez para evitar malos entendidos.

La policía fija la mirada en la silueta verde del semáforo antes de responder. No sabe si agradecer o reprender la falsa ignorancia de Jaime.

—A Sevilla, a Sevilla… —repite, con cierta resignación.

—¿Qué te ha pasado?

—Estoy fuera, en la calle, y no localizo a las dos únicas personas que tienen una llave para poder entrar en mi casa…

—¿Fuera, qué ha pasado? —pregunta el policía tras comprobar que Julia se ha acercado hasta donde se encuentra.

Sucintamente, a su manera, Carmen Puerto comienza a relatar lo que le ha sucedido, y Jaime Cuesta no puede creer lo que escucha. Después de tantos años, diez, Carmen ha salido de su confinamiento, coincidiendo, curiosamente, con un extraordinario y masivo confinamiento de toda España, como consecuencia de la pandemia provocada por el COVID-19. Mientras escucha el relato de la inspectora, Jaime la imagina frágil, aturdida y desvalida, recorriendo calles y avenidas solitarias. Un escenario que, en gran medida, concuerda con la realidad que protagoniza la policía en este momento. Sin embargo, no se encuentra tan mal, tan angustiada y asustada como podría haber previsto en un principio. O eso quiere pensar.

—Me subo en el primer AVE que salga para allá —no duda en decir Jaime.

—Bien, te lo agradezco —le cuesta decir—, pero primero manda alguien a casa de Jesús Fernández Cortés, mi vecino, por los mensajes que me ha enviado me está advirtiendo de algo, no sé de qué, pero creo que puede ser grave. Es urgente, no lo dejes, Jaime —le indica.

—Hablo con la gente de Sevilla ahora mismo.

Julia sigue la conversación desde la distancia. Descubre ese gesto en Jaime que tanto le desagrada y que relaciona con la sumisión, con el acatamiento, con obedecer a Carmen Puerto, la *pirada*, sin cuestionar ninguna de sus peticiones.

—Jaime, te agradecería que esto no lo supiera nadie…, nadie es nadie —insiste la policía, que se mantiene parada, junto al semáforo.

—¿Y cómo explico que me voy de aquí en pleno confinamiento?

—Seguro que te inventas algo, siempre has sido muy convincente.

—Esto no es… —duda Jaime, que acaba de descubrir esa mirada de Julia que tan bien conoce.

—Envíame un mensaje cuando sepas a la hora que llega tu tren…, lo mismo hasta te recojo en la estación —ironiza la inspectora, al tiempo que calcula mentalmente la distancia existente.

—Ahora te digo algo. —Trata de mantenerse frío Jaime Cuesta y disimular la profunda impresión que le provoca saber que Carmen está fuera y sola, después de varios años encerrada.

—Jaime, Jaime —reclama su atención, para impedir que finalice la llamada—, no te olvides de lo de Jesús, cuanto antes, algo le tiene que haber sucedido —le pide, se muestra menos contundente y enérgica que de costumbre.

55 % de batería. Todavía no es un problema, pero lo puede acabar siendo, es lo primero que piensa la inspectora, nada más finalizar la llamada.

De regreso a la oficina, Julia espera a Jaime Cuesta, con esa mirada suya tan característica.

—Cuenta, ¿qué le pasa a la *pirada*?

—Tiene un problema… —Se piensa Jaime seguir hablando.

—¿Qué tipo de problema, si se puede saber, claro?

—Bueno, es…

—Vale, vale, ya veo que te ha pedido que no me cuentes nada, que por otra parte no me interesa lo más mínimo —reacciona Julia con frialdad y algo de desprecio.

—No es lo que crees…

—Yo no me creo nada.

Jaime Cuesta mira muy fijamente a su compañera, se muerde los labios, y finalmente la agarra de un brazo para conducirla a su despacho, apenas a cuatro metros. Cierra la puerta nada más entrar.

—Te lo cuento —comienza a decir Jaime, y Julia extiende las palmas de sus manos en señal de *stop*—, déjame que te lo cuente. Carmen está fuera y le han quitado las llaves… Las personas que podrían ayudarle no le responden al teléfono…

Julia, a pesar de la sorpresa que la información le provoca, trata de recrear una carcajada para nada convincente.

—¿Y qué quiere que hagamos, que vayamos a donde esté con un cerrajero? —pregunta con forzada ironía.

—Eso, más o menos, y algo más…

—¿Qué más?

—Una de las personas que tiene una llave no responde, un tal Jesús Fernández, y le ha mandado un mensaje muy extraño…

—¿Qué quieres decir con extraño?

—Carmen está convencida de que trata de advertirle de algo.

—¿Podrías ser más claro?

—No tengo más datos.

—Genial. *Typical pirada.*

72

LUCAS, EL PROFESOR

El resto de compañeros sentían algo parecido a la envidia, en referencia a Lucas Matesanz. No podían entender, llegaron a comentarlo cuando él no se encontraba en la sala de profesores, cómo ese hombre callado, sin empatía alguna, de gesto permanentemente triste y apocado, ese «tipo gris», tenía tan buena relación con sus alumnos.

—Pero ¿qué les dice?, si aquí no abre la boca, ¿cuál es el encanto? —preguntó Charo en voz alta, la profesora de Física y Química.

—Ni un café se ha tomado con nosotros, y no es que sea mala gente, pero raro sí que es —expuso Benito, el profesor de Inglés.

—En verdad, no lo conocemos —dijo Salva, el jefe de estudios.

La realidad es que a Lucas le bastó solo un curso, un curso nada más, para pasar a ser el profesor preferido de los alumnos, a pesar de que en un principio no lo tuvo nada fácil, ya que le tocó sustituir a don Germán, un docente de la vieja escuela, empeñado en inculcarles el «amor» por la literatura ofreciéndoles, sin anestesia, unas aburridísimas e interminables clases en las que recitaba a pleno pulmón algunos pasajes de *El conde Lucanor*, de *El poema del Mío Cid* o de *La Celestina* en su versión original. La semilla plantada por don Germán floreció rápidamente, en forma de rechazo por parte del alumnado a todo lo que estuviese relacionado con los libros.

Pero a pesar de eso, Lucas no tardó en convencer a sus alumnos de justamente lo contrario. Y gracias a matizar las lecturas, ofreciéndoles algunas adaptadas a sus edades, entre catorce y dieciséis años, gracias a sus métodos de enseñanza, sus clases eran ágiles y participativas, y gracias a su capacidad para captar la atención de quien le escuchaba, la asignatura de Literatura pasó a tener una consideración radicalmente diferente, entre los alumnos de ESO y Bachillerato del IES Juan Ramón Jiménez de Moguer, en la provincia de Huelva. Un centro al que Lucas Matesanz llegó en 2014, tras pasar por un IES en Tomares, Sevilla, en el que estuvo impartiendo también la asignatura de Literatura durante cuatro cursos, tras haber estado en Málaga, en un centro del barrio de Pedregalejo, donde permaneció por espacio de casi seis años. Antes, Lucas Matesanz comenzó ejerciendo la docencia en Madrid, hasta 2004, para posteriormente iniciar su andadura por la geografía andaluza. Siempre como profesor de Lengua y Literatura.

Y en todos los años de enseñanza, Lucas jamás sintió una atracción como la que le despertó Amalia, desde la primera vez que la vio. Hasta entonces, siempre había sido un profesor afable y comunicativo con sus alumnos, pero nada más. Finalizado el horario escolar, jamás mantuvo relación con sus alumnos, ni tampoco lo pretendió. Y como en Moguer, premeditadamente no congenió con ninguno de sus compañeros. En todas las celebraciones, ya fueran cumpleaños o jubilaciones, se ausentaba exponiendo excusas peregrinas; si le proponían tomar una cerveza los viernes, una vez acabadas las clases, Lucas siempre tenía una razón para no poder acompañarlos, y si le proponían compartir el coche para desplazarse al centro, no tardaba en argumentar su imposibilidad para poder hacerlo.

Este distanciamiento con sus compañeros no se trasladaba al ámbito académico, donde Lucas siempre destacó por su eficiencia, pulcritud, profesionalidad y rigor, hasta el punto de que algunos de sus alumnos comentaban que parecía que se aprendía los temas como si los estuviera estudiando por primera vez, ya que repetía casi literalmente lo que aparecía en los libros de texto.

Apasionado en las aulas, tratando de transmitir ese amor por la literatura que se le intuía a cada instante, reservado en el claustro de profesores y desconocido en su vida privada, ya que nadie sabía nada de Lucas más allá de las puertas del instituto.

Una pareja de policías, procedentes de una comisaría cercana, situada en la avenida de la Cruz del Campo, Sevilla, siguiendo las instrucciones recibidas desde la dirección general de Madrid, llegan a la calle Sinaí, al número 34, donde vive Jesús, el peluquero, que ocupa la planta baja del edificio en el que vive Carmen Puerto. Una mujer, de unos cincuenta años, con mascarilla verde y chándal azulón, con evidentes signos de nerviosismo y preocupación, se dirige hacia la agente, que encuentra en primer lugar.

—Estaba a punto de llamarles —le dice.

—¿Qué pasa? —pregunta la policía y su compañero se sitúa al lado.

—Mi marido fue a ver lo que pasaba en casa de Jesús, que decía que lo había visto pasando de una terraza a otra o yo qué sé, y de eso ya ha pasado más de una hora y no sé nada de él —dice a toda velocidad.

—¿Jesús? —pregunta el agente, muy sorprendido.

—¿Sabe su apellido?

—No, eso no lo sé, solo sé que es peluquero, cerca de la Cruzcampo.

—¿Su marido cómo se llama?

—Manuel Contreras.

—¿Y usted se llama?

—Beatriz Rosas.

—Beatriz, vamos a subir nosotros, y usted espere aquí, por favor —le pide la policía a la mujer.

—Yo ya he subido y no responde nadie, y mi marido tampoco me coge el teléfono, y eso que lo he llamado unas pocas veces —nerviosa, relata a los policías.

—Déjenos a nosotros.

—Por favor, quédese aquí —le indica la policía, de nuevo, a la mujer, nada más comprobar que sigue sus pasos.

Los dos policías suben por la escalera hasta la segunda planta del edificio. En primer lugar llaman a la puerta H, en donde vive Jesús, pero nadie responde. El policía fija la mirada por un instante en la plaquita de la puerta, donde siguen apareciendo los nombres de los padres del peluquero. A continuación, pulsa el timbre de la puerta contigua, la I, que no tiene ninguna placa identificativa en el exterior, obteniendo el mismo resultado. Al otro lado del pasillo, en la oscuridad, se abre una puerta, de la que asoma un hombre de avanzada edad, de piel muy blanca y cabellera despoblada.

—Hace un rato, quien sea se ha ido de ahí —dice en voz alta.

El policía se dirige hacia el anciano, mientras su compañera sigue pulsando los timbres de las dos viviendas.

—Buenos días, ¿ha visto usted algo?

—Con las cataratas veo más bien poco, pero hace un ratillo han salido unos cuantos de la puerta de enfrente…

—¿De la vivienda de Jesús Fernández?

—No estoy seguro del todo, pero para mí que ha sido de la otra, de donde el matrimonio que se mudaron aquí no hace tanto…

—¿Y ha podido ver si alguna de las personas era Jesús Fernández?

—Eso ya no se lo puedo yo decir, con las cataratas que tengo no soy yo capaz de tanto —explica el anciano con tono quejoso.

—Gracias —le dice el policía antes de despedirse.

Cuando está junto a su compañera, le confiesa:

—Esto no me huele bien.

—Vamos a llamar ya a la comisaría.

—Sí, llamo ya.

En unos minutos, Jaime recibe una llamada de la comisaría de Sevilla de la avenida Cruz del Campo, que no tarda en trasladarle a Carmen Puerto, para enojo de Julia, que cree reconocer exceso de celo en el comportamiento de su compañero.

—Hay que entrar ya en casa de Jesús, te lo digo de verdad, ahí ha pasado algo —le indica Carmen, muy inquieta.

—Parece que salieron de la otra vivienda.

—Pues que entren en la otra también. —Se muestra tajante la inspectora, que se ha resguardado en la parte posterior del monumento a la Cruz del Campo, al final de la avenida Luis Montoto, para sentirse menos expuesta.

—Sí, creo que tendremos que hacerlo...

—¿Quién vive ahí, sabes sus nombres? —se interesa Carmen.

—Sí, te lo digo: Andrés Castro y Teresa Sánchez.

—Castro Sánchez, Castro Sánchez —repite Carmen.

—¿Te suena?

—La verdad es que sí, pero no sé de qué —confirma Carmen, que se deja caer sobre la baranda del monumento.

—A las 11:50 tengo el AVE, no había uno antes con esto del confinamiento. A las 14:28 llego a la estación de Santa Justa...

—No descartes que te recoja —dice Carmen antes de concluir la llamada sin despedirse.

A Jaime no le ha sorprendido cómo ha finalizado la conversación, más que acostumbrado a sus modos. Lo que realmente le ha sorprendido han sido sus palabras, la posibilidad de verla de nuevo, frente a frente, y que esto suceda en la calle, fuera. Aunque se lo ha contado por teléfono, aún no puede asimilar a esa Carmen Puerto en persona, como aquellos años en los que fueron compañeros.

—¿Me lo vas a contar o estáis una vez más con vuestros secretos? —rescata Julia a Jaime de sus pensamientos.

—Nadie responde en las viviendas, ni en la de Jesús ni en la de los vecinos... —se piensa Jaime las palabras antes de continuar—, y me voy para ayudar a Carmen. A las 11:50 sale mi AVE.

—Ah, ¿vas solo? —Hay cierta sorna, cuando no reproche, en la pregunta de Julia, que finge no estar muy interesada en el asunto, con la mirada fija en su iPad, cuando le sucede justamente lo contrario.

—Daba por hecho que no querrías venir —se toma unos segundos Jaime antes de seguir hablando—, en realidad, no se trata de un caso. Casi puede entenderse como un favor personal...

—Claro, claro.

—Sí, un favor...

—Un favor entre más que colegas, entre amigos...

77

—Oye, pero si quieres venir, yo encantado…

—Gracias, pero no, aunque confinados, se me ocurren cosas mejores que hacer este día —desprecia Julia, al mismo tiempo que se pone en pie y se estira la chaqueta azul marino que lleva sobre una camisa blanca.

En el preciso momento en que Jaime iba a comenzar a hablar, suena su teléfono móvil.

—Dime.

—Parece que el juez de guardia tiene hoy poca faena. Lo ha autorizado.

—No sabes cuánto me alegro.

—He mandado a otra pareja más, no me fío.

—Me parece lo más adecuado.

—Ahora te cuento.

—Gracias.

Intenta de nuevo hablar con Julia, que está frente a la pantalla del ordenador, con las manos en el teclado, como si estuviera buscando algo, cuando suena de nuevo el móvil de Jaime. En esta ocasión, se trata de Carmen Puerto.

—Castro Sánchez, Amalia, ya decía que me sonaba —comienza a decir eufórica.

—La chica de Moguer que fue secuestrada por su profesor. La que nunca apareció —dice en voz alta Julia, sin apartar la vista de la pantalla del ordenador.

—Joder, el que se tiró desde el puente que une España con Portugal, en Ayamonte —recuerda Jaime.

—Ese mismo —confirma Carmen Puerto.

—Son apellidos muy normales, puede que no sea ella —advierte Jaime.

—Sí, es verdad, pero también cabe la posibilidad de que sí sea. Porque no creo que en Moguer haya tanta gente con esos apellidos, ¿no crees?

—Puede ser.

Nada más colgar, Carmen revisa de nuevo la batería que le queda a su teléfono móvil: 44 %.

—Joder.

Ocelote

Nunca comprendió Rafael Remero que su jefe, Alejandro Jiménez, escogiera *Ocelote* como apodo. Ya puestos, a él le hubiera gustado más *Jaguar* o *Puma*, incluso *Tigre*, felinos con mayor envergadura, más peligrosos, más temidos. Más grandes. El ocelote, aunque muy mexicano, siempre lo ha contemplado Rafael como un animal decorativo, como un peluche de niños, y no como una fiera salvaje, que en realidad es lo que es. Y Rafael es un hombre grande y descompensado, el tamaño de su espalda no guarda proporción con el de sus piernas, más bien cortas, y su melena sioux y su cara granulada transmiten esa fiereza que no encuentra en el pequeño ocelote. Pero a pesar de eso, Rafael Remero nunca le ha dicho a su jefe que no está de acuerdo con el apodo escogido, como tampoco le ha dicho que no le gusta que le pida la comida en los restaurantes, que le hable en el coche cuando le dé la gana, estando durmiendo o no, o que de vez en cuando lo envíe de compras con Sofía, su esposa. Y no se lo ha dicho porque Rafael hace todo lo que le ordena Alejandro Jiménez, tanto si le gusta o no, y sin tener en cuenta si es legal, moral, necesario, ridículo o excesivo. Con las indicaciones de su jefe, *Ocelote* no realiza ningún tipo de evaluación. Las cumple. Sin preguntar. Sin pensar.

Por eso, no le pidió explicaciones de ningún tipo cuando en septiembre de 2018 lo hizo llamar a su despacho y le dijo que tenía un asunto que solucionar en Ayamonte, España, o tal vez en el Algarve portugués.

—¿De qué se trata?

—Dos pendejos.

—¿Firmamos?

—Sí, fírmalos.

Como siempre, Rafael Remero «Ocelote» viajó solo hasta Ayamonte, tras un plácido vuelo entre D. F. y Madrid, que dedicó a ver tres películas y devorar tres tabletas de Toblerone, y un trayecto en tren hasta Sevilla, donde alquiló un coche en la misma estación. Un Citroën C3, como siempre un coche pequeño, que no llamara la atención. Y como siempre, ya en Ayamonte, a pesar de que el dinero no es un problema, se alojó en un hotel en el mismo pueblo, junto a un parque en el que hay algunos animales salvajes, y no en el Parador Nacional o en uno de los lujosos hoteles de las playas de Isla Canela o Punta del Moral. Y para terminar de cumplir con sus costumbres, *Ocelote* compró varios tarros de remolacha en rodajas, que toma para desayunar desde hace más de veinte años. Desde que su tío Alfredo le dijo que es un alimento milagro. Cada día, nada más despertarse, desayuna remolacha y espera el milagro. Cada mañana, un tarro de remolacha en rodajas. Y el milagro, que no llega.

Y cada vez que lo hace, además, recuerda a su tío Alfredo, que a falta de padre fue lo más parecido que tuvo en la vida. *Ocelote* lo recuerda callado y sabio, hablando muy poco y muy bajito, como si no quisiera ser escuchado. Lo recuerda duro como el acero, inflexible, su palabra era ley. Le recuerda terrible, cuando tocaba. Todavía no sabe *Ocelote* si lo admiraba o lo temía, o ambas cosas al mismo tiempo. A pesar del tiempo transcurrido desde que murió, más de diez años, a veces recuerda el entierro de su tío Alfredo y un escalofrío le recorre el cuerpo. Recuerda las lágrimas, el dolor, las ganas de venganza, todo eso que a veces le duele, y teme.

No le costó a *Ocelete* descubrir que los «dos pendejos» —el encargo de Alejandro Jiménez— eran unos conocidos narcotraficantes de Ayamonte, Gustavo Porta y José Duarte, más conocidos como *Chanclitas* y *Joselín*. Tampoco le costó trabajo alguno deducir que mientras menos preguntas formulara sobre ellos en el municipio, más posibilidades tendría de finalizar satisfactoriamente el encargo. El miedo es algo habitual en la vida de *Ocelote*, desde la infancia convive con él, conoce todas sus representaciones, y eso es lo que descubrió en la primera persona a la que le preguntó. Rápidamente, cambió de estrategia, y en un pequeño bar junto al puerto de Vila Real de San Antonio encontró a Fernando, un antiguo marinero de la localidad que en ese momento se dedicaba a mil y un negocios, todos ellos ilegales, y que se comprometió a ayudar a *Ocelote* a cambio de una buena cantidad de dinero.

—Dos mil euros si me llevas hasta ellos —le propuso el mexicano. Le bastó con mirar el decorado en el que se encontraba Fernando, los desconchones de las paredes, la mugre almacenada en los rincones, el moho de la barra y las mellas de su dentadura, para saber que por tres mil euros, como máximo, contaría con la información que demandaba.

—Tres mil —respondió Fernando.

—Dos mil quinientos.

—Dos mil ochocientos y no se hable más.

—Dale —aceptó el mexicano, que erró en doscientos euros en su previsión.

Tardó tres días Fernando en llamar a *Ocelote*, para informarle sobre el paradero del *Chanclitas* y *Joselín*. Ese tiempo de espera en Ayamonte, el mexicano lo empleó, tal y como le comentó su jefe, Alejandro Jiménez, en visitar Costa Guadiana, un megaproyecto residencial en las afueras de la localidad que no termina de cuajar, muy cerca del Puente Internacional, y la urbanización de lujo, Ocean, justo detrás de La Hamaca, el chiringuito de Punta del Moral conocido en toda España, ya que fue el lugar en el que vieron por última vez a Sandra Peinado y Ana Casaño. De ambas visitas, *Ocelote* extrajo sus propias conclusiones que no anotó en papel alguno y que tampoco trasladó a su jefe. «No es lo que quiere escuchar», pensó Rafael Remero, mientras volvió a recorrer la lujosa vivienda adquirida en la playa, frente a un Atlántico infinito, inabarcable.

«Habitación 249 del Hotel Bela Marina, en Portimão», le escribió el mellado Fernando en la hoja que le entregó. *Ocelote* reservó la 251, justo al lado. Desde ahí pudo comprobar que *Chanclitas* y *Joselín* nunca abandonaban la habitación y que en la puerta se turnaban, con escaso disimulo, dos esbirros de cabezas rapadas, con pinta de proceder de cualquier país del este en permanente conflicto armado. Para asegurarse del completo éxito de la operación, *Ocelote* se procuró el apoyo de tres hombres experimentados, «duros como una piedra», le dijo Fernando, que le ayudarían a reducir a los vigilantes.

Temprano, a eso de las ocho, *Ocelote* acompañado de tres hombres muy morenos, que apenas hablaban, acabaron en primer lugar con el tipo de la puerta. Cuando se quiso dar cuenta un cuchillo había cercenado su cuello; el segundo apenas pudo ver cómo el cañón de una pistola apuntaba a su frente, nada más abrir la puerta. A *Chanclitas* y *Joselín* los encontraron, descalzos y en bañador, tumbados en un sillón, viendo la televisión y bebiendo ron, como si la noche acabara de comenzar. No tuvieron tiempo de reaccionar. En apenas un segundo estaban inmovilizados por los cuatro hombres, que les impedían realizar cualquier movimiento.

Cuando Artur Cardozo, alertado por las quejas de varios inquilinos, cansados de escuchar éxitos de los ochenta a todo volumen, descubrió la matanza que había tenido lugar en la habitación 249 del Hotel Bela Marina, en Portimão, en el Algarve portugués, lo que más le llamó la atención fue la sangre en la pared, como un improvisado y terrible grafiti, así como la marmórea rigidez de los dos cadáveres dentro del *jacuzzi* y los rostros mutilados de los otros dos hombres. Yacentes sobre una enorme cama de matrimonio, con las manos entrecruzadas sobre el abdomen, tanto a *Chanclitas* como a *Joselín* les habían seccionado sus mejillas izquierdas.

Y ambos, igualmente, lucían en sus pechos el mismo colgante: una estrella de mar. De plata, a simple vista.

También le llamó la atención a Artur Cardozo el vómito rojizo que había junto a la cama y en el cuarto de baño. En principio, como consecuencia del color, creyó que se trataba de sangre, pero el olor fue lo que le hizo cambiar de opinión.

A pesar de que ya han transcurrido casi dos meses desde que se decretó el estado de alarma, como consecuencia de la pandemia provocada por el COVID-19, a Jaime Cuesta le sigue impresionando la soledad e inactividad que encuentra en muchos de esos espacios que siempre se han caracterizado justamente por lo contrario. Como, por ejemplo, la estación de Atocha. La contempla ahora muy lejos de su electricidad y sonidos habituales. Apenas unos cuantos viajeros, con gesto entre preocupado y sorprendido, recorren los andenes, anónimos tras sus mascarillas.

A pesar de la prohibición, que Jaime Cuesta puede leer en un cartel cercano, apura para fumar un último cigarrillo antes de iniciar el viaje. También aprovecha para llamar a Sonia, su esposa. Conoce de antemano su reacción, sus posibles respuestas, por lo que ha aguardado al último instante para hacerlo.

—Sonia, no me esperes para comer, he tenido que salir… Para la noche estoy de vuelta —le comunica con voz frágil, asustada.

—Le dijiste a Fidel que esta tarde jugarías con él a la consola.

—Ya se lo compensaré mañana.

—No tienes horas para compensar todas las que le debes —le recrimina, antes de finalizar la conversación sin previo aviso.

—Escucha… —trata de hablar Jaime, en vano.

No quiere imaginar cuál habría sido la reacción de Sonia si le hubiese contado toda la verdad, que está a punto de tomar un AVE en dirección a Sevilla, sin tener la menor idea de lo que se va a encontrar o cuándo volverá. Circunspecto, Jaime Cuesta accede al vagón 7, solo hay cuatro viajeros más, y busca su número de asiento: 8B.

※

La orden del juez, autorizando a que los policías accedan a las viviendas de Jesús Fernández y de Andrés Castro, no tarda en llegar. Se incorporan cuatro agentes más a la operación, de la comisaría de la avenida Cruz del Campo.

—¿Y esto, qué pasa? —pregunta un agente de mediana edad, en parte sorprendido por la celeridad.

—Por lo visto, el asunto viene de Madrid —le responde una policía muy delgada y morena, con acento canario.

—Acabemos lo antes posible —comenta un tercer agente, que dirige la operación—. Venga, vamos a entrar —indica ante la puerta de Jesús Fernández y un policía comienza a introducir una llave maestra en la cerradura.

En pocos segundos, el agente abre la puerta y la empuja con cuidado, dejando a la vista un recibidor con una antigua y pequeña cómoda de otro tiempo, de patas retorcidas y tablero de mármol, y un paragüero vacío. A continuación, un salón con muebles de los años sesenta, con una enorme televisión bajo una fotografía de Jesús Fernández en el día de su Primera Comunión, junto a un aparador que muestra una vajilla de porcelana blanca y unas cuantas copas de cristal.

—¿Jesús Fernández, está aquí, puede escucharme? —pregunta un agente, a la vez que comienzan a recorrer la vivienda.

Pequeño, no tardan en comprobar que el piso está completamente vacío. Una policía descubre en la terraza la puerta abierta por la que supuestamente ha accedido Jesús al piso contiguo.

—Tal y como nos ha comentado la señora —dice.

—Vamos al otro piso —ordena el agente que está al mando.

Repiten la misma operación, y en unos segundos se encuentran en el interior de la vivienda del matrimonio desaparecido. Nada más hacerlo, descubren que en el salón ha debido haber una caída o similar, recientemente, ya que dos sillas están tiradas sobre el suelo y la mesa central ha sido desplazada hasta la puerta que conduce a la cocina. Una agente fija la mirada en la pared lateral, donde junto a un cuadro que representa un sencillo bodegón, una tinaja y varias verduras de colores exagerados, especialmente el tomate que aparece, hay una línea que cruza la superficie, desde el suelo hasta aproximadamente un metro y medio de altura.

—¿Qué tenemos ahí? —pregunta, a la vez que le indica con el dedo índice a sus compañeros hacia dónde deben mirar.

—Parece lo que parece…

Dos de los policías desenfundan sus armas, mientras que un tercero, la que lo ha descubierto, se dirige hacia la rendija que recorre la pared. Ayudándose de dos dedos, tras solicitar conformidad a su superior, abre esa puerta sin pomo e invisible que da acceso a una pequeña habitación secreta con las paredes acolchadas. En el centro de la habitación, y de espaldas a ellos, un hombre sentado en una silla.

—¡Ponga las manos en la nuca! —le ordenan, pero el hombre no responde.

Un policía, con un gesto, le indica a sus compañeros que miren hacia abajo, a los pies del hombre sentado en la silla, donde descubren un charco de sangre, que se extiende algo más de medio metro, hasta alcanzar los pies del sujeto que permanece inmóvil. También descubren que dos bridas sujetan sus tobillos a las patas delanteras. Y lo mismo sucede con los brazos, por encima de los codos están fijados a la silla.

—¿Me escucha? —insiste.

Lentamente, rodean al hombre, y nada más tenerlo enfrente descubren que su cara ha sido mutilada, ya que le falta un trozo de su mejilla izquierda. Se trata de una herida reciente, profunda y limpia, por la que la sangre sigue goteando, en dirección hacia su pecho y piernas.

❧

Carmen Puerto ha leído ya varias veces los precios y modalidades de la peluquería *low cost* que tiene a su espalda. No recuerda la última vez que entró en una, puede que fuera en Madrid, cree ver cuando estira su memoria. Durante un año fue a la de Antonio Rivera, cerca de la comisaría. Y aunque no le agradaba especialmente ir, no le molestaba. Incluso llegó a gustarle en alguna ocasión. En la espera, bebía un capuchino mientras hojeaba revistas del corazón. Fingía con risas irónicas, burlonas, que esas exclusivas de mansiones, amores y divorcios le entretenían, de una manera que le costaba aceptar. También le dedicaba tiempo a seguir las conversaciones de las otras clientas. Tal vez por muy diferentes, por llevar vidas de las que desconocía todo, le atraían. Le llamaba la atención esa permanente ironía a la hora de hablar de sus parejas, de sus familias políticas. La inspectora, en cambio, apenas hablaba, solo escuchaba, y en ocasiones se mordía los labios para ocultar la sonrisa que fabricaba. Así podía llegar a ser Carmen Puerto en otro tiempo.

Ahora sigue recopilando información sobre Lucas Matesanz, el correcto y callado profesor de Literatura que fue capaz de enamorar y secuestrar a una de sus alumnas, casi veinticinco años menor que él, y que cuando se vio acorralado se lanzó al Guadiana, en su desembocadura, en el Puente Internacional que une España con Portugal, a su paso por Ayamonte.

Primero profesor en Madrid, a continuación en Málaga, luego en Tomares, provincia de Sevilla, antes de llegar a Moguer, Huelva. Siempre en centros públicos de enseñanza. Aparentemente, sin familiares cercanos. Fallecidos los padres. No encuentra Carmen hermanos o hijos. La única red social que utilizó, Facebook, apenas ofrece alguna información digna de tener en cuenta. Un par de fotografías. No hay viajes, amigos, fiestas. El perfil de un hombre solo.

—¿Qué le puede pasar a una persona para convertirse en otra? ¿Qué llevan dentro esas personas? —insiste—. ¿Cuántas personas somos capaces de albergar dentro de nosotros? —se pregunta en voz alta.

Daría lo que fuera Carmen por partir un lápiz en dos trozos, justo en este momento.

ANA SOSA

Ya han pasado más de veinte años desde que murió, pero en todo este tiempo no ha transcurrido un solo día en el que Alejandro Jiménez no haya recordado a Ana Sosa. A pesar de que solo estuvieron juntos unos meses, el empresario mexicano la sigue considerando como a la mujer que más ha querido y deseado en toda su vida. Para él, ese idilio, tan torrencial como breve, no entra en conflicto con la relación que mantiene con su actual esposa, Sofía, que ya lo era cuando se enamoró de Ana Sosa. La pasión y el afecto, la velocidad y el camino. El fuego y la ternura.

Lo que vivió con Ana Sosa forma parte de otra clasificación, de otra definición. Más que amor, o un amor extremo. Más allá del amor.

Cuando Alejandro Jiménez conoció a Ana Sosa, en un popularísimo local nocturno en el centro de Caracas, en mayo de 1999, todavía seguía siendo una de las grandes estrellas de las telenovelas venezolanas, a pesar de la fulgurante aparición de Luz Márquez, con la que compartió protagonismo en la última producción en la que tomó parte: *Nueva en la ciudad*. En ese trabajo, Ana Sosa, Lucía en la ficción, era pareja de Gabriel, interpretado por el actor Mario Fernández. En ese momento concreto, Ana Sosa era una mujer de una belleza rotunda, generosa en formas, felina en el gesto, opulentamente sexual. Entre su piel blanca y su pelo platino, el lunar junto al labio era uno de sus rasgos más característicos, transformándola en una suerte de Marilyn de barrio y verbena de madrugada.

En algunas publicaciones, especialmente en las llamadas del corazón, comentaron que Ana Sosa y Luz Márquez no solo «se disputaron a Mario Fernández en la pantalla», que también fuera de esta mantuvieron una tensa relación. En aquel tiempo, durante todos los años noventa, la poderosa productora venezolana RTCV solía actuar de este modo con sus series, filtrando a la prensa supuestas relaciones o escándalos, que redundaban en mayores índices de audiencia de sus producciones. El culebrón y el morbo más allá del propio culebrón, hasta hacer de la realidad una nueva ficción.

Cuando Alejandro Jiménez y Ana Sosa descubrieron la portada de la revista en la que se señalaba que la actriz estaba viviendo un apasionado romance con el coprotagonista de *Nueva en la ciudad,* el actor Mario Fernández, estuvieron riendo durante varios minutos. Desnudos en la cama, tras las risas comenzaron a besarse, primero suavemente, atropellados a continuación, y volvieron a hacer el amor, todavía con mayor ímpetu que la última vez, hacía tan solo un par de horas. No podría haber imaginado Alejandro Jiménez que alguna vez pudiera sentir algo así por una mujer, como tampoco podría haber imaginado que aquella sería la última vez que hizo el amor con Ana Sosa y la vio con vida. Noviembre de 1999.

Esa misma tarde, muy a su pesar, Alejandro Jiménez tuvo que regresar a México D. F., y Ana Sosa retomar el rodaje de los episodios finales de la primera temporada de *Nueva en la ciudad.* Para celebrarlo, un auténtico éxito de audiencia y adquiridos los derechos de emisión por más de sesenta televisiones de todo el mundo, organizaron una fiesta en un lujoso hotel en el centro de Caracas.

Pasada la medianoche, no había finalizado la celebración, tumultuosa y lujosa a su modo, cuando Ana Sosa se dirigió hasta su domicilio —renunció a la *suite* que la productora le había reservado en la quinta planta del hotel—, un moderno apartamento en la exclusiva urbanización La Castellana, en la zona este de Caracas. Unas horas después, sobre las tres de la madrugada, y según apuntó el portavoz del equipo médico, murió como consecuencia de una parada cardiorrespiratoria. Sola, nadie pudo atenderla o pedir auxilio.

La prensa venezolana asumió la hipótesis ofrecida por las autoridades sanitarias, mientras que en diferentes publicaciones de México y Chile, incluso españolas, donde *Nueva en la ciudad* también se había convertido en un éxito de audiencia, se aventuraron a barajar que la muerte de Ana Sosa se pudiera haber debido a un «explosivo cóctel de drogas y alcohol», tal y como se pudo leer en algún titular. También recogieron las revistas de diferentes países algunos testimonios de compañeros y amigos, tras el funeral de Ana Sosa, en las que mostraban su sorpresa, al no tener constancia de que la actriz pudiera padecer algún problema de salud.

Centro de todas las cámaras y miradas, de un negro riguroso de pies a cabeza, Luz Márquez, agarrada del brazo de su compañero de reparto, Mario Fernández, visiblemente afectados, deja caer un ramo de flores sobre la tumba de la actriz, tal y como reproducían las fotografías de las publicaciones. «Pierdo a una amiga y a una actriz que admiraba,» declaró Luz Márquez a una agencia de comunicación, a la conclusión del sepelio.

Alejandro Jiménez, desde la distancia, y desde el dolor más intenso y desgarrador, siguió con suma atención todo lo que se comentaba sobre la muerte de Ana Sosa, pero sin poder compartirlo con nadie. Ni tan siquiera con sus personas de más confianza, como Rafael Remero *Ocelote*, que se había convertido ya en su mano derecha, les habló de su relación con la actriz venezolana. Como tampoco lo supo nunca, evidentemente, Sofía, su esposa.

Aunque trate de olvidarlos, no puede, con frecuencia Alejandro Jiménez recuerda aquellos días: el intenso dolor interior, las ganas constantes de gritar, de llorar, la urgencia por dejarse caer sobre la cama y esperar a que todo pase. En más de una ocasión, Sofía le preguntó si le sucedía algo, y Alejandro sorteó las preguntas como pudo, tragando saliva, escondiendo la mirada, dejando de ser el hombre directo, fuerte, de siempre.

Superado en gran medida el dolor, el primer impacto, en realidad nunca la ha podido olvidar, meses después de la muerte de Ana Sosa, Alejandro Jiménez encargó a dos hombres, José Castedo y Felipe Cerdeña, que investigaran su muerte. Celoso de su intimidad, nadie de su entorno más directo tuvo conocimiento de este encargo, y el mismo Alejandro se ocupó de todo, de las instrucciones, de los pagos, de las citas, de todos y cada uno de los detalles. Nada más entregarles la primera remesa de dinero, dos gruesos sobres, Alejandro Jiménez se puso en pie, se dirigió hacia la puerta de salida del pequeño restaurante en el que se habían citado, y mirándolos a los ojos muy fijamente les dijo: «Si esto fue como cuentan, se vuelven y ya está, pero si hay alguien detrás de la muerte de Ana, me lo traen, pero sin tocarle un pelo, que de ese hijoputa me encargo yo».

Carmen Puerto elabora mentalmente un horario con lo que debe hacer hasta que se encuentre con Jaime Cuesta, en la estación de Santa Justa —permanece intacto el reto de ir a recogerlo—. Recupera un ejercicio aprendido en las muchas horas de terapia con el que tratar de evitar un ataque de pánico o de ansiedad, tan frecuentes en ella. De momento, y para sorpresa propia, se mantiene dentro de unos parámetros más que aceptables, teniendo en cuenta su propia naturaleza.

Articula Carmen el horario en torno a las 14:28 h, hora de llegada de Jaime Cuesta. Ese es su gran objetivo, y así se lo ha marcado: aguantar hasta las 14:28 h. No recuerda, si retrocede en el tiempo unos meses o años atrás, una empresa ni más complicada ni más peligrosa, por insospechada e inimaginable, que a la que se enfrenta en este momento. Todavía restan más de dos horas para que se produzca este encuentro y en la pantalla de su móvil puede ver que le queda un 26 % de batería. Nada le gustaría más que dedicar estas dos horas a recuperar informaciones y referencias del caso protagonizado por Lucas Matesanz, el captor de la hija de los vecinos de su inquilino Jesús Fernández, pero no puede agotar la batería de su teléfono. Contra eso no habría ninguna terapia o técnica que pudiera evitar que perdiera el control.

Busca en su memoria los datos de un caso con especial trascendencia mediática. Al tratar de situarlo en el tiempo, Carmen Puerto duda entre 2016 y 2017. Sí tiene mucho más claro su localización: Moguer, en la provincia de Huelva, sobre todo por el nombre del instituto en el que Lucas Matesanz ejercía: Juan Ramón Jiménez. Duda si impartía clases de Literatura o de Historia. Igual que duda del nombre del estudiante que también desapareció: Rafael o Manuel, son las posibilidades que pululan en su cabeza.

Los medios de comunicación locales, en un principio, se hicieron eco de la relación que mantenían el profesor y la alumna, hace por recordar, y posteriormente, ya a nivel nacional, la noticia tuvo una gran repercusión mediática y social cuando desaparecieron sin dejar rastro, junto con Rafa o Manolo. No sabe por qué Carmen Puerto, pero es capaz de reproducir en su mente el rostro de Rafa o Manolo. Moreno, alto, de ojos grandes, más llamativo que guapo, son los rasgos que conserva del joven desaparecido, y sin embargo ha sido incapaz de recordar el aspecto de la pareja formada por el profesor y la estudiante, y cuando los ha visto en su teléfono ha tenido la sensación de que lo hacía por primera vez.

Trata de recuperar el episodio de la huida de Lucas Matesanz cuando suena su teléfono móvil. Es Jaime Cuesta.

—Muy rápido, que no tengo batería.

—Jesús Fernández no está en su domicilio, tampoco en el de sus vecinos…

—Coño.

—Pero sí hemos encontrado algo…

—Cuenta.

—Al vecino que fue a buscarlo… muerto…

—¡Joder, qué dices!

—Dentro de una habitación secreta…

—¿Cómo dices? ¿Una habitación secreta?

—Como una del pánico, pero en versión casera…

—Joder.

—Lo que te estoy contando.

—Jaime, esto ya no… —Carmen percibe cómo su ansiedad se dispara.

—Pero hay algo más… —comienza a decir Jaime, dubitativo, consciente de la fragilidad de la inspectora en este momento.

—¿Qué?

Jaime guarda silencio, teme haberse confundido. Entiende que no debería contarle todo esto, dada la situación, y encontrándose en el exterior, por lo que trata de reconducir la conversación y no revelar toda la información que posee.

—Estaba atado a un silla, de pies y manos… —improvisa Jaime.

—¿Y nada más? —Carmen conoce perfectamente a Jaime y sabe que no le ha terminado de contar todo lo que sabe.

—De momento, esto es todo lo que sé.

—¿Causa de la muerte?

—Todo apunta a un envenenamiento —miente.

—¿Envenenado?

—Todo apunta.

—¿Seguro que me lo estás contando todo? —insiste Carmen.

—Seguro.

—Tengo que dejarte, solo me queda un 20 % de batería. —Y cuelga sin esperar respuesta.

Carmen Puerto se agarra a dos barrotes de la reja que rodea al monumento a la Cruz del Campo y poco a poco, flexionando las rodillas, baja hasta quedarse en cuclillas. Comienza a botar rítmicamente, a la misma velocidad que lo hacen los latidos de su corazón. Con cuidado, deja caer el móvil en el suelo e inclina la cabeza hacia abajo. Cierra los ojos y empieza a aspirar con fuerza, como si pretendiera atrapar todo el aire que la rodea y luego expulsarlo de sus pulmones, hasta dejarlos completamente vacíos. «Puedo, puedo, puedo», repite mentalmente.

Nada le gustaría más que el tiempo pasase, y encontrarse ya en la estación de Santa Justa y que el reloj marcase las 14:28 h. Pero esa no es la realidad, desgraciadamente para ella. De momento, y tal vez como prueba de lo que somos capaces de hacer para sobrevivir, se aferra a pequeños logros: a seguir respirando, a seguir siendo capaz de subir y bajar su cuerpo, a mantener los ojos cerrados sin querer ver nada, a mantener el control, dentro de los parámetros más esenciales. Pasados unos minutos, que le sería imposible calcular, vuelve a mirar la pantalla de su teléfono móvil: son las 12:49 h y le queda un 19 % de batería. Una vez más, comprueba que no tenga aplicaciones activas y que el *bluetooth* y el wifi permanezcan desactivados.

«Puedo, puedo, puedo».

༄

Jaime Cuesta, en el interior del AVE, en dirección a Sevilla, repasa las primeras informaciones e imágenes que le han enviado a su teléfono móvil, mediante mensajes, sobre la escena del crimen. En un primer análisis, visual, de la policía científica, señala que la causa de la muerte es la enorme herida de la mejilla, pero Jaime intuye que la hemorragia debería haber sido mayor. Aunque abundante, las heridas de ese tipo deben traducirse en mayor cantidad de sangre. Y no es especialmente abundante. Se percata Jaime Cuesta de que tanto en las muñecas como en los tobillos no hay rozaduras significativas, cuando deberían ser especialmente visibles, teniendo en cuenta ese último intento por evitar la muerte, que suele ser de considerable energía y virulencia. Este descubrimiento le empuja a Jaime a sospechar que la víctima, Manuel Contreras, estaba inmovilizado, como consecuencia de alguna droga paralizante.

Jaime trata de recuperar en la memoria de su móvil imágenes del pasado que, inevitablemente, vuelven al presente. Recuerda la fecha perfectamente: octubre de 2018. También recuerda el lugar: un lujoso hotel en el Algarve portugués. Y puede reproducir mentalmente la escena del crimen —las bebidas, el *jacuzzi*, la sangre—, pero le gustaría volver a verla con sus propios ojos.

Anota todos estos datos Jaime Cuesta en un folio doblado en cuatro partes cuando suena su teléfono móvil.

—Ya tengo billete para el tren de las 13:30, a las 4 estoy en Sevilla —le comunica Julia nada más descolgar.

—Estupendo.

—Coño, parece que te alegras.

—Claro.

—¿O estropeo un momento íntimo? —sarcástica, pregunta Julia.

—Eres como el ajo: te repites.

—Lo ha conseguido la *pirada*, una vez más, dejarme sin fin de semana —resopla Julia, finge un mayor enfado del que realmente siente.

—Ella, mujer, no ha matado a nadie…

—Bueno, no sé qué decirte.

—Tampoco podrías tener muchos planes… —minimiza Jaime.

94

—Tú no sabes lo que yo hago o no hago en mi casa.

—Ya…

—Pero vamos al lío. ¿Qué te parece lo de la mejilla izquierda cortada? —le pregunta Julia a Jaime, todavía sorprendida por el descubrimiento.

—¿Qué me parece? Que solo pido que este caso no tenga nada que ver con otro caso del pasado… —se queja amargamente Jaime.

—No caigo. —No termina de comprender Julia.

—¿Tú ya no recuerdas dos cadáveres con las mejillas izquierdas cortadas?

—Espera, espera, joder, joder.

—En un hotel del Algarve, en Portugal…

—Coño, Jaime, el *Chanclitas* y su amigo, ya no me acuerdo cómo se llamaba, así los encontraron en la habitación del hotel.

—No me digas que no te habías dado cuenta.

—Me sonaba de algo, pero ese detalle no lo tenía…

—Espero que no tenga nada que ver.

—Ya verás como no.

—Demasiada coincidencia, me temo.

—Eso no te lo puedo negar.

—Y tú sabes bien que, en cuanto hay muertos de por medio, la casualidad no existe.

Encuentro

A finales de 2013, Juan Martos, el empresario español que estuvo casado con Luz Márquez, la célebre actriz que fue asesinada en mayo de 2002, decidió regresar a donde había nacido, Ayamonte, tras muchas décadas en Venezuela, primero, y en varios países americanos, posteriormente. Con setenta y dos años cumplidos, entendió que era el momento de regresar al lugar que un día lo había visto nacer, primero, y marchar, después. Y en honor a su padre, un mariscador de la barriada de Canela, compró los derechos de explotación de un criadero de ostras, en uno de los caños, el de Pinillo, que unen Isla Cristina con Ayamonte, a través de Punta del Moral.

Para sorpresa de todos, Martos decidió vivir allí mismo, en una casona junto al caño, que acondicionó con lo básico, a pesar de contar con los medios suficientes para vivir en otros lugares y en mejores condiciones, más cómodas y lujosas. Pero es que Juan Martos quería recuperar aquellos olores, colores y sabores de su infancia, en Canela, junto al Guadiana, cuando era un niño feliz y descalzo que jugaba en la orilla, mientras su padre filtraba las almejas que había recolectado. Y del mismo modo se comportó con los que habían sido sus amigos de la infancia, algunos de los cuales aún vivían. Disfrutaba recuperando ese Ayamonte de su juventud, del Paseo, la Lota, las Angustias o de la plaza de la Laguna, y otros lugares característicos de la localidad.

Hombre práctico, sabedor de sus limitaciones —no tenía ni idea de la crianza y reproducción de las ostras—, Juan Martos se hizo con los servicios de un biólogo, llamado Ángel Gil, así como de los de un marinero retirado de Punta del Moral, José Alonso, *Aparato* por apodo, tal vez por sus grandes dimensiones y por su corte de pelo, al cero, que le procuraban un aspecto robotizado. José Alonso, hombre de pocas palabras, se ocupaba un poco de todo, así como de la vigilancia del criadero. Le gustaba a Juan Martos pasar las mañanas con *Aparato*, aprender, contemplarlo, estar a su lado, como si hacerlo lo conectara de nuevo con su infancia y con su padre.

A los pocos días de estar instalado en su nueva vivienda, en el caño de Pinillo, comenzó a observar cómo cuando oscurecía, o de madrugada, dos potentes motos de agua pasaban a toda velocidad, alterando la habitual tranquilidad del lugar. Cansado de esta situación, Juan Martos ordenó que colocaran una alambrada que impidiera el paso de los motoristas, con la intención de obligarlos a cambiar de ruta. La primera noche que estuvo colocada la alambrada, las dos motos de agua estuvieron a punto de chocar contra ella, pudiéndolo evitar gracias a su pericia y experiencia.

Juan Martos escuchó en primer lugar los motores de las motos y a continuación los gritos:

—¿Quién ha puesto esto, coño, quién lo ha puesto?

Cuando Juan Martos, cubierto por un pijama de dos piezas, tipo años sesenta, se aproximó al origen de los gritos, se encontró con dos jóvenes, portando gruesas mochilas en sus espaldas, tratando de encontrar un hueco en la valla, sentados en sus motos de agua.

—¿Qué pasa ahí? —preguntó nada más tenerlos enfrente.

—Que el caño no lo puedes cerrar, que esto es un sitio de paso —respondió *Chanclitas*, con ese acento tan característico de la zona.

—Este trozo de caño es mío —replicó Juan Martos sin vacilar.

—¡Anda ya! —exclamó *Joselín*, antes de volver por donde habían venido.

A la mañana siguiente, nada más aparecer José Alonso en el caño, Juan Martos le contó lo sucedido la noche anterior.

—Por el habla, los dos eran de la Punta, te lo digo yo —concretó el empresario, en el final de su narración.

—De la Punta somos muchos.

—Pero tú sabes quién puede ser —le preguntó Martos directamente al marinero retirado, al comprobar que no se sentía cómodo en la conversación.

—Allí hay muchos chavales que… —dudó *Aparato*.

—¿Me lo vas a decir? —insistió Martos.

—Por lo que cuenta, debe tratarse del Porta pequeño, el hijo del *Chanclas*… —le dijo José en voz baja, como si temiera que alguien lo escuchase.

—Coño, el hijo del *Chanclas*, con los buenos ratos que yo he echado con ese hombre. Cómo era, no le tenía miedo a nada.

—A nada.

—Y el hijo ha salido parecido, ¿no?

—Eso cuentan.

—Eso cuentan, eso cuentan, anda, dime ya a qué se dedica este *Chanclitas*.

—Yo no le he contado nada, pero dicen que al trapicheo, que se mete aquí por los caños y no hay quien lo pille.

—Pues como el padre, entonces.

—Eso contaban.

—Pues cuando vayas a la Punta, le dices a quien tengas que decírselo, que quiero hablar con este *Chanclitas*, que venga a verme cuando pueda.

Y ese segundo encuentro no tardó en tener lugar. No necesitaron de muchas palabras para entenderse y comenzar a trabajar juntos. Descubrieron, al mismo tiempo, que el otro tenía algo que le interesaba. Valor, inteligencia y conocer mejor que nadie los caños y esteros que unen Isla Cristina con Punta del Moral, además de conocer a la perfección el lenguaje de las mareas. Y dinero, experiencia, frialdad y contactos, de esos que te resuelven cualquier tipo de problema en menos de un segundo y que te permiten transitar por ese lado, oscuro, que el *Chanclitas* había comenzado a recorrer.

Viernes, 1 de mayo de 2020. 13:32 h

Ha estado tentada Carmen Puerto de acercarse hasta donde vive Jesús Fernández, con el objetivo de poder contar con más información respecto a la sucedido, pero finalmente ha optado por permanecer en el mismo lugar, tras el monumento de la Cruz del Campo, frente a la peluquería *low cost* cerrada, al final de la avenida Luis Montoto, apenas a cien metros de donde se encuentra la que es su vivienda o, mejor dicho, refugio o escondite, durante los últimos diez años.

No es que se sienta a salvo, o resguardada, simplemente menos expuesta. Y eso es mucho en su situación actual.

«Venga, venga, coño, venga».

Ya no se escandaliza, como hasta no hace tanto, cuando calcula el tiempo que lleva encerrada, lejos del mundo. Durante los primeros años, sí le amargaba, más que entristecerle, le enfurecía, tener conciencia plena del tiempo que llevaba lejos de todo y todos. Diez años. Con el paso de los días, sin embargo, ha ido asumiendo y autoconvenciéndose de que solo así podría haber seguido viviendo. Por lo que su aislamiento, lejos de considerarlo como una forma de perder su vida, ha sido para ella justamente lo contrario: una forma de ganarla. De una manera limitada, irracional y dantesca, incluso, pero ganada. Tantas y tantas veces se ha repetido esto la inspectora, tan asumido lo tiene, que considera este tiempo de reclusión como una auténtica y verdadera vida extra.

Vuelve a comprobar el nivel de batería que le queda en el móvil, un 17 %, impensable navegar o realizar llamadas, aunque sí entiende que debe mandarle un mensaje a Jaime Cuesta.

«Busca alguien que me abra la puerta. Te recojo», escribe a toda velocidad, ante el temor a consumir la batería.

—Mierda de baterías, con lo que nos cobran por estos teléfonos —rechista la policía, enfadada.

Jaime, en el interior del AVE, cercana la estación de Córdoba, recibe el mensaje, que no tarda en responder.

«Todo controlado», escribe.

Mirando a través de la ventanilla, a Jaime Cuesta le sorprende, nuevamente, el perfecto estado de conservación del castillo de Almodóvar del Río. Como si el tiempo no hubiera pasado por esas piedras y almenas, que parecen seguir cobijando a caballeros con armaduras y arqueros haciendo guardia en los torreones. Esta sensación de tiempo imperecedero, en pausa, le traslada a Carmen Puerto, en apenas una hora volverá a verla de nuevo, después de tantos años.

Sin previo aviso, pasó de prácticamente convivir con ella, una estrecha relación de muchas horas en la mayoría de las ocasiones, a dejar de verla, como si se la hubiera tragado la tierra. Cuando hace por recordarla, como en esta ocasión, vuelve a ver a esa mujer menuda y de pelo cobrizo, de mirada penetrante y huidiza al mismo tiempo, que se acomodaba en el asiento contiguo, como si se tratase de una cama. Jamás le gustó conducir, a pesar de proclamar constantemente su autonomía plena, y con frecuencia Jaime se lo reprochaba:

—No quieres ni ver el volante —le recordaba.

—Me aburre conducir —siempre argumentaba Carmen.

—Y a mí escribir informes, y me jodo.

—Pues no los escribas —no dudaba en responder ella, como si tal cosa.

A pesar de sus repentinas, y en ocasiones descabelladas, reacciones, de sus manías, de sus constantes cambios de comportamiento; a pesar de sus silencios, de guardarse información cuando así le interesaba, a pesar de su evidente y constante mal humor, Jaime Cuesta echa de menos a Carmen Puerto. Nada le gustaría más que volver a examinar, como tantas veces hicieron en el pasado, el escenario de un delito junto a ella y disfrutar otra vez con esa capacidad de observación y análisis, con esa velocidad mental, que tan frecuentemente le sorprendió.

Cada vez que accedían al escenario de un crimen, lo primero que ella hacía era abrir el frigorífico. Por los alimentos y bebidas que encontraba, por las fechas de caducidad, que comprobaba minuciosamente, comenzaba a establecer un perfil de la víctima o sospechoso. Sabía si era una persona organizada o caótica, previsora o atropellada, desprendida o comedida. A continuación, se dirigía al cuarto de baño, para abrir los cajones y armarios que encontrara. Anotaba en una libreta el nombre de las marcas de los geles, cremas o desodorantes. Controlaba la higiene de los peines y cepillos. «El que una persona sea limpia, sucia o, simplemente, dejada, nos cuenta mucho de ella», repetía con frecuencia. Posteriormente, se dirigía al dormitorio y abría el ropero en primer lugar. Fotografiaba las camisas, faldas y pantalones que contemplaba; anotaba marcas y tallas, rebuscaba en la parte posterior de los cajones y baldas, donde solía encontrar juguetes sexuales, grabaciones, diarios, intimidades. Examinaba las suelas de los zapatos, el diferente desgaste de las superficies, ante posibles coincidencias. Y finalizaba, si es que había, repasando los libros, películas o discos de las víctimas y sospechosos. Un examen al que le dedicaba el mayor tiempo, ya que buscaba posibles subrayados en las páginas, canciones o películas con aspecto de haber sido reproducidas con frecuencia o especialmente utilizadas. Con todos los datos, cifras y nombres anotados en su libreta, Carmen era capaz de establecer un perfil de la persona investigada que no solía diferir en exceso de la realidad. Esos momentos, que ahora recupera en su memoria, fascinaban a Jaime Cuesta. No podía dejar de mirarla, de admirarla, como si se tratara de una representación teatral de la que era el único y privilegiado espectador. Echa de menos, mucho, Jaime esos momentos, en los que aprendió la mayoría de lo que sabe de su oficio.

—Jaime, hasta última hora de la noche, o mañana, seguro que será mañana, no sabremos quién ha estado en ese cuarto oculto —le dice Julia nada más atender la llamada, que le ha devuelto a la realidad.

—¿Está Lola Vallejo con el asunto?

—Sí, por los pelos, ya que han dado positivo en COVID dos compañeros de departamento —explica Julia, mientras examina al hombre que viaja al otro lado del pasillo, y que durante un rato estuvo observándola.

«Se da un aire con Don Draper», piensa, y busca una fotografía del actor que interpretó al célebre personaje de *Mad Men* en su iPad.

—¿Te han llegado las fotografías? —pregunta Jaime Cuesta, que vuelve a ver las imágenes recibidas de la habitación oculta en la vivienda de Andrés Castro y Teresa Sánchez y que aún no le ha querido enviar a Carmen Puerto.

—Sí, sí, ya las he visto. —Y Julia las ve de nuevo en su iPad, tras despedirse de Don Draper.

—¿Te has fijado en lo de las bridas, en los brazos y tobillos? —pregunta Jaime.

—Llevas razón, debería haber marcas.

Vuelve a examinar Julia las fotografías. Una pequeña habitación cuadrada, con las paredes acolchadas, con una pantalla de televisión junto a un frigorífico bajito, de color blanco. Un mueble cama, ocupando prácticamente toda una pared, con aspecto de antiguo, y una estantería de madera clara en la que se pueden ver latas de tomate, de atún, de legumbres, de diversas verduras, así como algunos libros, novelas y algo de poesía. Y una fotografía cuadrada, de gran tamaño, de Lana del Rey, un detalle que sigue despertando la curiosidad de los policías. Delante de la estantería, a escasa distancia, lo que parece el cesto para dormir de un perro, que teniendo en cuenta las dimensiones no puede ser de gran tamaño. Más bien pequeño.

Y en el centro de la habitación, Manuel Contreras, un hombre de tez blanca y cabellera canosa, con los brazos atados al respaldar de la silla, a la altura de los codos, y los tobillos igualmente fijados a las patas, también con unas bridas de plástico negro. La cabeza hacia adelante, descansa sobre su pecho, completamente cubierto de sangre, procedente de la profunda y recta herida que ha sufrido en la mejilla. Mira de nuevo la herida de la cara Jaime Cuesta y no puede dejar de pensar en las imágenes que les enviaron sus compañeros portugueses, cuando descubrieron los cadáveres de *Chanclitas* y de su mano derecha, *Joselín*, en la habitación 249 del Hotel Bela Marina en Portimão, en el Algarve, muy cerca de Ayamonte, de donde procedían los dos hombres asesinados.

Julia Núñez comprueba si ha recibido algún mensaje de WhatsApp, pero un día más se caracteriza por su inactividad. Desde que comenzó el confinamiento de marzo, solo a principios de semana hay cierta actividad, mientras que los fines de semana todo se ralentiza, como si todas las personas con las que mantiene algún tipo de relación desaparecieran.

—Menudo plan —suspira Julia, resignada.

ॐ

Carmen Puerto, en tanto, vuelve a mirar el reloj de su móvil una vez más. Ha calculado que tardará unos diez minutos en llegar a la estación de Santa Justa, yendo a paso normal, por lo que en seis minutos iniciará la marcha. Son las 14:12. Y le queda un 11 % de batería.

«Puedo hacerlo», se repite de nuevo, y vuelve a ponerse en cuclillas, previendo un nuevo ataque de pánico.

Raro

Por azar o casualidad, y solo por unas pocas horas de diferencia, Alejandro Jiménez conoció antes a Luz Márquez que a Ana Sosa. Se la presentó Carlos Valencia, un empresario venezolano, con el que mantuvo una comida de negocios. Apuraban una copa de ron añejo, cuando la actriz se acercó a saludar a Valencia.

—Carlitos, Carlitos, no hay quien te vea —bromeó Luz Márquez nada más tenerlo enfrente.

—Pues en casa te estamos viendo siempre, porque todos, por uno u otro motivo, somos seguidores tuyos —dijo Valencia, tras limpiarse la boca con una servilleta blanca de hilo y antes de levantarse para besar las mejillas de la recién aparecida.

—Solo espero, Carlitos, que tus motivos sean honestos —prosiguió con el tono desenfadado la estrella televisiva.

—Bien sabes que siempre he sido un enamorado de tu... talento, de tu talento, querida —no bajó la guardia el empresario.

Mientras contemplaba los saludos y las bromas, Alejandro Jiménez no podía apartar la vista de la recién llegada, especialmente espectacular esa tarde, con un ceñidísimo mono blanco que se ajustaba fielmente a su curvilíneo cuerpo. Resplandeciente, a pesar de utilizar un maquillaje muy matizado, recogido su exuberante pelo cobrizo en un moño alto, que le estilizaba las facciones. Era como una aparición Luz Márquez.

—Te presento a Alejandro Jiménez —dijo Valencia, y el citado se puso en pie con prestancia y la actriz le ofreció su mano derecha, con simpatía y distancia al mismo tiempo.

Creyó ver el empresario mexicano ese rechazo, tan habitual, que le es tan familiar, cuando descubren la enorme cicatriz que cubre su mejilla izquierda. Un rechazo que Jiménez ha transformado en una obsesión por ser cada vez más poderoso, convencido de que es el verdadero antídoto. La muralla, la coraza. «El poder todo lo cambia», se repite con frecuencia Jiménez.

Tras intercambiar varias frases de cortesía, Luz Márquez se marchó como había venido, casi sin prestar atención al mexicano.

El primer encuentro con Ana Sosa, apenas unas horas después, sin embargo, fue radicalmente diferente. También presentados por Carlos Valencia, la actriz y el empresario no tardaron en conectar, tratándose pocos minutos después con una repentina familiaridad, como si se conocieran de mucho tiempo. Pasaron varias horas hablando, riendo y brindando, en un pequeño reservado de un local nocturno de Caracas. Y Ana Sosa, a diferencia de Luz Márquez, lejos de sentir rechazo por la visible cicatriz de Jiménez, sintió curiosidad y no dudó en preguntarle por el origen. Una pregunta que con frecuencia había molestado al mexicano, que en multitud de ocasiones había esquivado o mentido en su respuesta, y que aquella noche, en Caracas, a menos de una cuarta de esa mujer rubia y despampanante que lo miraba tan fijamente, le pareció un gesto de naturalidad, de sana curiosidad, y no dudó en responder, contando lo que realmente le había sucedido.

—Viejito, tú has debido sufrir mucho… —impresionada por la historia, se limitó Ana Sosa a comentar.

—Menos de lo que imaginas —trató Jiménez de recobrar su versión habitual.

Charlaban animadamente, cuando Luz Márquez, que acababa de acceder al local, acompañada de Mario Fernández, compañero de ambas en la producción que en ese momento protagonizaban, *Nueva en la ciudad*, se acercó hasta donde se encontraban. Inclinándose, asegurándose de que nadie la pudiera escuchar, solo Ana Sosa, casi rozando con los labios su oído, le dijo:

—Por lo que veo, teniendo buen contenido te da igual el envoltorio. —Y rio a continuación la actriz pelirroja. Una risa fea, que también pretendió ser despiadada.

—Eres la hija de puta mayor y más putísima que nunca he conocido —no dudó en responderle Ana Sosa, pero escenificando una sonrisa, consciente de todas las miradas que estaban pendientes de ellas.

—Espero que no te hagas daño en la lengua. —Y Luz Márquez volvió a mirar al mexicano tal y como había hecho unas horas antes, con una mezcla de asco y desprecio, o así lo sintió él.

Jiménez, al tanto de todo lo que estaba sucediendo, no tardó en preguntarle a su nueva amiga, una vez que Luz Márquez se había marchado.

—Es una hija de puta, solamente, pero tú sonríe, no pongas esa cara, querido, que las cámaras nunca se cortan en esta producción —le respondió Ana Sosa, sin dejar de sonreír, como si se tratase de un momento agradable.

—Te dijo algo de mi cicatriz, ¿verdad?

—No, esa perra prefiere ir directa hacia mí.

—No te creo.

—Pues créeme, porque es así.

—Vaya.

Pero Alejandro Jiménez tuvo claro que Ana Sosa no le había dicho la verdad, y que se había referido a él, y a su cicatriz, especialmente. Una amarga sensación que raramente padece, pero que cuando llega le procura al mexicano un profundo malestar. Amargura y soledad. Vuelve a sentirse como ese niño observado permanentemente, como ese extraño en todos los lugares.

Solo, raro, lejos.

Jaime Cuesta recibe un mensaje de David Frías, un inspector de policía con el que mantiene una especial buena relación desde años atrás, cuando coincidieron en la academia de Ávila, y destinado en Sevilla desde 2008.

«Desde las dos y media te espera mi hombre en la dirección que me has facilitado. Puedes fiarte de él, no te hará ninguna pregunta».

«Hasta las menos veinte no estaré por allí», responde Jaime.

«OK».

El AVE comienza a aminorar su marcha, y cuando empieza a recorrer el interior de la estación de Santa Justa su velocidad disminuye aún más. Jaime Cuesta está nervioso, y es incapaz de disimularlo. Durante mucho tiempo ha querido que este momento llegara y nunca podría haber imaginado que lo hiciera de esta manera, tan de improviso. Por un segundo piensa en esto, y está convencido de que es mejor así. Un encuentro pactado con previa antelación le habría supuesto varios días de impaciente espera.

Al poner el pie en el arcén, Jaime siente la vibración de su teléfono, acaba de recibir un mensaje.

«No he podido ir a la estación, avísame cuando estés dentro de mi casa», le acaba de escribir Carmen Puerto.

A pesar de la decepción que le supone, no duda en responder. «OK».

Carmen Puerto le ha enviado el mensaje a Jaime Cuesta desde muy cerca, desde la avenida de Kansas City, frente a la puerta lateral de la estación, muy cerca de donde se ubica la célebre estatua de un explorador sioux, y que justifica la denominación de la vía. Semioculta tras unos contenedores verdes de basura, espera la llegada del que fuera su compañero durante tantos años.

No tarda en producirse, solo cuatro minutos después. Más canoso, más despoblada la frente, más rellenito, y menos erguido, viste unos pantalones y americana azul marino y una camisa blanca. De la espalda le cuelga una pequeña mochila. Una amalgama de sentimientos se disparan en el interior de la inspectora, que por este motivo, entre otros, ha decidido no recogerlo, tal y como le había anunciado. No es capaz de controlar sus reacciones estando fuera.

Jaime cruza la avenida, casi enfrente de donde se encuentra Carmen Puerto, y gira la cabeza hacia un lado y otro para comprobar que ningún vehículo se aproxime. Sin esperar a que el semáforo cambie a verde, cruza. Guiándose por el Google Maps se dirige hacia la dirección que le ha proporcionado la policía, calle Padre Pedro Ayala. «Muy cerca de la avenida Andalucía, hay una peluquería debajo», le recalcó en el mensaje. «Ya lo sé», no quiso responderle.

A paso ligero, comienza a recorrer las primeras calles del sevillano barrio de Nervión en dirección a la antigua fábrica de Cruzcampo, que se encuentra a escasos metros. A Carmen, en un principio, le cuesta seguir su ritmo, tiene que acelerar el paso y no está acostumbrada, a pesar de los ejercicios que realiza diariamente. En diez minutos, Jaime llega al lugar indicado, y nada más hacerlo un hombre de mediana estatura sale de un coche aparcado a escasos metros.

—Inspector —le dice en voz baja.

—¿Qué tal?

—¿Esta es la puerta?

—Sí, más otra al final de la escalera.

—De acuerdo.

Mientras Carmen contempla desde unos metros atrás este encuentro, recibe una llamada. Se trata de su abogado, Juan Santamaría.

—A buenas horas —susurra, a la vez que la rechaza.

Experimentado profesional, no tarda el policía que esperaba a Jaime Cuesta más de cinco minutos en abrir las dos puertas. Nada más concluir, abandona el edificio y se introduce de nuevo en su vehículo. No ha dejado la inspectora de ver cómo se aleja, en dirección a la Gran Plaza, cuando recibe la llamada de Jaime Cuesta.

—Ya estoy solo.

—Ábreme la puerta de abajo —no termina de decir, ya que ha consumido toda la batería de su teléfono.

Se le hace extraño a Carmen Puerto recorrer la calle en la que ha vivido en los últimos años. No la reconoce, no la percibe como suya. Solo cuando llega a la porción que contempla a través del videoportero se siente en casa. Frente a la puerta, la golpea levemente con los nudillos. Se abre, lentamente, una rendija, que Carmen empuja para poder acceder al interior.

—Hola —le dice Jaime Cuesta, nada más verla.

—Voy para arriba, tú espera aquí —le ordena la policía, y asciende la escalera a toda velocidad.

No tarda en regresar con un juego de llaves que tenía guardado en su dormitorio y con un par de candados que había dejado en la cocina, en un cajón bajo el horno, ante un posible imprevisto, como el de hoy.

—Ya puedes subir —le dice Carmen a Jaime.

El encuentro a mitad de escalera apenas dura una décima de segundo, Carmen no le presta atención al que fuera su compañero durante años y mantiene su mirada fija en la puerta de la calle. Tras cerrar las tres cerraduras y colocar dos candados, regresa lentamente a su vivienda. En el trayecto sigue sin saber cómo comportarse en este momento, que nunca podría haber previsto.

Al llegar al salón, entre las penumbras que en este preciso momento le sorprenden, tras las horas pasadas en el exterior, encuentra a Jaime Cuesta frente a la reproducción de Alex Katz de las bañistas que caminan por la playa —y que oculta la puerta del montacargas con el que se comunica con Jesús—. Se piensa las palabras, un instante, antes de hablar.

—Hola, Jaime, ¿cómo estás? —Le gustaría a la inspectora mirarlo con mayor detenimiento, pero es incapaz de hacerlo.

—Bien, Carmen, bien…, así que es aquí donde vives… —Y Jaime se gira examinando la oscura habitación.

—Bueno, sí, desde hace unos meses, pronto me buscaré un sitio más…, ya sabes —miente con escaso convencimiento.

—Ya… Te veo bien, Carmen, mejor de lo que esperaba. —Es sincero Jaime, que temía este momento, por prever una imagen muy diferente de la que tenía de su compañera, cuando no es así.

—¿Me esperabas con el pelo blanco y por el culo, famélica, con ojeras y sin poder hablar, como una versión femenina de *El conde de Montecristo*, o qué? —Por un segundo, Carmen Puerto saca a relucir su genio habitual.

—No sé cómo te podría encontrar, la verdad. Ha pasado mucho tiempo. —Es sincero Jaime, que le encantaría poder abrazarla, y no lo hace ante el temor a su posible reacción.

La inspectora se atreve a mirar a Jaime por un mayor espacio de tiempo.

—¿Sigues fumando?

—Me temo que sí, y por lo que veo, tú también sigues con el vicio… —El evidente olor de la habitación cerrada y el paquete y cenicero que se encuentran en la mesa así lo atestiguan.

—Pues dame un cigarro.

—Ten. —Y extrae una cajetilla del interior de la americana y le ofrece un cigarrillo, que lo toma con cierta precipitación.

Con un gesto, la inspectora le indica a Jaime que tome asiento en una silla, de la que tiene que quitar varias carpetas.

—Joder, cuánto hacía que no me fumaba uno de estos… —dice Carmen tras la primera calada. No se atreve a distinguir si le agrada o no su sabor.

—Carmen, tengo tantas cosas que decirte, que no sé por dónde empezar —confiesa Jaime, mirándola directamente a los ojos. A pesar de los años transcurridos, sigue viendo a la misma mujer que conoció.

—Lo primero que me tienes que decir es lo que ha sucedido, cuéntame todos los detalles. —Muy fría, Carmen evita cualquier tipo de acercamiento.

El inspector, en gran medida decepcionado por la distancia que percibe, comienza a narrar los hechos como si estuviera hablando con ella por teléfono.

—Te cuento: no sabemos por qué, pero Jesús Fernández decidió esta mañana descolgarse por su terraza para colarse en la del vecino…

—No me puedo creer que Jesús haya hecho eso.

—Pues lo ha hecho.

—Me dejas muerta.

—Lo ha hecho, y sabemos que lo ha hecho porque hemos descubierto las puertas abiertas de las dos cocinas y porque un vecino de un bloque de enfrente, un hombre llamado Manuel Contreras, lo vio. Este mismo hombre, tras comprobar que Jesús no aparecía, decidió ir a ver lo que estaba pasando, así nos lo ha contado su esposa, Beatriz Rosas.

—Espera, espera —solicita Carmen, al tiempo que escribe en una de sus libretas con las pastas verdes.

—A este hombre, el vecino, Manuel Contreras, lo hemos encontrado muerto en el domicilio de Andrés Castro y Teresa Sánchez, vecinos de Jesús Fernández, en el interior de lo que parece una habitación secreta o zulo, muy bien camuflada...

—No me jodas.

—Espera que siga.

—Y se da la casualidad —prosigue Carmen— que esos vecinos son los padres de Amalia Castro, la chica que desapareció después de que Lucas Matesanz, el profesor de Moguer, Huelva, la secuestrara o se fugaran...

—Eso es... —asiente Jaime.

—Demasiadas casualidades y coincidencias, ¿no?

—Y todavía hay alguna más... —insinúa Jaime.

—Dime.

—El hombre asesinado...

—¿Envenenado, desangrado, cómo? —impaciente la inspectora.

—Bueno, creemos que...

—¿Ya hay algún informe? —pregunta Carmen al tiempo que apaga el cigarrillo.

—No, todavía no, pero tenía unas bridas que lo ataban a la silla, en los antebrazos y los tobillos, y no hay rozaduras...

—Ya, comprendo, no intentó o no pudo liberarse...

—Eso es, no hay evidencias de haber intentado soltarse.

—Ya...

—Pero hay algo más, Carmen, que no te he contado hasta ahora —comienza a decir Jaime Cuesta.

—Pues dímelo ya —exige.

—Tenía cortada, perfectamente, la mejilla izquierda...

—Joder, joder, joder, como el *Chanclitas* y su compinche —no tarda en recordar Carmen, que ha estado a punto de comentarle a Karen sus primeras impresiones.

Conecta su ordenador y la pantalla de enfrente, como si se encontrara sola, necesita volver a ver una fotografía. Perfectamente ordenados sus archivos, le es fácil encontrarla en una carpeta denominada «Sandra y Ana, Ayamonte 2018». En la fotografía se puede ver a Gustavo Porta, más conocido como *Chanclitas*, junto a *Joselín*, apodo de José Duarte, tumbados en una cama, con los torsos al descubierto, los dos luciendo unos colgantes con unas estrellas de mar, en apariencia de plata, y con las mejillas izquierdas seccionadas.

—¿Tenemos fotografía del asesinado hoy?

—Te la acabo de enviar.

—Es exactamente igual —dice Carmen, nada más verla.

—Eso mismo pienso yo —confirma Jaime.

—¿Habéis pedido pruebas de ADN de lo encontrado en esa habitación secreta?

—Las hemos pedido.

—¿Lola Vallejo está operativa?

—La Vallejo está operativa —responde Jaime.

Al situar en la pantalla las dos fotografías, y gracias a su manera de examinarlas, por los movimientos de sus ojos, por sus anotaciones, Jaime vuelve a ver a la Carmen Puerto que tanto ha echado de menos, a la compañera que tanto admiró, y una emoción inexplicable, pero eufórica, lo embarga.

—Jaime, Jaime... —comienza a decir Carmen, a la vez que lía un cigarrillo con tabaco Cutter Choice de hebra, como de costumbre.

—¿Qué?

—Tú sabes que esto es cualquier cosa menos una casualidad.

—Eso me temo.

SEVILLA / MÉXICO D. F., 8 DE SEPTIEMBRE DE 2018

—Sabes que puedes contar conmigo para lo que estimes, para todo lo que estimes.

—Ya lo sé.

—No creo que haya nada peor que enterrar a tus hijos.

—Yo tampoco.

—Nada te puede aliviar el dolor, lo sé, pero a veces la venganza también es como un... bálsamo.

—¿Qué quieres decir con eso?

—Que estoy a tu entera disposición, para lo que sea necesario, para todo lo que sea necesario...

Carmen Puerto vuelve a llamar al teléfono de Jesús Fernández, obteniendo la misma respuesta: apagado o fuera de cobertura.

—Jesús sigue sin atender mis llamadas…

—Yo no lo volvería a llamar —le aconseja Jaime.

—Temo que le haya pasado algo —confiesa Carmen.

—No sé qué decirte.

—Sí sabes qué decirme, pero mejor no lo digas.

Y durante unos segundos permanecen en silencio, mirándose, hasta que la inspectora pregunta:

—¿Quieres un capuchino?

—¿Sigues con eso? —No puede evitar sonreír.

—Claro, ¿sigues tú con los cortados largos de café? —no duda en replicar.

—La verdad es que sí.

—Pues eso.

—Sí, hazme uno, antes de que me vaya a recoger a Julia —acepta.

—¿Cómo? —pregunta Carmen, extrañada, enfadada, de regreso al salón.

—Que sí, que quiero un capuchino…

—No, no me refiero a eso… Julia, ¿qué dices de Julia?

—Que llega en unos minutos. —Por experiencia, sabe Jaime que está a punto de comenzar la tormenta.

—Pero no aquí —se muestra todo lo tajante que es capaz, a la vez que señala el suelo.

—Yo nunca he dicho que vaya a venir aquí —reacciona Jaime.

—Eso tenlo claro.

—Lo tengo claro.

—Por aquí no la quiero ver —insiste Carmen, como si no terminara de creer a Jaime.

—No la verás —repite el policía. Por una vez no le molesta recuperar a la Carmen quejosa y malhumorada de siempre.

—Vais a ir al piso de Jesús, imagino —en cierto modo, le ordena Carmen.

—Sabes que no es tan fácil. *Jefe* no sabe que estamos aquí y solo podremos incorporarnos a la investigación…

—¿Cuándo te vas a librar de ese funcionario que llevas dentro? —le reprocha la inspectora, con la taza en la mano.

—Carmen, Carmen, hay un protocolo, unas normas, quieras o no, así de simple —contraataca.

—¿Las que tú has seguido para que vengan a abrir mi puerta? —cuestiona Carmen, y señala a Jaime con el dedo índice.

—Por favor, no es lo mismo.

—¿Tú crees?

Jaime Cuesta sonríe —una sonrisa de «vamos a dejarlo ya»— y se pone en pie.

—Bueno, Carmen, me voy. —Y cuando lo dice recrea un gesto triste, como si presintiera que no la va a volver a ver.

La inspectora, en cambio, escenifica indiferencia, distancia incluso.

—Estupendo, solo te pido que me vayas informando.

—Ya sabes que lo haré.

—Eso espero.

Acompaña Carmen a Jaime Cuesta a la salida. En la puerta lo despide con una mirada, sin palabras, y él actúa del mismo modo. De nuevo, contemplar la calle, a pesar de la soledad que desprende —no hay nadie— le procura una sensación incómoda, insegura. Le transmite miedo.

—No te olvides la mascarilla —le advierte a Jaime antes de desaparecer.

Y nada más cerrar la puerta, girar las cerraduras y colocar los candados, Carmen Puerto se desploma sobre el suelo. Sin fuerza, permanece en cuclillas, con la espalda apoyada en la pared, durante varios minutos. Sin poder remediarlo, comienza a llorar. Un llanto trágico, dolorido, profundo. Con Jesús en paradero desconocido, sola de nuevo tras la salida de Jaime, se siente más frágil y débil que lo que nunca se ha sentido. Por un segundo tiene la intención de llamar a su compañero y pedirle que vuelva, para estar a su lado. Para no estar sola. No es solo no tener a nadie que le haga la compra o que se ocupe de sacarle la basura, es mucho más que eso. Es no tener a nadie al que acudir, y da igual el motivo.

ᘇ

Jaime, aunque no suelen ser agradables las conversaciones, especialmente en los últimos años, llama a *Jefe*.

—Dime —su voz sigue siendo grave y lejana.

—Tenemos un caso, que puede estar conectado con las desapariciones de Ayamonte, las dos chicas, y la muerte de Sandra, la hija de Alfonso Peinado, ¿recuerdas?

—Cuéntame.

Jaime emplea un par de minutos en contarle lo sucedido, *Jefe* escucha en completo silencio, sin emitir ni un solo sonido.

—¿Tú dónde estás? —le pregunta *Jefe*, nada más concluir el relato.

—En Sevilla… —responde, consciente de que puede ser el inicio de una reprimenda.

—Carmen hace contigo lo que quiere. Lo que le da la gana.

—No tenía a nadie a quien acudir —justifica el policía.

—Ya que estás ahí, ocúpate tú de esto, no quiero líos ni montar un circo, que parece que la cosa va mejor con la pandemia y no tenemos que ser nosotros, precisamente, los que demos más malas noticias.

—Julia está a punto de llegar.

—Parece que ya lo habéis todos decidido y organizado… ¿Algo más que deba saber?

—Deberíamos hablar con…

—No te preocupes, yo me ocupo de todo, del juez y del comisario de Sevilla… Es buen amigo —dice antes de colgar.

No puede creer Jaime la repentina reacción de *Jefe*, hasta el punto de que le es irreconocible esa persona con la que acaba de hablar por teléfono. Esa diligencia, esa predisposición, le resulta tan extraña como desconcertante. En cualquier otro momento, su respuesta habría sido completamente diferente, y Jaime habría padecido los efectos de su mal humor y toscos y dictatoriales modales, como habitualmente. Sin embargo, por motivos que desconoce, en esta ocasión no ha sido así.

Acepta Jaime con agrado esta nueva versión de *Jefe*. Prefiere no dedicarle más tiempo al motivo de su cambio de actitud, y así poder centrar todos sus sentidos y atención en este nuevo caso con el que se ha encontrado de la manera más inesperada.

—Estoy a punto de llegar —dice Jaime, nada más atender la llamada de Julia.

—En la puerta estoy —le comunica la subinspectora, que acaba de quitarse la chaqueta azul que llevaba puesta.

—Dos minutos.

—¿Y este calor?

—Verano casi.

Aunque ya hace unos minutos que se han llevado el cuerpo de Manuel Contreras, todavía hay una docena de curiosos en las inmediaciones del edificio, que sigue controlado por la policía. Julia no puede dejar de mirar la fotografía que ha recibido de la esposa del fallecido, unos minutos después de conocer la terrible noticia. Piensa en cómo ha cambiado su vida esta mañana, en apenas unos minutos, sin previo aviso. Las terribles coincidencias que se han producido para concluir en tan fatal desenlace. Imagina a la pareja la noche anterior, cenando tranquilamente en su casa, que está justo enfrente de donde se encuentra Julia en este momento. O desayunando esta misma mañana, tranquilos, sin poder imaginarse lo que les aguardaba.

Puede ver la policía cómo aparece Jaime, que pasa junto a una carnicería con el escaparate repleto de ofertas escritas a mano.

—Gracias por esperarme —dice Jaime.

—Acabo de llegar.

—¿Subimos?

—Vamos.

En el recorrido, Jaime y Julia se ponen al día sobre toda la información obtenida hasta el momento. Las únicas evidencias que poseen son que Manuel Contreras ha sido asesinado, y que Jesús Fernández y el matrimonio compuesto por Andrés Castro y Teresa Sánchez se encuentra en paradero desconocido.

Ni ellos mismos, ni sus familiares atienden a las llamadas. El milimetrado corte en la mejilla izquierda de Manuel Contreras es otra evidencia, que los conecta con un caso del pasado, en 2018, en Ayamonte, Huelva. No pueden evitar recuperar a Lucas Matesanz, el amante-secuestrador de Amalia, la hija del matrimonio desaparecido, que supuestamente falleció en 2017, cuando saltó desde el puente de Ayamonte al río Guadiana. Es como si se hubiera disuelto por completo hasta este momento, como si en todo este tiempo hubiera estado encerrado.

Cuando acceden a la vivienda, varios miembros de la policía científica examinan la habitación secreta, en la que han descubierto el cuerpo de Manuel Contreras, así como el resto de dependencias. Otro dato que han podido conseguir es que el matrimonio no llevaba tanto tiempo ocupando la vivienda, en régimen de alquiler, ya que se instalaron ocho meses antes, en octubre de 2019.

—¿Algo en el piso del peluquero?

—¿Peluquero? —pregunta extrañada Julia.

—Sí, Jesús Fernández, he leído que es peluquero —reacciona Jaime con rapidez. De momento, no quiere desvelar que se trata del «inquilino» de Carmen Puerto, y cuyo nombre apareció en los informes del caso conocido como el Amante Ácido, y que tuvo lugar en junio de 2014.

—Ah, vale. No, no han encontrado nada en su casa.

—De todos modos, echaremos un vistazo —advierte Jaime.

En el descansillo de la segunda planta, dos agentes de policía toman declaración a un vecino de avanzada edad, que sigue sin poder creer lo que ha sucedido. Una vez más, vuelve a repetir lo dicho anteriormente: que apenas ha podido ver nada, como consecuencia de la lesión ocular que padece, y que alguien abandonó la vivienda sobre las diez de la mañana.

—Según nos ha comentado un vecino, los propietarios pasan temporadas en una casa en el campo —les comunica un agente a Jaime y Julia.

—¿Sabemos dónde? —pregunta Jaime.

—Por fin lo hemos conseguido. Por San José de la Rinconada, a pocos kilómetros de Sevilla.

—Que nos cuenten cuando lleguen.

—Entendido.

—¿Ningún familiar?

—Sí, en teoría una hija del matrimonio, que no atiende el teléfono.

—¿En Moguer?

—Sí, en Moguer.

Jaime y Julia recorren las diferentes habitaciones de la vivienda buscando alguna señal o pista que les aporte luz sobre el caso. En primer lugar, se dirigen al dormitorio de los ancianos. Un espacio sencillo, de escasa decoración, en el que no encuentran nada llamativo. Lo mismo sucede en la cocina, donde lo único destacable es la multitud de tarros de comida congelada que encuentran en un arcón.

—Parece que les dejaron platos ya preparados para un buen tiempo, a los que vivieran aquí —dice Julia.

—Eso parece —asiente Jaime, que no puede dejar de pensar en Carmen y en su especial «predilección» por las cocinas.

—Y por el tamaño de los tarros, en esa habitación había dos personas.

—O un comilón.

—No creo que fuera un comilón. Alguien que está encerrado en esa habitación no puede comer mucho —detalla Julia.

—Si es que había alguien en esa habitación.

—Había.

—Bueno...

—Lo que sí había era un perro. —Señala la policía hacia un comedero de aluminio, junto a un saco de pienso.

—Pues ya no está.

Como es lógico, en la habitación en la que se detienen por más espacio de tiempo es la que tiene un acceso camuflado en la pared y cuyas paredes están acolchadas. Con guantes de látex en las manos examinan cada centímetro, en búsqueda de una señal o rastro que seguir. Con cuidado, Jaime baja el mueble cama, hasta llevarlo al suelo, para comprobar que no haya nada en el colchón o entre las mantas. Le llama la atención una grande y redonda mancha negra, todo apunta a tinta, muy cerca del dobladillo superior. La fotografía con su móvil.

—Alguien escribe en la cama —dice Julia.

—Eso parece.

A continuación, Jaime se pone en cuclillas para examinar con detalle el interior del pequeño frigorífico. Latas de refrescos sin azúcar, de Bitter, dos botellas de agua, y muchas manzanas, gelatinas bajas en calorías, de piña y fresa. Sobre el frigorífico, un microondas de color blanco, y a su lado una estantería en la que se amontonan, en una balda, latas de conserva, de sardinas y de atún especialmente, también de tomate frito y de sopas preparadas, y tres libros. La poesía completa de Dylan Thomas, una edición de pastas negras, un ejemplar bastante antiguo, por su aspecto, de *El viejo y el mar*, de Ernest Hemingway, y una novela de Honoré de Balzac titulada *El coronel Charbert*. A su lado, una fotografía de la cantante Lana del Rey.

—Jaime, este frigorífico lo han usado como apoyo, por si no podían salir en unas pocas horas. La comida está, realmente, en el congelador grande de la cocina —explica Julia.

—Si es que aquí había alguien.

—Había.

En la balda superior, en la que se ubican las conservas, encuentran una bolsa de plástico verde, que contiene tarros de maquillaje y a su lado pelucas, tanto rubias como morenas, así como algunas barbas, patillas y bigotes postizos.

—Quien estuviera aquí, de vez en cuando salía a dar una vuelta —anuncia Jaime, y levanta una peluca ayudándose de un bolígrafo.

—¿Ya crees que había alguien aquí?

—Eso parece.

—Y se cambia de sexo o aquí había dos personas: un hombre y una mujer —apostilla Julia, que no deja de tomar fotografías con su teléfono móvil.

—Es evidente.

—Ya está claro que había una mujer —confirma la subinspectora, al tiempo que le muestra a Jaime un paquete de compresas que ha encontrado tras una de las pelucas, en la balda superior.

—Todo apunta. —Y sonríe.

Jaime mira hacia el charco de sangre que aún permanece en el suelo, y sobre el que estuvo el cuerpo sin vida de Manuel Contreras. Trata de hacer una composición de la escena, volviendo a ver las imágenes de la víctima que ha recibido con anterioridad. De espaldas a la puerta, frente al mueble cama, así es como encontraron a la víctima, con los tobillos y los antebrazos fijados a una silla con unas bridas de plástico. Sin rozaduras en su piel, lo que apunta a que ya había fallecido cuando lo fijaron a la silla. El policía no puede dejar de pensar en esto.

—¿Lola Vallejo ha dicho ya algo?

—Jaime, despídete, ten en cuenta en las circunstancias que estamos trabajando, hasta la noche no tendremos nada —le advierte Julia.

—Joder.

—Joder, no, que estamos en Sevilla, en plena pandemia, y ella está en Madrid. Si apenas han dejado trenes…

—Es verdad.

—¿Vemos la casa del tal Jesús? —pregunta la agente.

—Vamos.

&

Carmen Puerto, entregada por completo a su intuición, sigue con su reconstrucción de los hechos protagonizados por Lucas Matesanz, convencida plenamente de que se trataba de la persona que ocupaba el interior de la habitación secreta que han descubierto. Igualmente, recupera la carpeta que creó en su ordenador sobre las desapariciones de Sandra Peinado y Ana Casaño, en el verano de 2018. Esa mejilla seccionada le traslada, irremediablemente, a Gustavo Porta, más conocido como *Chanclitas*, que, junto a su hombre de confianza, *Joselín*, apareció muerto en un hotel del Algarve portugués, con una mejilla cortada del mismo modo. En parte reciente el caso en su memoria, estuvo muy implicada en su resolución, a pesar de incorporarse una vez ya iniciada la investigación, Carmen repasa las notas que conserva.

—Karen, tú ya sabes que no soy de creer en las casualidades, y esta vez todavía menos —le dice, sin girarse, a la litografía.

121

La inspectora contrasta las imágenes de las víctimas con las mejillas seccionadas y cree descubrir un único responsable en las tres que contempla.

—Joder, es que el Lucas este se tiró al Guadiana, en su paso por Ayamonte, otra casualidad más... —Y escribe en su libreta de pastas verdes.

Lo único que la inspectora, en este momento, achaca a la casualidad es la desaparición de Jesús, el «inquilino» de la peluquería bajo su casa, y que es su nexo de unión con el mundo.

—Ha tenido la mala suerte de estar en el peor lugar en el peor momento —se repite la policía, mientras lía un cigarrillo—, en el peor lugar y en el peor momento, solo eso...

Sin embargo, a pesar de las repeticiones, que pretende convertir en un mantra, el mensaje no cala en el interior de la inspectora, tan poco dada a aceptar aquellas explicaciones o teorías que se resuelven acudiendo a la casualidad o el azar.

—En el peor momento, mala suerte —no deja de repetir.

∞

Jesús Fernández, en posición fetal, con el cuerpo inmovilizado como consecuencia del fármaco que le han administrado, con la boca cubierta por cinta americana, se encuentra dentro de una caja que, por el tacto, intuye de corcho blanco. Y por el movimiento, también intuye que se encuentra en el interior de un vehículo. Cada poco, escucha el sonido de algo o alguien que araña la superficie externa, como si pretendiera abrir el cajón en el que se encuentra.

Pinillo

Nunca consiguió Juan Martos que se estabilizara la reproducción de las ostras en su criadero del estero de Pinillo, como nunca consiguió suavizar su paladar. Excesivamente saladas y de bocado prieto, como si le fuera imposible doblegarlas en su naturaleza, que siempre acababan imponiendo. Porque aunque el biólogo que contrató Juan Martos, Ángel Gil, trajo crías de Francia, en un intento por domesticar a las ostras nativas del caño, nunca pudo imponer el sabor de las importadas. Nunca le dio a esto importancia el empresario, que jamás entendió el criadero de Pinillo como un negocio o empresa, y sí como un entretenimiento, además de un homenaje a su padre, Manuel Martos. Un mariscador de la barriada de Canela, en la orilla del Guadiana, en la desembocadura, muy cerca de Ayamonte, que se pasó la vida en pantalones cortos, recolectando almejas en el fango, ya hiciese frío o calor, todos los días del año. Tal vez por eso, desde que se instaló en el estero de Pinillo, Juan Martos estuvo casi siempre en pantalones cortos, como si hacerlo formara parte de un postrero homenaje a su padre, en esta parte final de su vida. Un regreso a lo que fue, a las raíces, a lo que, realmente, nunca dejó de ser. Porque como las ostras de Pinillo, Juan Martos nunca ha conseguido domesticar o cambiar su propia naturaleza. Como mucho, domesticarla, esconderla, aplacarla.

Cuando regresó a Ayamonte a finales de 2013, Juan creyó que sería para siempre, que ya nunca lo abandonaría, pero solo unos meses después, en junio de 2014, decidió que era lo mejor que podía hacer. Cumplidos parte de los objetivos, aunque no hubiera forma de incriminarlo en ningún delito, Juan optó por una prudente y silenciosa retirada. Siempre ha sabido por propia experiencia que en determinadas situaciones lo más acertado es poner tierra de por medio y volver cuando todo se haya calmado. Y eso es lo que hizo.

También ayudó que realizara algunas llamadas, a personas influyentes, que le procuraron tranquilidad, desaparecer del cuadro, evitar preguntas incómodas. Favores cobrados debidamente.

Tras unos meses en Dubái y Pontevedra, donde compró un pazo en donde supuso que había nacido su madre, regresó Juan Martos a Ayamonte a principios de 2016. Y hasta octubre de 2018, la muerte de Sandra Peinado, que ocupó las portadas de todos los periódicos del país, y, sobre todo, las de *Chanclitas* y *Joselín,* propiciaron su nueva partida, permaneció en su casa del Pinillo. Unas muertes muy sentidas para el empresario, especialmente la de *Chanclitas*, el hijo de su amigo, con el que mantuvo una estrecha relación durante sus últimos años de vida. Y es que lo miraba, o hablaba con él, y creía estar otra vez frente a su amigo *Chanclas*, el hombre con menos miedo que ha conocido en su vida.

En el verano de 2019, cuando creyó que las aguas habían vuelto a su cauce, Juan Martos regresó a su finca en el Pinillo, que encontró tal y como había dejado. Fundamentalmente, gracias al trabajo de una pareja que se instaló en la explotación a mediados de 2017, Luis y Natalia, recomendados por *Chanclitas*.

A pesar de que al empresario le costó acostumbrarse a la pareja —a la que no dudó en calificar como extraña, por su silencio, por su aspecto y por la diferencia de edad existente entre ellos—, no tardó en reconocer sus habilidades y dedicación, pendientes hasta del más pequeño de los detalles, a cualquier hora. Pero lo que más le llamó la atención a Juan Martos es que nunca salieran de la finca, que cuidaran hasta el extremo el mostrarse a la luz del día, aunque solo fuese para acercarse hasta el estanque de las ostras y que prefiriesen la noche o el amanecer para realizar sus tareas. Este evidente interés por mantenerse ocultos, unido al interés de *Chanclitas* porque estuvieran a su lado, tal y como le comentó en algún mensaje, activaron la precaución, incluso la desconfianza, de Martos, que nunca dejó de observarlos con atención, en el tiempo en el que convivieron.

Y es que el empresario siempre ha tenido claro que tras ese cráneo rapado de Luis y esa perilla, así como tras las camisetas de fútbol y los pantalones vaqueros rotos, se escondía un hombre completamente diferente al que pretendía aparentar. Y lo mismo le sucedía con Natalia. Ese pelo de un negro tan intenso, y tan corto, siempre en chándal, los ojos permanentemente cubiertos por unas gafas de sol muy oscuras, constituían más una fachada, un escudo, que la representación real de su personalidad. Unido esto a la distancia y silencio de la pareja, que pasaba los días sin escucharlos, como si fueran dos fantasmas que apenas susurraban, hizo que Juan Martos buscase ese hueco, esa rendija, por la que colarse para contemplar la verdad, convencido de que no eran tal y como los estaba viendo.

Esta precaución no mermaba su confianza en *Chanclitas*, que permanecía intacta más allá de su muerte. Si le había dicho que Luis y Natalia eran las personas ideales para hacerse cargo de Pinillo, nunca lo puso en tela de juicio, y el transcurso de los días, a pesar de su permanente extrañeza, fueron la prueba más evidente de que el joven narcotraficante no le mintió.

En todos los meses que convivieron, hasta marzo de 2020, una semana antes de que se decretase el estado de alarma en España por motivo de la pandemia originada por el COVID-19, el único momento en el que Luis actuó de un modo que a Juan Martos le llamó especialmente la atención se produjo cuando una mañana de principios de noviembre, de 2019, la guardia civil apareció en Pinillo para preguntarle a Juan Martos si había vuelto a ver movimiento nocturno de embarcaciones por el estero, ya que se había producido un repunte del tráfico de droga en la zona. Natalia corrió a esconderse en la pequeña vivienda que ocupaban, al otro lado del patio, mientras que Luis permaneció en la cocina de la casa, empuñando con fuerza el cuchillo que utilizaban para abrir las ostras.

Cuando Juan Martos finalizó su conversación con los agentes y regresó de nuevo a la vivienda, aún permanecía Luis donde lo había dejado, y apretando con la misma fuerza, con la misma rabia, el cuchillo. De tal modo, que cuando al fin liberó el arma, la empuñadura estaba tatuada en la palma de su mano. En ese instante, y por espacio de unos segundos, las miradas de los dos hombres se cruzaron. Una de esas miradas que tanto cuentan, tanto explican, sin necesidad de formular una pregunta.

En ese preciso instante, Juan Martos tuvo conciencia plena de la auténtica naturaleza de Luis. Algo que, lejos de inquietarle, lo acercó más a él. Y, desde ese momento, se estableció entre ambos hombres una relación marcada por la fidelidad y el respeto, también por la admiración.

Quien no paga con loas o salarios
nada entiende de mi oficio o mi arte.

Viernes, 1 de mayo de 2020. 18:46 h

Carmen Puerto acaba de comprobar que los candados coloca-
dos en la puerta de la calle siguen tal y como los dejó y que el
sonriente My Little Pony de la escalera de caracol, que conduce
a la azotea, sigue repitiendo sus frases juguetonas cuando se ha
acercado, y que la cerradura de la trampilla cuenta con todas
las vueltas. Y antes de realizar estas comprobaciones, Carmen
buscó tras los cajones de su armario su arma reglamentaria. Y
comprobó que estaba lleno el cargador.

«Es una casualidad, es una casualidad, es una puta
casualidad».

«Puta casualidad».

«Casualidad».

«Solo una casualidad».

«Casualidad».

Pero hasta que pudo hacer todo esto, la inspectora tuvo que
pasar por la ducha, y estar durante quince minutos bajo los chorros de agua fría, y tomar un Orfidal —a pesar de que llevaba
varios meses sin hacerlo—, necesitada de controlar la ansiedad que se había instalado en su interior. Ansiedad producto
del pánico, del miedo que una fotografía enviada por Jaime le
había provocado. En una de las baldas —junto al frigorífico—
de la habitación secreta, donde han encontrado el cuerpo
muerto y con una mejilla cortada de Manuel Contreras, entre
las novelas de Hemingway y Balzac, ha podido ver la antología

poética de Dylan Thomas, el poeta de referencia de Carmen Puerto, del que lee todas las noches un poema antes de dormir. Desde entonces lo tiene claro: nada de lo que está sucediendo es casual o producto del azar.

«Puta casualidad».

«Casualidad».

«Solo una casualidad».

Por un instante, se ha sentido vigilada, al descubierto, indefensa, como si alguien contara con la capacidad de observarla, tal si sus paredes fueran de un vidrio transparente, que lo muestran todo. Como si alguien supiera lo que hace a cada momento, y pudiera verla todas las noches, cuando ya en la cama, antes de intentar dormir, lee un poema de Dylan Thomas. Y aunque ha tratado de abrazarse a la casualidad, «Dylan Thomas le gusta a mucha gente», se ha repetido mil veces, no ha sido capaz de convencerse de ello. Nada es casual, es un indeseado mantra dentro de su cabeza.

—Respira, respira, respira —repite.

Más tranquila ahora, dentro de sus límites, Carmen introduce una taza con agua en el microondas. Mientras espera a que se caliente pulsa los interruptores de la vitrocerámica, con el objeto de comprobar si siguen funcionando. Añade cuatro cucharadas de capuchino soluble y dos de sacarina y, a pesar de la temperatura, lleva la taza a sus labios. Como siempre, el primer trago le quema en la lengua y garganta. Una sensación desagradable y placentera al mismo tiempo. A continuación, empieza a anotar en una libreta lo que estima que necesitará en los próximos días. Varios los productos escritos, tomates, lechuga, chocolate negro de 72 %, tabaco, filtros y papel, etc., cuando una nueva inquietud, impetuosa como un huracán, se cuela en su interior: Jesús no está, no tiene a quién enviarle la lista con lo que necesita. A nadie puede acudir si enferma, si le sucede algo. Y esta sensación está a punto de enviarla de nuevo al cuarto de baño. Por suerte para ella, suena su teléfono cuando creía que ya no podía aguantar más.

—Carmen, vamos a entrar en la casa de Jesús Fernández en unos minutos, ¿quieres conectarte? —le pregunta Jaime, nada más escuchar su voz.

—Sí, sí, me conecto —responde con alivio a la propuesta, como si fuera la mejor noticia que ha recibido en mucho tiempo.

Ha estado Jaime a punto de preguntarle si le sucede algo, pero ha preferido mantenerse al margen. Además, la presencia cercana de Julia, siempre pendiente de sus conversaciones, lo ha frenado.

La subinspectora, desde que se ha encontrado con Jaime, está buscando el momento idóneo en el que preguntarle por Carmen Puerto, es mucha la curiosidad acumulada. Entiende que ha llegado ese momento.

—¿Has estado con ella?

—¿Con Carmen?

—No, con Isabel Pantoja, tienes unas cosas…

—No, no la he visto —miente Jaime.

—¿Y cómo lo habéis hecho entonces? —le extraña a Julia la respuesta e insiste.

—Le dejamos la puerta abierta y ya está… Y luego la llamé para asegurarme de que todo estaba bien —improvisa.

—Ah, vale.

—Mejor así.

—Pues daba por descontado que la verías…

—¿Entramos ya? —deliberadamente, cambia Jaime el sentido de la conversación.

—Vamos.

Marca el teléfono de Carmen, que ha aprovechado estos minutos para liar unos cigarrillos.

—Venga.

—Entramos.

Lo primero que descubren al acceder a la vivienda de Jesús Fernández es un recibidor y, a continuación, un salón con un mobiliario muy desfasado, de mucho tiempo atrás, como si todavía utilizara el de sus padres.

—Se parece a la casa de unos tíos míos… Yo creo que tenían el mismo aparador —dice Julia, con una sonrisa en los labios.

—Todos hemos tenido unos tíos con un aparador y hasta con un salón así —confirma Jaime, fijo en la fotografía de Jesús en el día de su Primera Comunión.

—La foto, el peinadito y todo es de tralla, yo creía que estas cosas ya habían desaparecido —dice Julia, a una cuarta de la imagen.

—No me quiero imaginar la casa —dice Carmen, sorprendiendo a la pareja de policías con su primera intervención.

El piso en el que vive Jesús sigue siendo el mismo en el que vivieron sus padres durante tantos años. El taquillón imitación a caoba, con remate de mármol, donde deja Jesús las llaves y la correspondencia nada más llegar, en la entrada, es el mismo en el que dejaron sus padres las llaves y la correspondencia, día tras día, año tras año. El dormitorio de matrimonio permanece intacto, regalo de sus abuelos, los padres de su madre. Una cama de cabecero y bañera recargadas, el crucifijo sobre ella, amarillento de tiempo y polvo; un armario de puertas que crujen sus años, y que mantiene en su interior los vestidos y trajes de sus padres, también su ropa interior, con un intenso olor a naftalina que puede llegar a masticarse. Dos mesitas de noche, con doble hoja en el frontal, de un marrón muy oscuro, casi negro, como el resto de muebles. El aparador y la cómoda en el salón comedor, el mueble bar que durante tantos años acogió a una oronda televisión Radiola, y que Jesús sustituyó por un plasma pocos meses después de morir su madre —uno de los pocos cambios que se han producido en la vivienda—. Un reproductor de VHS con la hora correcta, lo que indica que aún está en uso. En la última balda del mueble bar permanece el pequeño cofre de madera en el que su madre guardaba los dientes de leche de Jesús. Siguen estando los dientes de leche en su interior.

Solo el dormitorio de Jesús escapa, en cierto modo, de la tendencia que descubren en el resto de la vivienda. Funcional, simple, sin ninguna intención decorativa, pero al menos el mobiliario es de este siglo. Llaman la atención, por extrañas, como desubicadas, dos litografías de Alex Katz, sobre la cama: una mujer bajo un paraguas y otra de una sonriente, titulado *Karen*.

—¿Y esto? —pregunta Julia señalando las reproducciones del autor neoyorquino.

—Sorpresas que da la vida.

—Ay, Pedro Navaja… —ironiza Julia.

—¿Qué pasa? —pregunta Carmen.

—Nada, que los cuadros que tiene sobre la cama como que no pegan mucho —dice Jaime.

—¿Y eso? —pregunta Carmen, que acaba de encender un cigarrillo.

—Dos litografías de Alex Katz —dice Julia.

—Vaya… —La policía hace lo posible por controlar la risa.

El dormitorio de Jesús cuenta con una cama, armario, una mesita de noche y una mesa escritorio, con aspecto de Ikea, con una cajonera en un lateral. En el armario no encuentran nada interesante: ropa interior de algodón, una docena de camisas, varios pantalones, la mayoría vaqueros, y una cazadora de entretiempo. En la mesita de noche, de la que se ocupa Julia, nada destacable en el estrecho cajón: unas gafas de repuesto, varios paquetes de pañuelos de papel y dos móviles apagados, de aspecto obsoleto.

—Antes de que nos manden a freír espárragos los de la bata blanca, voy a abrir la cajonera —dice Jaime.

—No te olvides de la cocina y el aseo —le propone Carmen, que finge ser la de siempre.

—Descuida —responde Jaime y Julia arquea las cejas, contrariada.

En el primer cajón, útiles de papelería: lápices, bolígrafos, tijeras, sobres, libretas y demás. En el segundo, facturas, papeleo y documentación relativa a la peluquería. Y en el tercer cajón, el más grande de los tres, bajo un ejemplar de *La puerta del corazón*, de Rocío Altamirano, la víctima sevillana del caso conocido como el Amante Ácido, multitud de fotografías de Luz Márquez, la célebre actriz venezolana que fue encontrada muerta y congelada, en mayo de 2002, y que regresó a la máxima actualidad por su continua presencia en el caso citado, y en el que Carmen Puerto, Jaime y Julia investigaron conjuntamente. El descubrimiento deja paralizado, y mudo, a Jaime Cuesta, que por un instante no sabe cómo reaccionar. Acaba de recordar el porqué del interés de Carmen Puerto en este hombre y su insistencia, jugándose hasta su propio crédito, para que su nombre no apareciera en ningún informe del caso del Amante Ácido, y que acabó con la culpabilidad de un informático sevillano afincado en Madrid, Gabriel Lozano, y del guionista venezolano Osvaldo Cartagena, que permanece en paradero desconocido, aunque todo apunta a que ya no sigue con vida. Sin llegar a establecer su grado de implicación, las investigaciones y pruebas también señalaron a Javier Loíza, el exmarido de una de la víctimas, la barcelonesa Verónica Caspe, como posible cómplice en la serie de asesinatos que tuvieron lugar a principios de junio de 2014.

—¿Qué pasa, qué has visto? —pregunta Julia, intrigada, nada más descubrir la reacción de su compañero.

—Tienes que verlo.

—¿El qué?

—¿Lo podéis decir ya? —apremia Carmen.

Jaime Cuesta le muestra a Julia el ejemplar de *La puerta del corazón* de Rocío Altamirano y una fotografía de Luz Márquez, firmada de puño y letra. El libro, igualmente, también se encuentra dedicado por la fallecida autora sevillana: «Para mi amigo Jesús, que no tendrá nunca ojos de tigre, ni falta que le hace. Espero que nos sigamos encontrando, viendo y divirtiendo a lo largo de los años. Un beso fuerte. Rocío».

—No me jodas.

—Qué quieres que te diga...

—Tiene un cajón lleno con fotografías de Luz Márquez y con la novela de Rocío Altamirano, la sevillana que asesinaron en el caso del Amante Ácido —anuncia Julia.

—Bueno, ya... —no sabe qué decir Carmen. De momento, no le va a recordar que el nombre de Jesús apareció en la instrucción del caso.

—Mira lo que hay dentro del libro —muestra Jaime.

—¿Qué hay?

—Tiene contratado un trastero, en las afueras de Sevilla, a lo mejor tenemos que ir a verlo —propone la subinspectora.

Carmen calla, sabedora de lo que van a encontrar. «Más Luz Márquez», piensa y no dice.

—Vamos a centrarnos en lo que estamos —esgrime la inspectora.

—Todo puede estar relacionado —replica Julia, acudiendo a uno de los argumentos favoritos y más repetidos por Carmen Puerto.

—Pero hay que poner fronteras —sentencia la policía.

Jaime, ajeno a la conversación, simula que lee en su teléfono.

—Claro, este Jesús estuvo en la instrucción del Amante Ácido —premeditadamente, se adelanta al más que previsible descubrimiento por parte de Julia, que le reportaría un buen número de explicaciones.

—Joder, es verdad, ya decía yo que me sonaba el nombre —Carmen se suma a la estrategia.

—Yo no sé a vosotros, pero que todo en este caso esté relacionado con otros del pasado no me gusta absolutamente nada —sentencia Julia.

CUANDO FERNANDO LEYÓ A BALZAC

Tras dos meses observándolo detenidamente, de conocer todos sus horarios —6:50 h, sacar a pasear el perro; 7:25 h, salir de casa; 7:43 h, llegar a la estación, etc.—, Fernando Casas entendió que había llegado el momento de conocer a Lucas Matesanz, la que habría de ser su próxima víctima. Noviembre de 2003.

Por primera vez, Fernando no escogió un adolescente, y todavía hoy desconoce el motivo. Puede que fuera ese parecido con él mismo, ese aire, aunque Lucas Matesanz era mucho más fuerte, más robusto. Puede que fuera su profesión, profesor de Lengua y Literatura. Puede que fuera ese aspecto solitario, que acabó siendo mucho más que un simple aspecto. Lo que fuera, lo descubrió una mañana, en el tren, y desde el primer segundo tuvo claro que sería su próxima víctima.

—No sé si te has dado cuenta, pero tenemos los mismos horarios cada día, como si fuéramos gemelos —le dijo Fernando, así, a bocajarro, a Lucas, cuando lo tuvo a su lado, los codos pegados, en el tren de cercanías.

—La verdad es que no me había dado cuenta —respondió Lucas, entre sorprendido y adormilado.

—Yo sí, y es que hasta nuestros perros se parecen —y Fernando se inventó en ese momento un perro.

—¿También tienes un terrier? —le preguntó.

—Sí, muy parecido al tuyo, podrían pasar por hermanos.

—Nobles, pero muy traviesos —dijo Lucas, y sonrió, como si tuviera a su perro entre las manos.

—Eso es…, muy traviesos —confirmó Fernando.

—¿Cuánto tiempo tiene el tuyo?

—Tres años.

—Joven todavía, el mío es casi un abuelete, cumple once el mes que viene.

—Todavía le queda.

—No te creas.

Y esa misma tarde Fernando tuvo que ir a una librería a buscar un libro sobre perros y encontró uno dedicado especialmente a los terrier. Y esa noche, hasta pasadas las cuatro de la madrugada, estuvo leyendo, anotando y memorizando las características principales de esa raza. Y así aprendió que proceden del Reino Unido, que su nombre significa «tierra», que son muy activos y que cuentan con una gran personalidad. Estuvo tentado de comprarse un terrier, pero comprendió que después no podría hacerse cargo del animal.

Una semana después, varios los trayectos dedicados a hablar de sus respectivos perros, inventó un terrier de su propiedad llamado Pipo, Fernando descubrió en el interior de la mochila de Lucas una novela titulada *El coronel Chabert*. Después de leer el nombre del autor, comprendió que el perro de Lucas se llamara Honoré.

Nada más descender del tren, en la estación de Atocha, lo primero que hizo Fernando fue buscar, nuevamente, una librería y adquirir un ejemplar de *El coronel Chabert*, de un autor francés del siglo XIX llamado Honoré de Balzac. Le sorprendió a Fernando la cantidad de títulos del citado escritor, que casi ocupaba toda una larguísima balda, algo que entendió casi como un imposible. «Nadie puede escribir tanto», pensó. Pero lo que más le sorprendió es que, mediada la lectura de la novela, se sintió plenamente identificado con el protagonista, con el coronel Chabert.

Dos coches de policía se detienen junto a la vieja cancela verde en la entrada de una parcela, en las afueras de San José de la Rinconada, a escasos kilómetros de Sevilla capital. A pesar de haber conseguido su número de teléfono, Andrés Castro no ha atendido ni una sola de las llamadas recibidas. Dos agentes abren la cancela, que gime sus años y abandono, mientras que los otros dos se reparten las tareas: uno se queda en la entrada y el otro se dirige a la parte posterior de la pequeña hacienda.

—¡Andrés Castro, Teresa Sánchez, policía! —exclama el agente que se encuentra más cerca de la vivienda: una edificación humilde, de una sola planta, de fachada encalada y una par de ventanas, flanqueando una puerta metálica azul celeste.

Nadie responde, por lo que el policía se acerca a la puerta y la golpea con la palma de la mano. Al hacerlo, la puerta se abre, y lo primero que contempla el agente es la oscuridad que reina en el interior. Una oscuridad densa y fresca.

—¡Andrés, Teresa! —insiste, con idéntico resultado.

Su compañero se acerca, con una linterna en la mano, y acceden al interior de la vivienda. Una mesa, sillas, una chimenea, una diminuta cocina de dos fuegos, una lavadora, un frigorífico bajito, similar al encontrado en la habitación secreta y un arcón congelador, blanco, de considerables dimensiones. Se disponen los dos agentes a pasar a la habitación que se abre junto a la esquina de la derecha, cuando sus compañeros, desde fuera, reclaman su atención.

—¿Qué habéis encontrado?

—Aquí, detrás de la casa —indica el agente de menor estatura.

—¿Eso qué es?

—Aquí han quemado algo.

—¿El qué?

—Cualquiera sabe, está ya carbonizado.

—Y mira esto. —Y señala con el dedo índice un montón de restos de carne, cerdo y pollo, sobre todo, y algo de conejo. También hay paquetes de verdura congelada, pescados y tarrinas de helado, bajo un enjambre de moscas y mosquitos que fabrican una cúpula de zumbidos y movimientos eléctricos.

—Es como si hubieran vaciado el congelador…

—¿Entonces, qué hay en el arcón ese blanco que acabamos de ver?

ဢ

Jaime Cuesta, en la calle, recibe la información de lo encontrado en la casa de campo de San José de la Rinconada, nada más abandonar la vivienda de Jesús Fernández, pasadas las ocho de la tarde. No puede ocultar un gesto de desolación al escuchar lo que le relata un inspector llamado David Flores. No le cuesta el menor esfuerzo representar las imágenes en el interior de su cabeza, como si las estuviera contemplando en este preciso momento.

—¿Qué ha pasado? —le pregunta Julia, preocupada.

—Creen haber encontrado a los padres de Amalia Castro.

—¿Y?

Y Jaime le narra la imagen que ha quedado grabada en su cerebro. Los cuerpos perfectamente seccionados en varios trozos, las extremidades —inferiores y superiores— separadas de los troncos, e introducidos en grandes bolsas transparentes, con precisión y esmero. Congelados en el arcón blanco, como si se trataran de productos que requieren de buen aspecto, para su venta al público. Sin noticias de las cabezas, que no han encontrado, a pesar de examinar la parcela con detenimiento. Sospechas de que puedan haber acabado convertidas en cenizas.

—¿Congelados, joder, congelados? —No puede creer Julia lo que escucha.

—Congelados, sí, congelados, y no vayas a decir cómo…

—Ya, no lo diré, pero sabes que lo dirán —advierte Julia.

—Lo sé.

—Y más pronto que tarde.

—Joder.

—¿Algo más?

—Junto a la comida que había congelada en el arcón, y que ahora está repleta de moscas en la parte trasera de la vivienda, han encontrado restos de haber quemado algo —cuenta Jaime.

—¿Algo?

—Está carbonizado, no pueden decir qué es.

—Joder.

—Aunque doy por hecho... —se lo piensa Jaime antes de seguir hablando.

—Dime.

—Son las cabezas...

—¿Tú crees?

—Sí. Forma parte del ritual y también es la manera más efectiva de eliminar rastros. Espectáculo y efectividad, lo tiene todo —sentencia Jaime.

Con un gesto, le pide Jaime a Julia que se alejen unos metros, y enfilan la calle que se abre a su izquierda, Baltasar Gracián. Aunque no se lo ha pedido, le ofrece un cigarrillo.

—Deberías contárselo a la *pirada*—dice Julia, antes de empezar a fumar.

—Yo también lo creo —le sorprende la petición de su compañera.

Carmen, que sigue recopilando datos, archivos y fotografías de casos anteriores, atiende la llamada de Jaime tras el primer aviso.

—Imitador, envidioso, algo fullero, frío, calculador, no improvisa, sabe lo que quiere. En cualquier caso nos quiere conducir por diferentes caminos y también nos está demostrando que sabe mucho más de lo que imaginamos —dice Carmen nada más escuchar la información, más calmada de lo que Jaime hubiera podido imaginar.

—¿Tú ves al tal Lucas capaz de esto? —pregunta Jaime, sin una evidencia a la que aferrarse.

—Es posible, sí, pero no descartemos otras opciones. Oficialmente, Lucas Matesanz está muerto —dice Carmen, a la vez que recupera los miembros seccionados de Rocío Altamirano, Verónica Caspe y Lucía Sánchez, un corazón, un pie y una mano, de las tres primeras víctimas del denominado Amante Ácido, y que se adjudicó al fallecido Gabriel Lozano y al desaparecido Osvaldo Cartagena.

—Tú no crees que esté muerto.

—Yo no he dicho eso.

—¿Entonces?

—No tengo nada claro.

—Un profesor con una personalidad muy oculta… —insinúa Julia.

—O un profesor muy listo, al que no hemos pillado de momento, también puede ser. Sé que es casi inabarcable, y que contamos con poca gente, pero deberíamos revisar casos similares en todos los lugares en los que este hombre ha estado como profesor… Porque no creo que haya llegado de Madrid a Moguer así como así. De cero a cien hay que pasar por el cincuenta —propone Carmen.

—Yo también tengo claro eso —se adhiere el inspector.

—Evidente —confirma Julia.

—¿Qué otras opciones tenemos? —pregunta Jaime.

—Todo apunta a que Osvaldo Cartagena está muerto…, pero todavía no hemos encontrado su cuerpo —señala Carmen y enciende un cigarrillo, antes de seguir hablando—, y que conste que no contemplo esa posibilidad.

—¿Por?

—No te lo sabría explicar, pero no la contemplo. Lo doy por muerto, sencillamente. ¿Vais a ir a ver el congelador? —se interesa Carmen.

—Sí, salimos en cuanto nos recojan —responde Jaime, y Julia reacciona sorprendida, como si no tuviera idea de lo que habla.

—Me da la impresión de que aún nos depara ese arcón alguna sorpresa más… —insinúa la inspectora.

—Dime.

—Que falte un pie, una mano y un corazón, por ejemplo —dice Carmen, sin apartar la vista de la enorme pantalla de plasma que reproduce las citadas imágenes de las tres mujeres asesinadas.

—¿Amante Ácido *revival?*

—No me extrañaría…

—Eso ya sería…

—Y que veamos uñas pintadas, tampoco lo descarto.

—¡Uñas pintadas y hasta un blog de las víctimas! —exclama Jaime y Julia resopla.

—En un momento lo vamos a saber.

—Ahora te decimos, que me están llamando. —Y Jaime da por finalizada la conversación, para atender a un número desconocido.

Un policía, que se ha presentado como Arturo, le indica que en cinco minutos los recogen en la esquina de la calle Sinaí con la avenida del Greco, apenas a cincuenta metros de donde se encuentran.

—¿Le digo ya a Nicolás y a Lola Vallejo que se vengan para acá? —pregunta Julia.

—Sí, que Lola se venga lo antes posible. Barri, de momento, que se quede, pero que esté operativo, y eso significa atendiendo el teléfono, si es posible y no le supone mucho esfuerzo —responde Jaime.

—Eso ya es más difícil. —Y sonríe Julia.

—Personaje.

Una vez en el interior del coche que los ha recogido, un Zeta, un Renault Laguna de color verde, le sorprende a Julia la figura de un explorador sioux, en mitad de la avenida por la que circulan. De reojo, a su lado, puede ver cómo Jaime escribe a Sonia, su esposa. Es triste, o eso intuye Julia, el gesto que ahora descubre en el rostro de su compañero.

—¿Muy lejos? —impaciente, pregunta el inspector al conductor.

—No, no más de diez minutos —responde sin girarse.

—Estupendo.

∞

140

Pedro Ginés, el carroñero periodista especializado en casos criminales, escribe en su cuenta de Twitter:

De regreso o imitador, en breve podré dar algunos detalles de un asesinato cometido en Sevilla. Se sorprenderán. #AsesinatoSevilla #AsesinoImitador

ॐ

Aunque se aproxima la hora de la cena, Carmen Puerto se prepara un nuevo capuchino. Comprueba los tarros que hay sobre la encimera de la cocina: tres —abiertos—, ninguno está completamente lleno. Esta comprobación le traslada de nuevo a Jesús, sus manos en el exterior durante los últimos años. Por un segundo, y sin poder evitarlo, lo imagina muy pálido, con los ojos muy abiertos, congelado. La imagen le provoca una profunda ansiedad, que le obliga a tomar asiento en el suelo. La campanita del microondas, indicando que el agua está caliente, no consigue reclamar su atención.

Aunque ha mantenido la calma durante su conversación con Jaime, está completamente segura de que la desaparición de Jesús no es casual y que está relacionada con ella, lo que acelera, aún más, el latido de su corazón.

Teme perder el control.

«Puedes, puedes, puedes», se repite.

«Puedes», repite cien veces.

No retira la taza con agua caliente del microondas y estira su cuerpo sobre el suelo de la cocina. Permanece en ese estado un par de minutos.

«Puedes, puedes».

Se reincorpora. Con la espalda apoyada en la puerta del frigorífico, Carmen comienza a llorar. Un llanto de desolación, de indefensión, un llanto de puro miedo.

«Puedes, puedes», no es capaz de decir.

Contemplar un tarro de vidrio transparente, en el que almacena macarrones, le empuja a recordar los casos de Samuel Luis y Cinthia, en 2002 y 2003. Junto a sus cuerpos aparecieron sendos tarros con ceniza, que apenas ocultaba un dedo seccionado, en el interior. Un meñique, de la mano derecha. En el caso de Marcia, no hubo tarro con ceniza y dedo, o no lo encontraron. Con respecto a los dos asesinatos anteriores, fue imposible establecer la relación con las víctimas, pero Carmen Puerto siempre tuvo claro que se trataba de las cenizas procedentes de haber calcinado sus cabezas. Y desde entonces, son muchas las noches en las que se despierta empapada en sudor, tras ver las cabezas de las víctimas, especialmente la de Marcia, en llamas.

Por todo eso, la inspectora vuelve a sentirse como en el caso de Marcia. Superada, indecisa, desconocida, insegura. Tiene la impresión de que Fernando Casas está detrás de estos asesinatos, como también estuvo detrás del de Marcia. Lo insinuó, pero no fue capaz de afirmarlo con rotundidad, porque Fernando Casas, oficialmente, murió el 11 de marzo de 2004. Piensa en todo esto Carmen Puerto con los ojos cerrados, presa del pánico.

«Es una casualidad, casualidad».

«Casualidad».

«Solo una casualidad», insiste.

El corazón le late en la lengua, como si fuera una pelota que engorda y engorda, que le aplasta el paladar. Teme volver a ver la cabeza de la chica, girando a su alrededor, entre llamas, como tantas veces la ha visto. Antes de perder el control.

«Puedo, puedo», repite.

Y vuelve a tumbarse, completamente, sobre el suelo de la cocina.

No puede evitar pensar en Fernando Casas.

Pero Fernando Casas murió.

«O eso nos hizo creer», piensa Carmen.

«Encontraron sus restos, en la estación de Atocha», recuerda la inspectora.

«Unos restos que podrían pertenecer a cualquiera», sigue pensando.

6 DE JUNIO EN VILLA HERMINIA

Desde que ingresó en Villa Herminia en 2005 y murió, en 2011, Osvaldo Cartagena no dejó de acudir ni un solo 6 de junio a su cita con Elvira Tapia, la que fuera la secretaria personal de Luz Márquez durante tantos años. Ella nunca lo supo, pero desde muy temprano Osvaldo llegaba a las inmediaciones de Villa Herminia, la residencia para personas mayores ubicada en la zona conocida como El Marqués, en Caracas, y aguardaba la llegada del repartidor.

Algunos años tuvo que esperar hasta el mediodía, pero lo normal era que a primera hora de la mañana, nada más acabar de desayunar, mientras daba su paseo alrededor de la fuente principal del jardín, bajo el susurro cadencioso de veinte chorros de un metro de altura escupidos por unos peces gordos de piedra blanca, sentada en su silla de ruedas y empujada por el fornido Humberto, el enfermero que se ocupó de su rehabilitación tras el ictus cerebral que le paralizó el lado izquierdo de su cuerpo, recibiera un enorme ramo de flores.

Un ramo que venía siempre acompañado por un pequeño sobre blanco, que escondía una tarjeta en la que se podía leer una sola frase: «Un beso de tu admirador secreto». Al leer esta frase, Elvira sentía un escalofrío que le recorría el cuerpo, que le era imposible diferenciar si le agradaba o repelía, pero que le reportaba una sensación que creía haber olvidado: la de la compañía, alguien se acordaba de ella. Estar viva. No estaba sola, a pesar de todo.

Y Elvira Tapia siempre pensó, todos esos 6 de junio, en Gabriel Lozano, ese español simpático y atrevido que conoció en Lisboa en el año 2001, en el decadente y lujoso Hotel Británico. El joven al que sorprendió robando los vestidos de Luz Márquez, víctima de los juegos macabros que ella misma y

Osvaldo Cartagena sometían a los admiradores más intensos y constantes de Luz Márquez. Gabriel Lozano siempre fue uno de los admiradores más destacados, con uno de los que más jugó Elvira Tapia. Pero en Lisboa, ese 6 de junio de 2001, el juego terminó y se convirtió en algo más, y Gabriel pasó de engañado a cómplice, pero eso nunca lo supo Elvira Tapia, que murió creyendo que se trataba, solamente, del admirador más resistente y pasional que Luz Márquez tuvo jamás.

En cierto modo, con los ramos de flores, con la dedicatoria de la tarjeta, Osvaldo Cartagena siguió jugando al juego creado por Elvira Tapia años antes y con el que tanto sufrió y disfrutó, a la vez, y que acabó convirtiéndolo en un asesino ese 6 de junio de 2001, precisamente, cuando acabó con la vida de Adolfo Cansinos en el Hotel Británico de Lisboa.

Todavía recuerda cómo convenció a Gabriel para que lo ayudara, haciéndole creer que Cansinos pretendía acabar con la vida de Luz Márquez. Mientras Gabriel le sujetaba las manos contra la espalda, tumbado sobre el suelo, Cartagena cubrió su cabeza con una bolsa de plástico hasta que murió asfixiado. A continuación, para simular que se había suicidado, introdujeron al fallecido en la bañera, lo sumergieron en agua tibia, y seccionó el venezolano las venas de sus muñecas con un cuchillo, que dejó caer en el recipiente.

—Esto te lo agradeceré siempre, y Luz igual —le dijo Osvaldo a Gabriel nada más terminar.

—Cualquier cosa por ella —se limitó a responder Gabriel.

Y en ese preciso momento, Osvaldo Cartagena descubrió, cuando sus ojos se cruzaron con los del español, que había encontrado a otro hombre capaz de entregar su vida a Luz Márquez, lo que le reportó un extraño y desconocido confort, como si el temor a la soledad hubiera desaparecido instantáneamente.

—Por lo menos vamos a dormir en un sitio diferente, especial… —le anuncia Julia a Jaime, nada más leer el mensaje que acaba de recibir.

—¿No vamos a tener que dormir en un coche o en un despacho? —no termina de creerse lo que escucha.

—Nada de eso.

—Sorpréndeme.

—¡En la mismísima plaza de España! —exclama Julia, tras simular que realiza un redoble en un tambor invisible.

—¡No me lo puedo creer!

—Lo ha conseguido *Jefe*, según me han contado —le cuenta Julia, sin rebajar el tono de efusividad.

—Ya me dejas alucinado del todo —responde Jaime. Calla la extrañeza que le provocan todas las facilidades que está ofreciendo *Jefe* en este caso.

Acaban de abandonar la autovía, nada más pasar junto al aeropuerto de San Pablo, en dirección a San José de la Rinconada. En una carretera, en la que se suceden las edificaciones de una sola planta, se detienen junto a una con la cancela verde, custodiada por dos agentes de policía.

—Ya estamos —dice el conductor.

—¿Y los guardias civiles no han dado la tabarra? —pregunta Jaime.

—Si la han dado, nada nos ha llegado, aunque no creo —responde Julia, a punto de descender del vehículo.

—Lo mismo lo ha solucionado también *Jefe* —impregna Jaime las palabras con una musicalidad burlona.

—No creo…

Jaime y Julia comienzan a recorrer un camino de tierra, que finaliza en la vivienda, tomada, literalmente, por varios agentes y cuatro miembros de la unidad de policía científica. Con disimulo, Jaime llama a Carmen Puerto para advertirle que ya han llegado al destino.

—Conectadme.

—¿Algo más? La verdad es que no me apetecen más sorpresas por hoy. —Tras los saludos de rigor, se dirige Jaime a una mujer alta, cubierta por un mono de plástico azul con capucha.

—Pues me temo que las hay…

—¿Qué hay? —la voz de Carmen no puede disimular que acaba de romper el segundo lápiz del día.

—¿Más cuerpos? —pregunta Julia.

—En principio, no, pero deberíamos comprobarlo. Hemos encontrado, además, tres miembros seccionados… —comienza a decir.

—¿Seccionados?

—Seccionados y extirpados: una mano, un pie y un corazón —enumera Carmen Puerto.

—Una mano, un pie y un corazón —casi relata al unísono la alta agente.

—Quiero los detalles.

—Y aún faltan las cabezas por encontrar —prosigue la policía cubierta por el mono de plástico.

—¿Todavía nada? —preguntan al mismo tiempo Carmen y Jaime.

—¿Y las cenizas?

—En las cenizas no hay nada.

—Nada.

—¿No hay un dedo, habéis mirado bien?

—Nada.

—¿Qué más tenemos? —pregunta y la inspectora se retuerce al otro lado de la línea telefónica, presa de los nervios.

—En el primer examen visual, todo apunta a que el corazón es del varón, mientras que la mano y el pie corresponden a la mujer, por los tamaños —detalla.

—¿Alguna uña pintada? —pregunta Julia, lo que había comenzado a solicitar Carmen Puerto.

—Sí, solo una uña de la mano y otra del pie —confirma la agente.

146

—Joder —brama la policía, que acaba de romper el tercer lápiz. Nada más hacerlo, ha caído en la cuenta de que Jesús no está, que prosigue desaparecido, y que debería controlarse si quiere seguir contando con algo con lo que escribir.

—¿De qué colores? —vuelve a adelantarse Julia a la inspectora, que no lleva con agrado la anticipación.

—Azul, si no recuerdo mal, el pie, y rojo la mano.

Y por la cabeza de Jaime Cuesta desfilan imágenes similares, deparadas por el caso del Amante Ácido.

—Me suena todo esto —musita.

Tras el primer encuentro, pasan Jaime y Julia al interior de la vivienda, donde los restos del matrimonio se extienden sobre una superficie de tela plateada. Es una imagen dantesca la que contemplan, y apenas soportan sin apartar la vista a cada momento, como si necesitaran descansar ante semejante atrocidad.

—Joder, Jaime, joder —suspira Julia.

—Mandadme fotografías —ordena Carmen, a la que, a diferencia de la pareja de policías, le gustaría estar viendo con sus propios ojos lo que le están relatando.

—Espero que esto no nos reviente —dice Jaime.

—Es fundamental que Pedro Ginés no lo esté contando en media hora, con pelos y señales. Fundamental —insiste Carmen.

«Pues no se lo cuentes», le gustaría decir a Julia en voz alta y calla.

—Fundamental —repite Jaime.

—Por favor, mirad si hay alguna marca personal, como lunares, tatuajes o similares —les pide Carmen.

—Te mando fotos de todo —responde Jaime.

—Y no le dediquéis tiempo a Ginés, demasiado tenemos ya —aconseja la inspectora y Julia no puede evitar sonreír, irónicamente.

Carmen Puerto, contradiciéndose, accede a la cuenta de Twitter de Pedro Ginés: por el momento no ha publicado un segundo tuit, tal y como había anunciado.

—No tardará en aparecer —le dice a Karen, mientras se lía un cigarrillo.

La inspectora, nada más recibir las fotografías que le han enviado Jaime y Julia, finaliza la conversación. Las proyecta sobre la pantalla de plasma que tiene enfrente y compara, especialmente, las manos y pies. La primera diferencia estriba en que los cuerpos del matrimonio seguían congelados, mientras que en el caso de 2014 lo estuvieron, pero no cuando fueron localizados. Le llama la atención que haya escogido el asesino el corazón del hombre y una mano y un pie de la mujer. Al comparar el azul de las uñas, cree que aunque parecidas se trata de tonalidades diferentes. El rojo de las uñas de la mano sí es más similar. Busca en sus apuntes del anterior caso si llegó a anotar el nombre del esmalte de uñas empleado. A pesar de su metodismo, en lo relacionado con sus investigaciones, le cuesta a Carmen Puerto encontrar las referencias, como consecuencia del volumen de información almacenada.

—¿Por qué el corazón de un hombre? —se pregunta la inspectora.

—Julia, me da la impresión de que ya no tenemos nada que hacer aquí —le dice Jaime a su compañera, que no cesa de escribir en su iPad, una vez que ha completado una vuelta alrededor de la casa y ha abierto su frigorífico y único armario, donde no ha encontrado nada relevante.

—Pienso lo mismo.

—Costará, pero me da la impresión de que en esos restos calcinados, de lo que sea, podemos encontrarnos una sorpresa. Que los analicen cuanto antes —dice Jaime.

—¿Tú crees?

—Demasiado empeño, ¿no?

—Sabes que no encontrarán nada.

—Bueno… Los implantes no arden tan rápido… —insinúa el inspector.

—Eso espero.

El reloj pasa de la medianoche cuando recorren una solitaria avenida de Kansas City, de regreso a Sevilla. Jaime comprueba en su *smartphone* si ha recibido algún mensaje de Sonia, su esposa. Al hacerlo, descubre una llamada perdida de Lola Vallejo, así como un mensaje: «Llámame en cuanto puedas». Mensaje que también ha recibido Julia, y que ha descubierto casi al mismo tiempo que Jaime.

—Dime.

—Jaime, he tardado más de la cuenta porque no me podía creer lo que dio el primer examen…

—Joder, dime.

—Y que ha vuelto a dar en el segundo.

—Coño, dime —exige Jaime.

—¿Qué pasa? —pregunta Julia.

—Las huellas que hemos encontrado en la habitación secreta, en un vaso, corresponden a Fernando Casas Gálvez, que oficialmente murió el 11 de marzo de 2004, ya que viajaba en uno de los trenes del atentado de Madrid —al fin cuenta Lola Vallejo.

—¿Fernando Casas? —pregunta Jaime, visiblemente desconcertado.

—Sí, Jaime, Fernando Casas, el mismo… —repite Lola Vallejo.

—¿Eso cómo va a ser?

—Te cuento lo que tengo —insiste la forense.

—Joder, el principal sospechoso de ser el *Asesino del Hormigón*…

—Ese mismo, ese mismo, que era el principal sospechoso para vosotros…

—Había muchas evidencias que así lo apuntaban…

—Y tu amiga la superpoli dando la tabarra por ahí con su famosa intuición —muy directa, Lola Vallejo.

—Sabes que no.

—¿Qué está pasando? —pregunta Julia Núñez, muy sorprendida.

—¿Estás segura? —insiste Jaime.

—Segura de que es su huella, al cien por cien, que estuviera en ese piso, ya es otra cosa —confirma nuevamente Lola.

—Ya…

—Coño, ¿qué pasa? —Julia no oculta su nerviosismo.

—No te lo vas a creer.

—Dime.

—El sospechoso lleva muerto dieciséis años.

—¿Cómo dices?

—Pues eso, que el sospechoso murió en los atentados del 11 de marzo, de 2004, en Madrid.

—¿Eso cómo va a ser, Jaime?

—Es lo que me acaba de decir Lola Vallejo.

El *Asesino del Hormigón*

Samuel Luis fue el primero. De padres bolivianos, pero nacido en España. Más bien bajito para su edad. Moreno y regordete. Se le daban mal las matemáticas, pero acertaba con todas las conjugaciones verbales. Su cadáver apareció el 8 de febrero de 2002, a primera hora de la tarde, seis días después desde que hubiera desaparecido. Lo descubrió el guarda de la obra en la que fue encontrado, en las denominadas zapatas profundas.

El examen forense determinó que, tras ser inmovilizado con unas bridas de color negro, a Samuel Luis González le amputaron tres dedos de su mano derecha: meñique, anular y corazón. Y finalmente lo decapitaron. La causa de su muerte, según el estudio realizado, fue por asfixia. Valiéndose de una corbata o trozo de tela, lo estrangularon hasta morir. También desveló el informe forense que el niño no había padecido una agresión sexual y que su cuerpo estaba cubierto por una crema hidratante, extendida con toda probabilidad una vez que hubo fallecido. Su captor y asesino se deshizo de su cuerpo pocos minutos después de haberlo asesinado. Una crema de uso comercial, de venta en cualquier supermercado, con aloe vera. Dejaron el cuerpo de Samuel Luis en el interior del hueco que iban a rellenar con hormigón, en una edificación que estaban realizando en la calle Hernán Cortés, del barrio de Hortaleza, en Madrid. Completamente desnudo, envuelto en una sábana de hilo. Sin cabeza. Y a su lado, un tarro de vidrio transparente, relleno de ceniza, que no podía ocultar uno de los dedos seccionados: el meñique de su mano derecha. Imposible confirmar que las cenizas fueran el resultado de la incineración de sus miembros amputados, aunque la presencia del dedo así lo apuntaba.

Once meses después, enero de 2003, en esta ocasión en el barrio de Legazpi, también en Madrid, hallaron el cuerpo sin vida de Cinthia María Sandino, de once años, nacida y residente en Alcorcón, de origen peruano, y que llevaba tres días desaparecida. Con Cinthia, el asesino se comportó de una manera similar, aunque en esta ocasión los dedos que amputó correspondían al pie derecho de la chica y el meñique de su mano derecha. Sin evidencias de haber sido forzada sexualmente, también habían aplicado una crema hidratante sobre todo su cuerpo, además de haber lavado su pelo con un champú de aloe vera, igualmente. Y como Samuel Luis, el cadáver de la pequeña Cinthia apareció en el interior de una zapata profunda, en las primeras tareas de cimentación de una edificación, en la calle Maestro Arbós, del madrileño barrio de Legazpi. Y como Samuel Luis, también había sido decapitada. Muy cerca, un tarro de vidrio transparente con ceniza, que no escondía un dedo meñique amputado, de la mano derecha de la víctima. Metódico, repetitivo.

El caso le fue asignado, así como el de Samuel Luis, a la nueva pareja formada por la recién nombrada inspectora, la cordobesa Carmen Puerto, y el subinspector Jaime Cuesta. Ella, una policía que ya había destacado por su capacidad de análisis y de observación, además de por su mal carácter, y él un hombre constante y moderado, con buena capacidad para manejar grupos.

El caso, que posteriormente fue bautizado por los medios de comunicación como el del Asesino del Hormigón, conmocionó a todo el país y tuvo una amplia repercusión mediática y social. Especialmente tras el asesinato de Cinthia, que vino a confirmar la existencia de un asesino ritual o en serie en la ciudad de Madrid, ya que repetía el mismo *modus operandi* que el mostrado en el caso de Samuel Luis. Ambos con las cabezas decapitadas y amputados algunos miembros, embadurnados sus cuerpos con una crema con un alto componente en aloe vera. Y en ambos, igualmente, la extraña y macabra firma de la ceniza en tarros de vidrio.

La inspectora Carmen Puerto, en un primer momento, centró la investigación en las nuevas construcciones que se estaban llevando a cabo en la ciudad, a tenor del comportamiento exhibido por el asesino. Un aparejador con el que se entrevistó, Francisco Luna, le proporcionó algunas nociones esenciales, que tener en cuenta, sobre construcción, que le ayudaron a contar con un conocimiento más amplio de lo que podría haber sucedido.

—No, la prensa no ha acertado con el lugar en el que se han encontrado estos niños. Eso no son los pilares, además de que nunca los podría haber dejado ahí, ya que antes se colocan las barras de acero y luego se encofran, para después rellenarlo con el hormigón —le explicó el aparejador, un tipo grande y de amplios ojos azules, con acento andaluz.

—¿Entonces?

—A los dos niños los han encontrado en las zapatas profundas, que viene a ser como una cimentación previa, de unos tres o cuatro metros de profundidad, que se rellena de un hormigón que llamamos pobre, hasta aproximadamente un metro. Ahí es donde los han encontrado… —explicaba el aparejador, cuando fue interrumpido por Carmen Puerto.

—¿Y?

—Y lo que da a entender es que el asesino tiene nociones sobre construcción, o alguien le ha explicado cómo debe hacerlo para no ser descubierto.

—Entiendo, entiendo, y ¿ahí es fácil ocultar un cuerpo?

—Le voy a ser sincero: ahí, cuando llega la hormigonera, ni miramos lo que hay dentro, esa es la realidad —le confesó el aparejador.

Por un momento, Carmen imaginó decenas de edificaciones con cuerpos escondidos, entre el hormigón, en sus zapatas profundas, bajo sus cimentaciones. Fue tal su estado de alarma que trató que el Ayuntamiento de Madrid paralizara todas las obras que estaban en marcha y que inspeccionaran las cimentadas en los últimos meses. En ese momento, fue cuando Jaime Cuesta descubrió la verdadera personalidad de su nueva compañera, cuando la vio enfrentarse con varios superiores con tal de imponer su teoría.

La inspectora, a continuación, comenzó a trazar un perfil del supuesto asesino, al que le adjudicó una personalidad apocada, un hombre de apariencia triste y vulgar, en nada excepcional. Con un oficio relacionado con la construcción, aunque no necesariamente a pie de obra, sí lo bastante próximo como para saber sus tiempos y procesos más destacados. Y sobre todo lo imaginó como una persona inteligente, calculadora y paciente, capaz de esperar el tiempo necesario para ejecutar su plan con éxito. Una persona muy observadora, atenta hasta del menor detalle, ese que marca la diferencia entre lo bueno y lo único. Y también lo imaginó como un hombre atormentado, con toda probabilidad con una infancia o adolescencia dura, amarga y conflictiva, víctima de una violencia soterrada, evidente, como la que él mismo comenzó a desplegar años más tarde. Un hombre solo, con todo el tiempo a su disposición, y viviendo en una casa aislada, en un bajo como mucho, para poder actuar tranquilamente sin ser molestado u observado.

Y, desde el principio, Carmen Puerto dio por hecho que la ceniza encontrada en los frascos de vidrio procedía de haber incinerado las cabezas y los dedos de las víctimas.

—No quema los cuerpos enteros porque le cuesta mucho trabajo hacerlo, porque sabe que se arriesgaría demasiado, pero deja esos frascos a modo de firma porque es lo que le gustaría —le explicó la policía a Jaime Cuesta.

La lápida contó cuando ella murió.

Viernes, 1 de mayo de 2020. 23:54 h

—Estoy cansada de que me hagas esto, una y otra vez —le reprocha Sonia, con voz muy baja y ahogada, a su marido, Jaime, cuando por fin atiende su llamada.

—Yo no te hago nada, son cosas del trabajo —repite el inspector.

—Siempre dices lo mismo.

—¿Y no te has planteado que tal vez sea la única respuesta posible? —trata de replicar Jaime Cuesta.

—Hasta en eso te repites, hasta en eso —la voz de Sonia se va perdiendo, como si estuviera recorriendo un interminable túnel.

—Espero estar mañana de vuelta…

—Venga, Jaime, déjalo, sabes que no estarás mañana, ni pasado…, es lo de siempre —insiste Sonia.

—¿Dejo el trabajo, eh, dime, lo dejo y me dedico a otra cosa a punto de cumplir los cincuenta, dime? —enfadado, le cuestiona Jaime, pero Sonia no responde, se limita a finalizar la llamada sin despedirse.

—Sonia, Sonia —insiste en vano Jaime.

A Julia, unos metros atrás, apoyada en el lateral de una furgoneta de color blanco, con publicidad de una marca de colchones, la conversación que acaba de presenciar no le sorprende ni impresiona lo más mínimo. Son ya varios los años contemplándolas, y está hecha a las disputas matrimoniales de su compañero. La de hoy sí ha variado en algo con respecto a las habituales, porque Jaime ha reaccionado, se ha atrevido a responder, que es algo que normalmente no sucede. Se limita a escuchar, justificar y esperar como mejor puede a que pase la tormenta. Hoy ha abierto el paraguas, un minuto al menos. Pero no ha evitado mojarse.

—Esto es lo más cerca de lo que vas a estar de dormir en un palacio en toda tu vida —le advierte una sonriente Julia, con la intención de rebajar la tensión que intuye.

—No sé yo si es un palacio lo que esta noche necesito —cabecea Jaime.

—¿Qué es lo que necesitas tú hoy, dime, qué necesitas? —le pregunta Julia, al tiempo que le agarra un brazo.

—Mejor me callo —al fin dice, Jaime, tras pensarse durante unos segundos las palabras.

—Vaya… —entiende Julia que es mejor poner punto y final a la conversación, a tenor de la expresión que descubre en los ojos de su compañero.

Acompañados de un policía uniformado que los aguarda en el edificio que acoge a la Delegación del Gobierno en Andalucía, y que ocupa buena parte de la mitad de la circunferencia que conforma la bellísima plaza de España, en primer lugar se dirigen a un comedor vacío, en el que les esperan algunos platos en una mesa de un marrón muy oscuro, como de otro tiempo.

—¿Un poco de salmorejo? —le pregunta Jaime a Julia, nada más tomar asiento.

—Venga, yo me ocupo de la bebida, ¿qué quieres?

—La cerveza más fría que encuentres.

—Que sean dos.

Jaime Cuesta agarra un bollo de pan, que parte en dos mitades, colocando una de ellas junto al plato de Julia. Procede del mismo modo con una tortilla de patatas.

—Mezclado está muy bueno —le indica la subinspectora, que regresa de la cocina con dos botellines de cerveza.

—Lo sé. —Y sonríe.

Durante varios minutos comen en silencio. Jaime con la mirada perdida en la pared de enfrente y Julia pendiente de su compañero, al que encuentra especialmente apesadumbrado.

—¿Quién nos iba a decir esta mañana que íbamos a estar así ahora? —es Julia quien rompe el silencio.

—¿Así de jodidos o comiendo tortilla de patatas con salmorejo en la plaza de España? —ironiza el policía.

—Las dos cosas, las dos cosas... —trata de ser simpática Julia, como si necesitara reducir la preocupación que contempla en su colega.

—Aunque me encanta estar contigo —y escenifica Jaime una especie de reverencia—, preferiría estar en Madrid, en mi casa, sentado en mi sofá, en este momento, no te voy a engañar...

—¿Quieres que hablemos? —se ofrece la subinspectora.

—¿De qué?

—De Fernando Casas...

Nada más volver a escuchar el nombre, Jaime deja caer los cubiertos sobre la mesa con estruendo.

—Joder, Julia, lo teníamos, sí, lo teníamos y de pronto el atentado del 11 de marzo y todo se acabó. Encontraron su documentación, su cabello, sus zapatos, su sangre en aquel amasijo de cadáveres y lo dieron por muerto... Y lo teníamos, Julia, joder, lo teníamos, Carmen había seguido la dirección correcta en esta ocasión —le confiesa un atropellado Jaime Cuesta, necesitado de expulsar lo que corretea por su interior.

—¿Tienes claro que era el *Asesino del Hormigón*?

—Vamos a ver, al cien por cien, no, para qué te voy a engañar. Después de meses de trabajo, teníamos un grupo de seis sospechosos, seis, pero tanto Carmen como yo teníamos la... —se piensa la palabra un instante— percepción de que se trataba del asesino.

—¿Percepción, intuición?

—Las dos cosas.

—Eso es mucho.

—Y el descubrimiento de su huella en el escenario del crimen nos reafirma.

—Indiscutiblemente.

—Aunque hubiera trabajado en esa obra de Legazpi...

—Eso, ya, Jaime, reduce las posibilidades...

—Lo sabemos, y lo sabíamos...

—Podía excusarse en eso...

—Ahora sabemos que sigue vivo y que, por lo que todo apunta, se apropió de la personalidad de Lucas Matesanz, y acabó de profesor en un instituto de Moguer, en Huelva, años más tarde, tras pasar por Málaga y Sevilla, y que durante ese tiempo puede haber estado haciendo… Imagina… —toma aire Jaime antes de proseguir, con la imagen de la niña Marcia, en su cabeza—. Pues claro que me habría gustado seguir en Madrid y que nada de esto fuera verdad.

—¿Se lo has contado ya a…? —No dice Julia ni su nombre ni el apodo que le ha adjudicado desde hace años: *la pirada*.

—No, Julia, no, y no se lo voy a decir hasta que… —se levanta Jaime con la cerveza en una mano y el paquete de cigarrillos en la otra —. ¿Fumamos?

—Vamos.

El agente que les esperaba en la puerta de entrada y que ahora se encuentra en el recibidor, junto al comedor, les indica cómo pueden acceder a una ventana desde la que se puede ver la plaza de España y el parque de María Luisa.

Tarda unos segundos Jaime en encenderse el cigarrillo, asombrado por lo que contempla, y que en Julia provoca un efecto similar. La célebre plaza, completamente sola, apenas iluminada, devorada en sus extremos por el parque, es una imagen tan evocadora como mágica.

—Julia, no se lo voy a decir hasta que no comprobemos que Lucas Matesanz…

—¿Qué más quieres comprobar?

—Estar seguros del todo.

—¿Más?

—Más.

—No te entiendo.

—El caso de la chica, Marcia, un asesinato casi calcado a los anteriores y que Carmen se empeñó en adjudicar a Fernando Casas, a pesar de creer que estaba muerto. Necesito estar seguro, más seguro.

—Tienes que decírselo ya —por una vez, Julia es quien lo anima a llamar a Carmen.

—No es tan fácil como crees…

—¿Por?

—Ese caso supuso mucho para ella, también para mí, pero sobre todo para ella. No creo que hubiera recaído, que siguiera escondida del mundo, si hubiera resuelto el caso de Marcia. Ese caso la marcó profundamente, no te puedes hacer idea, hizo que se convirtiera en la persona que es hoy —confiesa Jaime, con preocupación.

—Razón de más.

—Ya.

Fuman un segundo cigarrillo en completo silencio. En otras circunstancias, especialmente Jaime, habrían disfrutado de esta noche primaveral en Sevilla, en un espacio tan hermoso, tan privilegiado, pero las circunstancias no lo propician en este momento.

El reloj está a punto de alcanzar la 1 de la madrugada, cuando Julia le anuncia a Jaime que se va a la cama. Este le señala que aún no tiene sueño, que va a quedarse un rato más. Julia abandona el balcón, pero no se dirige al dormitorio, se queda cerca, pegada a la pared, necesita escuchar la conversación de Jaime con Carmen Puerto. No es la primera vez que se comporta de este modo.

Jaime envía un mensaje a la inspectora —«¿Puedes hablar?»—, que sigue despierta, recopilando y ordenando toda la información que al respecto encuentra. Necesita mantenerse activa, por encontrar lo antes posible a Jesús, y para no pensar en su ausencia, en que está sola. Y para no pensar, sobre todo, que no es una coincidencia, que se trata de algo premeditado. Junto a un cenicero colmado de colillas, Carmen descubre la luz parpadeando de su móvil, indicando que acaba de recibir un mensaje. No lo responde, y llama directamente.

—¿Qué pasa?

Por un instante, Jaime no sabe qué responder y se reprocha el no haber preparado unas palabras.

—Me gustaría verte.

—No sé a qué viene esto, Jaime, pero no creo que sea lo más apropiado —rechaza Carmen, en un principio. Arroja el lápiz sobre la mesa y busca un cigarrillo con la mirada.

—Insisto, me gustaría verte. Tengo algo que decirte, y prefiero hacerlo a la cara…

—¿Ha muerto Jesús? —impone Carmen su voz.

—No, no ha muerto Jesús... No tenemos constancia de ello —rectifica.

—¿Entonces?

—Prefiero que nos veamos, de verdad, creo que es lo mejor —insiste.

—Joder, coño, Jaime, me estás poniendo de los nervios, ¿qué pasa? —es incapaz de ocultar la repentina ansiedad que las palabras le causan.

Jaime Cuesta se muerde los labios antes de hablar, entre dubitativo y nervioso, no sabe qué hacer.

—Carmen, quiero que nos veamos porque necesito contarte algo que hemos descubierto y que es muy importante para los dos, y muy especialmente para ti —al fin le dice, provocando que el corazón de Carmen bombee a una velocidad y fuerza desmesuradas, como si alguien le hubiera insuflado una energía extra.

—¡Que me lo digas, coño, que me lo digas! —grita de tal manera Carmen Puerto que hasta Julia, que sigue junto al balcón, puede escucharla con nitidez.

—Carmen, Carmen, por favor, tranquilízate, por favor, tranquilízate.

—¿Me lo vas a decir o qué? —exige.

—Tenemos el resultado de las primeras pruebas de huellas que hemos encontrado en esa habitación secreta... —comienza a decir.

—Y...

—Hemos hallado coincidencia con otra persona...

—No entiendo, ¿otra persona que no es Lucas Matesanz ni Ana Castro, eso cómo coño puede ser? —desbordada, la inspectora exige respuestas.

—Ten en cuenta que las huellas de Matesanz no se compararon con las de nadie y estas... —trata de explicar, sin mucho éxito, Jaime.

—¿Cómo, qué coño estás diciendo, a quién corresponden? —La ansiedad de Carmen se encuentra ya en su punto máximo.

—Carmen...

—¡Que me lo digas, coño!

—A Fernando Casas... —apenas puede decir, como si cada letra pesara una tonelada y fuera incapaz de expulsarlas de su garganta.

—¿Qué Fernando Casas?

—Ese Fernando Casas...

—¿El *Asesino del Hormigón?*

—No sabemos si fue el *Asesino del Hormigón.*

—¡Claro que lo sabemos!

—De todos modos he pedido que repitan la prueba —miente Jaime.

—Mira, Jaime, cuando Lola Vallejo te ha dicho eso es porque lo tiene comprobado y más que comprobado.

—¿Quieres que vaya?

—No. Quiero que trates de averiguar si tenemos pruebas de ADN y huellas de Lucas Matesanz, el profesor de Moguer.

—Me pongo a ello.

—Tardas.

—De verdad, ¿quieres que vaya?

—No.

Carmen Puerto finaliza la conversación de manera inesperada. Se pone en pie y busca en la pared de enfrente, justo a la gran pantalla de plasma, el pulsador de la luz del techo, y que no utiliza desde hace meses. Repentinamente, necesita sentirse a salvo, ver con la mayor claridad. Agarra con fuerza su pistola, como si quisiese que se le quedara adherida a la mano, como un miembro más de su cuerpo.

Aunque lo que más desea es recuperar toda la información de este caso, que comenzó en 2002, aún a sabiendas de que hacerlo le puede procurar una descarga de emociones que está segura de no poder controlar. Y, sobre todo, no quiere recuperar el caso de Marcia, la chica peruana que asesinaron en Málaga, a principios de 2012. Carmen se aferró a una línea de investigación, plenamente convencida de resolver el caso, obvió otras posibilidades, sobre todo porque esas posibilidades le trasladaban a otros casos, diez años antes, protagonizados por Fernando Casas, uno de los sospechosos de ser el *Asesino del Hormigón,* que supuestamente murió el 11 de marzo de 2004, en el atentado de la estación de Atocha, en Madrid.

Carmen entendió el caso de Marcia como la obra de un imitador del *Asesino del Hormigón*, porque de nuevo una adolescente, de procedencia sudamericana, desaparecida tras la salida de su centro escolar, y cumpliendo con un macabro ritual, fue la víctima. Otra vez el cuerpo recién lavado, perfectamente hidratado con varias capas de aloe vera; otra vez unos dedos seccionados, de sus pies. La única diferencia con respecto a los tres crímenes cometidos en Madrid en 2002 y 2003 estribó en el lugar donde encontraron el cuerpo de la chica: en un contenedor de la basura, sin la cabeza, que sigue sin aparecer, años después. Esta vez no hubo tarro de vidrio con cenizas. Esa cabeza que ha sido una imagen permanente en la vida de Carmen Puerto desde entonces, ya que la ha visto en sus peores pesadillas, en su cama, sobre la mesa, en la cocina, mirándole, preguntándole: «¿No me vas a ayudar?».

Desde ese caso, Carmen no ha vuelto a ser la misma. Por una vez optó por seguir las indicaciones, ignorando las evidentes conexiones con el *Asesino del Hormigón*, y se aferró a la lógica, a la evidencia. Y se equivocó. Desde entonces presiente que su relación con *Jefe* ya no es como fue durante años, cuando jamás le discutió una propuesta ni vaciló a la hora de concederle una nueva petición. Ya no confía en ella como lo hacía antes.

Ahora, como si se tratara de una de sus peores pesadillas, el caso de Marcia vuelve a estar muy presente a pesar del tiempo transcurrido, por lo que Carmen vuelve a repasar todas sus anotaciones y archivos creados hasta el momento. Como también vuelve a su presente el caso del Amante Ácido. Recupera todos los datos que posee de Verónica Caspe, Javier Loiza, Lucía Sánchez, Rocío Altamirano, Koldo e Idoia Gaztelu, Elvira Tapia, Osvaldo Cartagena y, especialmente, de Luz Márquez y Juan Martos, que sigue sin saber dónde está.

—Mierda, mierda, mierda —maldice. Le desespera no encontrar una señal, una evidencia, un camino que seguir.

Respira hondo, aprieta los puños.

—Puedes, puedes —repite.

Como siguiendo las órdenes que una voz interior le indica, se dirige hacia el dormitorio y agarra el libro con la antología poética de Dylan Thomas que siempre la acompaña. Comienza a leer:

Me han enseñado a razonar con el corazón,
pero el corazón, como la cabeza, conduce inerme;
me han enseñado a razonar con el pulso,
y, cuando se acelera, altera el paso de las acciones
hasta que campo y tejado yacen yermos y lo mismo
tan rápido me muevo en desafío al tiempo, caballero calmo
cuya barba se mece con el viento egipcio.

He oído muchos años de cuentos,
tantos, que deberían ver algún cambio.

El balón que lancé jugando en el parque
aún no ha alcanzado el suelo.

LA LUZ DE CRACOVIA

Hasta su muerte, en 1978, ni un solo día dejó de recordar a su Cracovia natal. El río, la plaza del Mercado, el barrio judío, con los últimos restos del muro que separaron el gueto, el castillo. También siguió recordando lo que tanto daño le hizo, y que propició su salida de Polonia: las filas de personas escuálidas, el humo de las chimeneas, la factoría de Schindler, los campos de concentración. Sin embargo, hizo todo lo posible por repetir el mismo feliz recuerdo: una mañana de domingo, junto al río, de la mano de sus abuelos. Una vez en México, a donde emigró junto a sus padres siendo una niña, muy pronto su apellido desapareció, impronunciable. En el colegio, Alexandra era un lunar blanco en los pupitres, la gran diferencia. Pero eso nunca lo entendió como una desventaja o como una desdicha, todo lo contrario. En cierto modo, Alexandra se sentía admirada, envidiada. Su blanca piel de porcelana era, así siempre lo pensó, una señal de distinción.

Junto a Ángel Hernández, con el que fuera su marido durante treinta años, tuvo cuatro hijos, todos varones, y todos idénticos a su padre: bajitos, morenos, de pelo encrespado y mirada oblicua, tímidos en gran medida, pero fuertes y muy disciplinados. Cuatro hijos que no tardaron en hacerla abuela, de niños semejantes a sus padres y abuelo, salvo Sofía, que heredó la piel y la constitución de su abuela Alexandra. «Tiene la luz de Cracovia», dijo la orgullosa abuela con la nieta recién nacida en los brazos. Una frase que le fue repitiendo a lo largo de los años, hasta su muerte, en 1978.

Sofía siempre ha sentido una especial admiración por su abuela, con la que afianzó una fuerte unión, más allá del parentesco, durante el tiempo que compartieron. No fue solo por el color de sus pieles, también por un sentimiento de cercanía, de fragilidad mutua, algo parecido a sentirse extrañas, diferentes, en un mundo que en multitud de ocasiones no han entendido como el propio. También se refería Alexandra a eso cuando le repetía a su nieta Sofía «Tienes la luz de Cracovia», porque al tenerla cerca volvía a revivir emociones que creía perdidas.

Precisamente fue el recuerdo de su abuela, el querer volver a verla tal cual fue, gracias a la colección de fotografías que conservaba, lo que condujo a Sofía Hernández hasta Ana Sosa. Buscando en el trastero, entre las baldas repletas de polvo y olvido, cayó a sus pies una caja de cartón en la que se podía leer en el lateral: negocios de Caracas. Y aunque Sofía nunca ha desconfiado de Alejandro, nunca ha sentido celos, aún a sabiendas que le ha sido infiel en muchas ocasiones, asuntos poco serios, correrías de hombres, piensa ella, el título de la caja despertó su curiosidad.

En su interior encontró multitud de fotografías de una actriz venezolana llamada Ana Sosa, que murió a finales de 1999. No le costó recordar a Sofía los frecuentes viajes de su marido a Venezuela en fechas cercanas, como tampoco le costó recordarlo alicaído, cambiante, venido a menos, durante ese tiempo, justamente tras regresar de un viaje a ese país.

Examinando las fotografías de la actriz, Sofía empezó a encajar otras piezas en el puzle de la memoria que le provocaron un gran y profundo dolor. Porque viendo a Ana Sosa, en gran medida, pudo verse a ella misma. Mismo peinado, muy platino, muy ondulado, que comenzó a hacerse por esas mismas fechas, a petición de Alejandro. El aumento de pecho también lo realizó por ese mismo tiempo, y por complacer a su marido Sofía desatendió los consejos del cirujano y optó por la talla 100 y no por la 85, tal y como le había recomendado. Pero es que en las fotografías encontró vestidos que Alejandro le ha regalado, como el escotado de leopardo que tantas veces le hizo ponerse a pesar de no ser de su agrado, o uno de encajes, muy transparente, que como Ana Sosa también lo acompañaba de un sujetador rosa. Y también pudo ver en las fotografías collares, pendientes o anillos que Alejandro le ha comprado, que le ha pedido que se pusiera en las noches más íntimas, y hasta le ha parecido ver el mismo color de uñas, un morado apagado, que él se empeñó en que utilizara durante un tiempo. Todos esos descubrimientos provocaron en Sofía un dolor extremo, punzante, porque a diferencia de todas esas mujeres con las que su marido la traicionó, a Ana Sosa la amó, y muy profundamente. Tanto, que trató de convertir a su propia esposa, a Sofía, en una copia de ella. Puede que no haya mayor traición, mayor desprecio, que transformar a una persona en otra para tratar de paliar su ausencia.

Desde que Sofía descubriera la caja con las fotografías de Ana Sosa ya han pasado seis meses, ha tratado de hacer todo lo posible por disimular y aparentar que no lo ha descubierto, y que todo sigue igual. Solo en el primer momento, ese mismo día, Sofía se atrevió a hacer algo, pero más por confirmar sus sospechas que por ejecutar su venganza. Lo preparó todo para que Alejandro la descubriera viendo uno de los culebrones protagonizados por Ana Sosa. No le costó encontrar un episodio de *Nueva en la ciudad*, que comenzó a reproducir en la pantalla cuando escuchó que su marido se acercaba. Nada más ver su cara, blanquecina, desencajada, y escuchar su voz, nerviosa, quebrada, y ver la inquietud de sus manos, sin saber qué hacer con ellas, Sofía supo que no se trataba de una simple sospecha o suposición.

—¿Qué haces viendo eso? —apenas pudo preguntar él.

—Me entretiene.

—Pues parece antiguo.

—No te creas.

—Lo parece.

—Ella me encanta, la rubia —fue capaz de decir Sofía y también fue capaz de ver, sin que Alejandro se diera cuenta, cómo el dolor, cómo una gélida luz del pasado, se proyectaba en sus ojos.

Me han enseñado a razonar con el corazón.

Sábado, 2 de mayo de 2020. 4:35 h

El teléfono de Jaime Cuesta no cesa de vibrar y de sonar, hasta que consigue despertarlo. C P en la pantalla, una llamada de Carmen Puerto.

—¿Puedes venir? —le pregunta nada más responder, con voz convulsa, fija en una libreta de pastas verdes.

—¿Ahora?

—Sí, ahora.

—Voy.

Jaime se levanta de la cama, procurando hacer el menor ruido posible. Pasa por el aseo, donde se limpia los dientes y ordena levemente su cabello. Abajo, en la puerta de entrada, le dice a un agente que necesita un traslado. No tarda en aparecer un hombre joven, bajo y rubio, con gesto somnoliento, que le indica que tome asiento en un Citroën C4.

—¿Adónde?

—A la antigua fábrica de la Cruzcampo.

Carmen Puerto acaba de salir de la ducha. Desde que llamó a Jaime, ha estado bajo los chorros de agua fría, en un intento por controlar la ansiedad que navega por todo su cuerpo. Ha vuelto a ver el cuerpo mutilado de Marcia, en ese contenedor de basura. Y su cabeza ha aparecido frente a ella y le ha hablado, le ha preguntado lo de tantas y tantas veces: «¿Por qué no has hecho nada por mí?».

«Respira, respira, respira», repite.

Se mira en el espejo Carmen y no le gusta lo que contempla. Esa mujer frágil y paralizada por el miedo, que es incapaz de controlar sus pensamientos, que está maniatada por una fuerza que le oprime el pecho, es la que le muestra el espejo. Su peor versión.

«Respira, respira».

Comprueba la hora, ya han pasado veinte minutos desde que llamó a Jaime, espera que esté a punto de llegar. Afortunadamente, acierta.

—Estoy en un minuto —le dice, tras bajarse del vehículo en la avenida de Andalucía.

—Te abro. Cierra cuando entres.

Es tal la agitación de Carmen que no se le hace extraño bajar la empinada escalera que conduce a la calle una vez más en las últimas horas, cuando pasa meses sin hacerlo. Cree escuchar unas pisadas que se acercan cuando quita candados y gira las cerraduras. Por un segundo, un terror nuevo, frío y desconocido la invade, al presentir que no es Jaime quien está a punto de subir la escalera. Por tal motivo, espera a verlo, para comprobar que se trata de él.

Primero una luz tenue procedente de la calle, una mano a continuación, después la cabeza de Jaime Cuesta, que se cuela. Suspira aliviada.

—Carmen —susurra entre las sombras.

—Sube.

Jaime, una vez frente a la inspectora, contempla a la mujer azotada por sus demonios de la última época que trabajaron juntos. El miedo instalado en sus ojos, la piel más blanca que de costumbre, los labios contraídos. Sabe que en estos momentos es muy frágil y débil, y que debe medir cada palabra, para que no se conviertan en un tsunami en su interior.

—Carmen, no te preocupes, no tardaremos en tener noticias. En las actuales condiciones es mucho más fácil dar con alguien que pretende huir —trata de calmarla Jaime.

—Sabes como yo que él fue quien asesinó a Marcia, lo sabes perfectamente. Que solo cambió el final para hacernos dudar, para que su firma no fuera exacta… —le cuesta decir, a la vez que trata de liar un cigarrillo con escasa habilidad.

—Eso no está demostrado…

—¿Hicimos una prueba comparativa de ADN, como alguna vez propuse?

—Carmen, Carmen…

—No, no la hicimos —no le permite la inspectora hablar—, porque en ese momento yo ya estaba loca, desquiciada, y no decía nada más que cosas sin sentido, porque esa es la puta verdad, Jaime, dejasteis de confiar en mí —furiosa, las palabras salen afiladas de su boca.

—Carmen, se trataba de un muerto, y hoy sigue siendo un muerto, hasta que no haya pruebas más concluyentes…

—Sabes que está vivo, lo sabes, y también sabes que ya sabe dónde estoy, ¿o te crees que lo de Jesús ha sido por casualidad? —cuestiona Carmen Puerto a Jaime, mirándolo fijamente a los ojos.

—No sé cómo explicarlo…, pero entiendo que se trata de un casualidad —argumenta Jaime sin convicción.

—¡Cómo va a ser una casualidad, Jaime, es lo que me faltaba por escucharte! —grita ella, acelerada.

—Carmen, Carmen… —Se pone en pie Jaime, con la intención de calmarla.

—Jaime, no necesito un abrazo, de verdad, no lo necesito —rechaza cuando el policía se acerca a ella—, lo que necesito es respuestas y ponernos a trabajar para que lo encontremos lo antes posible.

—Eso es lo que vamos a hacer —escenifica seguridad Jaime.

—Quiero todos los informes y documentación que exista sobre el caso de Marcia, aunque creo que los tengo todos. Quiero lo mismo del Asesino del Hormigón y del caso del Amante Ácido. Y quiero toda la información que podamos tener de Alejandro Jiménez, el empresario mexicano, y a lo mejor tenemos que acudir al CNI, aunque no nos guste —pide Carmen.

—¿Del empresario mexicano? —sorprendido.

—Mira, Jaime, lo que le ha hecho al vecino, al tal Manuel Contreras, en la mejilla izquierda, no es casualidad: es su firma, un aviso o una imitación, pero en cualquiera de los casos guarda relación con Alejandro Jiménez, de eso no me cabe ninguna duda. —Poco a poco, Carmen Puerto se va pareciendo a la mujer de siempre, le ha bastado con sentirse segura, acompañada de Jaime, y dejar de pensar constantemente en Marcia, para lograrlo.

Jaime comprueba que no le quedan cigarrillos y toma los utensilios de Carmen para liarse uno.

—¿Sigues sin aprender? —le pregunta la inspectora, después de comprobar su escasa habilidad.

—Ya sabes…, esto de no tener pasado porreta nunca lo podré ocultar —y Jaime repite la misma respuesta que le solía ofrecer cuando estaban fuera.

—Anda, dame, vete a la cocina y mete un par de tazas con agua en el microondas y mientras lío unos cuantos cigarrillos. —Le arrebata Carmen el tabaco y el papel de fumar de las manos y le señala la dirección.

—La *Reina del Capuchino*. —Y sonríe Jaime, con la intención de rebajar la tensión.

—Vaya, hacía muchos años que no escuchaba eso… Ya sé que fue un apodo que estuvo pululando por la unidad. Además de otros que prefiero no recordar…

—Sí, sí, todavía hay quien lo recuerda… —obviamente, no se atreve a confesarle Jaime el apodo por el que realmente es conocida.

—¿Sabes?, a veces echo todo eso de menos —confiesa Carmen mientras sigue liando cigarrillos—, algunos días, no todos…

—Pues yo lo echo de más todos los días, todos los días —reitera Jaime, pretendiendo que suene humorístico su comentario.

—Imagino…

—Era con dos de sacarina y cuatro de capuchino, ¿verdad?

—Eso es, y muy caliente. —Le agrada a la policía que Jaime siga recordando esos detalles.

Regresa el inspector al salón con las bebidas en la mano, Carmen Puerto lo aguarda con varios cigarrillos liados. Fuman y beben en silencio durante unos segundos, pendientes el uno de la otra, como si fueran a enfrentarse en un duelo de palabras.

—¿Qué te dice la intuición? —por fin le pregunta Jaime.

—Uy, ya no tengo…

—Venga, Carmen, no me vengas con esas, dime.

—La verdad es que tengo la intuición muy bipolar…

—¿Eso qué quiere decir?

—Pues que ha salido de Sevilla, no demasiado lejos, o que se encuentra más cerca de lo que podemos imaginar.

—¿Por qué habría de quedarse cerca?

—Para cumplir su promesa.

—¿Promesa?

—¿No la recuerdas? Pues yo cada día. Matarme.

—Esa promesa solo está en tu cabeza.

—Bien sabes que es real. De hecho, lo ha intentado hoy mismo —confiesa la inspectora, con gravedad.

—¿Qué estás diciendo?

—Lo que te estoy diciendo.

—No te entiendo.

—Hoy mismo ha estado aquí —pretende mostrar frialdad.

—¿Cómo?

—¿Por qué te crees que te he llamado?

—Por favor, Carmen… —trata Jaime de calmarla, temeroso de que vuelva a perder el control.

—Mira. —Y Carmen Puerto abre una libreta y le muestra una página concreta a Jaime Cuesta.

—¿Eso qué es?

—Lee.

—Marcia. Solo vive quien arde.

—Y eso no lo he escrito yo.

—¿Cómo dices?

—Que no es mi letra, que no lo he escrito yo.

Volver a casa

En una furgoneta blanca, Renault Trafic, Lucas Matesanz, con barba y bigote postizos, y una gorra de color rojo cubriendo su rasurada cabeza, conduce por la A-49, en dirección a Huelva. A su lado, Amalia, se ha quedado dormida, con la nuca apoyada en la ventanilla. Se le ha movido ligeramente la peluca rubia, dejando a la vista algunos mechones de su pelo castaño. Lucas la contempla con una sonrisa en los labios: a pesar de los años juntos sigue siendo esa chica desaliñada, de movimientos torpes, que descubrió en el instituto.

Hasta hace unos pocos minutos, Lucas estuvo escuchando las noticias, pero cansado de tantas estadísticas, de tantos números de contagio y tantas desgracias, decidió seleccionar otra emisora de radio. Ahora escucha música, en la emisora favorita de su juventud, Radio 3, cuando era Fernando Casas. Siempre que se recuerda de joven hay canciones escuchadas en Radio 3 flotando a su alrededor. Esperaba con impaciencia la llegada de la medianoche cada día, *El Diario Pop*, lo recuerda perfectamente. Con la ayuda de un viejo radiocasete Grundig grababa las canciones que más le gustaban. De Los Surfin Bichos, de Los Planetas, de Australian Blonde, de Los Piratas. Regresa a ese tiempo, puede que no tuviera más de quince o dieciséis años, mientras conduce de regreso a un lugar en el que volvió a nacer. Y no es la primera vez que lo hace.

> *Ven a verme un día,*
> *yo te espero de por vida,*

sé que nadie tiene claro
a dónde ir.

Recuerda las noches de su infancia y primera juventud como una misma noche, y lo mismo le sucede con los días o los años, como si se trataran de un único y mismo año. Un mismo día. Un interminable día.

Hasta ese día de San Juan, en el que cambió todo.

Hasta entonces, todos esos días y años fueron tiempo de espera. Aguardando. Lo que habría de llegar.

Jesús Fernández viaja en la parte trasera de la furgoneta, dentro de una enorme caja de corcho rectangular. Completamente a oscuras. Solo por dos orificios, del ancho de un bolígrafo, le llega algo de aire y de luz, apenas unos destellos. Las piernas y las manos aprisionadas por unas bridas que lo inmovilizan. Escucha con nitidez al perro a su lado, cómo de cuando en cuando araña la superficie, olisquea, va de un lado a otro, arrastrando el collar. Jesús no se encuentra paralizado por el miedo, sino por el efecto de algún tipo de droga que le han suministrado. No hay dolor, solo impotencia, incapacidad, como si su cuerpo no le perteneciera, o fuera otro cuerpo en el que han introducido su cerebro y sus ojos. Como si no fuera él, o como si se encontrara en un cuerpo que no es el suyo.

Aunque el movimiento y el control de sus miembros hayan desaparecido, el miedo permanece intacto, dentro, en el tuétano de los huesos. Intuye su muerte al siguiente minuto, al siguiente segundo, de tal manera que cree sentir cómo el corazón se le para y deja de respirar, a cada instante. Y durante unos segundos cree que todo ha terminado y se siente aliviado, en calma, tranquilo. «Tal vez morir sea una buena elección», ha llegado a pensar.

Sobre todo después de haber traicionado, una vez más, a Carmen Puerto. Da por hecho que ha muerto, que el hombre que ha matado a su vecino Manolo, ante sus propios ojos, tras cortarle la mejilla izquierda, la ha matado también a ella. Y no duda que lo habrá hecho con la misma frialdad y crueldad que ha contemplado. Puede ver a Carmen Puerto en el oscuro salón, atada a la silla, frente al cuadro de Karen. Puede verla envuelta en una nube de humo, y la sangre brotando de su rostro. La puede ver muerta, sufriendo, padeciendo cada segundo. El terror. Este pensamiento le hace desear el final, la muerte, que todo acabe cuanto antes.

«Es lo único que merezco», le encantaría gritar.

«Lo merezco, lo merezco», repite y repite en su cabeza.

Jesús escucha el murmullo de las voces de sus captores. De vez en cuando puede escuchar una palabra, parte de una frase o algo parecido a una canción, supone que procedente de la radio.

—¿A dónde vamos?

—A casa.

—¿A casa?

—Sí, a casa. —Y Lucas se queda mirando la leyenda que aparece en la autovía.

Amalia, que también la mira, pregunta:

—¿A esa casa?

—Esa nunca fue nuestra casa.

Y siguen hacia adelante, en dirección a Portugal.

A Julia le sorprende no haber escuchado o visto todavía a Jaime, habitualmente es mucho más madrugador que ella. Cuando ha golpeado en la puerta de su dormitorio nadie ha respondido, y por eso lo ha buscado en el comedor, y también en la terraza, donde estuvieron fumando anoche. Al hacerlo, y por unos segundos, la panorámica la ha hipnotizado, como si toda esa belleza, de la plaza de España, que ha aparecido de repente, sin avisar, se hubiera convertido en su propietaria.

—Jaime, ¿dónde estás? —extrañada, opta por llamarlo.

—Abajo, en la puerta —le responde.

Julia escucha que alguien habla al lado de Jaime, parece la voz de un locutor de radio, deduce que se encuentra en el interior de un coche.

—¿Has ido a algún sitio?

—Subo y te cuento.

No tarda en aparecer Jaime, con la misma ropa que llevaba ayer —la chaqueta y la camisa blanca— y cara de no haber pegado ojo en toda la noche.

—¿De dónde vienes?

—De dar una vuelta —ha estado a punto de responderle «de tomar un café en un bar», pero en el último instante ha recordado que permanecen cerrados.

—Pues vaya pinta que traes…

—No he podido pegar ojo en toda la noche.

—Ya se nota.

—Cinco minutos para una ducha y nos ponemos, ¿ok?

—Sí, mejor será.

Desconfiada, y muy observadora, Julia da por hecho que su compañero no le ha dicho la verdad. Bajo el agua, Jaime duda de la conveniencia de contarle que ha pasado la noche con Carmen

Puerto y, por tanto, compartir con ella lo que le ha mostrado. Desde que lo ha leído, no deja el policía de repetir la frase interiormente: «Solo vive quien arde, solo vive quien arde».

De un modo u otro, y por propia experiencia, sabe que será una noticia que Julia no recibirá con agrado, y tampoco tiene ganas de dedicarle un tiempo a explicar todo lo que han hecho y hablado. Sobre la cama, tal y como le había comentado un agente de la puerta en la Delegación del Gobierno, el inspector que conoció en la Academia, David Frías, le ha dejado un par de camisas, unos pantalones y ropa interior. No son exactamente de su estilo, excesivamente clásicas las camisas, sobre todo, pero al menos están limpias y huelen bien.

—Lola Vallejo debe estar a punto de llegar —le dice Jaime a Julia, al encontrársela de frente, al salir de su dormitorio.

—¿Qué te ha pasado? —le pregunta la subinspectora con una sonrisa en los labios, al descubrir su indumentaria: unos chinos *beige* y una camisa con cuadros rojos, verdes y azules.

—A caballo prestado... —Y sonríe.

—Ya comprendo.

—Demasiado.

—¿Y Barri?

—Barri, de momento, está fuera de juego...

—¿Y eso? —pregunta Julia extrañada.

—No saben si ha pillado el COVID o si está con una de sus pájaras... Da igual, de momento creo que no nos hace falta —dice Jaime.

—No estoy de acuerdo, hay mucho que analizar desde un punto de vista psicológico. Quien es capaz de hacer esto, es capaz de... No creo que sea, precisamente, un asunto menor.

—Bueno, nosotros seguimos y ya si eso.

—Vamos, que teniendo a *la pirada* para qué vamos a recurrir a un psicólogo de verdad, ¿no es eso o me estoy equivocando? —aplica Julia a las palabras toda la dureza de la que es capaz.

—¿Ya estamos?

—Sí, parece que ya estamos con lo de siempre, como cada vez que tenemos cerca a *la pirada* —le reprocha Julia y Jaime cabecea sin decir una palabra, a pesar de que su interior bulle por hacerlo.

Tras tomarse unos segundos para rebajar la tensión, controlarse, Jaime Cuesta comienza a decir:

—Tenemos ya rastro de unas llamadas. Todos los días, a las 7 y 8 de la mañana han recibido una llamada de la misma persona, de la hermana de ella, Ana Castro. Conversaciones muy breves, de apenas un minuto.

—¿Ya habéis hablado con ella?

—Sí, ya ha aparecido.

—¿Dónde estaba?

—Que no se dio cuenta de las llamadas…

—Vaya.

—Nicolás va camino de Moguer, en un rato nos contará.

—¿Y Lola Vallejo?

—Hoy tiene ración triple: en los domicilios de los padres de Amalia y de Jesús Fernández, y posteriormente irá a la casa de campo donde hemos encontrado los cuerpos mutilados.

—¿Y nosotros qué hacemos ahora, Jaime, te lo ha dicho ya *la pirada*, o por una vez vamos a ser capaces de tomar nuestras propias decisiones? —pregunta Julia con evidente mal humor.

—Creo que siempre tomamos nuestras propias decisiones, Julia, no sé a qué viene esto ahora… A mí tampoco me gusta estar aquí, te lo aseguro, tenía otros planes mucho más interesantes —se ha tenido que controlar Jaime para no responder lo que realmente le hubiera apetecido.

—Bueno, eso da igual, vamos a recopilar lo que tenemos y vamos a pedir lo que necesitamos para seguir avanzando, porque debemos seguir alguna dirección —rectifica Julia, a su manera.

—Les he pedido que nos dejen un despacho de la Delegación, creo que ya lo tendrán preparado.

—Pero sin vistas a la plaza de España, que con eso delante no hay quien trabaje —dice Julia y Jaime sonríe.

∞

«Marcia. Solo vive quien arde» es una pesadilla, pero real. No es producto de su imaginación, de un mal sueño. No. Lo puede leer con sus ojos, lo tiene delante, escrito en el papel. «Marcia. Solo vive quien arde».

Se arrepiente de haber tardado en enseñárselo a Jaime Cuesta, de no haberle dado toda la importancia que se merece. Cree que haberlo hecho hubiera sido una evidencia más de su debilidad, de su miedo. Aunque se trate de algo real, que también ha visto Jaime. Es una prueba de que no se trata de uno de sus desequilibrios. Es una certeza. Ha pasado. No es un producto de su imaginación.

«Marcia. Solo vive quien arde». Repite y repite la frase, más allá del incendio, tratando de encontrar sentido a la frase, una justificación.

Aunque la peluquería permanece cerrada desde mediados de marzo, como consecuencia del cese de actividad decretado por el Gobierno de España, para tratar de frenar el avance de la pandemia provocada por el COVID-19, Carmen Puerto echa de menos, hoy especialmente, que el día no comience viendo a Jesús levantando la cancela, a través de la cámara del videoportero de la puerta. Hasta este extraño sábado de silencios y recuerdos punzantes, no se había dado cuenta Carmen de lo mucho que necesita a Jesús, más allá de las compras y demás intendencias.

Tener alguien cerca.

Saber que puedes llamar a alguien.

«Respira, respira».

En estos casi dos meses, Jesús se ha saltado con frecuencia el confinamiento para poder seguir atendiendo a las necesidades más esenciales de su particular casera. Y así, cada tres o cuatro días, con más disimulo que habitualmente, justificando limpieza o pequeñas reparaciones, se ha colado en su peluquería para hacerle llegar a través del montacargas escondido tras el espejo, del almacén, bolsas de comida o recoger su basura. Y no fue necesario que Carmen Puerto se lo pidiese, desde el primer momento Jesús tuvo muy claro que no podía dejar de atenderla. Aunque ya han pasado casi diez años, sigue intacta dentro de Jesús esa cultura del cuidado, que también tiene mucho de «gustosa» dependencia, que siempre ha formado parte de su vida, y que asimiló y aprendió durante los años en los que estuvo haciéndose cargo de sus padres.

—Karen, al final lo vamos a querer y todo. —Y Carmen despliega sobre la pantalla del ordenador una fotografía de Jesús.

A continuación, más impulsada por la rutina que por su propia convicción, Carmen se dirige a la cocina y comienza a recorrer la escalera de caracol que conduce a la azotea. My Little Pony, como de costumbre sentado en el séptimo escalón, le dedica una de sus frases juguetonas: «Tengo muchas cosquillitas», cuando percibe su presencia. Está a punto de introducir la llave en la cerradura de la trampilla del techo cuando Carmen se detiene, y comienza a mirar la cocina, entre los huecos de los peldaños de hierro. Retrocede.

«No es el día, no es el día», se repite mientras desciende.

Introduce una taza con agua en el microondas y programa dos minutos. «No es el día», vuelve a repetir.

Y no es el día porque un miedo innegociable, un miedo aterrador y paralizante se ha instalado en su interior. Y no habría soportado estar en la azotea y luego regresar a su vivienda estando convencida de que Fernando Casas la está esperando. Un miedo que es un eco del pasado, un miedo persistente y resistente, que la acompaña desde ya hace demasiado tiempo. «Marcia. Solo vive quien arde».

«Respira, respira».

Como siempre, el primer trago le quema en los labios. Enciende un cigarrillo y le escribe un mensaje a Jaime: «Envíame todo lo que tengas. Quiero todas las fotos que tengáis. ¿Hay mapa de llamadas?».

En una hoja de una libreta de pastas verdes comienza a escribir: «Alejandro Jiménez, Alfonso Peinado, *Chanclitas*, Fernando Casas, Lucas Matesanz, Amalia Castro, Juan Martos, Luz Márquez, Osvaldo Cartagena, Gabriel Lozano, Jesús Fernández, Andrés Castro, Ana Castro, Rocío Altamirano, Ana López, Verónica Caspe, Elvira Tapia, Sandra Peinado, Ana Casaño, Marcia…». Escribe los nombres de las personas que, de un modo u otro, pueden tener relación con las señales que hasta el momento ha dejado el asesino: cuerpos inmovilizados como consecuencia de una droga, una mejilla izquierda seccionada, cadáveres congelados, desmembrados, las cabezas desaparecidas, un montón de ceniza cerca, la frontera con Portugal. A continuación, escribe todos los puntos geográficos en los que han tenido lugar, de un modo u otro, los hechos acaecidos: «Sevilla, Ayamonte, Moguer, Madrid, Málaga, Barcelona, Venezuela, México, Valencia, Lisboa, Portimão, San Sebastián, Mallorca». Y finalmente escribe las fechas en las que se han cometido los delitos: «2002, 2003, 2012, 2014, 2018, 2020». Canta las cifras, las repite, busca una secuencia que no encuentra.

Tanto los nombres como los lugares, las fechas, los mira Carmen Puerto muy fijamente, como si quisiera encontrar unos puntos de conexión, un sentido, un hilo invisible que los una y den sentido a un relato que, de momento, no es capaz de interpretar, como si estuviera escrito en un idioma que desconoce.

—Karen, Karen, amiga, ¿tú cómo lo ves?

Por un instante, Carmen medita sin acudir, una vez más, a *Nodigassuerte*, pero no tarda en desdeñar la idea, consciente de que no le aportará ninguna información de alguien que ha estado «muerto» durante años. Aunque pasados unos segundos, cambia de opinión: Lucas Matesanz sí ha estado vivo. No duda en escribirle un correo electrónico, valiéndose de la web que tiene protegida, y que solo utiliza para estos envíos o para navegar en la *deep web*.

«Necesito información de Lucas Matesanz, y es muy urgente. Todo lo que encuentres anterior a 2017, y posterior si hubiera», escribe, envía y comienza a fumar.

No aparta Carmen la vista de la pantalla del ordenador, porque acaba de recibir un aviso de una alerta, indicándole que hay una nueva información relativa a Alfonso Peinado, el padre de Sandra, la chica que murió en Punta del Moral, Ayamonte, en 2018. Se trata de un nuevo artículo de opinión, en esta ocasión de Héctor Maza, en el diario *El Mundo*, en el que aborda la absolución, por falta de pruebas, de Pilar Ortega, la líder del Partido Nacional, en su relación con el caso de los másteres falsos, en el que también estaba involucrado Alfonso Peinado. A pesar de que la absolución judicial llegó hace casi dos meses, a principios de marzo de 2020, se siguen sucediendo las interpretaciones y comentarios de una decisión judicial ampliamente criticada, por las aparentes evidencias de las pruebas que así atestiguaban el delito, y que el magistrado no ha tenido en cuenta.

No termina de leer Carmen Puerto el artículo, muy similar a buena parte de los que se han publicado hasta el momento, cuando regresa de nuevo al verano de 2018, al caso de las desapariciones de Sandra Peinado y Ana Casaño en una playa de Ayamonte, muy cerca de la frontera con Portugal. Una de las líneas de investigación que siguió, y que no tardó en desdeñar, fue la de la relación empresarial del controvertido magnate mexicano Alejandro Jiménez y Alfonso Peinado, padre de la malograda Sandra. Recuerda Carmen que ese mismo año, 2018, la empresa de Alejandro Jiménez, TAXACOL, adquirió dos viviendas de lujo en el conjunto residencial que se estaba construyendo junto al chiringuito La Hamaca, muy cerca de donde desaparecieron las dos chicas.

No puede evitar Carmen volver a examinar esa mejilla izquierda mutilada de Alejandro Jiménez, y la compara con las del *Chanclitas* y *Joselín*, cuando encontraron sus cadáveres en un hotel del Algarve portugués. Irremediablemente, proyecta en la pantalla la imagen de Manuel Contreras, el vecino de Jesús, atado a la silla, dentro de la acolchada habitación secreta, con la mejilla izquierda seccionada.

Aunque, por fechas y procedencias, las imágenes que contempla en este momento no deberían estar conectadas, la inspectora está plenamente convencida de que sí lo están. Todavía es incapaz de contemplar el hilo, el argumento, el vínculo que las une, pero tiene claro que existe.

Carmen, valiéndose de un sencillo programa de edición, realiza una composición de los tres cadáveres, *Chanclitas*, *Joselín* y Manuel Contreras, con sus mejillas izquierdas seccionadas, junto a una imagen de Alejandro Jiménez, en la que se ve perfectamente su amplia y llamativa cicatriz. En voz alta, como si pretendiera que Karen la escuchase, reflexiona:

—Alejandro Jiménez tiene unas viviendas en Ayamonte, en Isla Canela, *Chanclitas* y *Joselín* eran de Ayamonte y Lucas Matesanz se lanzó al Guadiana en su desembocadura, en Ayamonte. Es el único vínculo que existe en todos ellos, Ayamonte. Ayamonte, otra vez.

El último brindis

Aquella noche, Ana Sosa estaba eufórica tras la conversación mantenida con Guillermo Gilera, uno de los ejecutivos de la productora para la que trabajaba, la poderosa RCTV. —Los índices de audiencia de *Nueva en la ciudad* son magníficos y ya la hemos vendido a veintitrés países —le relató el ejecutivo mientras le ofrecía una copa de champán, con la que brindar por el éxito. Pero no solo le dijo eso Guillermo Gilera, también le comunicó que ya habían hablado con Osvaldo Cartagena para que escribiese una serie en la que ella fuese la gran protagonista. En un principio, Ana Sosa no creyó ese anuncio, conocedora de la buena relación existente entre Osvaldo y Luz Márquez, su compañera de reparto en la producción y gran rival y algo más.

—Tenemos el OK de Cartagena —le confirmó el ejecutivo, abriendo los ojos en toda su extensión, y volvieron a brindar.

Luz Márquez los contemplaba desde la distancia, aunque simulara divertirse con Mario Fernández, el protagonista masculino de *Nueva en la ciudad,* con Osvaldo, así como con otros invitados a la fiesta, para celebrar el gran éxito de la serie. Por los gestos de Guillermo Gilera, al que conocía perfectamente, y en muy diferentes situaciones, y por la explosiva alegría de Ana Sosa, creía saber Luz de qué estaban hablando y a cada segundo se fue sintiendo más desplazada, más apartada, menos ella, como si repentinamente hubiera dejado de ser la gran estrella que era. Esa percepción creció, y de qué manera, cuando al regresar del aseo descubrió que era Osvaldo Cartagena, su Osvaldo, el que se divertía con Ana Sosa, con la que parecía haber descubierto un punto de unión desconocido hasta ese preciso momento.

Cuando tuvo ocasión, Luz Márquez abordó a Osvaldo.

—Jamás me podría haber esperado esto de ti.

—¿Qué te pasa? —preguntó él, nada más descubrir la furia de sus ojos.

—¿Qué se supone que estás haciendo con esa?

—Nada, solo brindar, ya sabes lo que pienso de ella.

—Yo ya no tengo tan claro lo que piensas de ella, ni de lo que sientes por mí. —Y Luz Márquez le dedicó al guionista una de esas miradas que le sobrecogían.

—No puedes dudar de mí.

—Demuéstramelo.

Osvaldo Cartagena, una vez que Luz Márquez se hubo marchado, pasó buena parte de la noche en el apartamento de Ana Sosa, junto con otros amigos y compañeros de profesión, que decidieron continuar allí la fiesta. No faltó la bebida, como tampoco faltó la cocaína, en abundancia, y que consumieron en exceso durante varias horas.

Cuando Osvaldo Cartagena abandonó el aseo en el que se había encerrado con la actriz, para hablar a solas de sus futuros proyectos comunes y esnifar cocaína, Ana Sosa aún seguía con vida.

Sin conocimiento, dentro de la bañera, pero con vida.

O así lo creyó.

SÁBADO, 2 DE MAYO DE 2020. 11:55 H

Instalados en un pequeño, pero luminoso, despacho de la segunda planta en la Delegación del Gobierno en Andalucía, que cuenta con un mobiliario propio de los ochenta, en el mejor de los casos, Jaime Cuesta telefonea a Lola Vallejo tras recibir un informe que le plantea multitud de dudas, en relación con un segundo análisis de la sangre de Manuel Contreras, el vecino que encontraron muerto en la habitación secreta de la vivienda de los padres de Amalia Castro.

—Si me das cuatro horas, que acabe aquí, te lo cuento en persona —le propone Lola Vallejo.

—Prefiero que me vayas adelantando.

—Te lo explico, Jaime —dice la policía y durante unos segundos, como si estuviese preparando la intervención, guarda silencio—, son dos tipos de drogas que se mezclan para inducir la anestesia. Por un lado, se usa un hipnótico para provocar el sueño, yo apuesto en este caso por el midazolam o el propofol. Y, por otro lado, hemos encontrado restos de relajante muscular, norcurio o verocuronio, con toda probabilidad.

—Hasta ahí lo tengo claro, Lola, pero no sé lo que realmente me quiere decir este informe —la interrumpe Jaime.

—Muy sencillo. El informe te dice que hay una combinación de fármacos en el organismo del cadáver, con el objetivo de dormir y paralizar al mismo tiempo. Con lo cual, suponemos, y yo casi me atrevería a asegurar, que ese hombre cuando fue fijado a la silla, y mutilado, el corte en su mejilla, igualmente, estaba paralizado. Y la baja velocidad de su sangre en la hemorragia nos lo demuestra —se toma Lola una pausa antes de continuar, como si necesitara tomar aire—, y también nos demuestra que quien lo hizo sabía lo que hacía...

—¿Por qué dices eso? —se interesa Jaime, sorprendido.

—Muy sencillo. Muchos de esos fármacos requieren que la persona a la que se le suministra utilice un respirador, porque la parálisis puede superar un punto de... hasta interrumpir los movimientos más mecánicos de nuestro organismo, es muy potente, y lograr ese equilibrio no es tan sencillo. Depende del peso de la persona, de su capacidad de asimilación, no es fácil..., es muy variable, y se puede morir antes de que cante un gallo.

—Vamos, que casi hay que ser médico, por lo que me estás contando —apunta Julia, que se incorpora a la conversación después de que Jaime pulsara la opción «altavoz» de su teléfono.

—Médico, químico, farmacéutico... o con conocimientos similares —apunta Lola Vallejo que, como de costumbre, se repasa las uñas de una mano con las de la otra, como si lijara sus superficies.

—Comprendo —dice Jaime.

—Para que os hagáis una idea. En esto son unos expertos los verdugos americanos, porque les suministran estos fármacos a los condenados a pena de muerte y nunca llegan a tener que utilizar el respirador. Tienen perfectamente medidas y controladas las cantidades...

—Bonito ejemplo —ironiza Julia.

—Muy Walt Disney —dice Jaime.

—Puro amor —bromista, Lola Vallejo.

—¿Tienes algo más? —pregunta el inspector.

—Vamos a ver, que todavía no he acabado con las dos viviendas de aquí y luego me queda esa parcela de los congelados en el campo. Hay mucho, y fíjate en las circunstancias que estamos... —justifica Lola Vallejo.

—En cuanto tengas algo me llamas —le indica Jaime a modo de despedida.

—De acuerdo.

—Espera, espera, Lola...

—Dime.

—¿Recuerdas si recogimos alguna prueba grafológica de Fernando Casas? —le pregunta.

—Uff, de memoria, no sé decirte, tendría que consultarlo.

—Cuando tú puedas.

Julia, a su vez, que no ha escuchado la última parte de la conversación, atiende una llamada de Nicolás, que acaba de hablar, tras varias horas intentando localizarla, con Ana Castro, la hermana de Amalia, la chica que Lucas Matesanz secuestró.

Obvia los detalles el policía, y no le cuenta que Ana Castro sigue viviendo en Moguer, en la casa familiar, un edificio de una sola planta, de paredes rugosas y encaladas de blanco, con tres ventanas con rejas de hierro forjado, a la que se accede a través de una calle estrecha y empinada. Tampoco le cuenta que en la casa olía a bizcocho, a merengue, tal vez como consecuencia de la pastelería que hay cerca. Y tampoco le detalla que Ana Castro debe tener unos treinta años, por sus cálculos, pero que por su aspecto físico, su mirada y su forma de hablar aparenta haber traspasado, sobradamente, la cuarentena. Obviados todos esos detalles, Nicolás le cuenta a Julia la conversación:

—¿Con quién ha hablado, todos los días a las 7 y 8 de la mañana, durante las últimas semanas? —le preguntó Nicolás, tras identificarse.

—Con mi padre —no dudó en responder Ana Castro, esquivando los ojos del policía.

—¿Con su padre, siempre con su padre?

—Algunos días con mi madre.

—¿Y cuando no estaban? —a pesar de las respuestas recibidas, Nicolás no varió el tono de su voz.

—Siempre están.

—¿Seguro?

—Como le digo.

—¿Y no están a veces en el campo?

—Pues cuando van al campo los llamo al móvil —se mantuvo firme Ana Castro en todas y cada una de sus respuestas.

—¿Podría ver su historial de llamadas?

—Eso es confidencial, ¿no?

—Por eso se lo he pedido. —Durante la conversación, siempre tuvo la impresión Nicolás de que estaba participando en una extraña competición.

—¿La ley de protección de datos, no? —A pesar de su aspecto melancólico, lánguido, Ana Castro no se amedrentó en ningún momento.

—Veo que no está dispuesta a colaborar.

—He colaborado en todo lo que me ha pedido.

Por un instante, Nicolás Alfaro tuvo la tentación de decirle que en una casa de campo, en San José de la Rinconada, en Sevilla, habían encontrado dos cuerpos, descuartizados y congelados, que bien podrían ser sus padres, pero no lo hizo porque eso habría sido saltarse todos los códigos, normas y protocolos de su profesión. Tragó saliva, se armó de paciencia y prosiguió con las preguntas.

—¿Me podría decir dónde están sus padres?

—En su casa.

—Si se refiere a su domicilio de la calle Sinaí, en Sevilla, ahí no están...

—Entonces estarán en el campo.

—También hemos estado allí.

—Pues ya no le sé decir.

—¿Y con quién habló usted ayer?

—Saltó el contestador.

—¿Y no ha hablado con su hermana?

—Mi hermana está muerta.

—¿Seguro?

—¿Qué está insinuando?

—¿Y por qué ha tardado tanto en responder a nuestras llamadas?

—Estaba durmiendo.

—¿Durmiendo?

—Dormir y ver la tele, es lo único que hago desde hace meses por esta mierda de confinamiento.

Jaime Cuesta termina de escuchar el relato de Nicolás, y con la mirada le indica a Julia que no está diciendo la verdad, a lo que ella responde con un gesto de conformidad. Seguidamente, el inspector telefonea a Carmen Puerto, y le relata las conversaciones mantenidas recientemente, con Nicolás Alfaro y Lola Vallejo.

—Jaime, hay que pedirle al juez, pero ya, que nos deje intervenir el teléfono de Ana Castro, es evidente que sabe algo, mucho seguramente.

—Es evidente. —Y con un gesto le indica a Julia que se ocupe de ello.

—Tanto el teléfono fijo como el móvil, seguro que utiliza los dos.

—Está claro.

—¿Tenéis ya el teléfono del matrimonio que han troceado? —pregunta Carmen a la vez que se repasa el contorno de los labios con un lápiz.

—Estamos en ello —responde Jaime.

—Uy, uy, temo a tus «estamos en ello», los temo demasiado, porque los conozco muy bien —le reprocha la policía.

—Estamos en ello —repite Jaime, para satisfacción de Julia.

—Y vamos a comprobar si tienen otras propiedades, ¿vale?

—Ya lo hemos hecho. La casa de Moguer, donde vive la hermana, la casa de la calle Sinaí, desde hace siete meses, es un alquiler, y la casa del campo, en La Rinconada, desde hace tres años —responde Jaime.

—¿Antes la casa del campo, en las afueras, que el piso de Sevilla? —desconfiada, pregunta Carmen, y escribe este dato en su libreta.

—Eso parece.

—Ahora cuéntame lo de Lola Vallejo —exige la inspectora.

—Te lo acabo de enviar —responde Jaime, que no oculta el malestar que la conversación le está procurando.

—¿Te importaría hacerme un resumen? —le solicita la policía con fingida simpatía.

Durante unos segundos, Jaime le relata a Carmen lo explicado por Lola Vallejo, bajo la atenta mirada de Julia.

—Vaya, por lo que cuenta es una especie de curare —reflexiona Carmen en voz alta.

—¿Cómo dices?

—Lo que te ha contado Lola, que es como el curare, el veneno que ponían algunos indígenas en sus flechas, tenía el mismo efecto.

—Lo que no entiendo es el propósito —dice Julia.

—Para actuar con mayor tranquilidad, sin tener que estar pendiente de posibles movimientos… —comienza a razonar Carmen, que por un instante se queda fija mirando un punto indefinido de la habitación.

—Para recrearse más, también, disfrutar el momento… —comienza a decir Jaime.

—O porque tiene menos fuerza… Tal vez por eso cambió de estrategia con Marcia, tiene algún tipo de discapacidad y ya no tiene la fuerza de antes… —Y al mismo tiempo la inspectora lo escribe en su libreta.

«Menos fuerza».

«Fuerza», y Carmen envuelve la palabra en un círculo.

—Acaba de tuitear Pedro Ginés —anuncia Julia.

—Cualquier cosa es posible.

—¿Qué dice ese cabrón? —se interesa Carmen.

Lee Julia:

> Confirmado: por el *modus operandi* del asesino nos encontramos ante un admirador o un imitador de un caso que ocupó todas las portadas. ¿Recuerdan unos cuerpos congelados? #AsesinoImitador

—¡Hijo de la gran puta! —exclama Carmen.

—Qué poco le cuesta, qué fácil se lo ponemos —se lamenta Julia.

—Está claro que tiene buena información, como siempre —dice Jaime.

—Y tan buena, buenísima, y en primera línea —no esconde Julia el tono de reproche en sus palabras.

—¿Qué quieres decir con eso? —no duda en preguntarle Carmen.

—Pues que sabe, controla, que tiene buenas informantes…

—¿Buenas?

—Joder, eso es algo que ahora no me preocupa nada en absoluto, y tampoco os debería preocupar a vosotras, joder —media Jaime Cuesta.

—A mí no me preocupa nada de nada, a lo mejor las preocupadas tienen algo que decir —dice muy despacio Carmen Puerto, con alevosía, antes de finalizar la llamada.

—¡Hija de puta! —ofendida, exclama Julia.

FUEGO

Una fascinación. Una fijación. Desde niño, el fuego ha caminado a su lado, ha sido una compañía constante y deseada. Un reto, una aventura, una pasión. También el origen del dolor.

El fuego de las velas en las tartas de cumpleaños. Durante varios segundos, para impaciencia de todos los presentes, fingía que se pensaba los deseos, cuando solo contemplaba el fuego, mucho más hermoso que el merengue, que los regalos, que los abrazos y besos de sus familiares.

El fuego.

Horas y horas frente a la chimenea, contemplando la mejor película que podría disfrutar. Los bosques arrasados por las llamas de los informativos, una pasión que no todos pueden entender. El clímax del pirómano, viendo cómo su gran obra se consume en el esplendor. Le habría gustado sentir eso alguna vez. Pero su clímax es otro, su reivindicación es la del fuego como sanación, no como destrucción. Fuego salvador, que todo lo cura. El fuego como una energía que neutraliza el dolor, lo domestica, lo domina, lo borra.

El pequeño gatito, ardiendo, reducido a cenizas unos minutos después. Transformado. Salvado.

El fuego que escupen los volcanes. Quién puede evitar esa belleza. Quién puede ponerla en duda.

El fuego de los edificios, Lisboa o San Francisco en llamas, imágenes que le son agradables pero que cuentan con el significado que le procura tanto placer, tanta seguridad, tanta fe. El fuego es una cuestión de fe, de voluntad, de compromiso. Una forma de vida.

El fuego reparador.

Como aquella noche de San Juan.

Aquella noche, que es todas las noches.

«Solo vive quien arde». Le gusta repetir.

«Solo vive quien arde». Repite.

El fuego que acabó con la vida de su padre. Fumador empedernido, ya había quemado las sábanas o la mesita de noche con anterioridad. A nadie le extrañó que una noche de julio, una calurosa noche de julio, incluso para Valladolid, muriera por el incendio originado en su dormitorio. Cuando los equipos de emergencia acudieron al domicilio, Fernando Casas, padre, ya había muerto. Nada pudo hacer por él su hijo, también Fernando, un chaval de trece años.

Casi un niño.

Un niño y el fuego.

Carmen Puerto, sin dejar de escribir en su libreta, marca el número de Jaime Cuesta y se coloca los auriculares.

—¿Nicolás sigue en Moguer? —pregunta nada más escuchar su voz.

—Imagino que ya vendrá de vuelta —responde Jaime y Julia lo contempla con gesto de extrañeza.

—Pues dile que vuelva y que busque a alguien que conozca a Lucas Matesanz, que nos diga si contaba con alguna discapacidad, si cojeaba o tenía un brazo inmovilizado, algo de eso —le dice a toda velocidad.

—Pero...

—Que lo haga, Jaime, ya —ordena tajante la Carmen Puerto de siempre.

Vuelve a revisar todas las notas que ha ido tomando y vuelve a repasar las informaciones que se publicaron cuando Lucas Matesanz supuestamente secuestró a Amalia Castro. ¿Una historia de amor o una obsesión?, puede ver en una portada de *El País*, con fecha 3 de mayo de 2017, pero cuando lee el resto de la noticia no encuentra nada relacionado con lo que busca. Lo mismo le sucede con un reportaje amplio, publicado por el diario *El Mundo*, y cuyo titular es «El secuestro que puede ser una fuga», en donde se recogen diferentes testimonios de vecinos de la localidad, coincidentes en señalar que entre el profesor y la alumna era evidente que existía una relación más estrecha de lo que se entiende como normal. Tanto en *Huelva Información* como en *ABC* tampoco encuentra Carmen ningún detalle que apunte a una posible discapacidad de Lucas Matesanz, lo que le genera una profunda ansiedad.

Consciente de que no puede dejarse arrastrar, de que no cuenta con el tiempo suficiente, llama de nuevo a Jaime, más por escapatoria que por necesidad.

—Jaime, ¿podríamos tener un listado de los hospitalizados y atendidos en el atentado del 11M de 2004? —le pregunta.

—No lo sé, imagino que sí —responde desconcertado, con la mirada fija en Julia, que lo escucha enfrente, con los codos apoyados en la mesa.

—Tenemos que comprobarlo, Jaime, tenemos que comprobarlo —excitada, repite la inspectora.

—¿Tan importante es eso ahora? —consciente del estado en el que se encuentra, son muchos los años que la conoce, le pregunta Jaime con la voz más agradable que es capaz de fabricar.

—Pues sí, claro que lo es, porque eso nos confirmaría que fue también el responsable del asesinato de Marcia, que por eso cambió de método.

—No entiendo.

—Jaime, me refiero a tener fuerza, a movilidad, que por eso cambió de manera de actuar —explica, de manera muy desagradable, Carmen.

—A lo mejor cambió, si es que fue él, para que no lo relacionaran —es más una defensa que un argumento la respuesta de Jaime.

—¿Cambiar? ¿Cambiar por qué? Ya no existes, eres otra persona, partes de cero, ¿cambiar por qué?

—Para no mostrarte y seguir matando, ¿te parece poco en alguien como él? —le plantea Jaime, con contundencia.

—¿Y la necesidad de ser siempre reconocible, el mérito, la gloria, dónde dejas todo eso? —responde Carmen a toda velocidad.

No sabe Jaime qué responder, o sí, pero entiende que no es conveniente hacerlo en este momento. Porque lo que le sale es decirle que pase ya esa página de su vida, que cierre esa cicatriz del pasado, que no pudo hacer nada por esa chica, que da igual que no hiciera caso a su intuición y siguiera una dirección equivocada, hubiera muerto de igual manera. Y habrían encontrado su cuerpo en ese contenedor, decapitado. Tal y como sucedió.

—Carmen, por favor, déjalo ya —es lo único que Jaime se atreve a decirle.

—Qué fácil es para ti…

—De verdad, no te hagas más daño.

—Dile a Nicolás que investigue lo que te he dicho, por favor —la voz de Carmen es un susurro apenas perceptible.

—Vale, se lo digo —acepta Jaime, resignado.

Afortunadamente para el policía, no tiene que enfrentarse al rostro malhumorado de Julia, tras haber mantenido una conversación con Carmen Puerto, ya que está atendiendo una llamada, al tiempo que toma notas en su iPad.

—Tenemos algo —le dice a Jaime, excitada.

—Cuenta.

—Una vecina pudo haber visto salir a tres personas y un perro del edificio de la calle Sinaí.

—¿Dos hombres y una mujer?

—Sí.

—Vamos para allá.

Una extraña felicidad invade a Jaime, y no por el descubrimiento en sí: por poder ofrecerle a Carmen Puerto una noticia que consiga apartar de su cabeza, aunque solo sea momentáneamente, la turba del pasado que ahora la invade.

—Estupendo, pero no te olvides de decirle eso a Nicolás —dice Carmen cuando atiende la llamada, que finaliza sin despedirse al comprobar que una alerta le indica que Pedro Ginés, el seudoperiodista más carroñero de cuantos existen en el país, acaba de escribir un nuevo mensaje en su cuenta de Twitter.

Más detalles: podrían ser más las víctimas en Sevilla, repitiendo igualmente el mismo *modus operandi* de otro caso célebre anterior. ¿Imitador o el asesino del confinamiento? #AsesinoConfinado #AsesinoImitador

Ha escrito hace apenas dos minutos y ya cuenta el tuit con 178 RT y 457 Me gusta.

—Qué daño han hecho las series, qué hartura de *modus operandi* —suspira Julia.

—Joder, ya lo tenemos, demasiado ha tardado, pero ya ha cogido velocidad. —Carmen copia el enlace del tuit y se lo envía a Jaime Cuesta. A continuación le escribe el siguiente mensaje: «Ya estamos todos».

Mucho ha tardado, no tarda en responder.

—En algo estamos de acuerdo —sin girarse, le dice Carmen Puerto a Karen.

ഔ

Nicolás Alfaro, en Moguer —ha tenido que regresar tras llevar recorridos 16 kilómetros en dirección a Sevilla—, circula por calles semidesiertas, a pesar de que ya está permitido salir a pasear o hacer deporte tras los meses de estricto confinamiento, en busca del cuartel de la Guardia Civil, que ha entendido como el lugar más fiable o seguro donde poder conseguir la información. No le cuesta encontrarlo, en las afueras de la localidad, frente al cementerio.

Tras presentarse, lo atiende un guardia uniformado, que no duda en colaborar con el policía.

—El profesor que secuestró a Amalia cuando llegó aquí no tenía nada, pero unas semanas antes de lanzarse al Guadiana tuvo problemas en una pierna, se le quedó fastidiada —le cuenta a Nicolás un guardia joven, moreno y alto, con redondos ojos marrones.

—¿Y eso?

—Él dijo que fue porque se cayó por la escalera o algo así, pero mucha gente piensa que fue porque Rafa le pegó una paliza —le confiesa el guardia reduciendo el volumen de su voz, como si temiera ser escuchado.

—¿Rafa? —pregunta Nicolás, al tiempo que se atusa el flequillo.

—Rafa, claro, el novio de Amalia, y que también sigue a día de hoy desaparecido —detalla.

—Claro.

—Desapareció un día antes de que lo hicieran Lucas y Amalia…

—Ya…

—Yo creo que lo mató y está enterrado en cualquier sitio.

—¿Tú crees? ¿Igual que ella?

—No es lo mismo.

—¿Y eso?

—El profesor no la secuestró, eso fue una fuga en toda regla, estaban liados, lo sabemos todos en el pueblo —a cada segundo, el guardia se siente más animado y seguro frente al policía, y habla con familiaridad.

—¿Tú crees?

—Lo doy por hecho, porque… —repentinamente, ante la llegada de un compañero corta en seco su narración y toma distancia con respecto al policía.

—¿Puedo ayudar? —se ofrece el recién llegado, con tono y gesto altivos.

—Ya lo tengo todo. Gracias —y Nicolás se despide, sonriente.

&

Carmen Puerto ha encontrado algunos de los cortes que se emitieron en los informativos de diferentes cadenas televisivas cuando se produjo el secuestro y desaparición de Amalia Castro y Lucas Matesanz se lanzó al Guadiana. Laura Rejano, profesora de Historia, una compañera en el instituto de Tomares, Sevilla, le responde a la reportera:

—Los chavales estaban encantados con Lucas, decían que se preparaba muy bien las clases y que mantenían una buena relación con él. Nunca actuó de un modo extraño, nunca tuvimos queja. Sí es cierto que era muy reservado, que no participaba en las actividades o encuentros fuera del instituto, pero en cuanto a su trabajo siempre fue muy profesional. No terminamos de creer lo que ha sucedido, como si lo hubiera hecho otra persona.

Y la policía escribe: «Otra persona».

Otra persona.

Cuando la recibe, Jaime Cuesta no es capaz de dilucidar si la información calmará o, por el contrario, aumentará la ansiedad de Carmen Puerto. No sabe si es la respuesta que espera o no, y si eso le generará una gran inquietud. Por un momento piensa en la conveniencia de esperar para trasladársela, pero pasados unos minutos decide que mientras antes lo haga será mucho mejor.

—Carmen, Lucas o Fernando, o como se llame, cuando llegó a Moguer no tenía ningún problema físico…

—¿Seguro? —y a la vez que pregunta Carmen parte un lápiz en dos.

—Eso le han contado a Nicolás.

—¿Está contrastado? —muy nerviosa, enfadada, insiste.

—Solo tuvo una cojera las últimas semanas antes de desaparecer, y según apuntan porque Rafa, el novio de Amalia, le dio una paliza —prosigue Jaime.

—¿Y nada antes? —reitera.

—Nada, aparentemente.

—¿Tenemos algo de las cámaras? —cambia Carmen repentinamente de conversación.

—Estamos viendo cámaras en todas las direcciones posibles, en un radio de quinientos metros. Esos son muchos metros —dice Jaime.

—Demasiados metros —apostilla Julia, nada más aparecer a su lado.

—¿Cuántas cámaras? —pregunta Carmen.

—Hasta el momento, hemos encontrado unas dieciséis —responde Julia.

—¿Y tenemos ya la autorización del juez para revisar el teléfono de Ana Castro?

—Estamos en ello —y nada más decirlo, Jaime lamenta su respuesta.

—Miedo me dan tus «estamos en ello» —repite Carmen Puerto y finaliza la conversación sin despedirse.

Abre el programa pirata, que recientemente ha actualizado, de cámaras de vigilancia que tiene instalado en su ordenador. A simple vista, puede acceder a bastantes más de las dieciséis cámaras citadas por Julia en la recién finalizada conversación. La aplicación, además de las cámaras más o menos «oficiales», también accede a multitud de otros dispositivos de uso meramente privado. Este descubrimiento la empuja a acceder a la aplicación de Street View, de Google, y comienza a recorrer la calle Sinaí muy lentamente, mientras fuma un cigarrillo. Una carnicería, una panadería y la entrada de una vivienda, en primer lugar, y que no tarda en desdeñar. Un local cerrado, una tienda de colchones y, casi enfrente del edificio en el que vive Jesús, un bazar oriental. Carmen trata de acercarse todo lo que le permite la aplicación, y cree ver en el recargado escaparate una especie de pantalla.

—¿Y si son unas de esas que están conectadas a una cámara?

A continuación, en los informes que mantiene de Fernando Casas, busca los datos que obtuvo en su momento sobre el único familiar reconocido del supuesto asesino: su hermana. Recuerda Carmen que no le costó mucho trabajo encontrarla. Seguía viviendo en Valladolid, propietaria de una mercería por el centro de la ciudad. Dos años mayor que Fernando, Elena de nombre.

—¿Dónde estaba, dónde estaba? —se pregunta la inspectora mientras busca los apuntes que tomó de la conversación mantenida.

Los encuentra, perfectamente protegidos, en una funda de plástico transparente. Nada más comenzar a leer regresa a su memoria la conversación telefónica que mantuvo con Elena Casas, hace más de diecisiete años.

—Hace mucho tiempo que dejé de tener relación con mi hermano.

—¿Por algún motivo en concreto?

—No, simplemente porque somos personas completamente diferentes. El que seamos hermanos no significa que nos tengamos que llevar bien o que congeniemos. Y también que comenzara a estudiar en Madrid tampoco ayudó…

—¿Qué comenzó a estudiar?

—Pues empezó Medicina, pero lo dejó, y luego hizo algo parecido a mi padre, no es exactamente aparejador, pero más o menos...

—¿Medicina?

—No sé, cosas de él, tampoco sabría explicarle...

—Aparejador... como su padre.

—Algo parecido...

—Sus padres...

—Fallecidos los dos.

—Sí, lo sé, ¿cómo murieron?

—Mi padre en un incendio. Era muy fumador y él mismo le prendió fuego a la cama en la que dormía...

—¿Y su madre?

—Mi madre.

—Sí, su madre.

—Bueno, mi madre...

—¿Se suicidó su madre?

—Sí, bueno, todo apunta a que se suicidó...

—¿Usted no lo tiene claro?

—Yo lo único que sé es que cayó desde una ventana...

—Entonces cree que pudo tratarse de...

—Ya le he dicho lo que sé.

Rafa

—¿Tú qué tienes con el profesor? —le preguntó Rafa a Amalia, entonces su novia, a la salida del instituto.

—Lo que a ti no te importe —respondió ella, alejándose un metro.

—A mí no me hables así —le dijo Rafa al tiempo que la agarró con fuerza de un brazo y la condujo a un portal.

Ante Amalia, un Rafa desconocido que nunca antes había visto. Alguien violento y furibundo, un arma cargada, un latigazo de ira, rabia.

—Me estás haciendo daño —apenas pudo decir ella.

—Dímelo ya —exigió él, apretando con saña el brazo.

—No hay nada.

—Que me lo digas —insistió.

—Me estás haciendo daño, gilipollas —repitió.

—Esto no es nada con lo que te puedo hacer.

—Que me sueltes.

Y por fin pudo escapar de la opresión Amalia y comenzó a correr. Se dirigió a la casa de Lucas, en las afueras de Moguer. Aunque él le había advertido que no era conveniente, que no lo hiciera, que ya habían comenzado a murmurar los vecinos, Amalia no tenía a dónde ir. No supo a dónde ir.

Nada más abrir la puerta, le mostró lo que le había hecho. Una pulsera de sangre a punto de escapar rodeaba su antebrazo izquierdo, muy cerca del codo.

—¿Ha sido Rafa?

—Sí.

—Quédate aquí.

No le costó a Lucas encontrar a Rafa, en un parque cerca de la gasolinera. Fumando solo en un banco. Lucas se acercó hasta él con sigilo, procurando no ser descubierto. Cuando estuvo a su lado, por sorpresa le habló al oído.

—Te mato si la vuelves a tocar.

Rafa reaccionó golpeando el rostro de Lucas, en el pómulo derecho. Un golpe directo que le hizo perder el equilibrio. Rafa corrió tras él y le pateó el vientre, la cadera y el muslo, varias veces.

—Viejo, te mato, viejo, te mato —repitió mientras pateaba al que era su profesor.

Tumbado en el suelo, sin poder reaccionar, entre una nube de polvo, Lucas Matesanz pudo contemplar cómo Rafa se alejaba en su bicicleta. No hizo por seguirlo. Con esfuerzo, se introdujo de nuevo en su coche y, nada más tratar de arrancarlo, comenzó a llorar. Un llanto desconsolado, rabioso, torrencial, que empapó todo el volante de lágrimas.

SÁBADO, 2 DE MAYO DE 2020. 16 H

A pesar de que, en condiciones normales, antes del estado de alarma, ya habría cerrado hace un par de horas la peluquería y no lo volvería a ver, a través de la cámara del videoportero de la puerta, hasta el lunes por la mañana, Carmen Puerto en este momento echa de menos a Jesús de una manera especial. No es melancolía lo que siente, es temor, ya que está convencida de que su vida corre serio peligro y de que algo muy negativo le va a suceder —si no le ha sucedido ya—. Y no es una sensación nueva, la acompaña desde que recibió ese extraño mensaje a las 8:45 de la mañana de ayer: «Imposible cita. El lunes te compenso con un café bien negro, te lo llevo en taxi». Y ha aumentado con el descubrimiento en su libreta: «Marcia. Solo vive quien arde».

Vuelve a leer Carmen otra vez el mensaje de Jesús, y al hacerlo tiene claro, más aún, que alguien como él cuando escribe esas frases tan evidentes es porque necesita llamar la atención de cualquier manera, y que necesita hacerlo porque tiene mucho miedo y es consciente de que corre serio peligro. Es una advertencia. Y una petición de ayuda. Desesperada.

Marca el número de teléfono de Elena Casas, que anotó en el informe que elaboró en su momento, y nadie responde. Busca, con ayuda del Street View de Google, la mercería que regentaba la citada: ahora es una heladería.

—No creo que haya muchas Elenas Casas en Valladolid —dice a la vez que teclea su nombre.

Sin embargo, nada más ver el resultado de la búsqueda, desiste de seguir por este camino.

—Carmen, céntrate, céntrate —repite.

Examina de nuevo el escaparate de la tienda oriental que ha descubierto en el Street View, frente a la casa de Jesús. No se va a quedar con la duda de saber si hay una cámara entre los objetos que contempla, tal y como presiente, y que los píxeles difuminados no le dejan contemplar.

—Jaime, necesito que envíes a alguien a un chino que hay enfrente de la casa de Jesús, creo que hay una cámara —le dice nada más escuchar su voz.

—Ahora lo muevo.

—Por lo menos no has dicho «estamos en ello».

—Carmen, ¿has visto el tuit de Pedro Ginés? —le pregunta mirando a Julia, que ha sido quien lo ha advertido.

—Sí, ya lo leí, anda intentando buscar mierda, como siempre... —responde la inspectora mientras accede a la cuenta del periodista.

—¿Pero has leído el último, el que ha escrito hace cinco minutos?

—Espera.

—Yo no sé...

—Nuevos datos: ¡¡¡triple asesinato en Sevilla, han encontrado dos cadáveres y con signos de haber sido congelados!!! La policía teme que se trate de un #AsesinoImitador #AsesinoConfinamiento —lee Carmen en voz alta.

—Para los *hashtags* tiene mano, hay que reconocerlo —dice Julia.

—Y para dar por culo —añade Jaime.

—Lo que es cierto es que una vez más tiene la puerta abierta y lo invitamos a pasar y, una vez dentro, le ponemos la comida en el plato y hasta un postre a su gusto —dice la policía antes de finalizar la llamada.

Enfadada, parte un lápiz en dos, y nada más hacerlo recuerda que no tiene quién la suministre de nuevos, como tampoco de comida, libretas o tóner para la impresora. Por un segundo vuelve a sentirse desvalida, frágil, indefensa. Sola. Nada le gustaría más que volver a sentir que Jesús está abajo, en la peluquería o en su casa, cerca en cualquier caso. Del tiempo que han compartido, en dos ocasiones han estado juntos. Lo recuerda silencioso y observador en el sillón, siguiendo con gesto de extrañeza, también de admiración, cada uno de sus movimientos. Lo recuerda sorprendido, a ratos abrumado. Como un niño. Lo recuerda asustado, miedoso, mientras lo escondía en el hueco oculto del arriate, en la azotea. Aterrado cuando le preguntó por el precio de un taxi hasta Ayamonte.

Estos recuerdos la empujan a tener presente que en este nuevo caso —porque ya cabe entenderse como un nuevo caso, aunque nadie le haya dicho que se ocupe de él— no ha subido a la azotea para cumplir con su ritual. Ritual que esconde una parte de engaño, como pudo comprobar en el verano de 2018, cuando se vio en la necesidad de utilizar los teléfonos móviles que allí guardaba y no funcionaban. Por eso poco después, en octubre de ese mismo año, 2018, una mañana subió a la azotea para comprobar la caducidad del agua, de las latas de comida y el estado del arma que allí esconde. Y se propuso hacer esto cada seis meses, pero ya han pasado casi dos años y no ha cumplido con su palabra. Piensa en todo esto Carmen Puerto, como bien podría pensar en otras cosas más superfluas, más intrascendentales, en cualquier cosa antes de volver a pensar que está sola, sin nadie a quien acudir.

Que no está Jesús, abajo, al otro lado de la cámara o del teléfono.

Tampoco quiere pensar en lo que ha descubierto en una libreta.

«Marcia. Solo vive quien arde».

ଊ

Jaime y Julia llegan a la calle Sinaí, donde en primer lugar se van a entrevistar con la mujer que dice haber visto a alguien abandonando el edificio en el que han ocurrido los hechos. De unos ochenta años, cubierta con un blusón azul celeste, los recibe en su vivienda, en un bajo de un edificio justo enfrente de donde vive Jesús Fernández. Una casa oscura y fresca, en la que huele a caldo con garbanzos y carne que sigue en el fuego. Y también huele a hierbabuena y a lejía, a limpieza concienzuda, a golpe de estropajo.

Antes de comenzar, Jaime llama a Carmen, por si está interesada en escuchar la conversación.

—Claro —no duda en responder.

—Empezamos —advierte Jaime nada más entrar en la vivienda de la anciana, que los conduce a un pequeño salón recargado y oscuro.

—¿Sería tan amable de decirnos qué es lo que vio exactamente? —le pregunta Julia, que no puede apartar la vista de la decoración que almacena la anciana, llamada Pepa, sobre la estantería de un mueble muy oscuro y antiguo. Elefantes, trompas arriba y trompas abajo, toritos de terciopelo, *bailaoras*, payasos de llamativos colores y brujas con sombreros de paja.

—Pues lo que ya les he contado a los otros policías. Que eran dos hombres y una mujer, uno más alto que el otro, los dos muy morenos, uno con el pelo larguito, así como de cantante —y escenifica la mujer un gesto danzarín—, y que ella era muy rubia y tenía una gafas de sol muy grandes y negras.

—¿Con el pelo largo?

—Eso me pareció ver.

—Y un perro, ¿no? —pregunta Julia.

—Eso es, un perrillo así muy chiquitillo, muy gracioso, y que esta vez llevaba la mujer, si no recuerdo mal...

—Preguntadle si el perro se paró a mear nada más salir —sorprende Carmen a Jaime y Julia con su petición.

—¿Recuerda si el perro hizo sus necesidades al salir a la calle? —para estupor de Julia, Jaime le pregunta a la anciana.

—Claro, como siempre, en el naranjo que hay enfrente, nada más salir siempre se para —explica con desparpajo la mujer.

—¿Cómo que siempre?

—Claro, cuando lo sacaba el matrimonio mayor, por eso yo me quedé ayer tan extrañada, porque era la primera vez que veía al perro con esa gente que no conocía —detalla la anciana.

—¿Y desde hace cuánto no ve al matrimonio? —pregunta Jaime.

—No sabría decirles, una semana o puede que más. Más a él que a ella, que ahora con esto que tenemos solo puede salir uno a sacar a pasear al perro, se turnaban, y la verdad es que lo hacía más él.

—Preguntadle si hacían mucho la compra —indica Carmen Puerto.

—Y al matrimonio, ¿les notó algo raro, si iban mucho a comprar o algo así? —en esta ocasión es Julia quien traslada la pregunta de Carmen.

—Maletas, siempre han estado trayendo y llevando muchas maletas, como si estuvieran siempre de mudanza —no duda en responder la mujer.

—¿Maletas?

—Sí, unas maletas negras, así como de tela, muy alargadas —especifica.

—Que busquen esas maletas en el piso y en la casa de campo —ordena Carmen.

Jaime y Julia abandonan la casa de la anciana y se dirigen al bazar oriental que se encuentra justo al lado. En apariencia cerrado, en su escaparate hay una de esas pantallas que reproducen a los que pasean por la calle y en la que se puede ver, con claridad, la entrada del edificio en el que vive Jesús y el matrimonio asesinado. A pesar de su aspecto, Jaime golpea con los nudillos el cristal de la puerta. Pasados unos segundos contempla cómo una luz, difusa por los reflejos, parece crecer en el fondo, como si alguien hubiera abierto una puerta.

—Yo creo que hay alguien —le indica Jaime a Julia.

—Sí, eso parece.

El inspector vuelve a golpear el cristal, y unos segundos después aparece un hombre de rasgos orientales, chino a simple vista, que pregunta desde el otro lado de la puerta de cristal:

—¿Qué quieres?

—Necesito hablar contigo, solo será un segundo —le pide Jaime.

—¿De qué?

—Somos policías —se pronuncia Julia y el hombre cambia radicalmente el gesto de su expresión, y desaparece.

Jaime golpea el cristal con toda su fuerza, a la vez que grita:

—Abre ahora mismo.

—Voy a la parte de atrás, por si tiene otra salida.

Nada más llegar Julia a la parte trasera de la tienda, una puerta se abre de repente y dos niños chinos, muy delgados, aparecen portando unas grandes cajas en las manos. A continuación sale la que parece la madre, que al escuchar la voz de Julia comienza a correr, sin poder evitar que una caja caiga al suelo.

No tiene que agacharse Julia para comprobar lo que esconde la caja: botecitos de gel hidroalcohólico. El que parece el propietario de la tienda y padre de la familia, al que vieron en primer lugar, sale a continuación y Julia se interpone en su camino.

—De eso ya responderás después, ahora vamos a hablar —le dice, en el momento que aparece Jaime.

—¿Qué pasa?

—Deben tener un cargamento de gel hidroalcohólico que no ha superado los controles de sanidad.

—Imagínate lo que viene ahora, eso y mascarillas...

—Amigo, queremos que nos enseñes la pantalla que tienes ahí delante, y de lo otro ya hablaremos luego... —le dice Jaime, indicándole la dirección.

Recorren pasillos atestados de utensilios de cocina, de baño, de fontanería, así como una amplia sección de ferretería, hasta llegar a la pantalla y la cámara del escaparate.

—¿Eso graba? —pregunta Julia.

—¿Grabar? —no termina de entender el oriental.

—Sí, en un disco, en un *pen* —precisa Jaime.

—Ah. —Y el dueño les muestra una pequeña cajita azul con luces de varios colores, donde está conectado un *pendrive* de 128 Gb.

—Eso.

—¿Nos lo dejas un rato? —pregunta Jaime, para sorpresa de Julia, que se acerca para tratar de decirle algo.

—Jaime...

—En una horita... —insiste Jaime.

—Vale, vale —repite el propietario de la tienda.

En la calle, de nuevo frente al edificio en el que vive Jesús, calle Sinaí, Julia no tarda en reprenderle a Jaime su comportamiento.

—¿Te crees que me voy a poner ahora a dar parte porque tenga unos litros de gel hidroalcohólico que no han pasado los controles? Vamos, ni de coña, ya estaría yo loco —le advierte Jaime.

—¿Y tan difícil es que nos autorice el juez a coger el *pendrive*? —le reprocha.

—Si hay algo que interese, no lo dudes, lo autorizará el juez, pero nos ahorramos un trámite, y molestar al juez por nada.

—La vieja escuela de *la pirada*.

—Seamos prácticos, Julia, ese es el nombre de la escuela.

—Los cojones.

803

Lleva Carmen Puerto varios segundos contemplando los bañistas que ocultan la puerta del montacargas. No piensa en el día en el que se coló para intentar reparar el micrófono que tenía escondido en la peluquería de Jesús. Tampoco porque requiera de algún alimento, o de lápices, tabaco o café, de momento está servida. No puede dejar de pensar en todas las coincidencias, en cómo todo apunta a ella y a un pasado que parece estar presente de nuevo. O que nunca se ha ido del todo.

Contempla la libreta de pastas verdes sobre la mesa. Y cree ver a Fernando Casas, a su lado, muy cerca, buscándola por las habitaciones. Sus manos son dos llamaradas que van calcinando todo a su paso. La cabeza de Marcia grita mientras no deja de arder. También ve a Fernando Casas escribiendo, en la despedida.

Carmen cree perder el equilibrio, teme desplomarse, por lo que apoya la espalda contra la pared y comienza a bajar, hasta quedar sentada en el suelo. Por suerte, Marcia y Fernando Casas han desaparecido, aunque la libreta de pastas verdes sigue estando sobre la mesa.

«Puedo, puedo, puedo», no cesa de repetir.

«Puedo».

«Puedo».

Busca con la mirada a Karen, que parece contemplarla con un gesto de preocupación.

—No puedo seguir así.

Cuando el tiempo es sinónimo de dolor

Desde que recuerda, Rafael Romera *Celote* ha tenido claro que la suya sería una muerte anticipada y violenta. «El que a hierro mata, a hierro muere» es un refrán que se ha repetido miles de veces, muchas mañanas, mientras come la remolacha con aceite y vinagre, tal y como le recomendó que hiciera su tío Alfredo. Y aunque eso siempre lo ha tenido claro, una certeza incuestionable, también ha tenido claro que no quiere una muerte dolorosa, tortuosa, lenta. Porque a pesar de su aspecto, rocoso, duro, granítico, *Celote* no lleva bien el dolor. Es algo que lo supera, que lo transforma en alguien vulnerable, débil. A veces ha llegado a pensar, tras recibir un puñetazo, patada, balazo o corte, que sus nervios, su piel, todo su cuerpo es especialmente sensible, receptivo, al dolor, y que a él le duele especialmente, le duele más que a los demás. Y esta teoría, que jamás ha consultado con ningún especialista, que no ha compartido con nadie, con absolutamente nadie, la entiende y asume como una verdad absoluta.

En eso piensa ahora *Celote*, frente a Lucas Matesanz, con los brazos y las piernas fijadas a las patas y respaldar de una silla de hierro con unas bridas de color negro. Le ha suministrado, a través de un rápido movimiento que consiguió que el contenido transparente de una jeringuilla se colara en su hombro, cerca de su cuello, algún tipo de fármaco que lo ha inmovilizado. Siente todo, su cuerpo no ha perdido la sensibilidad, pero apenas es capaz de mover una ceja. Sus músculos no responden a las órdenes que le envía su cerebro.

Y ha sucedido sin apenas darse cuenta. Tres días después de llegar a Ayamonte, el 12 de enero de 2020, nada más salir de la ducha en la habitación del hotel, y sin haber escuchado nada, de repente el pinchazo en su hombro. No tuvo tiempo de actuar.

Asume toda la responsabilidad *Celote*, se ha confiado. Le resultó demasiado fácil acabar con la vida de *Chanclitas* y *Joselín* en 2018, que *a priori* era un encargo mucho más complicado, y no le ha dado excesiva importancia a tratar de localizar a un anciano de casi ochenta años llamado Juan Martos. No debería haber tenido el más mínimo problema, pero se ha relajado, lo ha entendido como una empresa fácil, sin peligro, y ahora se encuentra frente a este hombre, escondido bajo una peluca y una barba falsas, que le transmite con la mirada que le va a provocar mucho dolor, y durante mucho tiempo. Tiempo y dolor, una terrible combinación.

«¿Qué es lo que quieres?», piensa *Celote* que dice, pero la voz no sale de su cuerpo.

—Bueno, bueno, vamos a empezar —por fin dice Lucas Matesanz, con un bisturí en su mano izquierda y un cortafríos en la derecha.

«Tus amigos sufrieron como perros en una pelea a muerte, me encantó hacerles daño, que lo pasaran tan sumamente mal, se mearon encima, como dos cerdos», trata *Celote* de hilar un discurso que nadie escucha y que pretende transmitir a través de su mirada.

Pero nadie lo escucha.

Nadie.

«Yo creo que eran maricones tus amigos, porque cuando les dije que se dieran por el culo ni se lo tomaron a mal, se follaron delante mía, seguro que también te han follado a ti alguna vez, también tú tienes pinta de maricón, de gustarte que te la metan duro por atrás», prosigue *Celote* con su silencioso discurso.

—Vamos a empezar por el meñique, que yo creo que es un dedo que sirve para muy poco, para parecer que eres un maleducado cuando tomas el café y poco más. Primero por la falange y luego ya te apuro, colega —anuncia Lucas Matesanz y coloca el meñique de la mano derecha de *Celote* entre el cortafríos.

Y aprieta, y un trozo de dedo cae al suelo mientras Rafael Romera siente uno de los mayores dolores que ha padecido en su vida. Un dolor que no mengua aunque se repita, y los otros trozos de dedos sigan cayendo al suelo, sintiendo cada nueva amputación con mayor dolor, si cabe, que la anterior.

Ya no habla *Celote*, todo es silencio.

Dentro y fuera.

Mental y físicamente.

Silencio.

Y tiempo y dolor.

Dolor.

SÁBADO, 2 DE MAYO DE 2020. 20:33 H

Ha empleado Carmen Puerto las últimas dos horas en buscar crímenes que se hayan producido en España, desde 2004, con un *modus operandi* similar al de los asesinatos de Madrid, en 2002 y 2003, así como en el de Marcia, en 2012, y como en el que se acaba de cometer en Sevilla. Hasta el momento, solo encuentra relación entre los asesinatos de Lucía, Rocío Altamirano y Verónica Caspe, cometidos en 2014, por el caso que se conoció como el Amante Ácido, y en el que estuvieron involucrados Osvaldo Cartagena y Gabriel Lozano. Coinciden en las amputaciones, aunque ellas solo sufrieron una sola, una mano, un pie y un corazón, similares a las descubiertas en los cadáveres de la pareja de ancianos. Los cadáveres de las tres mujeres asesinadas en 2014, además, conservaban las cabezas sobre sus hombros, cuando fueron encontrados.

—Karen, querida amiga, no me está gustando nada hacer esto y no me gusta nada que no esté encontrando lo que busco —le confiesa Carmen a su amiga enmarcada.

La inspectora está plenamente convencida de que alguien como Fernando Casas es incapaz de pasar tanto tiempo sin dar rienda suelta a su voracidad, y según la cronología que maneja ha pasado demasiado tiempo, ocho años, sin volver a matar. Para Carmen Puerto este tipo de personalidades necesitan sentir la muerte muy cerca, provocarla, disfrutarla, como un elemento esencial de sus vidas, con una relativa frecuencia. Como si se tratara de una especie de alimento que les hace seguir adelante.

Escribe en su cuaderno: «Asesinatos similares, alguien que tiene esa necesidad de matar no puede estar tanto tiempo sin hacerlo. Está comenzando a controlarse, ya no es el joven impulsivo que fue antes. No descartemos un problema físico —vuelve a escribir a pesar de la información conseguida por Nicolás, en su visita al cuartel de la Guardia Civil en Moguer—. Tiempo, dolor y fuego».

Se dispone Carmen a continuar escribiendo cuando una alerta del correo electrónico acapara toda su atención: acaba de recibir un mensaje de *Nodigassuerte*.

—¡Venga, coño!

«Te tendría que haber cobrado algo más, que ha sido más complicado que de costumbre, que se ha llevado casi tres años sin enviar un correo o conectarse a Internet. Te lo mando todo en un archivo», escribe el *hacker* en el cuerpo del correo.

A diferencia de lo que suele ser habitual, solo le envía un archivo, que contiene toda la información que ha encontrado sobre la actividad en la red de Lucas Matesanz. Lo que primero le llama la atención, y que tal vez justifique el único envío, es que solo ha tenido una cuenta de Facebook, que apenas utilizó. El archivo comienza con el epígrafe: «sin ningún interés», y a continuación aparecen cientos de correos electrónicos de Lucas Matesanz en su calidad de profesor en el IES Juan Ramón Jiménez, de Moguer, en Huelva. Instrucciones de la Delegación Provincial de Educación de la Junta de Andalucía, comunicaciones estrictamente académicas con sus compañeros, y nada más. Selecciona Carmen algunos correos al azar y descubre que siempre mantiene el mismo tono conversacional: cordial pero distante, nada amistoso, con quien le escribe. Ni una broma, confesión o mensaje que no tenga algo que ver con su asignatura o el centro.

A estos correos relativos a su trabajo, le siguen otros personales, desde una cuenta de Hotmail. Son apenas diez los destacables, ya que el resto son *spam* o anuncios publicitarios sin ningún valor. Siete de los mensajes tienen como destinataria a Amalia, unos meses antes de su desaparición conjunta. Carmen Puerto lee en voz alta el enviado por Lucas Matesanz el 12 de noviembre de 2016: «Es muy difícil que alguien pueda entender esto que sentimos, porque somos diferentes a los demás. El amor es un sentimiento que no se mide con el tiempo, y nosotros eso lo sabemos bien. Te quiero. Lucas».

Atónita, descubre Carmen que los últimos mensajes están firmados por Amalia, también desde Hotmail, pero enviados desde el mismo ordenador que el correo de Lucas Matesanz.

—Este hijo de puta era el que respondía los correos que él mismo se enviaba, pasándose por ella —dice en voz alta.

Enciende un cigarrillo y lee los siguientes correos.

«Pronto estaremos juntos para siempre, y no nos tendremos que volver a esconder», escribe él.

«Cuento los días para que eso pase», supuestamente responde Amalia.

«¡Todo sucederá! / Cubrirme con su fúnebre crespón; / Pero jamás en mí podrá apagarse / La llama de tu amor», reproduce en un correo estos versos Lucas Matesanz, que Carmen Puerto no tarda en descubrir que pertenecen a un poema de Gustavo Adolfo Bécquer, titulado *Amor eterno*.

«Me encanta que me dediques poemas, es de las cosas que más me gustan de ti», y la falsa Amalia contesta.

—Qué hijo de la gran puta —resopla la inspectora—, este tío se respondía los mensajes como si fuera Amalia para que cuando la policía revisara su cuenta creyese que se trataba de una relación consentida.

Y Carmen proyecta sobre la pantalla de plasma la imagen de Amalia Castro.

—¿Si fue y es una relación consentida por qué estos correos falsos? —se pregunta en voz alta, a la vez que comienza a liar un cigarrillo.

Prosigue con la información contenida en el archivo que le ha enviado *Nodigassuerte*. Comienza a repasar los enlaces de las webs a las que accedió Lucas Matesanz en el año 2017, ya que no hay información previa a esa fecha, como si no hubiera navegado con anterioridad o como si *Nodigassuerte* no hubiera podido acceder a ella o encontrarla. Lo primero que descubre es que casi todos los días, utilizando la opción de navegación privada, buscaba a través de Google si había aparecido alguna nueva información sobre Fernando Casas, el sospechoso al que investigaban y que murió en los atentados del 11 de marzo de 2004 y que la policía consideró como el principal sospechoso de ser el *Asesino del Hormigón*, así como el más que posible responsable de la muerte de Marcia, la chica ecuatoriana que murió en Málaga y cuyo cadáver, sin cabeza, encontraron dentro de un contenedor de la basura, tal y como apuntó Carmen Puerto.

Es fácil comprobar que ha sido sistemático en sus búsquedas, todos los días, sin hora establecida, ha buscado una nueva noticia o referencia de Fernando Casas. Y Carmen descubre, gasolina para su ansiedad, que también ha realizado búsquedas, pocas, de ella misma y de su compañero Jaime Cuesta. De hecho, las frases «Carmen Puerto policía» y «Jaime Cuesta policía» aparecen en el historial de búsqueda. En total, realizó esa búsqueda en cuatro ocasiones.

—¡Mierda!

Nada más descubrir esto, que es incapaz de anotar en la libreta de pastas verdes, Carmen Puerto se pone en pie y se dirige hacia la cocina sin saber muy bien el motivo o el propósito de su acción. Necesita moverse, ir de un lado a otro, hacer algo que aleje de su mente a todas esas imágenes que la acompañan y atormentan desde ya hace tanto tiempo. Por un momento piensa en volver a colarse bajo la ducha, y dejar que el agua fría caiga sobre su cuerpo, pero desiste de ello. Y no solo por una mera cuestión de tiempo, también por miedo. Está convencida de que se va a encontrar muy indefensa en esa tesitura, sin tener una plena conciencia de lo que sucede a su alrededor. Y no puede sentir más miedo del que ya siente.

Cree ver a Fernando Casas, sentado a su lado, escribiendo en su libreta: «Marcia. Solo vive quien arde».

«Respira, respira», repite.

Comprueba si la vitrocerámica funciona como es debido. Funciona, y esta acción la traslada nuevamente a Jesús, que sigue sin saber dónde y, sobre todo, cómo está. Si cumple con su habitual forma de actuar, Jesús está muerto, pero Carmen necesita pensar que en esta ocasión Lucas/Fernando se va a comportar de manera diferente, que ha mutado con el paso del tiempo.

Se contradice Carmen Puerto, y en vez de alejarse de la información que le ha enviado *Nodigassuerte*, vuelve a ella. Examina detenidamente las fechas en las que Lucas/Fernando la buscó a través de Google. Carmen Puerto policía, enero de 2017, y también en marzo, y entiende que apenas pudo obtener información. Su nombre sigue siendo uno más, sin identidad, en la red. Y lo mismo le sucede a Jaime Cuesta, que no cuenta con entradas destacadas en Internet. El que los buscara confirma, o así lo entiende Carmen, que se trata de Fernando Casas, y las evidencias de los primeros datos ofrecidos por las huellas, a espera de las pruebas de ADN, están en lo cierto. No se trata de un error. O sí.

La inspectora se encuentra en uno de esos momentos en los que le encantaría compartir la información que posee con Jaime Cuesta, y confirmarle que se trata del hombre que tanto tiempo estuvieron buscando.

—Y también te conoce a ti. Y te busca.

&

Jaime Cuesta y Julia Núñez, en tanto, contemplan las imágenes contenidas en el *pendrive* que han conseguido en la tienda oriental frente al edificio en el que viven Jesús Fernández y los padres de Amalia. Tratan de avanzar a toda velocidad buscando momentos en los que se interrumpa la constante y habitual soledad de la calle en el tiempo del confinamiento. Tras varios minutos contemplando una calle solitaria, en la que solo circula un vehículo cada muchos minutos, observan cómo abandona el edificio una persona, un hombre. De pelo rubio y rostro cubierto por una mascarilla celeste y unas gafas de sol. Camina rápido, por lo que su presencia apenas dura un segundo.

—¿Y el resto? —pregunta Jaime, a la vez que vuelve a ver la imagen, esta vez a cámara lenta.

—Debió salir primero a buscar el coche —explica Julia.

—¿Y dejar que ella sola se ocupe de bajar a Jesús Fernández? No lo veo, la verdad.

—Vamos a seguir viendo esto.

—¿Has anotado la hora de esta primera salida? —pregunta Jaime.

—Sí, 9:28 de la mañana.

Hasta pasados treinta y ocho minutos, a las 10:06 h, no vuelven a ver a este hombre, que llega desde la derecha de la imagen, y a pie, con mascarilla y gafas de sol, tal y como salió, y que entra a toda velocidad en el edificio.

—Ya decía yo —murmura Jaime.

—Imagino que ahora bajarán todos.

Apenas seis minutos después, a las 10:12 h, según el reloj de la grabación, tres personas, acompañados de un perro, un terrier marrón con tonos canelas, salen del edificio y se dirigen hacia la derecha. Jesús, entre la pareja, va cubierto por una mascarilla y una gorra verde de tela. Pero, en esta ocasión, el hombre que antes tenía el pelo de una tonalidad clara luce una larga melena morena, tal y como había explicado la vecina con la que se encontraron con anterioridad. Ella, también siguiendo lo narrado, rubia y con unas enormes gafas de sol.

—Mira, esos parece que son —indica Julia.

—La cara del tal Jesús es un poema. —Y Jaime detiene la imagen, y se acerca todo lo que puede a la pantalla.

—Lo poco que se le ve…

—Mira su piel, qué pálido con respecto a los otros dos.

—Ya te digo.

—Fíjate, se está sacando algo del pantalón —reclama Julia la atención de Jaime.

—Páralo.

—¿Eso qué es?

—Parece una llave, de un coche…

—Sí, parece la llave de un coche…

—Mierda…

—Salen fuera de plano.

Y la calle de la pantalla vuelve a aparecer completamente desierta.

—¿No hay más cámaras en la calle Sinaí? —pregunta Jaime.

—No.

—¿Y en la que termina, Greco?

—Sí, hay una, cerca de la intersección con Kansas City.

—¿La tenemos?

—Es de un banco.

—Pídela.

Jaime marca el número de Lola Vallejo, que sigue recopilando evidencias en la casa de campo del matrimonio troceado y congelado, en las afueras de Sevilla, cerca de San José de la Rinconada.

—¿No hay más huellas, restos o lo que sea de Fernando Casas en la vivienda? —pregunta Jaime.

—De momento, no he encontrado nada más.

—¿Y no te parece raro? —insiste Jaime.

—Raro, no, rarísimo, es como si nos hubieran dejado un recuerdo a cosa hecha —responde Lola Vallejo sin dudar, con la mirada fija en el montón de carne y productos que se han descongelado fuera de la casa.

—¿Tú qué piensas?

—Jaime, me sueles preguntar esas cosas, y yo para esas cosas, como siempre te digo, no tengo respuesta. Yo me dedico a lo que me dedico, y esas respuestas se me escapan —explica la forense.

—¿Y qué me puedes decir de esa casa de campo?

—Aquí hay mucho, tela, pero déjame un rato para que lo ordene un poco y te voy adelantando.

—¿Has visto esas cosas calcinadas, qué pueden ser?

—No tengo ni idea.

—Llámame si tienes algo.

—OK.

Vuelve a ver Jaime una imagen de Fernando Casas, en uno de los informes que se amontonan sobre la mesa. Estuvieron a punto de resolver el caso, incluso llegaron a interrogarlo, que fue lo que encendió todas las alarmas.

—¿Le gusta la construcción?

—¿Qué tipo de pregunta es esa?

—¿Puede responder?

—Sencillamente, no me interesa.

—¿Puede decirnos dónde estuvo el 8 de febrero de 2002?

—¿Otra vez? ¿No son capaces de inventar otra pregunta?

—¿Puede responder?

—Mala memoria.

Su arrogancia, su defensa escuálida, como si no le importara nada, su frialdad consiguió poner de acuerdo a Jaime y Carmen

Puerto. Los dos lo tuvieron claro, solo necesitaban unos días, cerrar más el cerco, esperar que cometiera un error, porque siempre hay errores, cuando tuvieron lugar los atentados del 11 de marzo de 2004.

Y hasta ahora.

Lucas

Pocos días después de encontrar el cadáver de *Chanclitas* en un hotel de Portimão, Lucas Matesanz fue hasta una finca en el campo, en las afueras de Ayamonte, cerca del Parador Nacional de Turismo, que el narcotraficante compró en 2015 y en la que solía pasar algunas temporadas, sobre todo aquellas en las que sus «asuntos» con la policía y la guardia civil estaban más tranquilos.

No era la primera vez que Lucas iba a la Mojarra, que era así como se llamaba la finca, ya que allí, junto con Amalia, pasó algunas temporadas. Bajo la vivienda, *Chanclitas* mandó construir una especie de búnker, con todas las comodidades, inaccesible una vez te encerrabas por dentro, como refugio en el caso de emergencia. Un lugar seguro para un hombre como él, permanentemente instalado en la emergencia. *Chanclitas* se refería a este lugar como «la huronera», y en su interior podías encontrar una pantalla de plasma de grandes dimensiones, un equipo de sonido de alta fidelidad, varias videoconsolas, con sus respectivos juegos; un mueble bar con todo tipo de bebidas, mucho ron añejo, güisqui escocés, abundantes refrescos y cervezas y varias docenas de botellas de vino, en su respectivo y acondicionado espacio. También abundaba la comida, en forma de latas, pescados, carnes y platos cocinados, y muchos postres preparados y ultracongelados en un enorme arcón. No faltaba de nada, nada, tampoco el pienso y algunos juguetes, incluso, para el perro, Lucas.

El cariño que *Chanclitas* no parecía compartir con nadie, sí lo hacía con Lucas, un pequeño terrier con tonalidades canelas.

Y así fue desde el mismo día que se lo regaló Charo Duarte, la hermana de Alfonso, uno de sus mejores amigos, y que le ayudó a «blanquear» parte del dinero, a través de un negocio especializado en cristal y similar, antes de suicidarse en septiembre de 2018, en los aseos del juzgado de Ayamonte, momentos antes de declarar en relación con su implicación en la desaparición de Ana Casaño y Sandra Peinado.

Había momentos en los que hasta el propio *Chanclitas* se extrañaba de su comportamiento, por echar de menos al perro, o por tener ganas de verlo tras un largo y duro día, o sonriendo embobado al contemplar alguno de sus eléctricos movimientos, como si se tratara de un familiar muy allegado.

Nada más conocerlo, Lucas Matesanz no pudo dejar de sorprenderse por la casualidad, ya que el perro era una réplica de Honoré. Y también fue consciente de la estrecha relación de *Chanclitas* con el animal y por eso, cuando falleció, lo primero que hizo, tras dejar pasar unos prudenciales días, fue ir a ver el estado en el que se encontraba. Lo encontró en el interior del búnker, triste y nervioso, desvalido, y aunque en un principio no entraba en sus planes quedárselo, por la molestia y responsabilidad que le suponía, Lucas Matesanz regresó al criadero de ostras del Pinillo con el perro entre los brazos. Amalia, que un principio casi lo entendió como un rival, de ahí que lo recibiera con cierta desconfianza, no tardó en sentir algo parecido al cariño por el pequeño terrier, que se incorporó a la vida de la pareja con absoluta normalidad, como si siempre hubiera estado con ellos.

Y hasta ahora.

Solo han tenido que tomar una precaución: que Lucas no contemple imágenes del que fuera su dueño, *Chanclitas*. Descubrieron que, al hacerlo, el animal comenzaba a llorar y a lamer el retrato, como si realmente volviera a estar con vida.

SÁBADO, 2 DE MAYO DE 2020. 23:48 H

Jaime Cuesta no aparta la mirada de la pantalla de su teléfono. No está esperando una llamada o mensaje de Carmen Puerto. Tampoco de Lola Vallejo, tal y como le ha anunciado en la anterior conversación que han mantenido. Hace veinte minutos que le ha escrito a Sonia, su esposa, y todavía no ha recibido respuesta. Tampoco le extraña, pero eso no impide que deje de procurarle una aplastante ansiedad que no ha conseguido domesticar con el paso de los años. Abre el archivo que contiene la galería de imágenes y comienza a ver las fotografías que almacena de su hijo Fidel. No son tantas como habría podido imaginar o recordaba, y además están muy distanciadas en el tiempo. Este descubrimiento abre esa herida sin cerrar que le acompaña desde los últimos años. Con frecuencia siente que no se encuentra donde debería, que no le presta la necesaria atención, que está demasiado lejos de su familia, de las personas que quiere, de él mismo. Demasiado lejos de todos.

Julia, en tanto, en el escueto y sobrio dormitorio que le han facilitado en la Delegación del Gobierno en Andalucía, sentada sobre la cama, mira los abundantes mensajes de WhatsApp que se le acumulan en la aplicación. Se empiezan a notar los meses de confinamiento y cómo eso hace mella en algunos de sus contactos. En el grupo que más frecuenta, el de las compañeras del gimnasio, puede descubrir las diferentes posturas para enfrentarse a este duro tiempo. Mientras Ángela apenas siente miedo y le gustaría retomar cuanto antes su rutina diaria, Amparo vive con temor y gran incertidumbre el momento en el que regrese al trabajo. A Macarena, en cambio, lo que más le preocupa es no salir y, sobre todo, no poder ir al *gym* «y ponerle ojitos al monitor de zumba, que menudo culo tiene el tío», lee Julia y no puede dejar de fabricar una sonrisa. Piensa en el comentario de

Macarena y coincide con su afirmación, «sí que tiene un buen culo», susurra. Recuerda que le solía decir a Antonio que le gustaba su culo, y él se reía, entre sorprendido y halagado. En realidad, no le gustaba tanto el culo de Antonio a Julia, lo hacía por subirle la autoestima, sobre todo en esos días grises que tenía, del mundo contra mí. A pesar de esos días, lo sigue echando de menos y no ha pasado un día en el que trate de comprender por qué se fue. Porque todavía no sabe por qué se fue.

Aunque últimamente Julia piensa mucho en Ricardo, un hombre que conoció las pasadas navidades y con el que ya ha estado varias veces a solas. Pero lo sigue considerando como alguien efímero, una tirita. Tal vez por cómo llegó a su vida. Lo conoció por el Tinder y en la tercera cita tuvieron sexo, muy buen sexo, una noche intensa. Tan buen sexo que con frecuencia Julia duda, y achaca a su necesidad, a su carencia, para calificarlo de ese modo. Es su manera, tal vez, de no manchar la imagen que conserva de Antonio, que no era bueno en la cama, y sin embargo lo quería, lo quiso mucho. Pero cuando parecía que la relación se iba a estabilizar con Ricardo, llegó el confinamiento, y le ha pillado con su exmujer y sus dos hijas, de ocho y diez años. Julia no lo entiende, el que hayan decidido pasar juntos este tiempo, para no estar separados de sus hijas, o no lo quiere entender, porque no puede dejar de pensar que todas las noches se cuela en la cama de ella y recuperan el tiempo perdido. Además, a Julia le escama, es mucho más, le enfurece realmente, que Ricardo haya reducido los mensajes y toda comunicación con ella, como si tratara de evitar que lo descubriera su ex.

Tal vez por esto, o por el comentario de su amiga Macarena, abre la aplicación del Tinder, aunque solo sea por curiosear. Nada más hacerlo, escucha tres golpes en la puerta de su dormitorio.

—¿Quién?

—Soy yo —responde Jaime—, Lola Vallejo está a punto de llegar.

—Voy.

—Bajo ya. Te espero en el comedor.

—Que ya voy, coño, con las prisas. —Le ha molestado a Julia esa prisa repentina, como si necesitara estar con la Vallejo a solas, aunque solo sean dos minutos.

—Venga, te espero —y cuando termina la frase, Jaime se topa con Julia, que acaba de abrir la puerta.

—¿Trae algo?

—Ella siempre trae algo.

—Bueno...

—Confío en eso.

—Es pronto...

Cuando llegan al comedor, ya se encuentra Lola Vallejo, con un bocadillo de jamón entre las manos, y un botellín de cerveza al lado. Come con voracidad, como si llevara sin hacerlo mucho tiempo.

—Coño, de jamón y todo —bromea Julia.

—Una, que tiene poderío —responde Lola Vallejo, que muestra un aspecto más generoso, abultado, que de costumbre. Julia así lo percibe y se dirige con la mirada hacia sus muslos, dentro de unos vaqueros muy ajustados.

Lola Vallejo se da cuenta del examen y responde fijando su mirada en el cabello de Julia, en unas raíces que contradicen el rubio del tinte.

—¿Tenemos algo? —pregunta Jaime.

—Un poco de todo, y algo más, pero déjame que me coma el bocata, que eres un fatigas —le responde, sin dejar de masticar.

—Pues vamos a aprovechar nosotros para comer también —indica Jaime.

—Pero yo cualquier cosita, un bocadillo como el de esta no quiero, no me entra —detalla y Lola Vallejo sonríe.

—A ti te entra todo —le dice con sarcasmo la forense y Julia fuerza una sonrisa.

Después de varios minutos dedicándose todo tipo de indirectas, más o menos elegantes y divertidas, en los que han aprovechado para comer algo tras un día intenso, Jaime es el primero en tomar la palabra:

—Lola, ¿nos vamos arriba, que hay una terraza maravillosa, con las mejores vistas que te puedas imaginar, y me cuentas lo que ya tienes mientras nos fumamos un cigarrillo?

—Y nos tomamos otro botellín, que las que no fumamos tenemos que paliar eso acentuando los otros vicios —responde la forense con su habitual desparpajo.

—Entonces, si tampoco bebieras, ¿cuál sería tu vicio? —pregunta Jaime, con descaro impostado.

—De verdad que flipo —finge Julia estar ofendida.

—No te lo digo que te ibas a poner muy malito —le sigue el juego Lola Vallejo al inspector.

Las vistas deslumbran a la espigada forense, cuando accede a la terraza de la Delegación del Gobierno y contempla la plaza de España, que a pesar de la oscuridad emerge con su redonda majestuosidad y belleza entre las sombras.

—Un tiempecito destinados aquí, lo firmaba, pero ya —dice con una mano apoyada en la baranda de metal.

—Sí que es bonita la jodida plaza —asiente Jaime.

—¿Qué tienes, Lola? —centra Julia la conversación.

—Vamos por partes, si os parece —apoya la cerveza en el suelo y comienza a buscar en su *tablet*—. Empiezo por esta mañana… Vivienda del tal Jesús Fernández: poco que destacar, en esa casa apenas ha habido movimiento, podemos decir que está limpia, no hay nada que nos interese… Solo hay huellas y restos del susodicho. Ese hombre, una vida social muy activa, lo que se dice activa, no tiene.

—Salvo lo de las fotitos de la actriz esa venezolana —interviene Julia.

—Eso ya es vuestro, yo entiendo de lo que entiendo.

—Está claro.

—En el domicilio del matrimonio que supuestamente han troceado, congelado y tal vez parcialmente quemado…

—¿Tú también crees que esas cenizas que hay en la parte trasera pueden ser sus cabezas? —la interrumpe Jaime.

—Puede ser, pero todavía es pronto para confirmar nada, ¿sigo?

—¿Ha aparecido algún implante?

—De momento, nada.

—Sigue.

—Como decía, sobre el matrimonio mayor tengo lo siguiente: podemos establecer que abandonaron la vivienda entre el 23 y

25 de abril, aproximadamente. Hay huellas recientes en dormitorio y salón, no son inminentes, desde luego, pero no hay ni una sola en el resto de la casa. Ni una sola, nada.

—¿Que no hay huellas en la cocina o en el aseo? —la interrumpe Julia.

—Eso estoy diciendo: ni una —repite—, como tampoco las hay en la habitación oculta. Pero ni de ellos, ni de nadie. Cuando digo de nadie, es de nadie.

—Entonces, ¿lo de Fernando Casas? —desconcertado, pregunta Jaime Cuesta.

—Eso ha aparecido en un vaso, sobre el frigorífico, es lo único que hemos encontrado. Pero sus huellas, un pelo o algo, nada de nada —insiste la forense—, eso sí, de perro, todas las que queráis.

—Por lo que dices, Lola, no se puede afirmar con rotundidad que Fernando Casas haya estado en esa vivienda o en esa habitación, ¿no? —cuestiona Julia.

—Lo único que puedo afirmar es que hemos encontrado un vaso que ha tocado con un dedo Fernando Casas, y que, supuestamente, ha bebido de él, todo lo demás, y como siempre os digo, os corresponde a vosotros, porque yo entiendo de lo que entiendo —y la alta forense recurre, de nuevo, a su característica coletilla.

—¿De Amalia tampoco?

—Tampoco. De nadie.

—Pero, eso…

—¿Ni huellas papilares?

—Ni una gotita de sudor, Julia, ni una gotita, ni un poquito de saliva, nada —detalla Lola Vallejo, que escenifica el diminutivo con dos dedos.

—Lola, de verdad, yo no he visto esto en mi vida.

—Ni yo, qué quieres que te diga. Hemos dejado aquello embadurnado en yodo y ninhidrina, a ver si hay suerte, pero yo tampoco espero grandes hallazgos si os digo la verdad…

—Joder.

—¿Por qué dices eso?

—Porque visto lo visto, esa meticulosidad, doy por hecho que han tenido cuidado hasta el final.

—Eso no es casual, ¿verdad?

—Por supuesto que no. Tengo claro que encontraremos restos de bactericidas o de gemicidas, como tampoco descarto ozono, que es lo que suelen emplear para limpieza de huellas y de restos biológicos de un espacio —relata Lola Vallejo con su característica solvencia—, lo que sí me impresiona es la perfección, el nivel de detalle al que han llegado. Por si no os habéis dado cuenta, no hay ni una sola cortina en la vivienda… Quien lo ha hecho, sabe perfectamente lo que debe hacer. El tejido es de las superficies que más restos retiene.

—Y de la casa en el campo, ¿qué nos dices?

—Pues que a falta de confirmación por parte del laboratorio, yo diría que se trata del matrimonio, por las primeras mediciones y exámenes que he podido realizar de algunos huesos. Eso sí, se repite el mismo *modus operandi*, y de momento no hemos encontrado ni una sola huella, dactilar o papilar, en el espacio que hemos examinado, que no pertenezca a los fallecidos —explica Lola Vallejo.

—¿Y cómo murieron?

—Hombre, Jaime, es complicado determinarlo. Ten en cuenta que han sido troceados y luego congelados… Y sus cabezas, parece que quemadas…

—¿No te atreves a decirnos algo?

—Julia, Julia, que si me atrevo a decir algo… Por el estado de sus músculos y piel, no percibo contracciones y bruscos movimientos, por lo que me atrevería a hablar de algún tipo de veneno, mezclado con algún fármaco paralizante, del tipo al que hemos encontrado en el organismo de Manuel Contreras, el vecino al que le han cortado la mejilla —Lola Vallejo se repasa los labios con los dientes antes de continuar—, y sigo, me atrevo… Diría que fueron troceados con una sierra mecánica, por la limpieza de los cortes, y que sus muertes se debieron producir entre el 24 y el 27 de abril, ahí ya no sería capaz de precisar más, por lo que hablamos de entre cuatro y seis días… Por el ángulo, diría que es obra de un zurdo. Por el color de sus pieles, y ya lo último que me atrevo a decir, los congelaron estando aún calientes, no llevaban mucho tiempo muertos.

—¿Algo más?

—Bueno, sí, aunque yo creo que os lo comenté. Antes de trocearlos, desnudaron a las víctimas y las untaron con algún tipo de crema, con alto contenido en aloe vera, he podido distinguir tras el primer reconocimiento...

—¿Aloe vera? —pregunta Jaime, mientras un escalofrío le recorre el cuerpo.

—Eso es, aloe vera.

Julia anota todos los comentarios de Lola Vallejo en su iPad, mientras que Jaime se limita a escucharla con detenimiento. De momento, se sigue fiando de su memoria, y de las anotaciones de su compañera. Cada nueva afirmación que escucha, más se acuerda de Carmen Puerto, de Fernando Casas, de Samuel Luis, de Cinthia y de Marcia, la niña que asesinaron en Málaga.

—¿Nada más?

Lola hace un gesto como de repasar dentro de su cabeza, como al niño que le preguntan la lección, antes de responder.

—Tendremos que esperarnos a los resultados del laboratorio para poder contar con nuevos datos.

—Vale.

Está Jaime a punto de mandarle a Carmen Puerto un extenso mensaje de audio con lo que ha escuchado, cuando la forense reclama su atención de nuevo.

—Bueno, un detalle, que debo comprobar, pero que casi tengo claro del todo: os dije que no había ni una sola cortina en el domicilio de los fallecidos, ¿verdad?

—Eso es.

—Con toda seguridad las quemaron junto con las cabezas de las víctimas, imagino que con algunas toallas, trapos de cocina y servilletas, superficies susceptibles de contener huellas de los sospechosos —relata Lola Vallejo—, por eso no hemos encontrado todavía un implante.

—Lo último, Lola, desde un punto de vista forense, científico, que tú entiendes de lo que entiendes —sonríe Jaime—, ¿hay alguna explicación o tú la encuentras al hecho de quemar las cabezas?

—Jaime, vamos a ver, donde más pruebas y evidencias encontramos es en las cabezas de las víctimas, así como en las uñas.

Siempre hay restos de mucosidad, de sudor, salivas y en los cabellos es fácil encontrar todo tipo de restos…

—Es una zona difícil de limpiar, en definitiva, ¿no? —sintetiza Julia.

—Dicho de esa manera, sí… o más complicado que la mayoría de las partes de un cuerpo humano. Sin contar los órganos genitales, cuando ha habido relaciones sexuales, que no es el caso, o las uñas, como antes os decía.

—No había caído en eso.

—No te acuestes un solo día sin aprender algo nuevo. —Y Lola Vallejo le guiña un ojo a Julia.

∞

Carmen Puerto, con un lápiz en la mano, coloca su teléfono móvil sobre la mesa y escucha el extenso mensaje de audio que Jaime Cuesta le ha enviado por WhatsApp. Toma nota de todos y cada uno de los detalles que le relata el inspector, sin poder evitar arquear las cejas y suspirar cuando escucha algunos datos que no podría esperar. O mejor: que no querría escuchar, por los recuerdos que recupera.

«Aloe vera, otra vez».

«Extendido por todo el cuerpo».

«Zurdo, como Fernando Casas».

«Respira, respira».

Le ha provocado una especial y punzante ansiedad escuchar que los cuerpos estaban untados en aloe vera. Aunque lo había insinuado ella misma, la constancia la conecta directamente con una realidad, con una certeza, dolorosamente indeseada.

«De todos modos, quiero el informe», escribe Carmen en el mensaje de respuesta que le envía a Jaime.

A continuación, como si se enfrentara a un complicadísimo puzle, contempla todas las palabras que ha subrayado y envuelto en un círculo: «sin huellas, vaso, ADN, cabezas, pelos, borradas, cortinas, fuego, yodo, ozono, aloe vera, sierra mecánica, músculos sin contraer. Cabezas, cabezas, aloe vera, cabezas, rastros, restos», escribe Carmen Puerto una vez y otra, sin poder todavía dirimir si la presencia de Fernando Casas en la vivienda, y por tanto en el caso, es una simple posibilidad, una trampa o un homenaje, que en cualquiera de los supuestos habrían sucedido pensando en ella. Eso lo tiene cada vez más claro, no considera que sea producto de la casualidad nada de lo que ha pasado. Todo lo entiende relacionado con ella, y la ansiedad crece a cada segundo. Más y más.

—Karen, Karen, ¿qué coño está pasando? —le pregunta a su plana y sonriente compañera.

Comparte la explicación de Lola Vallejo sobre la incineración de las cabezas, tanto en el caso actual como en el de Marcia y las anteriores víctimas. Ya no es una nueva seña de identidad o la firma de un asesino en serie. No es un rasgo psicológico, lo hace por operatividad, por mantenerse en el anonimato, para no ser descubierto.

«No hay mensaje en el fuego», escribe en su libreta.

«A veces no hay mensaje en el fuego», matiza.

Enciende un cigarrillo Carmen y piensa en esta teoría en la que nunca había reparado y que todavía es incapaz de discernir si la consuela o si, por el contrario, incrementa la amenaza, y por tanto la ansiedad.

«No hay mensaje en el fuego», escribe de nuevo, y a continuación aprieta el encendedor y pasa unos segundos mirando la llama, como si tratara de leer un mensaje oculto en el fuego.

El escondite

—No tardará en venir, para saber lo que le ha sucedido a su hombre y, sobre todo, para matarme a mí, y también para matarte a ti —muy serio, con las gafas en la punta de la nariz, le dijo Juan Martos a Lucas Matesanz.

—Lo mataré antes.

—No, no, no, esto no funciona así, te lo aseguro. Seguramente habrá enviado a su mejor hombre, a su mano derecha, y esto lo suma a lo que considera que yo le debo. Vendrá con profesionales, gente muy experimentada, asesinos a sueldo. No tenemos nada que hacer, te lo aseguro, solo escondernos y esperar —explicó Juan Martos a un Lucas Matesanz que apenas parpadeó.

—¿Escondernos?

—Yo he visto a esa gente en acción, de verdad, y no sabes cómo son, lo que son capaces de hacer, lo que hacen, y son insobornables, fieles y obedientes a sus jefes hasta el final, te lo puedo asegurar. Y yo ya no tengo fuerzas…

—¿Escondernos, de verdad, escondernos?

—Eso es, escondernos, y cuanto antes mejor.

Esa fue la última vez que Amalia, parapetada tras una puerta semiabierta, vio a Juan Martos. Y nada más escucharlo tuvo claro cuál sería el escondite perfecto: la nueva vivienda de sus padres en Sevilla. Allí nadie los buscaría, porque nadie busca a unos muertos. Y mucho menos en casa de sus propios padres.

Lo tuvo muy claro desde el principio Amalia, porque a diferencia de Lucas, entendió que era la única opción. Que hasta entonces nunca había percibido el miedo en la voz de Juan Martos. Mucho miedo.

Lucas no lo entendió así, confiado en su capacidad. En su no miedo.

—Me gusta estar aquí —le dijo a Amalia, mirando al caño de Pinillo.

—Solo serán unos meses.

—¿Cuántos?

—Hasta que ese tipo se vaya.

—¿Y cómo nos enteraremos?

—Nos enteraremos.

Y la imagen del búnker de *Chanclitas* se instaló en su cabeza, como modelo de lo que los padres de Amalia debían preparar. Hasta diseñó una especie de plano con los elementos básicos que debía contener el secreto habitáculo. Solo así, cuando lo tuvo claro, entendió como lo más acertado el consejo de Juan Martos.

—Además, mis padres pueden sacar al perro —le advirtió Amalia.

—¿Tú crees?

Dos días antes de que ellos lo hicieran, el 7 de marzo de 2020, Juan Martos ya había desaparecido. Apenas se llevó nada, casi todo lo dejó en la casa del Pinillo, como si tuviera la intención de regresar cuanto antes. Eso alegró a Lucas Matesanz, e hizo lo mismo, apenas metió en una bolsa de deporte unos pantalones, unas camisas y camisetas, un par de deportivas y ropa interior. Para el final dejó los libros.

—¿Poesía? —preguntó Amalia al ver la portada.

—Sí, poesía, que nunca está de más.

Domingo, 3 de mayo de 2020. 7:58 h

Jaime Cuesta despierta empapado en sudor. Quedó dormido como consecuencia del cansancio, sin darse cuenta de que la ventana y la puerta estaban cerradas y ahora su pequeño dormitorio es un horno. Abre la ventana y comprueba si ha recibido algún mensaje en su teléfono móvil. Vacío. Piensa en Sonia, en Fidel, mientras fuma puesto en pie, con la mirada perdida en una belleza que ahora no percibe. Cada día le genera más ansiedad este tipo de situaciones, que incrementa el no saber cuándo podrá volver a casa. Y es que de momento no tienen nada. No tienen idea de adónde se pudieron haber dirigido Fernando Casas/Lucas Matesanz y Amalia en aquella primera vez que escaparon/sobrevivieron. Si es que sobrevivieron. Durante años nadie supo nada de ellos, y Jaime teme que en esta ocasión suceda lo mismo. Son unos fantasmas, esas dos personas que han visto a través de las imágenes de la cámara del bazar oriental pueden ser cualquiera, cualquiera. Cualquier persona.

Su teléfono comienza a vibrar, se trata de Nicolás.

—Podemos tener algo —le dice nada más atender su llamada.

—Cuenta.

—Puede que se marcharan en una furgoneta blanca, que tuvieran aparcada unos metros más adelante —le explica Nicolás.

—¿Cómo es eso?

—Hemos repasado quince cámaras de seguridad, y la de un banco que hay en la avenida Greco al final, muy cerca de Kansas City, y nos muestra una furgoneta blanca, Renault Trafic, con dos ocupantes en los asientos delanteros. Por el visionado de las otras cámaras, y cuadrando los horarios, 10:17 h, esa furgoneta solo pudo partir de la calle Sinaí. Vamos a tratar de seguir el recorrido, para saber qué dirección tomó —explica Nicolás con su nerviosa solvencia habitual.

—¿Es posible leer la matrícula?

—Estamos en ello, pero estas cámaras son una auténtica mierda y lo pixelan todo.

—Joder.

—Aunque la tengamos, no te creas que nos va a ser de ayuda la matrícula. Es un modelo más o menos reciente. Ese tipo de vehículos cambian rápidamente de manos, son muy demandados en los mercados de segunda mano —prosigue Nicolás.

—Ya, pero la matrícula siempre nos ofrece mucha información —contradice Jaime a Nicolás.

—Bueno…

—Tengamos en cuenta, además, que puede tratarse de un vehículo de alquiler. No descartemos esa posibilidad.

—Por supuesto. Y lo estamos comprobando. Cerca hay un centro de alquiler de vehículos…

—Y si es alquilado, no tendría que estar aparcada la furgoneta en la calle Sinaí…

—No es eso lo que nos dice la cámara, por los tiempos y tal…

—Podría haber ido a recogerla una sola persona, tal y como aparece en el vídeo, aparcar y luego marchar todos —detalla Jaime, plenamente convencido.

—También…

—¿Lo puedes comprobar?

—Por supuesto.

—Y si es alquilada, Nicolás, todos los vehículos tienen su GPS, ¿verdad?

—Verdad.

—Crucemos los dedos. Llámame cuando tengas algo más —le indica Jaime Cuesta a Nicolás Alfaro a modo de despedida.

—Claro.

∞

Desde su dormitorio, sin distinguir la mayoría de las palabras, Julia Núñez ha podido comprobar que Jaime Cuesta está despierto. Ella no lo ha estado hasta hace diez minutos. Al final se entretuvo más tiempo de la cuenta en un chat, con un tipo, aparentemente, que se hacía llamar *Ardor34*. Como de costumbre, la conversación no tardó en subir de tono, hasta el punto de que Julia echó de menos, mucho, su Satisfyer, que la suele acompañar en sus viajes. En los viajes programados, claro, y no en este que ha vuelto a ser tan repentino.

En cuanto deje de escuchar la voz de Jaime, le enviará la información que acaba de ofrecer el diario *El Mundo* en su edición digital: «El sospechoso del triple asesinato de Sevilla puede tratarse de alguien que se dio por muerto en el atentado del 11M».

—¡Joder, siempre nos cubrimos de gloria! —no ha dudado en exclamar nada más leer el titular.

Como es de prever, a pesar de lo temprano de la hora, Pedro Ginés no ha tardado en escribir un tuit:

> Según mis informaciones, puede tratarse de un criminal con una amplia y sangrienta trayectoria, calificado por la propia policía como MUY PELIGROSO. #AsesinoImitador #AsesinoConfinamiento

Considera Julia que el tuit es lo suficientemente grave como para avisar a Jaime Cuesta, sin esperar a encontrárselo abajo.

—Dime —atiende su llamada al instante.

—¿Estás ya listo?

—Dame cinco minutos para una ducha: estoy empapado en sudor, vaya calor —responde el inspector.

—¿Has visto la portada de *El Mundo* y el tuit de Ginés?

—Me ducho y me los cuentas. Dame cinco minutos.

—Venga.

No hace Jaime lo que ha dicho, y busca en su teléfono móvil el tuit de Pedro Ginés y la portada de *El Mundo*.

—Joder, se nos va de madre —suspira en voz alta y presiente una inminente llamada de *Jefe*.

∞

Carmen Puerto prepara un capuchino en la cocina. Le quema especialmente el primer trago, tanto que la primera calada apenas le reporta ningún sabor. De regreso al salón comprueba la hora, faltan veinticinco minutos para las nueve de la mañana. Le apetece subir a la azotea, disfrutar un rato del sol que ha intuido en los cristales esmerilados de la ventana de la cocina, pero sabe que no puede hacerlo. Vuelve a repasar todas las anotaciones que ha tomado en su libreta, tratando de encontrar un rastro, puntos en común, una dirección que seguir, algo, una luz en esta oscuridad que la envuelve.

—No lo veo, no lo veo —repite en voz alta.

Contempla de nuevo las imágenes que le envió Jaime, y repasa la información reportada por Nicolás. El que el sospechoso, Lucas Matesanz, tiene claro ella, saliera solo de la casa en primer lugar puede ser por dos motivos, deduce Carmen. Uno, por buscar un vehículo con el que luego desplazarse todos. «Coche de alquiler o coche propio traído semanas antes y dejado a cierta distancia, alquilar un coche es más arriesgado», escribe la inspectora, piensa sus propias palabras y le da un trago al capuchino. Y dos, «ha venido a mi casa, a intentar matarme, con las llaves que le dio Jesús, pero no estaba, y por eso ha escrito en mi libreta, para que lo supiera», piensa Carmen y sus manos comienzan a temblar.

—Joder, joder, joder —y su corazón acelera como un bólido en la recta más larga del circuito.

No puede dejar de pensar en Marcia. Y en Cinthia. Y en Samuel Luis. Y en el fuego, en cenizas.

«Solo vive quien arde».

₧

A pesar de la parada inicial, Jaime cumple con los cinco minutos previstos. Julia lo espera junto a la puerta, con una camiseta negra, unos vaqueros gastados y unas deportivas blancas. Jaime se ve en la obligación de repetir la ropa con la que vino a Sevilla el pasado viernes y que han tenido la amabilidad de lavarle en la Delegación del Gobierno.

—Por si tenemos que correr —le dice Julia, tras descubrir que le ha mirado el calzado escogido.

—Tienen pinta de cómodas.

—Lo son.

—Ya he leído lo que me comentabas.

—Qué rápido.

—Julia, lo de siempre, está claro que tenemos alguien dentro que habla con este tipejo —dice Jaime, resignado.

—No me extrañaría que fuera tu amiga, *la pirada*.

—Por favor, Julia, por ahí no, si no te importa, que es muy temprano y muy aburrido, de verdad. Con lo inteligente que eres, yo no sé cómo gastas el tiempo y las energías en esas cuestiones, la verdad.

—Ya, ya...

—Vamos a lo nuestro. —Extrae una cajetilla de tabaco de un bolsillo trasero de los pantalones y le indica a Julia que lo siga—. No paro de darle vueltas a los casos que, supuestamente, ha protagonizado este tipo, tratando de buscar un punto en común y, la verdad, no lo encuentro.

—Yo de los primeros sé lo justo, no estuve, y entonces no cuento con esa perspectiva. Pero por los que acabamos de descubrir, Jaime, te lo digo en serio y no quiero parecer una obsesionada, o que tengo fijación con ese lugar, pero todo me señala hacia Ayamonte —confiesa Julia, que se ha situado a menos de una cuarta de Jaime, como si necesitara captar toda su atención.

—Mujer, sí, yo también veo Ayamonte, que pulula por ahí, pero a lo mejor no lo tengo tan claro como tú.

—Vamos a ver, Jaime, te cuento como yo lo veo, que tal vez no estoy tan polucionada, entre comillas, como lo estás tú con el pasado. —Mira Julia la pantalla de su iPad antes de continuar—. Este hombre, si es quien creemos que es, que yo no lo tengo tan claro, porque lo único que tenemos es un vaso y unas imágenes que son una puta mierda, desapareció, supuestamente murió, en el puente de Portugal... El primer asesinato que ha cometido, o que creemos que ha cometido, deja una señal que solo hemos visto en una persona de Ayamonte, el tal *Chanclitas* y su socio, no me acuerdo ahora cómo se llamaba, que aparecieron con las mejillas cortadas… Y acabó con los padres, congelados, troceados, en congeladores… Jaime, ¿dónde fue la última vez que vimos unos congeladores que habían utilizado para almacenar unos cuerpos? Dime, Jaime, dime —le pregunta.

—Sí, está claro, en Ayamonte…

—Es que es así. Y seguro que estoy equivocada, pero…

El teléfono de Jaime comienza a vibrar, es Carmen Puerto quien lo llama.

—Jaime, a lo mejor piensas que es una más de mis locuras, pero tengo la impresión de que tendríamos que centrarnos en Ayamonte otra vez —le dice nada más atender la llamada, lo que provoca que el policía, sin poder disimular su estupor, centre su mirada en Julia.

—¿Qué le pasa? —extrañada, le pregunta Julia al oído.

—Ayamonte —se limita a decir, tapando el micrófono de su teléfono.

Y Julia escenifica la más absoluta incredulidad, ante tan enorme coincidencia, abriendo los ojos de par en par.

Durante varios minutos, Carmen le esgrime unas teorías muy similares a las que Julia le ha expuesto unos minutos antes. Son tan parecidas que, de no conocerlas, creería que las han hablado y acordado previamente, como estrategia para convencerlo. Pero sabe que no existe esa complicidad entre ellas.

—Carmen, Julia prácticamente me ha dicho lo mismo, casi idénticos los argumentos —le dice Jaime, provocando su enfado y la euforia de Julia, nada más finalizar su exposición.

—¿Sí?

—Idéntico —insiste Jaime, mirando a Julia, que no puede ocultar una sonrisa de satisfacción.

—Pues si somos dos las que vemos eso, por algo será —dice Carmen, para sorpresa de Jaime.

—Puede ser.

—Me están llamando —dice Carmen.

—Sí, lo oigo.

—Joder, tengo que cogerlo, es Jesús.

—¿Qué coño dices?

—Que me está llamando Jesús.

BORN TO DIE

Amalia no fue una adolescente como las demás. O al menos no fue el tipo de adolescente habitual en Moguer. No coincidía en gustos musicales, cinematográficos o estéticos con sus compañeras de clase, y mutua y recíprocamente se observaban con extrañeza, como elementos antagónicos.

Cuando fue con sus padres, de avanzada edad, a escoger su vestido para la primera comunión, a diferencia de sus primas o compañeras, Amalia no quería ir de princesa o de novia (sin novio), ni de nada parecido. Le habría encantado llevar, y no se atrevió a pedir, uno de los vestidos que lucía Lana del Rey en el videoclip *Born to die*, que tanto le fascinaba. Y es que Amalia descubrió por casualidad, se coló en una emisora una canción, a la cantante norteamericana, y desde el primer instante tuvo claro que había descubierto una pieza fundamental de la banda sonora de su vida. Pero fue algo más, porque cuando la vio en los videoclips, bella y viejuna, apocalíptica y sensual, gélida y morbosa, supo que quería ser como ella.

Comenzó a decorar su cabeza con pomposos tocados y a pintarse unos llamativos rabillos en los ojos que su padre detestaba y que su hermana reía, al tiempo que le decía: «Payasa,

238

payasa». Y también comenzó, pero esto ya no fue por influjo de Lana del Rey, a mantener una extraña relación con el dolor. El dolor como escapatoria, como fuente de evasión, pero también de placer, de refugio. Dolor cuando se sentía sola, rechazada, ignorada. Dolor en la intimidad, una nueva compañía.

Comenzó procurándose pequeños cortes, en el interior de los muslos, o en el vientre, en lugares que fueran complicados de ver, y que le reportaban un dolor placentero que le era tan difícil explicar como prescindir. También le gustaba meter cristalitos en los zapatos y sentir cómo se le clavaban mientras andaba, y si alguno se le colaba dentro de la piel disfrutaba mucho cuando trataba de quitárselo con unas pinzas. Los cortes en el antebrazo le proporcionaban una especial excitación que era incapaz de comprender. El dolor comenzó a ser una compañía estable. Estable y deseada.

Por eso, lo que más le gustó de Lucas, al poco tiempo de conocerlo, es que no solo comprendiera y aceptase ese dolor con el tacto del placer, sino también que se lo procurara, que lo admirase, que lo saborease, como una delicia inexplicable, como una magia que se disfruta porque no se entiende, porque carece de truco.

La primera vez que Lucas vio sus muslos y su vientre autolesionados, una desconocida e ingobernable sensación, en la que se mezclaba el deseo, la voracidad y la alegría, inundó todo su cuerpo. Tanto que lo desarmó, y no fue él, sino esa fuerza ingobernable que a veces lo domina la que lo empujó a ponerse de rodillas ante Amalia y comenzar a besar, primero, y después, lamer sus recientes cicatrices, como si se tratase del mayor placer que había sentido en toda su vida. Placer que fue definiendo con el paso de los encuentros, siendo él mismo el que le administraba a Amalia más dolor, nuevas formas de dolor. Sofisticadas en ocasiones, burdas en otras, inclasificables siempre.

Un placer que en ella crecía, era mayor si al mismo tiempo sonaba el *Born to die* de Lana del Rey.

Come take a walk on the wild side.
Let me kiss you hard in the pouring rain.
You like your girls insane.
So choose your last words, this is the last time
'cause you and I, we were born to die.

—¿Jesús?

Silencio.

—¿Eres tú, Jesús?

Silencio.

—¿Jesús?

Silencio.

—¿Estás ahí?

—Sí, sí, está aquí, pero no se puede poner —responde una voz aguda, de acento neutro, y de apariencia frágil que, sin embargo, obliga a Carmen Puerto a levantarse de la silla.

—¿Quién eres?

—¿Todavía no lo sabes?

—¿Lucas?

—Lucas...

—¿Fernando?

—Fernando..., vaya...

—¿Quién eres?, ¿dónde está Jesús?

—¿Dos preguntas? Eso es mucho, ¿no te parece? Solo una, solo una —trata de ser juguetona la voz.

—¿Dónde está Jesús? —repite Carmen, que hace todo lo posible por controlar los nervios que la invaden.

—Bien, bien, está bien, de momento.

—Me dijiste solo una pregunta y solo te he formulado una pregunta: ¿me puedes decir dónde está Jesús?

—¿Se te ha acabado el capuchino, o es que ya no tienes tabaco? Ay, esos vicios, hay que dejarlos, no son nada sanos...

Las palabras se cuelan en el interior de Carmen como si se trataran de una legión de abejas que despliegan un sobrecogedor zumbido. Está a punto de caer al suelo, pero consigue sentarse en la silla, de nuevo, a tiempo.

—¿Me vas a decir dónde está? —insiste, y trata de ser dura con la escasa fuerza que permanece en su cuerpo.

—Conmigo.

—¿Y eso dónde es?

—¿Tampoco lo sabes?

No responde Carmen, permanece deliberadamente en silencio unos segundos, en un intento desesperado por controlar la situación.

—Si no tienes nada más que decir, mejor que acabemos la conversación —con tranquilidad, le amenaza la voz.

—¿Me vas a decir dónde está Jesús?

—Sí, claro que sí, pero cuando llegue su momento.

—¿Momento?

—Claro, eso lo deberías saber mejor que nadie, todo tiene su momento.

—Casi todo tiene su momento.

—Me tiras de la lengua, o eso quieres… Te imaginaba más fría, más tensa, más…, no sé, pero no estás consiguiendo impresionarme, la verdad. Vas camino de la decepción, como lo oyes…

—No sabes cuánto lo siento… —se toma un par de segundos Carmen Puerto—, todavía no te has presentado.

—Luego te mando una tarjeta de visita —bromea la voz.

—Y yo otra.

—Tengo cosas que hacer, Carmen —pronuncia su nombre muy despacio—, nos vemos pronto —y pone fin a la conversación, sin previo aviso.

—¡Oye!

Carmen Puerto parte un lápiz en dos trozos a la vez que grita de rabia. Tras unos segundos de descontrol, consigue recuperar la calma y marcar el número de teléfono de Jaime Cuesta.

—Dime que tenemos controlado el número de Jesús —dice a toda velocidad.

—Claro, claro, ahora mismo lo están rastreando —responde Jaime.

—¡Lo tenemos! —exclama Julia, a su lado.

—¿Dónde? —preguntan Jaime y la inspectora al mismo tiempo.

—Joder.

—¿Qué pasa?

—Muy cerca de Ayamonte… en Costa Guadiana —repite Julia lo que le dicen por el teléfono.

—¡Ayamonte! —grita Carmen Puerto.

—Vaya… —balbucea Jaime.

—Sí, Ayamonte —confirma Julia, con cierto orgullo.

—¿Cuántos metros de precisión? —pregunta Carmen.

—Es una zona de cobertura complicada, unos 300 metros —dice Julia.

—Podría ser peor —razona Jaime.

—Siempre puede ser peor —resopla Carmen.

—Nos vamos para allá —anuncia Jaime.

—Llámame en dos minutos, pero cuando estés solo —le pide la inspectora a Jaime Cuesta.

—¿Y eso?

—Tú llámame.

Carmen busca con la mirada su arma reglamentaria, que encuentra sobre una silla. Enciende un cigarrillo y se dirige a Karen, que permanece, como siempre, inmóvil, plana y en silencio, a su espalda. Espera la llamada de Jaime, que no tarda en producirse.

—Jaime, ven a buscarme —le dice.

—¿Cómo?

—Que vengas a buscarme.

—No creo que…

—Jaime, me quiere a mí, y tarde o temprano tendré que ir allí. Mejor estar desde el principio —le replica la policía.

—No entiendo…

—Tenemos que ganar tiempo.

—¿Ganar tiempo?

—Luego te lo explico: ven a por mí —insiste.

—No creo que sea una buena idea —recela Jaime.

—No es que sea mala o buena, es que no hay otra posibilidad.

—Carmen, no lo veo.

—¡Joder, Jaime, ya, para, y ven a buscarme de una puta vez! —grita Carmen, muy ofuscada.

No responde Jaime, cuelga sin pensarlo. No pasan ni quince segundos, cuando la policía lo llama de nuevo.

—Si me vuelves a gritar así no tenemos más que hablar —le advierte.

—Ven a buscarme, Jaime, me lo ha dicho en la conversación que hemos mantenido. «Nos vemos pronto», me ha dicho.

Jaime se lo piensa antes de responder.

—¿Crees que puedes hacerlo? —le pregunta.

—Cuando lo haga te responderé —sincera.

—Joder, Carmen, no me hagas esto.

—No te hago nada.

—Sí, sí lo haces.

—Por favor, ven a buscarme.

—Sí, sí, voy a ir a buscarte —por fin acepta Jaime.

—¿En cuánto?

—En veinte minutos o así estamos.

—¿Estamos?

—Julia viene con nosotros —hace lo posible Jaime para que no se le quiebre la voz.

—¿Es necesario? —aprieta Carmen.

—Trabajamos juntos, ¿no lo recuerdas?

—Nunca he tenido esa sensación.

—Julia viene, Carmen.

—Llama cuando estés cerca.

—OK.

En realidad, a Carmen Puerto no le importa tanto que Julia Núñez los acompañe. De hecho, tiene una cierta curiosidad por conocerla, porque a pesar del supuesto malestar que su cercanía le supone, en más de una ocasión ha compartido sus análisis y le han convencido sus argumentos, aunque jamás lo haya reconocido en voz alta.

Como habitualmente, Carmen realiza un guion mental en el que emplear los diecisiete minutos que quedan hasta que la recojan. Lo primero: escribir a Jaime. «Os espero a las 9:36 en la esquina de avenida de Andalucía con Luis Montoto, no quiero que con ella vengas a mi casa». A continuación prepara el material que va a llevarse. El iPad, el ordenador portátil —se asegura de que vayan los cargadores—, dos libretas, seis lápices, tres bolígrafos, todos los informes y fotografías que ha impreso hasta el momento, algunas de las cuales ya se encuentran bajo el cristal de la mesa. Como siempre, al hacer esto recuerda a su madre, y a sus estampitas de «santos», en el salón familiar.

Por suerte, tiene una pequeña mochila, que no le cuesta encontrar en uno de los cajones superiores de su armario, en el dormitorio, que rellena con un par de camisetas, dos sudaderas, otros vaqueros, además de los que se acaba de poner, y otras deportivas. En un último instante se da cuenta de que había olvidado coger algo de ropa interior. La idea de tener que volver a utilizar sujetador durante un tiempo prolongado le aterra, por la falta de costumbre, ya que en los últimos años solo los ha utilizado en las visitas de Alberto.

En el cuarto de baño se detiene un par de minutos para cepillarse los dientes y recoger algunas cremas faciales. Se mira en el espejo durante unos segundos, por suerte tiñó su pelo hace una semana y no va a tener que soportar esas miradas a las raíces que tanto le molestan, razona. Está tentada de aplicarse un poco de colorete o de pintarse los labios, pero finalmente no lo hace. De vuelta al salón, toma su arma reglamentaria y la introduce en la parte más baja de la mochila, donde no pueda verse. Toma un par de encendedores de la mesa y del frigorífico, en la cocina, coge tres paquetes de Cutter Choice. Aunque finalmente se lo piensa y solo coge dos, ya que recuerda que los estancos están considerados como establecimientos esenciales y permanecen abiertos durante el confinamiento. Abre de nuevo el frigorífico y toma el tercer paquete de tabaco que había dejado.

—Nunca se sabe.

Asciende cuatro peldaños de la escalera de caracol, la que conduce a la azotea, y comprueba que My Little Pony, el pequeño y morado unicornio que ha convertido en su guardián, repita una de sus frases: «¿Quieres jugar conmigo?». Finalmente, tras ver que solo restan cuatro minutos para alcanzar la hora acordada con Jaime, se dirige hasta el salón.

—Espero que nos veamos muy pronto —le dice a Karen, que parece querer despedirla con su permanente sonrisa.

Suspira.

Está nerviosa, sobrepasada, pero es consciente de que no le queda otra opción. Abre la puerta y contempla la empinada escalera.

—Vamos.

Se lo piensa.

—Puedo, puedo.

☜

Jaime Cuesta detiene el vehículo que conduce muy cerca de la intersección de la avenida Cruz del Campo con la de Andalucía, junto a una sucursal bancaria. La posibilidad de permitir practicar deporte durante una hora, después de dos meses de estricto confinamiento, ha llenado el carril bici de inexpertos corredores, deseosos de recobrar sensaciones perdidas y volver a las calles.

—Jaime, ¿me vas ya a decir qué estamos haciendo aquí? —escamada, le pregunta Julia a su compañero.

—Ya sí te lo puedo contar: venimos a recoger a alguien.

—¿Alguien? No, venga, no, ¡eso no puede ser verdad! —entre incrédula y profundamente sorprendida, le pregunta al inspector, al tiempo que lo señala.

—Pues sí. —Y sonríe.

—No me jodas.

—Que sí.

—¿Que por fin voy a conocer a *la pirada* en persona, eso me estás diciendo? —No termina de salir de su asombro la policía.

—Eso es, justamente, lo que te estoy diciendo. —No deja de sonreír Jaime.

—Pero, es que eso deberías haberlo avisado, hombre, que es como conocer a… —Y Julia comienza a reír, más como consecuencia del nerviosismo que la sacude que por la situación en sí misma.

—No me jodas.

—¡Tú me estás vacilando!

—Te aseguro que no.

—No te creo.

—Mira, por allí la tienes. —Jaime señala hacia la antigua fábrica de la cerveza Cruzcampo, por donde acaba de torcer la esquina Carmen Puerto.

—Coño —exclama Julia, que apenas le da tiempo a comprobar que va en vaqueros y deportivas, con una camiseta roja, lisa, sin estampar y que, a simple vista, le parece más baja de lo que la había imaginado.

Jaime abandona el coche y reclama su atención levantando el brazo, a lo que Carmen Puerto reacciona inclinando ligeramente la barbilla.

Sobrepasada, absolutamente superada, aunque solo haya caminado un centenar de metros, Carmen Puerto hace lo posible por no perder el control después de haberse topado con todos los caminantes que ocupan las calles, que en nada se parecen a las solitarias que recorrió el viernes pasado.

Quiere mostrarse segura.

Quiere no perder el control.

Quiere parecer la mujer que fue.

Quiere desaparecer.

Quiere que los minutos pasen.

Quiere salir corriendo.

Quiere volver a su casa.

Pero sabe que no puede hacerlo.

Resurrección

Como si se tratara de un álbum fotográfico de su propia vida, no le costó a Sofía Hernández trazar el itinerario transformador de Ana Sosa, porque prácticamente coincidía con el suyo. El pelo platino en primer lugar. Voluptuoso y ondulado en un primer instante, más liso y corto un tiempo después. Pero siempre el mismo platino. A continuación el aumento de pecho. Al menos dos o tres tallas más de las aconsejables, para sus estaturas y constituciones corporales. Redondeadas, duras, artificiales, llamativas para todas las miradas. No tardaron en llegar los pómulos, más afilados, tampoco los labios, perfectos e impersonales. Finalmente la nariz, muy fina y respingona. Sofía Hernández contempla a Ana Sosa y se contempla a ella misma, o contempla la obra creada, ordenada, por su marido, Alejandro Jiménez.

Y no solo es su aspecto físico, también los vestidos que le ha regalado a lo largo de los años, los complementos, los maquillajes, todo coincide con lo que puede contemplar en las fotografías de Ana Sosa que ha recopilado. Imagina Sofía que, si se ha comportado de este modo en lo más evidente, algunos de los deseos y fantasías sexuales de su marido han sido para tratar de reproducir encuentros mantenidos con la actriz venezolana en el pasado. Y una sensación de asco, de traición, de odio, de repulsión, de hartazgo, se reproducen y confunden en su interior cada vez que piensa en esto, que es algo en lo que piensa durante muchas horas.

Desde que lo descubrió se ha convertido en un elemento trascendental de su vida, como también se ha convertido en la venganza que se merece semejante engaño. Por un tiempo pensó en llevarse a la cama a *Celote*, grabarlo todo en vídeo, para posteriormente hacérselo llegar. Pero a Sofía nunca le ha atraído *Celote* y además considera que es muy poco para lo que se merece su marido. Que se merece muchísimo más, porque no es una traición al uso, no es un adulterio de manual, o así lo considera ella. Es mucho más. Es una relación obsesiva y enfermiza, una muestra de inestabilidad mental, una usurpación de la personalidad. Así se ha sentido muchas veces Sofía, desde que lo descubrió: otra mujer en el interior de un cuerpo que no le debería pertenecer. Otra mujer. Anulada. Abusada. Machacada. Utilizada. Anulada.

Tan solo pensar en una posible venganza, en consonancia con la traición que siente, la alivia cuando piensa en el engaño que ha sido su vida, durante los últimos veinte años. «Son muchos años», se repite, «son muchos años al lado de un hombre que es un desconocido para mí», insiste, «veinte años representando a otra mujer que no soy yo», se tortura.

«Resucitando a una muerta, porque eso es lo que ha hecho conmigo: resucitar a una muerta», repite y repite Sofía.

Ahora, frente al Atlántico, ese inmenso océano que nunca acaba, está completamente segura de que este viaje, encontrarse aquí, en Ayamonte, tan lejos de casa, no es casualidad, como no lo ha sido nada en su vida.

Carmen Puerto ocupa el asiento trasero derecho del vehículo, justo detrás de donde se encuentra sentada Julia Núñez, que hace todo lo posible por verla, examinarla, reconocerla, pero sin querer parecer imprudente, o excesivamente curiosa, pero de momento no lo está consiguiendo. Jaime Cuesta, en cambio, más tranquilo, desprendiendo una desconocida alegría, o así lo cree Julia, gira la cabeza para dirigirse a la que acaba de entrar en el coche.

—¿Nos vamos? —le pregunta.

—Cuando tú quieras.

Comienzan a recorrer las primeras calles y avenidas en completo silencio, como si nadie se atreviera a pronunciar la primera palabra, como si se estuvieran diseccionando, especialmente ellas.

Es Carmen Puerto, unos minutos después, nada más dejar atrás el Hospital Virgen Macarena, la que al fin toma la palabra.

—Así que tú eres Julia.

—Sí, yo soy. Y tú Carmen…, Carmen Puerto —devuelve Julia.

—La misma. —La inspectora adelanta su torso, hasta colocarlo entre los dos asientos delanteros—. Es para que me veas bien, que te vas a dejar el cuello tratando de mirarme por el espejo retrovisor. No estoy nada mal para los años que tengo, ¿no te parece? —le pregunta, para sorpresa de Julia y para diversión de Jaime, que no puede ocultar la sonrisa que le provoca contemplar a la Carmen que conoció durante tantos años.

—Ya, ya… —no sabe Julia qué decir, por una vez. Más molesta por la actitud de Jaime que por la reacción de la célebre policía.

—Y ya que nos hemos presentado, que nos hemos visto bien las caras… Por cierto, me encanta ese rubio…

—Bueno…

—A lo nuestro. Vamos a resumir lo que tenemos hasta ahora para tratar de encontrar un punto al que poder llegar. Porque se trata de eso, encontrar un punto, una puerta —propone Carmen Puerto, anticipándose a Julia.

—Recapitulamos —dice Jaime, que sin pretenderlo vuelve a decir la misma palabra que decía cuando Carmen le proponía algo similar en el pasado.

—Empezamos por el día 1. ¿Julia, te importa? —le pide.

—Vamos a ver... Por un lado tenemos el mensaje que tú recibes de Jesús Fernández, y por otro la denuncia de Beatriz Rosas, extrañada por el tiempo que tarda su marido, Manuel Contreras, en regresar del edificio en el que vive Jesús, al que ha visto pasar a la vivienda de al lado, a través de la terraza... —comienza a relatar Julia.

—Lo llamo, unos minutos después de recibir su extraño mensaje, que evidentemente encierra una advertencia, y nadie atiende la llamada. Hablamos de las 8:48 de la mañana —añade Carmen.

Y durante varios minutos entre Julia Núñez y Carmen Puerto, con algunas aportaciones de Jaime Cuesta, mientras conduce, realizan un recorrido por lo acontecido hasta el momento, con la llamada de Lucas Matesanz o Fernando Cuesta a la inspectora de policía, como gran episodio final.

—Falta algo, falta algo aquí —repite Carmen, sin apartar la mirada de la lista de nombres, localizaciones e ideas que ha anotado en su libreta.

—¿Qué puede faltar? —le pregunta Julia, girando su cuerpo para poder verla. Así, tan cerca, la contempla frágil y con un halo infantil, casi angelical, con los rayos de sol iluminando su cabello cobrizo.

—No lo sé, pero algo falta. —Y durante unos segundos, Julia y Carmen se miran directamente a los ojos, como si pretendieran colarse en el interior de la otra.

—¿Tenemos todos los informes de Lola Vallejo? —pregunta Jaime.

—Sí, los tenemos, pero todos provisionales. Ya sabéis, ella hasta que... —comienza a decir Julia.

—Siempre son provisionales, claro, que si están equivocados no pasa nada —y Carmen termina la frase.

—No creo que eso sea así —discrepa Jaime.

—Desde que te conozco, siempre la has defendido, como si fuera una protegida tuya o yo qué sé —le recrimina la inspectora y Julia evita hacer lo que le pide el cuerpo: cabecear afirmativamente.

—Sigamos —esquiva Jaime.

—Eso, sigamos, sigamos.

Carmen Puerto, a pesar de la ansiedad que la embarga, a pesar de no sentirse cómoda, y sí frágil, indefensa, hace por mostrarse tan afilada, agresiva y contundente como de costumbre, como si estuviera hablando con ellos por teléfono. Necesita no enseñar las grietas que, cada vez más profundas, asoman en la coraza que se ha fabricado a lo largo de los años. Durante unos segundos, vuelve a repasar todas las anotaciones.

—¿Estamos seguros de que los restos troceados y congelados que hemos encontrado en la casa de campo corresponden a los padres de Amalia? —pregunta Carmen, y Julia busca en su iPad la respuesta y Jaime trata de hacer memoria.

—No recuerdo haber visto eso.

—Eso no aparece en ningún informe —responde Julia.

—¿Y en esos cuerpos se han encontrado restos del líquido paralizante que hemos encontrado en el cuerpo de Manuel Contreras? —prosigue Carmen.

—El informe no dice nada de eso, de momento... —responde Julia.

—Tengamos en cuenta que se trata de un informe provisional —insiste Jaime.

—¡Vete a la mierda con lo de provisional! —exclama Carmen y Julia sonríe, para malestar de su compañero.

Nada le gustaría más a Jaime Cuesta que responder, pero se frena en el último instante. A través del espejo retrovisor contempla a Carmen Puerto, sentada atrás, revisando las notas de su libreta. Lo único que le llama la atención es su forma de vestir, en el pasado nunca empleó ropa tan juvenil, tan deportiva. En todo lo demás, sigue siendo la Carmen con la que pasó tantas horas, incluido el genio. Hasta su pelo sigue siendo como lo recuerda, entre caoba y rojo, siempre como recién teñido.

—¿Os importa que fume? —pregunta Carmen.

—Paramos un momento, si te parece, y echamos un cigarro, no quiero que luego nos saquen los colores —responde Jaime.

—Vaya, ya ni los policías fuman en el coche —reprocha Carmen.

—Sobre todo si no es de ellos —replica Jaime.

—Ya…

Jaime toma la salida hacia un área de servicio, cerca de Chucena, en dirección Huelva y Portugal, y se detiene en el aparcamiento que hay en el lateral de la gasolinera. Abandonan los tres ocupantes el vehículo al mismo tiempo, y se dirigen hacia una explanada de cemento. Julia finge que se ajusta los cordones de las zapatillas de deporte, se retrasa deliberadamente, para poder contemplar a Carmen Puerto con mayor tranquilidad. Se mantiene la primera percepción: le parece muy poca cosa, chiquitina más que menuda, delgaducha, aunque reconoce que aparenta menos edad de la que realmente tiene —tal y como ella misma le insinuó—. La mayoría le echaría cincuenta y no los cincuenta y seis reales, y comprobados, piensa mientras se dirige hacia ella.

Carmen, en tanto, no tiene claro si disfruta este momento o se siente aún más insignificante, contemplando ese horizonte inabarcable que se extiende sobre la campiña. Por un instante puede volver a verse en una secuencia de su infancia, la cosechadora deja caer el trigo sobre el remolque, del que escapan centenares de saltamontes, que tratan de cazar las gallinas. El recuerdo, aunque cálido, no puede con la sensación de opresión, de descontrol, que ahora mismo padece, y que como puede hace por disimular.

—¿Quieres uno de estos? —le ofrece Jaime, al ver cómo le cuesta liar uno de sus cigarrillos.

—No, prefiero de los míos —declina, a pesar de todo.

Durante unos minutos fuman en silencio, hipnotizados por la panorámica que contemplan, donde los tonos amarillentos se funden con el azul de un cielo todopoderoso, que lo cubre todo, como una bóveda de acero. Julia no puede evitar seguir examinando a Carmen Puerto. A pesar de no corresponderse con la imagen que había imaginado, cuenta con algo hipnótico que la atrapa, incluso la seduce, y que no puede explicar.

—¿Le has dicho a tu amiga Vallejo que vaya para Ayamonte?

—sin mirarlo, perdida en el infinito, le pregunta Carmen a Jaime.

—Se lo voy a decir ahora, aunque todavía no tengo muy claro que vaya a ser necesario.

—Tú dile que vaya y luego me cuentas —insiste Carmen, a la vez que apaga el cigarrillo aplastándolo con el pie. Por un segundo piensa en los años que lleva sin hacer esto y un escalofrío le recorre el cuerpo.

—Estoy con Carmen —dice Julia.

—No necesito tu apoyo, pero gracias —saca a la luz la inspectora su versión más chulesca.

—Ni yo tu mala educación —no duda en responderle Julia.

—Jaime, coño, no me habías dicho que tenía genio la subinspectora —casi deletrea Carmen el rango de la policía.

—¿Seguimos? —trata de poner orden Jaime, en esta primera versión presencial de lo que tantas veces ha vivido a través del teléfono.

—Mejor será —acepta Julia.

—A sus órdenes. —Sonríe Carmen.

Dentro del vehículo, lo primero que hace Jaime es llamar a Lola Vallejo, empleando el manos libres.

—Lola, sería bueno que vinieras a Ayamonte —le pide nada más responder.

—Vaya, tenéis querencia... Hablo con Nicolás y salimos en cuanto acabemos aquí unas cosillas —responde.

—¿Algo más? —pregunta Julia.

—Estamos a la espera de saber si los cuerpos troceados, encontrados en la casa de campo, corresponden a los padres de Amalia. Por el tamaño de los huesos, yo apostaría que sí. Aunque esa es una percepción provisional —dice de corrido.

—¿Provisional, todavía no lo sabemos? —repite Carmen, ofuscada.

—Vaya, es verdad entonces... Hola, Carmen, cuánto tiempo... —la voz de Lola Vallejo suena cantarina a través del manos libres.

—Hola, Lola, qué tal —pregunta Carmen, sin ningún tipo de simpatía.

—Muy sorprendida, la verdad, no me podía esperar esto en la vida —fiel a su estilo, la forense dice lo primero que se le pasa por la cabeza.

Nicolás, a su lado, escucha boquiabierto la conversación. Admirador de Carmen Puerto, desde el principio le ha pedido a sus compañeros de mayor edad que le contaran anécdotas y vivencias, que le detallaran los métodos de la inspectora. El simple hecho de poder estar cerca de ella en unas horas, tal y como presume, le genera un gran nerviosismo.

—Lola, ¿podríamos encontrar restos de un fármaco en un cuerpo que lleva ya diez años enterrado? —da por finalizados los saludos Carmen Puerto y retoma la investigación.

—Vamos a ver, sí, claro que se podría, pero estamos hablando de obtener resultados en semanas, puede que en meses, nada de un día para otro… Sin hablar de lo que tendríamos que esperar para que el juez autorizase la exhumación del fiambre, que eso ya no lo controlo yo —responde Lola a toda velocidad.

—Eso no nos vale —dice Carmen, que ha tenido que reprimirse para no encender un nuevo cigarrillo.

—No, no nos vale —confirma Jaime.

Carmen cuela su menudo cuerpo entre los dos asientos delanteros y alarga su brazo derecho todo lo que puede para indicarle a Jaime que corte —utilizando dos dedos como si fueran tijeras— la conversación. Jaime obedece al instante, lo que no agrada a Julia.

—Lola, te dejamos —se despide el policía.

—Hay algo que se nos escapa, y que creo que nos está diciendo con su forma de proceder —comienza a decir Carmen Puerto, a la vez que despliega informes y fotografías sobre los asientos libres—. Lo que ha hecho, las muertes de estas tres personas, sus representaciones, no son una casualidad o un capricho, no, es una presentación en toda regla.

—¿Qué quieres decir? No sé por dónde vas —le pregunta Julia, tras girarse hasta encontrarla.

—Una presentación —susurra Jaime.

—Sí, se presenta, nos dice quién es y por qué hace lo que hace.

—No te sigo —dice Julia.

—¿Quieres decirnos que, en cierto modo, está relacionado con el caso del Amante Ácido y con la desaparición de Sandra y Ana en Ayamonte? —pregunta Jaime.

—En cierto modo, eso es, en cierto modo —responde Carmen sin dudar, y por un instante echa de menos no poder tener entre sus dedos un lápiz que romper en dos trozos.

—¿Y? —pregunta Jaime.

—Pues que todavía nos tiene preparada una o varias sorpresas, la guinda de esta tarta macabra que está preparando —explica la inspectora.

—No entiendo —dice Jaime.

—Es solo una intuición, pero creo que está cumpliendo con algo que tenía programado hacer, pero que se ha encontrado con el regalo de que nosotros estemos implicados —explica la inspectora.

—¿Nosotros?

—Nosotros, en los casos del pasado, quiero decir —le hubiera gustado a Carmen ser más precisa, contar lo que sabe, esas búsquedas en la red, pero también es consciente de que no puede hacerlo.

—¿Imitador, como dice Ginés? —pregunta Julia.

—A lo mejor no es tan imitador… —insinúa la inspectora.

—¿Intuyes alguna dirección? —pregunta Julia.

—Pensemos en los grandes hitos de los casos en los que ha estado relacionado, de un modo u otro —comienza a decir Carmen.

—No te sigo —dice Jaime.

—Desde el punto de vista del criminal, ¿cuáles serían los momentos cumbre de estos casos, los momentazos, de lo que se podrían sentir más orgullos estos tarados, por espectaculares o diferentes? —pregunta en voz alta.

—Cuerpos desmembrados y congelados, que ya hemos tenido —responde Julia.

—Eso es, pero sigamos —anima la inspectora.

—Cabezas carbonizadas.

—También.

—Cuerpos enterrados en cemento.

—De momento, nada.

—Y un cadáver flotando sobre el río, en dirección al mar...

—Sandra Peinado.

—Eso es.

Acaban de dejar atrás una gasolinera y el desvío que conduce a Cartaya, cuando Jaime conecta la radio del coche. Suena una canción de Lana del Rey, que por un instante consigue hipnotizar a Carmen Puerto, y trasladarla a una película dirigida por David Lynch con la que estuvo soñando varias noches: *Carretera perdida*. Por unos segundos, se siente como en una de aquellas noches, repasando imágenes del pasado, pero con conexión con el presente. Aturdida y embriagada.

En su iPad, vuelve a ver todas las imágenes que almacena, relacionadas con los diferentes casos con los que supone guarda relación el que ahora investigan. Comienza con el de los dos adolescentes de Madrid, Samuel Luis y Cinthia, a manos del llamado *Asesino del Hormigón*. A pesar de tratarse de principios del siglo XXI, las fotografías no pueden ocultar los años transcurridos, cómo las cámaras han avanzado en resolución y nitidez. Vuelve a ver de nuevo a Marcia, años más tarde, en Málaga, el menudo cuerpo sin cabeza, y que ha sido protagonista de tantas y tantas pesadillas. Ha visto esa cabeza en las combinaciones más terribles: voladora, envuelta en sangre, hablándole, rodando hacia ella. Ardiendo.

«Marcia. Solo vive quien arde». No consigue apartar de su cabeza lo que le han escrito en su libreta.

Repasa la inspectora todo el material que posee. Comienza con las imágenes, muchísimas, que incorporó durante el caso que los medios denominaron como el Amante Ácido. De nuevo una esplendorosa Luz Márquez, en fiestas, estrenos y anuncios publicitarios, con Osvaldo Cartagena cerca, y su secretaria o con su gran rival, y enemiga, según contaban, Ana Sosa. Se detiene Carmen Puerto, precisamente, en una imagen de las dos actrices, en la fiesta posterior al estreno del nuevo culebrón que protagonizaron: *Nueva en la ciudad*. Como si estuviera esperando ser descubierto, emerge del fondo de la fotografía un rostro que a la inspectora le es familiar, especialmente por la amplia cicatriz que cubre su mejilla izquierda: Alejandro Jiménez.

—¿Y este qué coño hace aquí, joder? —no puede evitar preguntar en voz alta.

—¿Cómo dices? —sorprendida, se interesa Julia.

—Acabo de encontrar una fotografía que nos puede señalar otro camino —y Carmen alarga su *tablet* hasta cerca del salpicadero—. Mirad quién sale al fondo, detrás de la mujer rubia.

—¿Jiménez, el mexicano?

—Es él.

—¿Cómo? —Jaime trata de encontrar al empresario en la pantalla, sin soltar las manos del volante.

—Con bastantes años menos, pero ahí está, es él —sentencia Carmen.

—¿Y qué hace ahí?

—Si lo supiéramos, tendríamos mucho camino recorrido.

Nada más terminar de hablar, Carmen se queda mirando la leyenda que aparece en el arcén, indicándole que acaban de pasar el desvío de Villablanca y que están a punto de llegar a Ayamonte. Por un instante recuerda a su tía Pepa, que acabó viviendo en Paymogo, muy cerca. Recuerda las visitas, muy niña, lo que le contaba su tía, de una tierra de magia y magos.

—Por eso me vine a vivir aquí —le solía decir.

—Y también porque te casaste con uno de aquí —replicaba su madre.

Y Carmen y su hermana Ana reían.

La respuesta y la mirada menos deseadas

Ana Sosa estaba resplandeciente esa noche, la puede seguir recordando perfectamente Alejandro Jiménez. De hecho, siempre la recuerda como aquella noche, que nunca podría haber imaginado que fuese la última que pasó junto a ella. Aunque la de ellos fue una relación oculta, en la sombra, por diferentes motivos, especialmente porque Alejandro era ya un hombre casado y porque ella debía ser la novia del galán de turno por exigencias del contrato con la productora, Ana le pidió que la acompañase en la fiesta posterior para celebrar el estreno de la esperada *Nueva en la ciudad*. Solo se separaron esa noche, unos metros, cuando accedieron a la sala de fiestas.

Sin que ella lo descubriese, antes estuvo Alejandro entre la multitud que esperó durante horas la llegada del reparto en las inmediaciones de un cine en el centro de Caracas. Sensual y rubia, resplandeciente, con un despampanante vestido rojo, que le dejaba los hombros al aire y mostraba un exuberante y abisal canalillo. La sensación de verse rodeado de hombres, y también de algunas mujeres, que deseaban a Ana le procuró una sensación tan agradable como incierta, que aún hoy es incapaz de explicar. Como tampoco es capaz de explicar, ni en su momento, ni tampoco ahora, la desmesurada admiración que provocaba Luz Márquez entre el público. Superior a la que despertaba Ana Sosa, aunque Alejandro Jiménez no quisiese verlo, aunque nunca se lo llegara a decir a ella, que en más de una ocasión le mintió.

—Esa Luz no es nada a tu lado —le respondía cuando le preguntaba.

—Pero los productores la prefieren a ella, o eso dicen —argumentaba Ana, todavía desnuda en la cama.

—Eso es como tú lo ves, pero no coincide con la realidad —y Alejandro le replicaba, a modo de consuelo.

—Ese viejo, el gallego Martos, manda mucho, más de lo que piensas —le solía decir ella, y Alejandro callaba.

«Yo también mando», nunca le dijo.

Después de verla entrar en el cine, en aquella que fue su última noche juntos, envuelta en su ceñido y provocador vestido rojo, como una diosa de erotismo y fuego, Alejandro Jiménez se dirigió al reservado de un restaurante cercano, donde había concertado una cita con un influyente empresario de Caracas, que mantenía una estrecha relación con el entonces presidente Hugo César Chávez.

Cuando llegó al restaurante, Adolfo Guerra —así se llamaba el empresario— ya lo esperaba en una pequeña habitación entre la cocina y los aseos, con un habano apretado entre sus dientes y las manos tratando de abarcar su generosa y redondeada barriga, que tensaba hasta poner en apuros a los botones de una camisa blanca.

—Eso que me pides no va a poder ser —le dijo Adolfo Guerra a Alejandro Jiménez nada más tenerlo enfrente.

—No es lo que quería escuchar —lamentó el empresario, al tiempo que tomaba asiento.

—No es un cualquiera, es un hombre importante, con buenas influencias, amigo…, sí, amigo —reiteró el venezolano, cabeceando.

—Todos tenemos amigos, ¿no?

—Hay amigos y amigos, ya sabes…

—Yo creía que acá tenía amigos —insinuó Alejandro Jiménez, buscando con insistencia la huidiza mirada de su compañero de mesa.

—Y los tienes, claro que sí, los tienes —dijo Adolfo Guerra sin mirarlo.

Muy despacio, recorrió Alejandro Jiménez la distancia que separaba el restaurante del hotel donde habría de tener lugar la fiesta por la recién estrenada *Nueva en la ciudad*. En cada paso, en cada minuto, pretendió reducir el enfado, la ira, que le recorría interiormente, sin poder conseguirlo. Por eso, antes de tomar el ascensor para subir a donde iba a tener lugar la fiesta, pasó por el bar del hotel y pidió una copa de tequila añejo que bebió de un solo trago. Y lo mismo hizo con el segundo, y con el tercero, al cuarto ya le dedicó un poco más de tiempo.

Apostado en la barra, Alejandro Jiménez creyó ver pasar a Juan Martos, acompañado de un hombre alto y fornido, con aspecto de ser su guardaespaldas. Aunque durante un segundo tuvo la tentación de ir hacia su encuentro, no lo hizo, y se limitó a contemplarlo desde la distancia, con la duda de si se trataba de quien pensaba.

Minutos después, pudo ver cómo recorría el *hall* del hotel Luz Márquez, acompañada de una señora mayor, con gesto nervioso, y un hombre, joven, regordete, embutido en un esmoquin de un brillo exagerado. A pesar de su recelo hacia ella, Alejandro Jiménez no pudo hacer otra cosa que admirar esa mujer, con el pelo recogido en un moño alto, que desafiaba el tiempo y la gravedad dentro de ese vestido azul que se ceñía a su cuerpo, exhibiendo todas sus curvas sin excepción.

Sin saber por qué, Alejandro Jiménez corrió hacia donde se dirigía Luz Márquez, consiguiendo llegar antes que ella, por unos centímetros, al ascensor. Pulsó el botón de llamada antes que la señora mayor que la acompañaba.

—¿Me permiten? —galante, preguntó.

Y mientras la señora bajita y el hombre regordete de esmoquin no podían apartar la vista de la enorme cicatriz que le cubría la mejilla izquierda, Luz Márquez se le quedó mirando directamente a los ojos. Exhibiendo todo el desprecio y la repulsión que fue capaz de mostrar. Y aunque lo recordó, «Es amigo de Carlos», pensó, ni intentó saludarlo.

DOMINGO, 3 DE MAYO DE 2020. 10:55 H

—¿Ratificamos la ubicación inicial? —pregunta Carmen Puerto, que ha podido leer «playas» en una de las señales de la autovía y ha creído sentir cómo una bocanada de aire fresco inundaba sus pulmones.

—Ya tenemos allí a la guardia civil —dice Jaime, que repite la información que acaba de recibir.

—Anda que no hace tiempo que no veo a uno —dice Carmen, que cada vez se siente más cómoda dentro del automóvil.

—Te vas a hartar —avisa Julia.

—¿Cómo se llamaba el judicial del caso de Sandra y Ana, el guardia ese tan guapetón que tenía más peligro que una caja de bombas? —No puede evitar Jaime sonreír cuando le formula esta pregunta a Julia.

—Miguel, Jaime, se llamaba Miguel, y no era tan guapetón... aunque, bueno, según con quién lo compares —responde Julia con sorna.

—¿De quién habláis? —pregunta Carmen con escaso interés, mientras sigue contemplando fotografías de Luz Márquez, tratando de encontrar otra en la que aparezca Alejandro Jiménez.

Entre las diferentes teorías que ha elaborado en los últimos minutos, desde que descubrió esa imagen en la que cree ver al empresario mexicano cerca de la actriz venezolana, es que fueran amantes, tuvieran algún tipo de relación o similar. Sin embargo, sin tener ningún otro dato, su intuición le indica que ese no es el camino que seguir. También ha pensado en una posible relación comercial entre Juan Martos y Alejandro Jiménez, ya que se tratan de perfiles «empresariales» que pueden llegar a tener muchas similitudes, pero tampoco lo ve claro.

No cree que al mexicano le interesara la Venezuela de aquellos años, tan convulsa políticamente, aunque bien es cierto que su empresa, TAXACOL, es aparentemente un *holding* creado en torno al petróleo, algo que abunda en ese país.

Trata de buscar en su *tablet* algún tipo de conexión, pero no encuentra ninguna referencia al respecto. Por un segundo piensa que sin su IP camuflada le va a ser imposible contactar con *Nodigassuerte*, aunque no tarda en recordar que ni con Juan Martos ni con Alejandro Jiménez fue capaz, en su momento, de ofrecerle información de calidad, y es que cuando las personas que «investigar» son especialmente relevantes o poderosas, bien protegidas desde un punto de vista tecnológico, la eficacia del *hacker* se reduce considerablemente.

Al volver a mirar hacia el frente, Carmen Puerto puede ver las características tirantas del Puente Internacional, que une España y Portugal, a través de Ayamonte, sobre la desembocadura del Guadiana, en el Atlántico. La imagen no la traslada a Lucas Matesanz, en el momento de saltar sobre el río cuando lo perseguía la policía, no. La traslada al coche familiar, aquel Seat verde en el que ella y su hermana dormían en la parte de atrás, como si se tratara de una inmensa cama pegajosa —sobre todo en el verano, cuando el sudor se transformaba en un pegamento que unía sus pieles al escay—, en aquellos interminables viajes de su infancia y juventud.

—Confirman que la ubicación de la llamada es en Costa Guadiana, en una carretera que conduce a la parte alta, en dirección a Villablanca —interpreta Julia el mensaje que acaba de recibir de Nicolás.

—Pues vamos para allá, antes de que empiecen a tocarlo todo y lo jodan —señala Carmen, impaciente.

—Ya tengo la ubicación exacta en el móvil —dice Julia, al tiempo que realiza la acción.

—Tú me diriges —le pide Jaime.

—En la rotonda, la primera a la derecha.

Comienzan a recorrer una recta que les muestra una bellísima panorámica del Guadiana y del Puente Internacional, donde finalizan las marismas, las piscifactorías y las urbanizaciones.

—En la siguiente rotonda, la primera a la derecha —repite Julia la indicación, y nada más hacerlo pasan junto a lo que tendría que haber sido un hotel o un centro comercial y del que solo se construyó una parte.

Ascienden por una avenida de pronunciados badenes, flanqueada por palmeras remolonas y viviendas unifamiliares con tejados de colores. Durante varios minutos, circulan ascendiendo, siempre en línea recta, sorteando rotondas y con una estampa similar a la contemplada desde el principio.

—Pues sí que es grande esto —susurra Carmen Puerto, con la nariz pegada al cristal de la ventanilla.

—Y más grande tendría que haber sido, pero se pegaron el leñazo —le replica Jaime Cuesta.

—La leche.

A lo lejos, en la parte más alta, creen ver un vehículo de la guardia civil, junto a otro más, de color azul, detenidos junto a un chalé de paredes blancas y tejado rojizo, del que asoman dos palmeras.

જી

Jesús, con los brazos y los pies unidos al respaldar y patas de una silla, hace lo posible por identificar el lugar en el que se encuentra. Una amplia habitación en la que se acumulan diferentes objetos y mobiliario sin un orden o sentido aparentes. Por un lado, una cama como sacada de otro tiempo, con esa elegancia exagerada que ya no se estila, con el cabecero tapizado en un turquesa amplificado, que contrasta con los arcones de congelación que se encuentran cerca.

Trata de girarse Jesús, pero su movilidad —desde que sintió el pinchazo en el cuello nada más acceder a la furgoneta— sigue siendo muy reducida, como si los músculos de su cuerpo no acatasen las órdenes que le envía su cerebro. Cree escuchar el rumor del agua, el continuo fluir de una cascada, de una fuente tal vez. Y en este justo momento puede escuchar con claridad el motor de un vehículo, potente, grave, muy cerca de donde se encuentra.

Unos segundos después escucha voces que le son atrozmente familiares. También cree escuchar pasos que se acercan. Su corazón vuelve a latir atropellado, galopante, descontrolado. Una puerta, a su espalda, se abre.

—Por lo que veo, has sido obediente —dice él con ironía, y el perro, Lucas, comienza a lamer sus tobillos.

«¿Cómo está Carmen?».

«¿Qué le has hecho?».

«No me digas que la has matado».

«¿Dónde está Carmen?».

«Por favor, no me digas que la has matado».

«La has matado por mi culpa».

Jesús no puede decir nada, paralizado por el miedo y por los fármacos que le han suministrado, se limita a mirar suplicante a los que acaban de llegar. Su mente, en cambio, exige respuestas a preguntas que no puede formular.

—No pongas esa cara, por favor, que a lo mejor no te pasa nada —dice él, al tiempo que comienza a retirar una peluca larga y morena que deja al descubierto una cabeza completamente rapada. También retira unas gruesas patillas que habían transformado en frondosa barba su cuidada y rectilínea perilla.

—No deberías cambiarte delante de él —le advierte ella.

—Eso da igual ya. —Y el corazón de Jesús quiere escapar de su pecho.

—De todos modos…

Ella se acerca hasta el primero de los arcones congeladores y comprueba que funcione correctamente.

—¿Va bien? —pregunta él.

—Perfecto.

—Tienen sus años, pero funcionan del carajo —dice él, y a continuación introduce su mano derecha en el interior del congelador.

—¿Está frío?

—Que te cagas.

—¿En serio?

—Esto congela a un pingüino.

Aterrorizado, sigue Jesús la escena desde su silenciosa inmovilidad, plenamente convencido de que en esos congeladores acabarán su cuerpo y el de Carmen Puerto. Nada le gustaría más a Jesús que morir en este mismo momento, absolutamente convencido de que es el responsable de la muerte de Carmen Puerto.

∞

Julia Núñez recibe una llamada de Nicolás, que atiende de inmediato, antes de descender del vehículo.

—Puede ser que tengamos el vehículo —anuncia entusiasmado.

—Dime.

—Teniendo en cuenta todas las probabilidades, todas las imágenes de las cámaras a las que hemos tenido acceso, que no son tantas, y haciendo un cálculo de la velocidad aproximada...

—Y teniendo en cuenta que apenas hay tráfico... —introduce Julia, como queriendo restar importancia al hallazgo de su compañero.

—Eso también, claro, nos lo ha facilitado...

—Nicolás, ¿me lo vas a contar o no? —se muestra Julia más dura que de costumbre, y Jaime lo entiende por la cercanía de Carmen Puerto: necesita impresionarla.

—¡Venga!

—Podría tratarse de una furgoneta blanca, modelo Renault Trafic, y con matrícula 7193 HJM, perteneciente a una empresa de vehículos de alquiler, con domicilio fiscal en...

—¡Bingo! —exclama Carmen.

—Con eso nos vale, Nicolás, con eso nos vale. Manda la matrícula a todo dios, vamos a tratar de localizar esa furgoneta cuanto antes —no puede terminar Nicolás con su narración, interrumpido nuevamente por Julia Núñez.

—Hablad con el juez ahora mismo, para que la empresa nos facilite la ubicación de la furgoneta, gracias al GPS que lleva instalado —ordena Carmen Puerto, mientras escribe en su iPad.

—Lo antes posible —corrobora Jaime, a la vez que detiene su vehículo junto a uno de la guardia civil.

—Ya tenemos aquí a los cabezas cuadradas —trata de ser irónica la inspectora, cuando en realidad le encanta, a pesar de la ansiedad, volver a repetir situaciones que fueron tan habituales en el pasado.

Abandonan el vehículo los tres al mismo tiempo, y se presentan a los agentes que los reciben y que saludan con brevedad y formalidad militar.

—Según la ubicación que nos han enviado, la llamada la hicieron desde aquí, más o menos —indica el guardia de mayor graduación, un hombre de pelo corto moreno, de unos cuarenta años, con acento madrileño.

—¿Han avisado ya a los operarios del Ayuntamiento? —a las primeras de cambio, interviene Carmen Puerto.

—¿Operarios? —extrañado, reacciona el agente.

—Claro, operarios, porque nosotros no vamos a ser capaces.

—¿Capaces de qué?

—Vamos a ver —y se toma un par de segundos para encender un cigarrillo—, si la información de la que dispongo es cierta, esta es la última fase que se construyó de Costa Guadiana, ¿verdad?

—Verdad.

Jaime y Julia se miran sorprendidos, sin saber a qué se refiere la inspectora.

—Pues en una de esas arquetas o pozos de saneamiento que estamos viendo debemos encontrar algo que nos han dejado. Porque por eso han realizado la llamada desde aquí, ni más ni menos —a pesar del nerviosismo que la invade, en un espacio tan amplio y frente a todas esas miradas que la contemplan, hace lo posible Carmen por mostrarse segura.

«El *Asesino del Hormigón*», piensa Jaime, que una vez más no puede ocultar la admiración que la intuición y la capacidad de observación que la que fuera su compañera le despiertan.

—Nos ha dejado un regalo, seguro, debajo de estas tapas. —Y Carmen Puerto pisa la más cercana.

—¿Y eso para qué? —pregunta el guardia de acento madrileño.

—Manías suyas —apenas responde la inspectora.

—¿Y no podemos abrirlas nosotras? —pregunta Julia.

—Mujer, si tienes una buena palanca y la fuerza de veinte, pues a lo mejor, pero me temo que... —ironiza Carmen.

—Los llamo —anuncia el agente de la guardia civil.

—Por favor —recupera Jaime su versión más amable.

—Y si puede ser rápido, mejor que mejor —exige Carmen, sin tener en cuenta la expresión de a quién se dirige.

A continuación, y como tantas veces hizo en el pasado, la inspectora comienza a recorrer el espacio tratando de encontrar un rastro, un descuido, cualquier cosa, que le pueda aportar alguna información. Igualmente, examina desde la distancia las viviendas más cercanas, en un intento por descubrir alguna desde la que haya sido posible poder ver algo de lo que supuestamente ha sucedido. No le hace falta a Jaime preguntarle a su compañera qué está haciendo, lo sabe perfectamente, fueron demasiados años juntos. Y como entonces, no puede dejar de admirarla desde la distancia, para malestar de Julia, que jamás ha contemplado en sus ojos el brillo que ahora descubre.

—Jaime, tú podrías ir a ese chalé con la palmera en la puerta —y señala hacia una edificación a la izquierda—, y tú, Julia, podrías acercarte a aquel de enfrente, donde se escucha ladrar el perro.

—Venga —acepta de buen grado Jaime, mientras que Julia lo hace a regañadientes.

Carmen camina hasta la tapa metálica de uno de los saneamientos. La golpea con el talón, como si quisiera recabar alguna información a través del sonido que obtiene.

—Hijo de puta, hijo de puta, qué te gusta el espectáculo.

11 DE MARZO DE 2004

Todo estaba preparado para que el 12 de marzo de 2004 se llevara a cabo la detención de los cuatros sospechosos de ser el denominado *Asesino del Hormigón*, responsable de los asesinatos de Samuel Luis y Cinthia, acaecidos en los madrileños barrios de Legazpi y Aluche, pero todo el dispositivo tuvo que ser anulado como consecuencia del atentado perpetrado en la estación de Atocha, y en el que fueron asesinadas ciento noventa y tres personas y más de dos mil resultaron heridas, solo un día antes, el 11 de marzo de 2004.

Meses de duro trabajo, de establecer vínculos entre las víctimas, de proyectar mapas de movimiento, de examinar miles de pruebas, datos y evidencias se fueron al traste, en un solo segundo, cuando las mochilas cargadas de explosivos estallaron provocando el mayor atentado que ha tenido lugar en España.

Separados por varios metros, uno al principio del vagón, otro al final, a las 7:37 h de la mañana, Fernando Casas pudo ver cómo el cuerpo de Lucas Matesanz salía despedido hasta el arcén de la estación de Atocha. Sordo, cubierto de sangre, rodeado de cadáveres y entre un amasijo de restos humanos, herido leve, milagrosamente, solo algunas contusiones y rasguños en una pierna y abdomen, Fernando Casas fue capaz de buscar los restos de Lucas Matesanz. Lo encontró junto al cadáver de una chica, con el rostro completamente desfigurado, todo el cráneo desprendido, y un brazo separado de su cuerpo. De no haberlo seguido esa misma mañana, como las últimas mañanas de los meses anteriores, no lo podría haber reconocido, desfigurado por completo, y gracias a su ropa pudo localizarlo en mitad de aquella matanza.

Fernando Casas, más que nunca, demostró que la suya es otra naturaleza, ya que en tan extremas y dramáticas circunstancias fue capaz de simular que lo auxiliaba, ya estaba muerto, e intercambió con él su documentación, alojada en un bolsillo interior de una americana de cuadros, así como su mochila y su reloj, que había dejado de funcionar. Le arrancó los pocos mechones de pelo que aún le quedaban y dejó caer varios de los suyos, terminó de desprender el dedo anular de su mano derecha, apenas unido a la extremidad por unos pellejos. Fernando Casas tuvo la frialdad, además, de arrancarse algunas uñas, que dejó caer sobre el cadáver, y se rajó una muñeca con un trozo de metal y dejó que su sangre se derramase sobre las ropas de Lucas Matesanz. Y también escupió sobre el cadáver, pero no lo hizo por desprecio.

Como pudo, oculto en la confusión, Fernando Casas, ya convertido en Lucas Matesanz, abandonó la estación y en el aseo de un bar trató de restablecer, dentro de lo posible, la normalidad de su aspecto. Una hora después, tras una larga espera, producto del caos generado por el cruento atentado, Fernando Casas se dirigió a su vivienda. Tampoco necesitaba recoger tanto: algo de ropa, todo el dinero en metálico con el que contaba, un par de cuchillos.

Después de curar las heridas de pierna y abdomen, superficiales, limpió con esmero toda la vivienda durante horas. No dejó ni un centímetro o esquina por repasar. Finalizada la tarea, Fernando Casas no le dedicó una última mirada, en la despedida, a la que fue su casa durante los últimos tres años.

Andando, a escasa distancia, se dirigió al piso de Lucas Matesanz. En el trayecto, aprovechó para dejar en un contenedor los libros de medicina y de arquitectura que había sacado de su casa. Frente a la puerta del profesor, y tras comprobar que nadie estaba cerca, se ajustó unos guantes azules de látex. Era más o menos como lo imaginaba: pequeño, cómodo, limpio, ordenado, moderno. El perro lo recibió con extrañeza y alivio al mismo tiempo, como si dudara de la persona ante la que se encontraba.

—¿Qué pasa, Honoré?

Acarició al perro con familiaridad antes de rellenar un bol con pienso y un cuenco con agua.

—Vaya nombre feo que te puso.

Comía tranquilamente Honoré cuando Fernando Casas agarró su cabecita como si fuera un coco y la giró hasta partirle el cuello. El crujido le provocó una sonrisa, como si el animal le hubiera querido dedicar una última gracieta, y la tensión final y agónica de sus patas traseras le transmitieron una gozosa y casi instantánea electricidad. Un segundo de algo parecido a la felicidad.

—No te puedo llevar —le dijo mirándolo a sus ojos cerrados.

Después, puesto en pie, realizó un recorrido visual por todos los rincones, muebles, estanterías y armarios que debía revisar y examinar minuciosamente. A lo que se dedicó durante varias horas. Todo lo que entendió como mínimamente importante, facturas varias, comunicaciones de la Inspección de Educación, nóminas, seguros, resguardos de compras, declaraciones de Hacienda de los años anteriores o cartas del banco, títulos universitarios, lo introdujo en una maleta. Consciente de sus limitaciones, no intentó Fernando Casas poner en funcionamiento el ordenador portátil de Lucas Matesanz, directamente lo metió en una mochila.

Al finalizar la tarea, dejó caer algunos cabellos de Lucas Matesanz, y volvió a posar el dedo amputado del cadáver en todos los pomos, tiradores y puertas que encontró. Necesitaba que fuera evidente que aquella había sido la casa de Lucas Matesanz. Y que tanto él como su perro, probablemente, habían muerto en el atentado de la estación de Atocha. Y por eso cogió una correa de paseo y la mochila de transportarlo, y lo introdujo en una bolsa junto con el cadáver del animal.

Tal y como había planeado meses antes —y que las circunstancias le obligaban a adelantar—, llamó al *hacker* que ya había contactado previamente, y en poco más de media hora contaba con todas las contraseñas utilizadas por Lucas Matesanz, del correo electrónico al acceso a su cuenta corriente.

—Ahora me tienes que pagar mil, y mañana, cuando te dé toda la documentación, los dos mil que faltan, como hablamos —le indicó el informático, un tipo escuálido de edad indefinida y gafas de unos cristales tan gruesos que le achinaban los ojos.

—Esta tarde y te doy dos mil quinientos —le ofreció Fernando.

—Venga.

A las siete de la tarde el nuevo Lucas Matesanz ya tenía toda su documentación en regla. No le faltaba ni un solo carné o acreditación que confirmasen su identidad. A bordo del vehículo del fallecido, un Renault Megane de color verde, buscó la salida más cercana con dirección a Andalucía. Hasta eso le había salido bien: solo cuatro días antes, Lucas Matesanz había aceptado la oferta de un centro escolar malagueño, que le ofrecía más número de horas lectivas, y por tanto mejor sueldo, que el recibido hasta ese momento.

«Además me apetece cambiar de aires. De todos modos, a donde vaya voy a estar igual de solo que aquí, en Madrid», le escribió Lucas Matesanz a un amiga, llamada Carolina Rubio, con la que se escribía de vez en cuando, y que era profesora en una universidad en Alburquerque, Nuevo México, en los Estados Unidos.

—¿Han visto algo? —le pregunta Carmen Puerto a Jaime Cuesta, que es el primero en regresar de la visita a las viviendas más cercanas a la ubicación marcada por la llamada telefónica.

—Nada de nada. —Y encoge los hombros.

—Lo imaginaba.

Unos segundos después es Julia Núñez la que se incorpora, tras abandonar un chalé cercano.

—¿Te han dicho algo? —le pregunta Carmen desde la distancia.

—Que esta mañana estuvo una furgoneta blanca por aquí parada.

—La furgoneta blanca. Otra vez. Seguro que una Renault Trafic...

—Posiblemente, vino a hacer la llamada, solamente eso, y se fue, nada más... —insinúa la inspectora.

—¿Qué quieres decir con eso? —pregunta Jaime.

—Que tal vez Jesús siga con vida... Espero que tardemos poco en tener las localizaciones vía el GPS de la furgoneta.

—Estamos en ello —dice Jaime, y nada más hacerlo se arrepiente de haberlo dicho. Prefiere obviar la mirada de la inspectora.

Veinte minutos después de haber sido avisados, Jaime Cuesta, Julia Núñez y Carmen Puerto contemplan cómo un vehículo del Ayuntamiento de Ayamonte recorre la avenida de Costa Guadiana, sorteando como puede los numerosos badenes, con el fondo del Puente Internacional, el río y varias torres eléctricas atrás.

Del vehículo, una furgoneta Seat, descienden dos operarios, ataviados con monos, y que portan cajas de herramientas.

—¿Qué tenemos que abrir? —pregunta el más alto y moreno, exhibiendo ese acento cantarín que, instantáneamente, traslada a Jaime y Julia al verano de 2018.

—Nos interesa un pozo de saneamiento de un edificio que estuviera proyectado, pero no construido —no duda en detallar Carmen, recuperando las explicaciones que el aparejador le ofreció hace casi veinte años.

Los dos hombres, nada más escuchar a la policía, giran sus cabezas buscando ese punto que coincida con lo escuchado.

—Aquí veo yo tres por lo menos —dice uno de los operarios.

—Todos suyos —los alienta Jaime.

Julia descubre que la pantalla de su *smartphone* le muestra una alerta, Pedro Ginés acaba de tuitear:

> De nuevo en Ayamonte. Con toda seguridad, hoy se cierren algunos casos del pasado que tuvieron una gran repercusión. Por tal motivo, estamos preparando un especial #TodaLaVerdad desde la localidad, como ya hicimos en el verano de 2018.

—¡Joder! —exclama Julia, a la vez que les indica a Carmen y Jaime que miren lo que les acaba de enviar a sus teléfonos.

—Cabronazo —esgrime Carmen.

—Ya tenemos el *show* montado, veréis lo que tarda en llamarme *Jefe*, como si yo fuera el responsable… —lamenta Jaime.

—La leche.

—Basura.

—Vamos a lo nuestro —señala Jaime.

—Más circo.

Rodean los tres policías a los operarios cuando comienzan a levantar la primera tapa metálica con una palanca. Habilidosos, en apenas unos segundos completan la operación. Descubierto el hueco, todos los presentes miran hacia abajo.

—Ahí hay algo —dice un empleado municipal y Julia alumbra con su linterna.

—Sí, es cierto, hay algo —confirma Jaime.

—Joder, a la primera, no me lo puedo creer —dice Julia.

—A la primera o que hay más regalitos en los otros… Es muy dado este tipo a las sorpresas —advierte Carmen, que no puede controlar la tensión que padece y que pretende rebajar encendiendo un cigarrillo.

Ayudándose de una escalerilla metálica, el operario más alto desciende al interior de la fosa, que debe tener unos tres metros de profundidad. No tarda en aparecer con una caja de plástico, una de esas tan frecuentes en la alimentación, que contiene dos tarros de cristal transparente. Nada más colocarlo sobre el asfalto, Jaime y Carmen retroceden en el tiempo. En al menos dos ocasiones pudieron ver unos tarros similares a los que ahora contemplan, muy cerca de los cuerpos muertos y mutilados de Samuel Luis y Cinthia.

—¿Esto qué coño es? —pregunta Julia nada más descubrir que los tarros están rellenos con una especie de arena.

—Ceniza, Julia, ceniza —sentencia Carmen Puerto.

—¿Ceniza?

—Sí, ceniza —confirma Jaime.

—Y me temo que de procedencia humana —especifica la inspectora.

—¿Y de quién?

—Seguramente hasta habrá identificado los tarros, para no dejarnos dudas, como hizo en el pasado. Necesita que sepamos todo sobre de él, contarlo todo, dejarlo muy clarito… —detalla Carmen, al tiempo que se ajusta unos guantes de látex que le ha ofrecido un guardia civil.

—¿Y esa necesidad de mostrarse, de que lo sepamos todo? —cuestiona Julia.

—Lo sabremos en su momento, imagino —responde la inspectora en el mismo momento en que levanta el primer tarro de cristal.

—Joder, creía que no íbamos a tener que volver a pasar por esto —maldice Jaime, muy preocupado por su compañera, por lo que este descubrimiento pueda suponerle.

—Tal vez quiere este hijo de la gran puta cerrar un capítulo, o toda la historia, yo qué sé, pero nada de lo que hace es gratuito —prosigue Carmen.

—Nada.

Aparentemente, en la superficie del tarro de cristal, así como en la tapa, no hay ninguna marca. Tampoco la encuentra la inspectora en la base cuando eleva el recipiente sobre su cabeza.

—¿Nada? —pregunta Jaime, desconfiado.

—Parece que nada.

—Os aseguro que estos tarros están firmados por los propietarios de las cenizas, os lo puedo asegurar —se muestra Carmen firme en su planteamiento.

—Si tú lo dices…

—¿Cuánto le queda a la Vallejo para llegar? —pregunta la inspectora.

—No creo que tarde mucho —responde Julia, que no deja de mirar a los recipientes de cristal tratando de encontrar una evidencia.

Repentinamente, para sorpresa de todos, Carmen Puerto agita con fuerza el tarro, como si se tratara de una maraca.

—¿Qué coño haces? —exclama Julia.

—Mirad, mirad, no me equivocaba, aquí no hay solo cenizas. —Y les acerca el recipiente muy cerca de sus ojos, para que puedan ver con facilidad el dedo que estaba escondido.

—Joder, joder, esto ya lo hemos visto nosotros, hace casi vente años —exclama Jaime, que no puede disimular la decepción que el descubrimiento le ha provocado.

—Será hasta un meñique, de una mano derecha…

—Sí, parece un meñique.

—Puto animal de costumbres…

—¿De quién coño será? —pregunta Julia.

—Me voy a mojar —dice la inspectora.

—Dime —la alienta Jaime.

—Uno, de Osvaldo Cartagena, y de ese burro no me bajo. El que debe haber en el otro —y Carmen dirige su mirada hacia el segundo recipiente, que prosigue en la caja de plástico—, no tengo la menor idea…, aunque con toda seguridad será mucho más reciente que este.

—¿Osvaldo Cartagena? —no puede ocultar Julia su sorpresa.

—Sí, el mismo —no duda Carmen.

—¿Tú crees? —tampoco termina de aceptarlo Jaime.

—¿Y por qué no de Jesús Fernández? —cuestiona Julia, provocando que la expresión de la cara de Carmen Puerto cambie radicalmente.

—Coño, esperemos que no.

—Todavía es pronto para afirmar nada.

—Ojalá la Vallejo pueda confirmarlo, pero yo lo tengo claro. Como ya os he dicho: aquí no hay nada casual —mantiene la inspectora.

—Hablando de la reina de Roma… —dice Jaime justo antes de atender la llamada que recibe—. Sí, seguimos en Costa Guadiana, vente para acá que estamos esperando tu mágica luz azul.

—¿Le queda mucho?

—Diez minutos mal contados.

—Perfecto.

Carmen Puerto vuelve al interior del automóvil y aprovecha estos minutos para anotar en su iPad los últimos datos obtenidos. Después de recapitular todas las pruebas y evidencias conseguidas hasta el momento, está convencida de que les falta una pieza que dé sentido a ese mosaico que ahora contemplan desordenado. Y tiene la intuición de que no se encuentra demasiado lejos.

Recupera la inspectora el perfil que creó de Fernando Casas, en su momento: «Hombre solo, joven, apariencia normal, con problemas de la infancia, muerte del padre tal vez lo ha marcado, incendio, por eso obsesión por el fuego, tal vez algún otro hecho desconocido y traumático». Cuando Carmen vuelve a leer esto, «desconocido y traumático», recuerda todo el tiempo que dedicó a buscar ese posible hecho y no lo encontró. Busca las fotografías de los tarros de cenizas que encontraron junto a los cadáveres de Samuel Luis y Cinthia.

—Hijo de puta, yo diría que ha utilizado los mismos tarros —susurra la inspectora.

Regresa al presente de repente, reacciona de inmediato al golpe en la ventanilla de Jaime Cuesta.

—La Vallejo ya está aquí —le anuncia.

Contempla Carmen, desde la distancia, a la recién llegada nada más abandonar el vehículo y le sorprende que su aspecto físico apenas haya cambiado. Tal vez la recordaba con el pelo más largo y más castaño, no tan rubio como ahora.

—Lola, hola —apenas dice Carmen.

—Mujer, estás del carajo, joder —responde la forense, que no hace por acercarse a saludar a la inspectora.

—¿Traes la luz azul? —le pregunta Jaime.

—Claro, nunca salgo de casa sin ella —responde y Carmen Puerto recupera a la Lola Vallejo que conoció: alta y grande, risueña, de ojos redondeados y mirada desafiante, socarrona siempre.

—Pues acerca la luz azul hasta aquí y haz el milagro —le pide la inspectora con ironía.

—Vamos a ver —dice Lola a la vez que se ajusta los guantes de látex.

Carmen se agacha al lado de la forense, mientras que Julia y Jaime permanecen en pie, mirando expectantes.

—Aquí no hay una huella, hay una orgía, del mismo dedo parece, a simple vista —dice unos segundos después de iluminar el primer tarro.

—Claro, del dedo que está dentro —Julia toma la palabra.

—Joder, qué completito todo, cómo mola —bromea Lola Vallejo.

—¿Hemos mirado en las otras alcantarillas? —pregunta Carmen Puerto.

—No hay nada —responde Jaime, que ya se ha encargado.

—Pues yo iría a la casa de Juan Martos —propone la inspectora.

—¿Sin una orden y sin nada? —plantea Julia.

—Joder, ya estamos.

—Déjame que le dé un toque a *Jefe* —dice Jaime.

—Tardas.

Empiezan a despedirse de los agentes de la guardia civil, cuando uno de ellos, el más joven, atiende una llamada a través de la emisora del Land Rover.

—¿Qué sucede? —le pregunta el compañero.

—Tenemos un aviso urgente. Barco ardiendo en la desembocadura del río Carreras, en la barra de Punta del Moral.

—Eso también es para nosotros —no duda en decir Carmen.

—¿Cómo?

—Que no llames a *Jefe*.

—¿Y eso?

—Que ya estamos tardando.

Carmen Puerto no sabe por qué, pero nada más escuchar al guardia civil lo primero que se le viene a la cabeza son dos imágenes. En una puede ver al padre de Fernando Casas, ardiendo. En la otra, a Sandra Peinado flotando en la noche. Muerta, en la desembocadura del río Carreras, entre Isla Cristina y Punta del Moral.

EL ENCUENTRO

—No te puedo contar mucho de las últimas horas con vida de tu hija, si te digo la verdad...

—Mira, Ana, eso es lo que les he dicho a tus padres, pero en realidad no es lo que quiero que me cuentes.

—¿Qué es lo que quieres saber?

—Lo que pasó realmente.

—Ya lo sabes.

—Esa es la historia que se ha contado para dar por finiquitado este caso, pero eso no es lo que pasó y tú lo sabes.

—No sé a qué te refieres.

—Me refiero a que te puedo hacer la vida imposible, si me da la gana, si les digo a mis abogados que te acusen de homicidio, a pasar por la cárcel, a que te violen mientras te duchas, a que quemen tu cama mientras duermes, a eso me estoy refiriendo si no me cuentas ahora mismo la verdad.

—...

—Y no vas a tener otra oportunidad, te lo advierto.

—No sabes lo que me pides.

—Claro que lo sé.

Antes yacía ella en extraño lecho.

Domingo, 3 de mayo de 2020. 14 h

Desembocadura del río Carreras. Una embarcación navega a la deriva mientras arde. Las llamaradas ascienden violentas y poderosas, fabricando una espesa nube negra que se ve desde la distancia.

Si en un principio, a Carmen Puerto las llamas le trasladaron a la muerte del padre de Fernando Casas, tanto a Julia como a Jaime las llamas que ahora contemplan en la embarcación, en la desembocadura del río Carreras, les trasladan a Sandra Peinado. Creen otra vez verla muerta, azulada y hermosa al mismo tiempo, en esa noche de septiembre de 2018 que su cadáver estuvo a punto de ser embestido por un barco pesquero. Ahora puede escuchar de nuevo Jaime la voz de Alfonso Peinado, en el momento que se acercó a este mismo lugar, para comprobar si eran ciertos los mensajes que habían comenzado a circular por las redes sociales.

Dos lanchas de la guardia civil tratan de reducir las llamas, en este mediodía luminoso y celeste de mayo. Igualmente, se acercan tres embarcaciones de marineros de Punta del Moral, con la intención de ayudar a apagar el fuego.

—Menos mal que estamos casi confinados... —resopla Carmen.

—Espectáculo total —lamenta Jaime.

Se trata de un barco de seis metros, con pequeña cabina y bañera amplia, de los que se emplean para la pesca deportiva, con el casco de un azul muy oscuro. Debe haber prendido algún recipiente con combustible, a tenor de la altura y virulencia de las llamas. La humareda provocada, negra y densa, confirma esta hipótesis.

—¡Con agua nunca van a apagar este fuego! —exclama Carmen Puerto, desde la orilla.

—¿A qué huele? —pregunta Julia, que lleva desde un rato tratando de identificar el olor que se le ha colado en la nariz.

—Huele a lo que huele —responde la inspectora.

—¿Qué quieres decir? —pregunta Jaime.

—Pues que ahí está ardiendo un cuerpo, ya no sé si humano —responde Julia.

—Y tanta agua lo va a joder más —añade Carmen.

—¿Y qué podemos hacer?

—Quiero creer que esta gente sabe más de esto que nosotros —dice la inspectora, mirando hacia las patrulleras de la guardia civil.

Pasados unos segundos, contemplan cómo tratan de acercar la embarcación hasta la orilla, pero el tamaño de las llamas dificultan en exceso la maniobra. Se incorporan dos vehículos más de la guardia civil, así como uno de la policía local. A diferencia de lo que sucedió cuando apareció el cuerpo de Sandra Peinado, que hubieron de acotar la zona, el confinamiento ha propiciado que sean muy pocos los que se acerquen, de momento. Algún habitante de Punta del Moral, que hacen por identificar al propietario de la embarcación.

—Basta con que uno ponga una fotito en Twitter para que se joda todo —advierte Carmen.

Nada más decir esto, los tres policías contemplan incrédulos cómo se acerca hasta ellos una furgoneta de llamativos colores, y en cuyos laterales se puede leer Tele7, y que se detiene a escasos metros de donde se encuentran.

—Joder, coño, es que no doy crédito, es que si antes lo digo... —entre el enfado y el lamento, gruñe la inspectora.

—¿Y estos cómo se han enterado? —pregunta Jaime.

—Yo qué sé —resopla Julia.

—La leche.

El conductor de la furgoneta, un hombre de mediana edad y estatura vestido completamente de negro, desciende del vehículo y se dirige hasta donde se encuentran los policías.

—¿Y ese fuego? —pregunta.

—No sabemos aún… —desconfiada, responde Julia.

—¿Qué hacen aquí? —pregunta Jaime, directamente.

—Hoy hacemos el programa, el de *Toda la verdad*, desde aquí —responde.

—Coño, es lo que puso Ginés en el tuit que os comenté hace un rato —le susurra Julia a Carmen Puerto, cerca del oído.

—Pues cuenta diez y después abre el Twitter, ya verás cómo ese cabrón ya ha escrito algo, con fotito incluida.

Ha tardado Pedro Ginés algo más de lo indicado por la inspectora, tres minutos, para escribir en su cuenta. Julia lee en voz alta:

> En el mismo lugar en el que apareció el cadáver de Sandra Peinado, y que habíamos escogido para realizar nuestro programa de hoy, ha aparecido un barco ardiendo que desprende un olor muy raro. #AsesinoConfinado #AsesinoImitador

Y acompaña el texto de una fotografía en la que aparecen, perfectamente reconocibles, los tres policías.

—O le decís que quite ahora mismo el tuit o el programa no lo podéis hacer desde aquí, por mis cojones que no —no duda en advertirles Jaime Cuesta, a los ocupantes de la furgoneta.

—Ginés es incontrolable —responde el acompañante.

—Y yo también lo puedo ser —no duda en replicarle el inspector, a la vez que le muestra su placa.

—Se lo decimos —dice el conductor.

Cinco minutos después, Pedro Ginés reemplaza el tuit, manteniendo el texto e incorporando una nueva imagen, en la que solo aparece el barco azul que está ardiendo, cerca de la orilla.

—Gracias, cabrón, qué buen tipo eres… 300 me gusta tenía ya y 37 retuits, o sea que nos ha visto todo dios —se lamenta Carmen, al tiempo que enciende un cigarrillo que le acaba de pedir a Jaime.

—¡Me cago en la leche, la puta casualidad! —brama Julia.

Y Jaime mira su teléfono, esperando la llamada de *Jefe*.

ॐ

Jesús vuelve a escuchar el sonido del motor de una embarcación que se acerca, próxima. Y de nuevo ese silencio, levemente alterado por el rumor de una corriente de agua. Constante y fluida. No se siente cómodo Jesús en este silencio, que entiende como la antesala de algo que ha de suceder, inexorablemente. Algo malo. Algo violento. Como si se encontrara en una nebulosa, en la que le cuesta diferenciar lo real de lo imaginado, cree reconocer en la opulenta cama que contempla un recuerdo del pasado. Aquel accidentado viaje a Lisboa junto a su amigo Gabriel. La lujosa y decadente habitación del Hotel Británico, donde tenían una cita con su admirada e idolatrada Luz Márquez. Sobre una cama similar, descansaban los tres vestidos que su amigo robó. Esos vestidos que volvió a ver en el cuerpo de Ana Sánchez, la chica madrileña que fue asesinada, y en el de Idoia Gaztelu, la mujer que fue secuestrada por unos días, y que finalmente fue liberada. En la nebulosa, provocada por la droga que le han administrado, Jesús cree ver de nuevo a su amigo Gabriel, sale de uno de los congeladores y se dirige a la cama, donde vuelven a estar los vestidos de Luz Márquez. Puede recordar los episodios concretos en los que aparecían esos vestidos. La memoria, que sigue ahí, como un latido que nunca ha perdido. Otra vez el viaje a Lisboa, confundido en este sueño sin sueño y que lo traslada a San Sebastián. La agresión en la playa, las heridas en la mejilla, el taxi recorriendo la carretera de la costa. El miedo. Otro tiempo. Subir la escalera y encontrarse con su «casera», después de tanto tiempo de ignorancia y convivencia. Después de tantas horas, tantos días, intentando reconstruirla. El sonido de sus pisadas, sobre su cabeza, ese sonido. La imaginaba nerviosa, alegre, excitada, curso intensivo de conocimiento. La encontró al final de la escalera, y no era como la persona que imaginó durante tanto tiempo. Ahora cree verla, difusa y abstracta, sin contornos, en el interior de uno de los congeladores. Pero cree ver que Carmen Puerto se cuela por su propio pie. «No te quería hacer esto, no quería», le gustaría decir a Jesús, pero el sonido no sale de sus labios. Lucas, el perro, se acerca y le lame los tobillos. Tal vez sea lo único real que está experimentando en las últimas horas.

⁊

Una vez que la embarcación es remolcada hasta la orilla, muy cerca del antiguo y en desuso desde hace décadas Muelle de la Reina, los guardias civiles y policías locales se afanan en terminar de apagar el fuego. Sobre la cubierta, entre espuma y cenizas, lo que queda aparentemente de dos cuerpos. Abrasados en toda su superficie, es imposible tratar de descubrir sus identidades visualmente.

—Lola, ¿un primer vistacito? —le pide Jaime a la forense.

—Venga. —Y se descalza y se remanga hasta las rodillas los pantalones vaqueros, para que no se le mojen.

Carmen Puerto, sin dudar, también remanga sus pantalones y se dirige hacia la humeante y quemada embarcación.

—Vamos a ver, vamos a ver... —y Lola Vallejo se asoma, con cuidado, y comienza a examinar, desde la distancia, los dos cuerpos abrasados e irreconocibles—, uno de ellos es una persona mayor, por la facilidad con la que se le ha abierto el abdomen, y la otra es más joven, aunque tengo algunas dudas...

—¿Dudas? —pregunta Carmen, intrigada.

—Sí, por la reacción de ese cuerpo —y Lola señala hacia el que se encuentra más cerca—, esa retracción, esa forma que han adoptado los tejidos con la subida de la temperatura no es la habitual.

—¿Puede tratarse de un cuerpo que estuviera congelado? —sorprende a todos Carmen con su pregunta.

—Más congelados, no, por favor —reniega Jaime—, aunque sé por dónde vas.

—Dos tazas, me temo.

—Por las afectaciones óseas que contemplo, desde la distancia y a simple vista, Carmen, ya te digo que ese cuerpo lleva mucho tiempo muerto, mucho... Mirad ese fémur, el de la pierna izquierda, ¿lo veis? Y el cráneo, fijaos, ha estallado, y no ha estado tanto tiempo ardiendo como para que suceda eso, es como si hubiera perdido parte de su fortaleza por un proceso extraño, y no, no descarto la congelación, es una posibilidad... —se atreve a decir Lola Vallejo, tan poco dada a ofrecer respuestas que no estén plenamente contrastadas.

—¿Y si ese es el cuerpo de Luz Márquez? —pregunta Carmen, en voz alta, con la vista fija en el cadáver carbonizado.

—¿Luz Márquez? —pregunta Julia, sorprendida.

—¿Tú crees?

—Lo creo —se reafirma la inspectora.

—¿Sabéis si tenía implantes de pecho? —Lola Vallejo, sin apartar la vista de los cuerpos abrasados.

—Sí, claro que los tenía —confirma Jaime.

—Ya te digo, dos buenas tetas.

—Porque ese cuerpo tenía implantes de pecho, con toda probabilidad, fijaos. —Y la forense señala una parte de lo que fue el pecho, en el que se puede contemplar una especie de resina parduzca.

—¿Y quién sería el otro, Osvaldo Cartagena? —cuestiona Jaime.

—Por lo que ha dicho Lola, no es posible.

—Entonces...

—En los dos casos hay carbonización cadavérica, está claro, estaban ya muertos cuando los han quemado, pero las circunstancias de los cuerpos no son las mismas —detalla la forense.

—¿Y eso quiere decir...?

—¿Entonces, quién es?

—Juan Martos —afirma Carmen Puerto sin dudar.

NOCHE DE SAN JUAN

Se llamaba Marta y era una chica de dieciséis años, rubia, guapa, sonriente, buena estudiante, divertida. Cuando fue asesinada, el 24 de junio de 1992, apenas habían transcurrido seis meses desde que Fernando Casas le pidiera si quería ser su novia, a él le gustaba llamarla así. Con él, con su «novio», se llevaba solo un año: él tenía diecisiete. Se conocieron en el instituto, mes de enero, en una fiesta de los alumnos de COU, que recaudaban dinero para el viaje de fin de curso. Una semana en Mallorca. No tardaron en congeniar. Y eso que Fernando era un chico tímido, de pocos amigos, sin relaciones con el otro sexo hasta ese momento. Sin embargo, por esos procesos tan cercanos a la química que nunca llegaremos a comprender del todo, Fernando se sentía cómodo, aceptado, protegido, junto a Marta, a la vez que ella se sentía admirada, como necesitada, o así le pareció. Y eso le gustó, o le hizo sentirse privilegiada, de una manera que tal vez solo ella era capaz de entender.

Lo pasaron bien durante aquellos meses que estuvieron juntos, muy bien a veces, pero nunca podrían haber imaginado lo que les sucedería en lo que tendría que ser uno de los grandes momentos del año: la noche de San Juan.

Como muchos de los jóvenes de Valladolid, se desplazaron hasta la zona de las Moreras para cumplir con el ritual del fuego. Ritual reducido a beber alrededor de las hogueras, en compañía de los amigos.

Esa noche a Fernando y Marta se les fue la mano con la bebida, bebieron demasiado. Tanto que perdieron el control.

Apenas podían andar. Vomitaron varias veces. Reían sin sentido. También lloraron, especialmente Marta. Y no se dieron cuenta de que acabaron en una zona desierta.

Fernando se apartó a un lado, tras una furgoneta, para orinar, y cuando regresó, como si hubieran aparecido de repente, cuatro siluetas rodeaban a la chica. Varias manos agarraron a Marta. Y la besaban. Le levantaron la falda, le bajaron las bragas. Y entraron y salieron de su cuerpo ante la mirada de Fernando, que fue incapaz de mover un solo músculo de su cuerpo. Aún hoy no sabe si por miedo. Si por curiosidad. Si por placer. No hizo nada.

No hubo gritos. No hubo llantos. Nada escuchó. Solo gemidos, inclasificables. Y Fernando creyó ver cómo Marta se abrazaba a las siluetas, cómo subía y bajaba, cómo gateaba por el suelo. Hasta que las siluetas desaparecieron, del mismo modo como habían llegado: de repente.

Y cuando Fernando se sintió liberado, a salvo, se acercó hasta Marta, que yacía inconsciente sobre el suelo, y le golpeó la cabeza y el estómago en repetidas ocasiones. No se movió, no expulsó ni un solo sonido de su cuerpo.

Horrorizado por lo que había sido capaz de hacer, asustado de poder ser descubierto, asqueado por lo que había contemplado, Fernando arrastró el cuerpo de Marta hasta la primera hoguera que encontró y la dejó caer sobre las brasas que aún permanecían incandescentes.

Y por unos segundos, antes de macharse, pensó en su padre, y creyó verlo sobre esas mismas brasas, ardiendo.

Los tres policías terminan de comerse un bocadillo que les ha traído un guardia civil, ya que todos los establecimientos del centro comercial que tienen al lado están cerrados. Para desgracia de Carmen, era de salchichón y se ha tenido que conformar con comer solo el pan. «No pasa nada, así me gusta mucho», se limitó a responder cuando le ofrecieron buscarle una lata de atún o un poco de queso.

—Al final no probamos ese bar de Ayamonte… Margallo, creo que recordar que se llamaba —le dice Jaime a Julia.

—Tampoco tuvimos tanto tiempo.

—Nos quedamos con las ganas.

—¿Te acuerdas del aperitivo que nos tomamos ahí? —le pregunta Julia a Jaime, indicándole el centro comercial.

—Sí, en el bar donde solían ir Ana y Sandra a primera hora —recuerda el policía—, El Agujero o algo así —provocando la risa de Julia.

—¡El Cuchitril!

—Eso. Y que fuimos con tu amigo Miguel, ¿no lo has llamado para ver si está? —bromea Jaime y Julia arquea las cejas, muy enfadada.

Carmen Puerto, en tanto, dentro del interior del vehículo —demasiado tiempo fuera, se siente más cómoda en un espacio cerrado y pequeño, aunque no sea su casa—, repasa todas las anotaciones que tiene en su libreta de pastas verdes. Le resulta curioso, si no se equivocó a la hora de escribirlo, que hoy es el cumpleaños de Fernando Casas, cuarenta y cuatro años, si las cuentas no le fallan: Valladolid, 3 de mayo de 1976. Como también le llama la atención, aunque entiende que solo se trate de una coincidencia, que su padre muriera, en el incendio de la vivienda familiar, con cuarenta y cuatro años, cuando tan solo contaba con quince años de edad.

Carmen Puerto está convencida de que, además de los dramáticos fallecimientos de sus padres, en la vida de Fernando Casas ha ocurrido algún hecho que lo ha marcado especialmente. Cuando busca los sucesos más trágicos que han tenido lugar en Valladolid en las últimas décadas, lo primero que encuentra es la explosión del pinar de Antequera, en 1940, en la que más de cien personas perdieron la vida, según las estimaciones. Algunos asesinatos muy comentados en la prensa local en los años sesenta y setenta, los ochenta parece que fueron más tranquilos, por lo que la policía puede leer, atracos a entidades bancarias, ajustes de cuentas y varios asesinatos de violencia de género. Sin embargo, en junio de 1992, coincidiendo con la noche de San Juan, tuvo lugar un hecho que conmocionó a toda la sociedad vallisoletana. Una chica de dieciséis años, tras padecer una violación grupal, fue arrojada a una hoguera. Un caso que nunca llegó a resolverse, tal y como puede comprobar Carmen Puerto. En algunas publicaciones llegaron a insinuar que algunos de los sospechosos pudieran ser hijos de célebres y distinguidas personalidades de la ciudad, con puestos de relevancia en la política, así como en los ámbitos judiciales y económicos.

—Un clásico, el rumor que siempre se extiende cuando la poli no es capaz de resolver un caso —murmura Carmen Puerto con un lápiz en la mano.

Calcula la edad de Fernando Casas en ese tiempo: diecisiete años. Encaja, deduce. Aunque también considera que se puede tratar de una simple casualidad.

—¡Jaime, Jaime, ¿puedes venir? —no duda en interrumpir al inspector, en su conversación con Julia.

—¿Qué?

—¿Podrías hablar con alguien de la Unidad y pedirle información sobre un caso que hubo en Valladolid, en 1992, una chica que violaron y asesinaron quemándola en una hoguera? Se llamaba Marta —le pide.

—Voy.

Julia no puede evitar recrear un gesto de rechazo, de malestar, en su rostro, por lo que considera un ejercicio de sumisión

289

por parte de Jaime. Carmen Puerto la descubre, desde el interior del vehículo, y le dedica una sonrisa fingida, con la que trata de pellizcar y aumentar su enfado.

Un nuevo vehículo se acerca hasta donde se encuentran, y dan por hecho que se trata de otros miembros del equipo de producción de Tele7, para preparar el *set* en el que van a llevar a cabo el programa en el que colabora el inefable Pedro Ginés, *Toda la verdad*. No aciertan, se trata de Nicolás, el pelirrojo compañero de la Unidad, que se incorpora ya presencialmente a la investigación.

—¿Es ella? —muy nervioso, le pregunta a Julia, nada más acercarse.

—Coño, Nico, que parece que estás viendo a uno de los Beatles —responde Julia, en cierto modo molesta.

—Para mí, como si lo fuera, ¿es ella o no? —insiste, sin apartar la vista del vehículo en el que se encuentra.

—Si te refieres a *la pirada*, sí, es ella.

No duda Nicolás en acercarse hasta donde se encuentra Carmen Puerto. Nervioso e impresionado al mismo tiempo. Se inclina y sitúa su cabeza a la misma altura que la de ella, a través de la ventanilla bajada.

—Hola, Carmen, soy un compañero de la Unidad, y para mí es un verdadero honor conocerte —dice Nicolás, como si se tratara de un soldado raso que se encuentra con un general legendario, que ha salido victorioso en mil batallas.

—¿Nicolás? Ah, sí, he oído hablar de ti.

—¿En serio?

—Claro. ¿Tú fumas? —le pregunta.

—No. .

—¿Te importaría pedirle un cigarrillo a Jaime, y me lo traes? —le pide Carmen al recién llegado, como si tal cosa.

—Por supuesto —no duda.

Julia Núñez, que ha contemplado toda la secuencia, no puede estar más asombrada y enfadada, hasta el punto de que se ha pensado intervenir, para pedirle a Nicolás que la desobedeciera, pero finalmente no lo ha hecho.

No tarda en regresar Nicolás con un cigarrillo y un encendedor en la mano, que todavía aumenta más el enfado de Julia, y se sitúa junto a Carmen, que ha salido del coche, y le hace entrega de lo solicitado.

—Nicolás, antes le he pedido una cosa a Jaime, pero creo que tú la vas a hacer mejor, que en eso eres más eficiente —le dice la inspectora, a la vez que expulsa el humo generado por la primera calada.

—Dime —dice el policía, entusiasmado.

—En junio de 1992, en Valladolid, violaron y asesinaron a una chica, y después la quemaron en una hoguera, ¿tú serías capaz de hacerte con ese informe? —le pide Carmen con gesto de complicidad.

—Claro que sí —no duda en responder.

—Pues a ello —lo anima.

Jaime, tras hablar con el sargento de la guardia civil, se acerca hasta Carmen Puerto, y le pide a Julia que se incorpore.

—Aunque está muy deteriorado por el fuego, han podido averiguar quién es el propietario del barco...

—¿Quién? —ansiosa, Carmen.

—Una explotación de ostras...

—Juan Martos —dice Julia.

—No aparece su nombre, pero... —insinúa Jaime.

—Tendremos que hacerle un visita, aunque no creo que esté. Tengo clarísimo que es uno de los ocupantes del barco que ha ardido —reitera Carmen.

—Estás muy segura de eso.

—Y tanto.

Antes de abandonar Punta del Moral, los tres policías se dirigen hacia donde se encuentra Lola Vallejo, que supervisa el traslado de los restos por parte del equipo de la policía científica que acaba de llegar. En el lateral del barco se puede ver su nombre: *Luz*.

—¿Os habéis fijado? —pregunta Jaime.

—Un poco obsesivo —se refiere Julia.

—El amor, el amor, que tiene esas cosas —dice Carmen, con la vista puesta en la desembocadura del río Carreras en el Atlántico.

Un imagen que la aturde y sobrecoge al mismo tiempo, por su belleza y amplitud, por la sensación de inabarcable que le transmite.

—¿Algo nuevo, antes de irnos? —le pregunta Jaime Cuesta a Lola Vallejo, que se encuentra inclinada sobre el primer cuerpo que han trasladado de la embarcación.

—Pues casi que me reafirmo en mi primera impresión: un hombre y una mujer, de edades diferentes, fallecidos con bastante tiempo de diferencia, por la retracción de los tejidos, por el estado de sus cabezas, muy diferente en ambos... Ella se puso dos señoras tetas, en eso también me reafirmo, y también me he dado cuenta de que media boca no era suya, mira las piezas de titanio. —Y señala hacia la parte superior del cuerpo semicarbonizado.

—Hablando de implantes, ¿encontramos alguno en las cenizas de la casa de campo? —se interesa Jaime.

—Implantes, no, pero sí un par de dentaduras postizas

—¿Y corresponden con...?

—Estamos en ello —se adelanta Lola.

—Vaya, se te ha colado un Jaime dentro —apostilla Carmen Puerto.

—¿Cómo dices?

—Luz Márquez y Juan Martos, volvamos al asunto principal, de ellos son los cuerpos del barco —insiste la inspectora y Nicolás Alfaro no puede dejar de sentir una extraña y desconocida emoción en su interior, como si se encontrara en presencia de un ser especial, único. En realidad, para él lo es.

—¿Algo más? —pregunta de nuevo Jaime, y hace ademán de iniciar la marcha.

—¿Por qué no hay amputaciones esta vez? ¿O las hay? —pregunta Julia.

—A simple vista, todo está en su sitio, quemado, pero en su sitio... ¿Y por qué no hay?, ni idea, yo me dedico a lo que me dedico y de esas cosas no entiendo —emplea nuevamente la forense su habitual coletilla.

—No hay amputaciones porque no hay odio, no hay venganza —muy seria, toma la palabra Carmen—, no se ha querido cebar con ellos, todo lo contrario, tal vez. Puede que nos encontremos con una especie de funeral, o puede que con un encargo. En cualquier caso, no hay crueldad, no hay rencor, es otra cosa… Hasta se puede entender como un homenaje.

—Entiendo lo que quieres decir, y no puedo estar más de acuerdo —se suma Jaime. A Nicolás le encantaría participar, pero no le sale la voz del cuerpo.

—¿Se me escapa algo?

—Vamos a ver, Julia, que puede que Juan Martos le encargara que hiciera esto… Tal vez nuestro sospechoso solo ha venido a Ayamonte a hacer esto, y nada más —explica Carmen Puerto.

—¿Solo a eso? —al fin se atreve a hablar Nicolás.

—¿Solo? Eso es mucho, ¿no? —le cuestiona la inspectora y el joven policía no sabe qué responder.

La promesa

Juan Martos y Luis Ramírez —la nueva identidad de Fernando/
Lucas—, por uno de esos extraños e inexplicables procesos quí-
micos que son tan difíciles de explicar y tal vez más aún de
entender, llegaron a entablar una relación que traspasó los límites de la amistad para adentrarse en los de lo familiar. Porque
la relación entre ambos bien podría definirse como paternofi-
lial. Uno encontró el hijo que nunca tuvo y el otro al padre que
una vez ardió.

También puede explicarse como un acto de necesidad.
Otro ámbito muy diferente al amor. Desaparecida en 2017 la
«sobrina», como a él le gustaba llamarla —Adriana, la chica
polaca de pelo cobrizo que puede entenderse como la última
relación estable de Juan Martos—, muerto *Chanclitas* en 2018,
necesitaba el empresario, tal y como ha venido haciendo a lo
largo de su vida, carne fresca y joven a su lado. Aliento reno-
vado. Una persona con la que contrarrestar su vejez, o así siempre lo ha creído. Y Luis ocupó ese espacio.

Y no fueron necesarios grandes gestos, largas y profundas
conversaciones. Bastó con encontrarse, con sentirse cerca el
uno del otro. Con eso bastó. Como si fueran de la misma especie, de la misma materia. Bastó.

Semanas después de que Adriana desapareciera, en la primavera de 2018, una mañana, muy temprano —el sol transformaba el Pinillo en una lengua dorada que se perdía en el
horizonte—, Juan Martos le indicó a Luis/Lucas Matesanz
que le acompañara al almacén del jardín, al que nunca había
tenido acceso. En ese momento, Lucas supo que se trataba de
algo muy importante, porque la única condición que le puso,
cuando se conocieron, es que nunca accediera a ese recinto. Y
Luis veía a Juan Martos entrar con frecuencia en ese lugar pro-

hibido, donde pasaba varios minutos, y hasta una vez lo creyó ver abriendo un enorme arcón, para quedarse mirando su interior, a continuación. A pesar de la curiosidad, fiel a las indicaciones, nunca intentó Lucas, tampoco Natalia/Amalia, acceder a ese recinto.

—Cierra la puerta —le indicó Juan Martos a Lucas una vez que estuvieron dentro—, y de esto no quiero que sepa nunca nadie, y nadie es nadie, eso incluye a Natalia, ¿lo tienes claro? —le advirtió Martos, que con la chica nunca tuvo una especial sintonía.

—Sabes que no me tienes que decir eso —respondió Lucas, todavía abrumado por lo que contemplaba: la extraña y elegante cama de otro tiempo, la cómoda con adornos en marfil, el espejo enmohecido, los enormes congeladores, fotografías de gran tamaño de una mujer rubia, un vestido de gasa blanca con cuerpo semitransparente y bordados dorados, en una urna de cristal, baúles y estanterías con todo tipo de objetos.

—Lo sé, pero siempre es bueno dejar las cosas claras.

Extrajo Juan Martos de un bolsillo unas llaves y abrió el robusto candado de acero del primer congelador. Tras mirar su interior con tristeza y pasión, al mismo tiempo, le pidió a Luis que se acercara. Obedeció al instante, nervioso por la curiosidad que lo invadía.

Cuando miró hacia el interior, Lucas no dijo absolutamente nada, ni una palabra, y eso que le habría gustado gritar, insultar, pero entendió que hacerlo hubiera ofendido a Juan Martos, por lo que se limitó a contemplar a una mujer completamente desnuda, el cabello de un rubio pálido, aplastado contra la cabeza, los labios amoratados, las mejillas contraídas, los pezones puntiagudos. Luz Márquez, no le costó reconocer, la misma que aparecía en las gigantescas fotografías de la habitación.

—Mírala, sigue siendo preciosa, a pesar de los años que ya lleva muerta —apenas pudo decir Juan Martos, y Lucas Matesanz asintió afirmativamente, aunque no estuviera para nada de acuerdo.

El anciano empresario, sin previo aviso cerró la puerta del congelador, y agarró a Lucas de un brazo, antes de comenzar a hablar.

—Sé que me queda poco tiempo, muy poco, y no hace falta visitar un médico para saberlo. Cuando llegue ese día, te pido que organices el funeral de los dos, seguro que tú sabes hacerlo.

—¿Funeral, qué tipo de funeral? —sorprendido, preguntó.

—El que tú consideres que nos merecemos mi mujer y yo —respondió Juan Martos y a Lucas se le iluminaron los ojos.

No fue esa la única sorpresa de esa mañana de primavera. A continuación, nada más cerrar el congelador en el que se encontraba el cuerpo de Luz Márquez, Juan Martos le volvió a decir que lo siguiera, hasta el segundo arcón, separado unos cinco metros del primero.

Sin el ritual anterior, lo abrió.

—Mira.

Y Lucas introdujo su cabeza en una fría y blanca nube a través de la cual pudo ver el cuerpo desnudo de un hombre regordete, azulado, el pelo muy negro, con los ojos cerrados.

—Durante años dije que no enterraría a mi esposa hasta que no enterrara al hijo de puta que la mató —se tomó Juan Martos una pausa antes de seguir hablando—. Y durante años tuve claro que había sido este cabronazo el responsable de la muerte de Luz, pero desde hace un tiempo ya no lo tengo tan claro, no, ya no lo tengo tan claro…

—¿Y quién crees que fue?

—Contraté a unos buenos investigadores y bueno… Sin confirmármelo, me dijeron que un tipejo mexicano, uno con la cara destrozada, estaba liado con Ana Sosa, que fue la gran rival de Luz Márquez. Y por lo visto, este tipo llegó a creer que yo había sido responsable de la muerte de esa tía, y bueno…

—¿Sabes su nombre?

—Alejandro Jiménez.

—Yo te juro que el mismo día que celebre tu funeral, celebro el de ese tío —le prometió con tal seguridad, con tal contundencia y energía que Juan Martos sintió cómo un vendaval de emociones recorría su interior.

Antes de abandonar la enorme habitación, Martos se giró y habló de nuevo a Lucas, a la vez que le entregaba una llave.

—Del gordo, ocúpate ya, hazlo desaparecer.

—¿Cómo quieres que lo haga?

—Me suda los cojones, pero que desaparezca.

Esa misma noche, Lucas extendió varios plásticos en el centro del jardín, entre la piscina y el almacén, y colocó el cadáver de Osvaldo Cartagena. Antes de empezar a trocearlo con una radial, con cuidado, como si temiera hacerle daño, le cortó el dedo meñique de la mano derecha y lo introdujo en un tarro con formol.

Nicolás Alfaro, además de seguir todos y cada uno de los movimientos de Carmen Puerto, desde la más profunda admiración, también atiende las llamadas que recibe. Y acaba de atender una de especial importancia. Está a punto Jaime Cuesta de pisar el acelerador del vehículo cuando el policía pelirrojo se interpone en su camino, haciéndole mostrar la importancia de la información.

—Tenemos ya casi acabado el mapa de llamadas de Ana Castro, la hermana de Amalia, y en los últimos días ha estado recibiendo algunas procedentes de Ayamonte, de un número que se corresponde con un teléfono de un vecino de aquí, de Punta del Moral, llamado José Alonso —cuenta Nicolás a toda velocidad.

—Pues ya estás tardando en buscarlo y hablar con él, que si no me equivoco lo tienes ahí al lado. —Y Carmen Puerto señala hacia la población marinera, justo enfrente de donde se encuentran.

—¿Y para qué querría alguien de Punta del Moral hablar con Ana Castro? —pregunta Jaime, a la vez que aprieta el acelerador y comienzan a circular.

—Para decirle algo a Lucas. Han estado utilizando a Ana Castro como mensajera —apunta Julia.

—Eso es. Pero es que creo que este hombre de Punta del Moral también es un mensajero —especifica Carmen.

—¿Un mensajero, de quién? —Jaime.

—De Juan Martos —sentencia la inspectora.

—¿Pero no estaba muerto? —reacciona Julia.

—Tal vez por eso tenía que ponerse en contacto con Fernando Casas, para decirle que Juan Martos había fallecido —detalla Carmen.

—¿Pero tienes algún dato o es solo una intuición? —cuestiona Jaime.

—Es unir las piezas de este puzle en el que estamos metidos, solo eso, y nada más. —Y la inspectora comienza a escribir en su libreta.

Julia Núñez mira de reojo a Jaime, con las manos en el volante, buscando una reacción a lo que acaban de escuchar. Carmen toma de nuevo la palabra.

—Jaime, deberías llamar ya a *Jefe*, vamos a casa de Juan Martos, y aunque todo apunta a que está muerto, tampoco lo tenemos claro.

—Paro y lo llamo —responde.

—¿No puedes utilizar el manos libres? —ironiza Carmen.

—No lo tengo conectado —responde el policía, muy seco.

—Te cabe todo.

—Tú ya sabes…

෨

—Mira que he intentado que vaya todo suave, para que no hubiera un problema, pero parece que no ha sido suficiente…

—*Jefe*…

—Jaime, esto no sé cómo explicarlo, ya no sé cómo pedirlo sin que nos cueste muy caro a todos, a todos, ¿me oyes?

—Lo imagino.

—No creo que puedas llegar a imaginártelo, no, no puedes…

—Lamento…

—¿Y ahora Juan Martos? Coño, ¡Juan Martos! ¿Es que no tenemos memoria, no tenemos memoria?, ¡dime!

—No nos queda…

—Que no, joder, que no, que siempre hay otras opciones, y lo sabes, pero parece que no queremos saberlo…

—De verdad, *Jefe*, no la hay…

—Siempre la hay, siempre, hasta cuando no queremos verla.

—En esta ocasión, de verdad, no la hay.

—Bajo tu responsabilidad, ¿entiendes lo que eso significa? B A J O T U R E S P O N S A B I L I D A D.

—Lo sé.

—¿Lo sabes?

—Lo sé.

—Y si hay que cortar una cabeza, porque siempre hay que cortar una cabeza, la tuya, ¿me oyes? L A T U Y A.

—Lo tengo claro.

—Repite conmigo: asumo toda la responsabilidad. Toda.

—Asumo toda la responsabilidad.

—Toda.

—Toda.

∽

No ha tardado Nicolás en encontrar la vivienda de José Alonso —al que sus amigos y familiares llaman *Aparato*, dado su tamaño—, ya que todos los habitantes de Punta del Moral se conocen, muchos de ellos unidos por lazos familiares, y le bastó con preguntarle a un mujer de mediana edad para que le indicara hacia dónde debía dirigirse.

Se encuentra Nicolás frente a una casa de una sola planta, de fachada blanqueada, con puerta azul metálica entre dos ventanas enrejadas, en una calle en la que se amontonan las nasas, los cajirones para el pulpo y demás utensilios de pesca cada pocos metros. Emplea el aldabón para llamar, a la vez que accede a un portal que huele a ajos y cebolla dorándose y a pescado frito en la misma intensidad y proporción.

—¿Podría hablar con José Alonso? —le pide a la mujer que aparece. Bajita, regordeta, cubierta por un blusón de rayas.

—¿Quién lo busca? —pregunta con ese característico acento, que el policía recuerda de su primera estancia en Ayamonte.

—Nicolás Alfaro, policía.

—¿Qué ha pasado? —pregunta la mujer, cariacontecida.

—No, no pasa nada —la tranquiliza.

—¿Es por el humo?

—No, no es por eso…

—Menos mal.

—¿Pero está?

—Sí, sí, pasé, que está. —Y la mujer abre la cancela de par en par, invitando a Nicolás a entrar.

Los olores se multiplican, todos procedentes de la cocina, así como la decoración, sobre las estanterías y las cómodas. Retratos de las bodas y primeras comuniones de los hijos, pequeñas figurillas de colores y plantas en los rincones. Grande y canoso, José Alonso se encuentra en un salón en el que ruge una televisión a todo volumen, frente a una mesa que mantiene los platos del almuerzo.

—Solo se trata de unas preguntas sobre su relación con Juan Martos —le dice Nicolás nada más presentarse.

—¿Juan Martos? No sé quién es

—¿No sabe quién es?

—No.

—Pues tenemos muchas fotografías de usted entrando y saliendo del Pinillo, del criadero de las ostras —Nicolás, de farol.

—¿El Pinillo?

—Claro, del vivero del que usted es el encargado…

—Yo no… —trata de decir *Aparato*.

—Mire, ya no voy a dar más vueltas y voy a dejar de ser amable, o me dice lo que sepa de Juan Martos o yo lo pongo ahora mismo en la lista de narcotraficantes más peligrosos de la zona y lo meto en la cárcel de Huelva en menos de una hora… —de nuevo, Nicolás, al ataque, nada más descubrir el temor en los ojos del marinero.

∞

Regresó Jaime al vehículo con una sonrisa fingida plantada en los labios, tratando de escenificar que la conversación con *Jefe* había sido satisfactoria.

—¿Y qué tal con este hombre? —preguntó Carmen Puerto.

—Piano, piano —respondió el policía, mientras se ajustaba el cinturón de seguridad.

—Está irreconocible últimamente —dijo Julia.

—No, lo que está es acojonado de pensar que esto se convierta en un nuevo culebrón —aseveró Jaime.

—Pues Ginés está dispuesto a ser el guionista —ironizó Julia.

Ahora pasan junto a la Torre Canela, y a los tres policías regresa, al mismo tiempo, una imagen muy concreta: la de Ana Casaño, ya que fue en ese lugar donde apareció, fingiendo que la habían dejado allí, tras varios días desaparecida.

—Vaya numerito el de la chica esa... —suspira Julia.

—Ya te digo.

—Pues se va a ir de rositas —protesta Carmen.

—Mujer, de rositas... —dice Jaime.

—De rositas —tajante la inspectora.

Ahora recorren una larga avenida, en la que se suceden los badenes y las rotondas, tras dejar atrás el desvío a la barriada de Canela. Le está gustando a Carmen Puerto, a pesar de no sentirse segura, ver de nuevo los barcos, el mar, el Guadiana o las palmeras que contempla desde la ventanilla. Imágenes que la trasladan a otro tiempo, a situaciones que fueron agradables, incluso felices.

—Espera, que voy a poner el manos libres —dice Jaime, al atender la llamada de Nicolás—, cuéntanos.

—No me ha costado encontrar a este hombre...

—Al grano, un resumen —interrumpe Carmen Puerto al policía.

—Bueno, sí —se le nota en la voz, quebrada, el nerviosismo que la inspectora le provoca—, en definitiva, que Juan Martos está muy enfermo, que ha pillado el COVID, además de que ya tenía otra enfermedad, un cáncer por lo que este hombre me ha dicho, y que cuando lo dejó el viernes, que desde ese día no lo ve, no sabe nada de él —dice de corrido Nicolás.

—¿El viernes estaba muy enfermo? —pregunta Jaime.

—Eso es.

—¿Viernes, 1 de mayo? Vaya, vaya... 1 de mayo, el mismo día que abandonaron el piso de la calle Sinaí, en Sevilla, supuestamente, Lucas Matesanz, Amalia Castro y Jesús —dice Carmen.

—Bueno, tampoco les quedaba más remedio —apostilla Julia.

—No estoy de acuerdo. Si tenemos en cuenta la limpieza que descubrimos, eso no se improvisa, eso lleva su tiempo, y mucho. Ya tenían decidido marcharse y puede ser que la aparición de Jesús la retrasase —explica Carmen.

—¿Tú crees?

—Es más que una posibilidad, y es más que mi intuición de siempre —sentencia la inspectora.

—Es coherente —asiente Julia.

—Claro que lo es —ratifica Carmen Puerto, muy segura de sí misma.

Al final de la larga avenida, a través de una nueva rotonda, toman el primer desvío y pasan junto al hotel en el que estuvieron alojados Jaime y Julia en 2018, y a continuación dejan atrás, a su izquierda, la gasolinera, la estación de autobuses, el palacio de congresos que nunca ha sido utilizado y el cuartel de la Guardia Civil. Espacios que les son familiares y que relacionan, sobre todo el último, con Miguel Castro, el «judicial» que les ayudó en la investigación de la desaparición de Sandra y Ana, a finales de agosto y principios de septiembre de 2018.

Unos quinientos metros después de haber empezado a recorrer la carretera en dirección a Isla Cristina, toman un desvío a la izquierda, apenas señalizado. Transitan por un camino de tierra que no tarda en convertirse en una nube de polvo. Julia recuerda que vio un conejo atravesar esta misma carretera, la primera vez que vinieron, hace ya seis años. Reduce Jaime la velocidad, considerablemente, para atravesar un pequeño puente que se eleva sobre un brazo de agua de poco más dos metros de ancho.

—Con razón esto se veía tan mal con las gafas esas de mierda de Google —dice Carmen Puerto al ver la carretera.

—Lo que no sé es cómo pudiste ver algo —dice Julia.

En los últimos metros, la vegetación ha aumentado considerable y llamativamente. Retamas y romeros construyen densas paredes de ramas y espinos. También abundan las chumberas, que exhiben sus peludos, planos y afilados brazos. El camino de tierra concluye en una vieja reja que soporta un letrero en el que se puede leer «El Caño de Luz» y tras la que se aposta un pastor alemán somnoliento.

—¿Quién decía lo de un pelín obsesivo? —pregunta Carmen irónicamente.

—Ya te digo.

La gruesa cadena de la verja está en el suelo. Acceden a la finca y se dirigen hacia la puerta de entrada, azulona como el zócalo que se extiende por la fachada de una casa blanca, de una sola planta y tejado rojizo a dos aguas. A Carmen le llama la atención un pequeño muelle de madera, de aspecto débil, que se introduce cinco o seis metros en el caño. Al descender del automóvil, los policías obtienen una panorámica más amplia del lugar, de una belleza desangelada, salvaje y primitiva. El caño se estrecha a lo lejos, devorado por un sol avasallador y por una frondosa vegetación, que crece a ambos lados. Carmen puede ver la alberca de barro y piedra donde se depuran las ostras recolectadas, y sentir una especie de estremecimiento al pisar la crujiente alfombra de conchas que se extiende sobre el suelo, cerca de las cajas de madera que mal flotan en la orilla, y el ejército de cangrejos que exhiben sus desproporcionadas pinzas, aprovechando la marea baja; contempla la caseta, a la izquierda, presumiblemente donde vive el perro que apenas se ha movido.

—¡Juan, Juan Martos! —grita Jaime, que recuerda que la última vez que entró en esta casa apretaba la pistola en su mano, frente a la puerta.

Nadie responde. Empuja el policía una hoja de la puerta azulona, que da acceso a un portal oscuro, con ficus en las esquinas. No encuentran el timbre, por lo que utilizan un viejo aldabón de mano con bola.

—¿Tenemos orden para esto? —pregunta Julia, previsora como siempre.

—Para esto y para lo que queramos, según me ha dicho *Jefe* —responde Jaime.

—Todavía no me creo tantas facilidades —divaga Carmen.

—¿Hay alguien? —ahora es Julia la que pregunta en voz alta.

Ante el silencio como respuesta deciden seguir avanzando. Entran en una vivienda, como sacada de otro tiempo, en los años setenta estaría dentro de los parámetros de la moda de ese momento, pero que en la actualidad destila un desfasado aroma a una época pasada. Una chimenea de ladrillos marrones en el frontal, un platero blanco, una mesa de patas gruesas y labradas, seis sillas con asiento en terciopelo rojo, alrededor; un grueso modelo de Sony, Black Trinitron, en una esquina. Y, lo que más llama la atención de Carmen, un aparador bajo, de tres piezas, en diferentes marrones, bajo un marco dorado que recrea un sol de rayos ondulantes, que no parece formar parte del conjunto con normalidad. Toda la casa huele a salazón, a conservas, a mar, pero también a yodo, a hospital.

A la izquierda encuentran una puerta cerrada, tras la cual descubren un dormitorio convertido en una especie de UVI portátil, con varios monitores desconectados y goteros a medio vaciar, colgando de un soporte de acero.

—Como ya os dije, creo que llegamos tarde, y que a este hombre lo hemos visto en el barco, ardiendo, en Punta del Moral —dice Carmen nada más entrar en el dormitorio reconvertido en centro médico.

—Es posible —se suma Julia.

—Sigamos —indica Jaime.

Tras pasar por la cocina, donde el olor a salazones es más intenso, acceden a un jardín, de considerable dimensión, en relación con la fachada de la vivienda, con muros empapelados por damas de noche, buganvillas y jazmines, al fondo y a la izquierda, y con grandes ventanales con vistas al caño, a la derecha. Hay una pequeña piscina, con forma de alubia, que ocupa la zona central y alrededor de la cual, a modo de inmóviles guardianes, se alinean cuatro estatuas de un mármol sucio, como cubierto por ceniza, que tratan de representar divinidades mitológicas griegas, y que agobian por su tamaño, desproporcionado.

—Dan miedito —dice Carmen.

—Una cosa —asiente Julia.

Frente a la salida de la cocina, el almacén en el que encontraron a Idoia Gaztelu y el dormitorio que reproducía el hotel de Lisboa, y que durante un tiempo estuvo en el anticuario de la familia de Verónica Caspe —la víctima barcelonesa en el caso conocido como el Amante Ácido—, y que utilizó como escenario de sus encuentros sexuales en la *suite*. La puerta metálica por la que se accede está cerrada a cal y canto.

—¿Nos encontraremos otra sorpresa de nuevo? —pregunta Julia.

—No me cabe duda —vaticina Carmen, mientras contempla cómo Jaime empieza a introducir llaves maestras en la cerradura.

—Bingo —dice el inspector al tercer intento.

—¿Seguro que tenemos orden? —insiste, de nuevo, Julia.

—Seguro —responde Jaime, sin vacilar.

—La orden entre las órdenes.

A Carmen le gustaría gritar «funcionarios de mierda», pero no lo hace, y conecta la linterna antes de entrar en el almacén.

Sigue estando en el interior el dormitorio que utilizó Verónica Caspe para sus encuentros sexuales y, posteriormente, Juan Martos para recrear el falso secuestro de Idoia Gaztelu, cubierto por plásticos transparentes, que almacenan una gruesa capa de polvo. Al igual que también se encuentran los dos arcones congeladores, casi en la parte central del espacio, y fotografías de gran tamaño, enmarcadas, de diferentes épocas de Luz Márquez.

—Un congelador tiene candado y el otro no. O sea, tenemos sorpresa —anticipa Carmen, que no duda en levantar la puerta superior del que está libre de cerrojos, y que se encuentra completamente vacío.

—¿Y el cerrado? —pregunta Jaime.

Y, de repente, a Carmen Puerto le viene a la cabeza la imagen de Jesús, su inquilino de la planta inferior de donde vive.

—Joder, joder, hay que abrirlo de inmediato, pero ya —no puede disimular la angustia que ahora mismo la invade.

—Estas llaves no me valen, es un candado de seguridad —dice Jaime.

—¡Mira! —Y Julia le señala hacia la izquierda, donde se encuentra una sierra radial.

—Esperemos que valga para el metal.

—Joder, Jaime, ponte ya. —Y Carmen comienza a estirar el cable de conexión eléctrica que ha encontrado.

—Que sepáis que esto me da pánico, que he soñado mil veces que me he cortado un dedo con un aparato de estos —les advierte Jaime, realmente asustado.

—Coño, ponte de una puta vez —le ordena Carmen, que no puede disimular la angustia que la invade.

Solo cuenta el inspector con unas gafas de sol para protegerse de los chispazos que la hoja de la radial está desprendiendo. Aunque le cuesta, en poco más de dos minutos consigue cortar el eslabón del candado. Nada más caer, Carmen Puerto levanta la puerta del arcón congelador. Y como temía, en su interior se encuentra el cuerpo de Jesús Fernández.

En posición fetal, azulado, con los ojos cerrados, aún conserva sus gafas metálicas en la punta de la nariz.

—¡Venga, vamos a sacarlo ya! —grita Carmen —, ¡buscad unos paños, unas toallas, lo que sea!

—¡No le encuentro el pulso! —dice Jaime.

—Voy a la casa a buscar lo que sea y llamo a una ambulancia —anuncia Julia.

—¡Que venga a toda leche! —grita Carmen.

—No le toques las ampollas —pide Jaime.

—¡Jesús, coño, Jesús! —grita, impotente, Carmen Puerto, arrodillada junto al cuerpo del que ha sido su vecino, su inquilino, su conexión con el mundo durante tantos años.

Teatro Almirante

Conoció Juan Martos a Adriana Egorov, ese es su verdadero nombre, en un viaje a Chicago, en 2013. Invitado por un círculo empresarial, interesados en conocer en persona a quien había sido capaz de salvar sus empresas y su fortuna de Hugo César Chávez, en su acceso a la presidencia de Venezuela. En realidad, muy poco contó Martos sobre su estrategia y modos, que siempre ha entendido que requieren de mayor intimidad, complicidad y discreción ese tipo de revelaciones.

—Todo en la vida, todo, tiene su momento, y elegir ese momento es lo que nos separa o nos acerca al éxito, nada más. Elegir el momento —es lo más destacado que Juan Martos dijo en la cena de un exclusivo restaurante, en el centro de la ciudad.

En los postres, ampliamente agasajado por los organizadores, con libros, placas, bolígrafos y demás regalos que no le interesaban en nada, le pidió al director del círculo empresarial, un tipo alto y risueño llamado Richard, que le acompañara por una ruta nocturna.

—¿Qué quiere decir con eso? —preguntó Richard, entre sorprendido y curioso.

—Eso quiere decir costillas asadas, que me han dicho que aquí las hacéis de maravilla, y eso quiere decir buen güisqui, y eso quiere decir mujeres, mujeres bonitas y simpáticas, tú ya sabes. —Y Martos le guiñó un ojo al anfitrión.

—Entiendo —respondió Richard, sin convicción.

Las costillas las tomaron en un pequeño restaurante, regentado por un hombre negro muy mayor, muy cerca de Stone Park, que les estuvo contando, con todo lujo de detalles, cómo había heredado y respetado la receta de su padre, y este a su vez la de su abuelo. Una historia que le fascinó a Juan Martos, siempre tan atento y predispuesto a las historias familiares. Y por un momento pudo ver a su padre, con los pantalones remangados, en la barriada de Canela, Ayamonte, con los pies metidos en el Guadiana.

El güisqui y las mujeres llegaron en el mismo lugar, en el Teatro del Almirante, en el barrio de Northwest Side. Un club fundado en 1920, y que ha sido sala de juego, bar clandestino, durante la ley seca, y hasta cine de dibujos animados, y que desde 1960 se dedica a la exhibición de mujeres con poca ropa, desnudas su mayoría. Le gustó escuchar a Juan Martos la historia del club, pero no lo que leyó en la entrada: este establecimiento no vende alcohol.

—A nosotros sí nos venderán, y del mejor —tranquilizó Richard a Martos, nada más descubrir el gesto de decepción en su rostro.

A través de un pasillo lateral, escasamente iluminado, accedieron a una sala desde la que se podía contemplar el escenario del Teatro Almirante y consumir todo tipo de bebidas. También podías solicitar la presencia de algunas de las chicas que se desnudaban y realizaban sus acrobacias en la barra fija.

—Me gusta esa, la que parece rusa, la pelirroja —dijo, señalando tras el cristal, Juan Martos, dos güisquis y siete bailarinas después.

—¿Le digo que venga? —preguntó Richard, con sonrisa burlona.

—Por favor.

Cinco minutos después, la chica solicitada llegó a la sala en la que se encontraba Juan Martos, que le pidió a su compañero que los dejara a solas por unos minutos, a lo que este accedió de buen grado.

—Tienes los tobillos más bonitos que he visto en mi vida —le dijo el empresario, al tiempo que recorría la superficie citada con sus dedos, hipnotizado por su suavidad, su longitud y su blancura nacarada.

—¿Quieres un pase? —le preguntó la chica con un español macarrónico.

—Eso en el hotel, ahora solo quiero tocarte los tobillos.

A partir de esa noche en Chicago, en la que se conocieron en el Teatro Almirante, Juan Martos y Adriana iniciaron una relación basada en la admiración y en la necesidad mutuas, que concluyó, casi repentinamente, en la primavera de 2018.

—¿Eso es como me cuentas? —consternado, le preguntó Juan Martos a *Chanclitas*.

—Y creo que podría contarte algo más.

Tras permanecer en silencio unos segundos, pensando en la solución más adecuada, Juan Martos al fin le dijo al joven narcotraficante:

—No quiero volver a verla.

—¿Qué quieres que haga?

—Lo que consideres.

Y Juan Martos miró por última vez esos delgados y porcelánicos tobillos, coló sus dedos en ese pelo del color del cobre, rodeó su cintura y acarició esa piel tan blanca como suave, antes de sonreír a Adriana, a modo de despedida.

Una simple conversación con *Chanclitas*, advirtiéndole de lo que estaba haciendo Adriana, viéndose con otro hombre, «un constructor de Cartaya, pero además es que va proponiéndose, conmigo mismo lo ha intentado en más de una ocasión», le contó, bastó para que Juan Martos pusiera fin a los años de convivencia, como si nunca hubiera significado nada para él.

Cuando escuchó el sonido de la moto de agua de *Chanclitas*, tuvo claro cuál era el final que le esperaba a la que había sido, por decirlo de algún modo, su pareja. No quiso asomarse al caño, para verla, aunque fuera de espaldas, en su último viaje.

La ambulancia no tardó en aparecer, procedente del centro de salud de Ayamonte. Hasta que llegó, Julia Núñez y Carmen Puerto estuvieron frotando a Jesús con crema hidratante, tratando de aplicar calor a su cuerpo, de una manera constante y no agresiva. En ningún momento ha abierto los ojos, y el latido de su corazón siempre ha sido débil, muy difícil de encontrar, como si estuviera a punto de poner el punto y final en cualquier momento, cansado de luchar.

—¿Cómo lo ves? —le preguntó Carmen Puerto al médico que bajó en la ambulancia.

—Sinceramente, no lo veo —no dudó en responder.

—¡Joder, joder!

Cuando la inspectora vio cómo introducían a Jesús en la ambulancia tuvo un mal presentimiento. Su intuición, de la que tanto se ha fiado siempre, le decía que se trataba de una despedida.

—¿Cuánto tiempo ha estado en el congelador? —preguntó el médico.

—No podemos ofrecerle un dato exacto, me temo —contestó Jaime.

Minutos después de que la ambulancia haya abandonado el lugar, en dirección al Hospital Infanta Elena, de Huelva, hace acto de presencia Lola Vallejo, tras realizar un primer trabajo de campo con los cadáveres quemados del barco.

—¿Qué tenemos aquí? —dice al alcanzar el jardín, ya con los guantes de látex ajustados a sus manos.

—Yo empezaría en la UVI esa que se ha montado en el dormitorio, seguro que tienes mil muestras —le indica Julia Núñez, mientras que Carmen Puerto, a su lado, con gesto de abatimiento, fuma en silencio.

—¿Y ahora? —pregunta Jaime Cuesta, que se coloca junto a la inspectora.

—Pues, por una vez, no tengo ni idea. Tengo la impresión de que nos están conduciendo y que lo único que hacemos es recoger la mierda que van dejando a su paso... —responde una cariacontecida Carmen.

—Deberíamos recapitular todo lo que tenemos —propone Julia.

—No, deberíamos saber a quién pertenece el dedo y las cenizas del segundo tarro de cristal que encontramos en Costa Guadiana —rectifica Carmen a la subinspectora sin pensarlo—, ahí, seguramente ahí, es donde están buena parte de las respuestas a nuestras preguntas.

—Vamos a hablar con la guardia civil, ellos siempre suelen tener buena información del terreno, tal vez sepan, o puedan preguntar a alguien, sobre algo sospechoso o fuera de lo corriente que ha sucedido en Ayamonte en los últimos días —propone Jaime.

—Hazlo ya —ordena tajante la inspectora, en parte furiosa de que no se le hubiera ocurrido a ella.

Julia se aleja unos metros y busca en su agenda el teléfono de Miguel Castro, el judicial que participó en el caso de la desaparición de Sandra Peinado y Ana Casaño. Lo encuentra y le envía un mensaje: «Hola, soy Julia Núñez, la poli del caso de Ayamonte, ¿estás operativo?».

«Hola, Julia, ¿qué tal?, ¿qué necesitas?», no tarda en responder.

«¿Te puedo llamar?», pregunta Julia.

«Claro», responde Miguel.

Pulsa el contacto de la agenda.

—¿Tú no tenías un amigo que trabajaba en una inmobiliaria en Ayamonte? —le pregunta directamente.

—Sí, claro, Isra.

—¿Podrías preguntarle una cosita?

—Claro.

—Te cuento.

Carmen Puerto mira desde la distancia a Julia, cree saber con quién habla, gracias a algunas de las palabras que escucha.

Lola Vallejo regresa al jardín, tras haber pasado unos minutos por el dormitorio de Juan Martos.

—Eso está lleno de fluidos, huellas, restos, una locura, tenemos de todo —le dice a Jaime Cuesta.

—¿Y cuánto tardarás en confirmarnos si uno de los cuerpos quemados es el de Juan Martos? —le pregunta Carmen, que daría lo que fuera por tomarse uno de sus capuchinos, tan adicta a ellos como al tabaco.

—Eso tarda, Carmen, para qué te voy a engañar, eso no es ni un día ni dos, lleva su tiempo…

—¿Tanto? —la interrumpe Carmen.

—Ya te digo. Los milagros, en esto, no existen.

—Pues vaya mierda.

—Es lo que hay.

—¿Y no has visto nada en tu primer examen? —insiste Carmen Puerto, necesitada de encontrar nuevas evidencias.

—Sin asegurarte nada, pero tiene toda la pinta de que esa cama ha tenido a un recién fallecido en lo alto no hace mucho…

—Eso ya lo sabemos —menosprecia Carmen.

—Lo puedes suponer, pero no saber —la corrige la forense.

—Dinos —media Jaime.

—Por los fluidos, especialmente, que además no tienen mucho tiempo, no creo que más de un día, aunque tampoco me atrevo a asegurar nada, esa cama ha tenido encima a un cadáver —detalla Lola.

—¿Y por el tipo de medicación que has encontrado, podríamos saber qué enfermedad padecía? —pregunta Julia, preparada para escribir en su iPad.

—Os recuerdo que yo no soy médica, y que me dedico a lo que me dedico y sé de lo que sé… —comienza Lola con su habitual argumentación.

—Lo sabemos, lo sabemos, pero… —la anima Carmen Puerto a continuar.

—Sigues igual de impaciente.

—En lo básico, nunca cambiamos. De color de pelo o de talla de pantalón sí es fácil, lo otro ya es otra historia —responde la inspectora a toda velocidad.

—Vamos a lo que vamos —trata de mediar Jaime, una vez más.

—A lo que iba..., antiinflamatorios, antivirales, dexametasona, Losartán, Clofarabine, Besponsa, Gleevec... Yo diría que es un caso evidente de COVID, pero también de algún proceso cancerígeno —apunta la forense.

—Lo del COVID no es de extrañar.

—Pues no, la verdad, desgraciadamente.

—¿Cáncer? —pregunta Carmen.

—Sí, algún tipo de cáncer. Tal vez leucemia, pero no soy médico, me dedico a lo que me dedico —repite, una vez más, Lola Vallejo.

—¿Leucemia?

—Podría ser, pero yo...

—Te dedicas a lo que te dedicas...

—Eso.

&

Todavía no sabe Alejandro Jiménez cómo ha podido suceder, pero de repente se encuentra inmovilizado y atado a una silla. Las muñecas y los tobillos rodeados por unas bridas negras. Aunque quisiera, aunque fueran de papel, tampoco sería capaz de romperlas. No puede mover ni un solo músculo de su cuerpo.

Tampoco sabe Alejandro Jiménez qué les ha sucedido a los dos hombres que vigilaban su casa. No sabe que están muertos, degollados, en la cocina, que su sangre cubre buena parte del suelo, que navega por los diminutos canales que las losas fabrican. No les dio tiempo a reaccionar.

Tampoco sabe de dónde ha salido este perro, juguetón, que le lame los tobillos y que corretea a su alrededor.

Y tampoco sabe, Alejandro Jiménez, quién es el hombre, con perilla y cabeza rapada, que ahora lo mira, sentado en un sofá. Lo mira con admiración, también con placer, como el cazador que posa sobre esa pieza que tanto le ha conseguido abatir. Así lo mira, o eso cree Alejandro Jiménez.

Jaime Cuesta reclama la atención de Carmen Puerto, indicándole que le siga, hacia una esquina del patio, a una pequeña puerta de aluminio.

—¿Qué pasa?

—Mira lo que he encontrado aquí.

Es una pequeña habitación oscura, con mobiliario modesto y antiguo, con aspecto de no haber sido ocupada en mucho tiempo. La cama sin cabecero mantiene un colchón desnudo, sin sábanas ni protector, repleto de manchas, y el armario de estilo provenzal está completamente vacío.

—Seguro que era aquí donde han vivido, pero no encontraremos una huella, como en el piso de la calle Sinaí, en Sevilla —advierte Carmen.

Aun así, Jaime busca en la parte superior del armario, solo encuentra polvo y telarañas. Abre los cajones, hay dos sobres de naftalina que ya han perdido el olor, y a continuación mueve la cama, la separa de la pared, para comprobar si se han dejado algo. Un objeto cuadrado, de plástico, cae sobre el suelo. Es el estuche de un cedé de música.

—El *Born to die*… Sí, Amalia y Lucas/Fernando han estado aquí —confirma la inspectora nada más ver la fotografía de la cantante Lana del Rey.

—Eso parece, y si se les ha escapado una huella, está aquí. —Y Jaime le vuelve a mostrar el cedé de la artista norteamericana.

—Desde luego.

A escasos metros, atiende Julia la llamada de Miguel Castro.

—¿Has podido averiguar algo?

—Poco.

—Cuenta.

—Unas semanas antes del confinamiento, los mexicanos que compraron los pisos más caros de la urbanización de lujo que está detrás de La Hamaca, el sitio donde desaparecieron estas niñas…

—Sí, tengo claro el sitio…

—Se pusieron en contacto con los de Playa Alta, los que se los vendieron, para preguntar por un decorador o similar, que querían hacerle algunas cosas…

—¿Pero vinieron?

—Mi amigo Isra, el de Playa Alta, no lo sabe con seguridad, pero por lo que le cuentan parece que ha habido movimiento en una de las viviendas y que han visto un Jaguar aparcado en la cochera…

—Un Jaguar.

—Eso me cuenta.

—Gracias, Miguel.

—Aquí me tienes.

—¿Todo bien?

—Sí, todo bien, pero sin profundizar. —Y ríen.

Nada más finalizar la conversación, Julia comparte la información con Jaime Cuesta y Carmen Puerto, que fuman en una esquina del jardín, junto a una estatua que pretende ser Zeus.

—Es lo poco que tenemos, que no pasa de sospecha, pero es algo —dice la inspectora nada más escucharla.

—Eso parece.

—¿Qué queréis decir con eso? —pregunta Jaime.

—Que yo iría ahora mismo para esa urbanización, aunque solo sea por esa fotografía de hace veinte años que antes vimos en el coche, en la que aparece Alejandro Jiménez en Caracas. Tengo claro que existe un nexo de unión entre Lucas Matesanz y Alejandro Jiménez, a través de Juan Martos —explica Carmen, antes de volver a fumar.

—Yo también creo que deberíamos ir —apoya Julia.

—No nos queda otra.

—Tal vez deberíamos esperar a… —comienza a decir Jaime, que no puede apartar la severa advertencia de *Jefe* de su cabeza.

—¿Qué esperar ni esperar? Esperar no nos sirve de nada —reacciona Carmen Puerto.

—Cierto.

—¿Tienes que llamar a *Jefe* otra vez? —pregunta con alevosía la inspectora.

—No, no tengo que llamarlo —no duda en responder.

—Vaya, qué seguridad, me estás sorprendiendo —ironiza la policía para deleite de Julia y enfado de Jaime.

Cuando los policías se disponen a despedirse de los guardias civiles que los acompañan a la vivienda de Juan Martos, descubren que el nerviosismo se extiende entre los agentes repentinamente, como si acabaran de recibir una inesperada noticia.

—¿Qué sucede? —pregunta Jaime.

—Se ha declarado un incendio en la urbanización nueva, la que hay en la playa de Los Haraganes, entre Isla Canela y Punta del Moral —responde un cabo de la guardia civil.

—¿Los que hay detrás de La Hamaca? —pregunta Julia.

—Esos, los Ocean.

—No me lo puedo creer —confusa y sorprendida, Carmen Puerto.

31 DE AGOSTO DE 2018

Alfonso Duarte, tras el partido de pádel que ha disputado, ha bebido más cervezas de la cuenta y no se atreve a conducir, ya que los controles de la guardia civil en la rotonda del polígono industrial, en las afueras de Ayamonte, son frecuentes. Le pide a su amigo Jorge Calzado que lo lleve en su autocaravana y que, cuando lleguen a la escuela de vela, de la que es propietario, se la deje y «te la devuelvo mañana», le propone. Accede Jorge a la petición de su amigo. No es la primera vez que le pide algo parecido.

Ahora conduce Alfonso por Isla Canela, Ayamonte, tras dejar a Jorge en la escuela de vela. En la radio emiten una canción de Lady Gaga, que le gusta, que incluso tararea, a pesar de desconocer el título. Nada más detenerse en un semáforo, cerca de la rotonda de «las banderas», suena su teléfono móvil. A pesar de la hora, cerca de las 2 de la madrugada, no le sorprende la llamada, ya que se trata de su amiga Ana Casaño, con su «otro» teléfono, que está utilizando este verano. Pero cuando descuelga no es la voz de Ana la que escucha, es *Chanclitas* quien le habla, más serio que de costumbre.

—¿Dónde estás?

—En Isla Canela.

—Vente para acá ahora mismo.

—¿Pasa algo?

—Ven.

—¿Dónde estás?

—Al final de los aparcamientos de la urbanización nueva, detrás de La Hamaca —le indica *Chanclitas*.

—Voy.

Por experiencia, Alfonso sabe que algo ha sucedido, *Chanclitas* no es de improvisar, no es de llamar a ciertas horas si no es lo suficientemente urgente. En apenas cinco minutos, conduciendo la autocaravana de Jorge, llega hasta el lugar indicado, que aparece solitario, apenas hay un par de vehículos aparcados.

Los faros de un todoterreno gris oscuro con los cristales tintados en negro, Toyota, trazan el camino que seguir: al otro lado del *parking* de la urbanización en construcción. Al situarse a su lado, la puerta trasera se abre y la primera en aparecer es Ana Casaño, con restos de rímel en las mejillas, los ojos enrojecidos y muy despeinada. A continuación hacen acto de presencia *Chanclitas* y *Joselín*.

—¿Qué pasa? —pregunta Alfonso y *Chanclitas* lo agarra de un hombro y lo conduce a la parte posterior del todoterreno, donde Sandra Peinado yace inconsciente sobre los asientos.

—La llevas al Pinillo, que te ayude ella —y señala a Ana—, para que podáis ir en la moto, y la dejáis caer. Si necesitas que allí alguien te eche una mano, me lo dices, pero yo no metería a nadie más en esto. Hay marea muy baja y tenemos unos días hasta que suba y arrastre al cuerpo, con suerte hacia la desembocadura. Un tiempo para pensar lo que vamos a hacer —indica *Chanclitas* con una tensa frialdad.

—¿Está muerta? —pregunta Alfonso, impresionado.

—Ha sido un accidente.

—¿Qué ha pasado, coño? —pregunta de nuevo Alfonso y Ana Casaño responde llorando y *Chanclitas* y *Joselín* guardan silencio durante unos segundos.

—Y esconde los móviles, donde creas que nadie los puede encontrar, pero sin las tarjetas —y *Chanclitas* prosigue con sus indicaciones.

—Es una cría, coño, una cría —dice Alfonso, y Ana Casaño arranca a llorar con más fuerza.

—Y las crías, a veces, no saben lo que hacen —dice *Chanclitas*, al tiempo que le hace una señal a *Joselín* de ponerse en movimiento.

Alfonso y *Joselín* cargan con el cuerpo de Sandra Peinado y lo trasladan hasta el interior de la autocaravana. Nada más dejarlo caer sobre el asiento corrido de la parte trasera, escapa vomito de la boca de la fallecida, lo que impresiona a todos los presentes.

—¡Joder, está viva! —exclama Alfonso.

—No, no lo está, la habéis puesto boca abajo y ha echado lo que le quedaba todavía en la boca —explica *Chanclitas* desde la distancia.

—¿Seguro?

—Seguro.

Alfonso toma asiento y agarra con fuerza el volante de la autocaravana, a la vez que Ana Casaño se queda en la parte posterior, junto al cadáver de su amiga, Sandra Peinado. Nada más arrancar, y antes de comenzar la marcha, *Chanclitas* le dice apoyado en la ventanilla:

—Recuerda todo lo que te he dicho: en el Pinillo, es muy importante, y la dejáis caer sin más, y a esta —señalando con la mirada hacia Ana Casaño— la escondes por unos días en tu casa, hasta que te diga lo que vamos a hacer. Y esconde bien los móviles, Alfonso, aquí mismo, en el hueco de los alijos.

Y Alfonso Duarte no dice nada y aprieta el acelerador, en dirección a la barriada de Canela, donde tiene su moto de agua.

DOMINGO, 3 DE MAYO DE 2020. 21:22 H

Dentro del vehículo, en dirección a Isla Canela, los tres policías apenas se fijan en el imponente atardecer que cubre buena parte del horizonte. Al recorrer el puente que une Ayamonte con la barriada de Canela, el Guadiana es una interminable lengua de oro que se adentra mansamente en el Atlántico.

Carmen Puerto repasa sus anotaciones, accede en su iPad a los informes que ha ido recibiendo desde el viernes. Disgustada, contrariada, cabecea, disconforme con la sensación que la invade.

—Vamos siempre por detrás, siempre por detrás. Jamás nos hemos anticipado a lo que hace este tipo —se queja amargamente.

—Bueno, estamos aquí —trata el inspector de ser positivo.

—No me jodas, Jaime, si estamos aquí es porque él nos trajo con la localización del teléfono —responde la inspectora.

—Tampoco lo veo yo así.

—Sí es así, Jaime, y lo sabes —mantiene Julia la teoría de la inspectora.

—Sois la pera las dos.

—Carmen...

—Joder, coño, estamos trabajando con sospechas, con intuiciones, pero con ninguna certeza... —se lamenta amargamente la policía.

Nada más dejar atrás el club de golf, cuando comienzan a recorrer la carretera flanqueada por palmeras que conduce a Torre Canela, pueden ver el humo provocado por el fuego desde la distancia.

—Eso parece gordo —vaticina Julia.

—Vaya día de humo y fuego que llevamos.

—Jaime, que ahora activen un dispositivo para evitar que se fuguen por el agua, que eso es lo que van a hacer o lo que están haciendo ya —ordena Carmen.

—¿Tú crees?

—Esta es la traca final para tenernos entretenidos, mientras ellos se van, no me cabe duda —insiste la inspectora.

Por una vez, a Julia no le molesta que Jaime acate de inmediato las indicaciones de Carmen Puerto, completamente de acuerdo con su percepción.

—Están en ello —responde Jaime nada más finalizar la llamada.

—Cómo temo tus «estoy en ello» —replica Carmen.

Circulan por una carretera muy estrecha, con hileras de cactus altos y destartalados, como si se tratara de un ejército de borrachos espinosos, y que le es especialmente familiar a Jaime, ya que la recorrieron a pie en alguna ocasión, en el verano de 2018, buscando alguna pista o indicio en la desaparición de Sandra y Ana.

—Ya estamos —avanza Julia.

—Sí.

Carmen Puerto no puede disimular la ansiedad y la impaciencia que recorren su interior en este momento, y que apenas puede controlar. Ansiedad que aumenta cuando piensa en Jesús, debatiéndose entre la vida y la muerte. No puede olvidar la expresión del médico que lo atendió.

—Carmen, ahora deberías quedarte en el coche —se atreve Jaime a decirle, con voz entrecortada.

—¿Tú no serás tonto? —le recrimina la policía sin dudar.

—¿Tienes arma? —pregunta Julia.

—Mira. —Y muestra su pistola.

Jaime Cuesta resopla, tras tomar la última rotonda que les conduce hasta la urbanización.

Solo ha llegado un vehículo de la guardia civil antes que ellos, a un aparcamiento completamente vacío. Escuchan las llamaradas antes de ver el fuego, en la última planta del edificio. Ocean. Las cristaleras de mayor superficie estallan como consecuencia de la alta temperatura, cayendo como una lluvia de granizo afilado.

—¡Cuidado! —alerta Julia.

—Nos hemos dejado atrás la entrada —indica un agente de la guardia civil.

De repente aparece una furgoneta, con las lunas tintadas en negro. Se detiene en seco y desciende un hombre que porta una cámara de televisión, y a continuación aparece Pedro Ginés, con un micrófono en la mano.

—No me lo puedo creer —reniega Carmen.

—Basura —escupe Julia.

—¡Ya te estás yendo! —le grita Jaime Cuesta, a la vez que se acerca.

—Desde la carretera, yo puedo filmar lo que me dé la gana —responde Pedro Gines, vestido por completo de negro y con todo el pelo estirado hacía atrás, perfectamente esculpido el peinado.

—Y yo te puedo detener cuando me dé la gana —replica Jaime.

—Ojo, que está grabando —le advierte Julia.

—No tenemos tiempo para esto ahora —señala Carmen, que comprueba que lleva consigo la pistola, junto a los riñones.

—Eres un mierda —le dedica Jaime en la despedida.

—Pues vivimos en la misma alcantarilla —responde el periodista, que le indica al cámara que no deje de grabar.

Un agente de la guardia civil les señala la dirección que deben tomar, hacia la izquierda, una amplia recepción donde abunda el aluminio, el mármol y el cristal, y en donde comienzan una escaleras de mármol, junto a los ascensores.

—Fijaos si hay más de un acceso —le indica Jaime a los guardias civiles.

—Nosotros subimos ya —dice Carmen, con la pistola en la mano.

—Subimos —confirma Julia, igualmente armada.

Pedro Ginés, prácticamente metido en la recepción, junto al cámara, no cesa de narrar lo que sucede, con su peculiar estilo.

—Estos policías, curtidos en casos de especial trascendencia, que yo recuerde estuvieron en la investigación del conocido como *Amante Ácido* y en las desapariciones de Sandra Peinado y

Ana Casaño. No pueden haberse desplazado hasta Ayamonte, en pleno confinamiento, por tratarse de un caso común…

Carmen Puerto siente cómo le late el corazón en la garganta. No padece el esfuerzo que le supone ascender cuatro plantas, no es el temor a lo que se pueda encontrar, no es la presión por volver a hacer algo que creía imposible, es algo más. Mucho más. Es la fusión de todos los pánicos, la sublimación del miedo, la nada, el vacío. Es enfrentarse a ella misma.

«Puedo, puedo», se repite.

Aun así, es incapaz de detenerse.

«Puedo hacerlo, puedo», repite.

«Puedo, coño, puedo».

Julia y Jaime, justo delante de ella, miran a la inspectora con cierta preocupación, escasamente convencidos de su capacidad de reacción en el caso de que la situación se complique más de la cuenta.

&

Treinta minutos antes, Alejandro Jiménez escucha unos pasos que se acercan a su espalda, y que lo desplazan hasta el gran ventanal de su vivienda, frente a un Atlántico infinito. A continuación, escucha un sonido similar, como si arrastraran otra silla por el suelo, tal y como acaban de hacer con él. Siente una nuca, con abundante pelo, pegada a la suya, y otros codos, y cree intuir que otra espalda. «Sofía, Sofía», le gustaría gritar, pero le es del todo imposible.

—Pues esto casi está ya —escucha la voz del hombre de cabeza rapada y perilla, justo detrás.

Siente la cola del perro, muy cerca, como si estuviera lamiendo a Sofía, que intuye a su espalda.

—Por cierto, la pizza, aunque fría, está muy buena. Muy buena.

Y de pronto, el hombre de la cabeza rapada y la perilla negra se coloca enfrente, con un bisturí en su mano derecha.

—Creo que te puedo solucionar lo de tu mejilla, ¿sabes cómo? Igualando. —Y agarra con fuerza su moflete derecho y acerca el bisturí.

&

Conforme más ascienden, el humo aumenta considerablemente, tanto que se tienen que llevar las manos a la nariz y a la boca para poder seguir respirando.

—No vamos a poder llegar hasta arriba —adelanta Jaime.

—Es mejor que no sigamos —apoya Julia.

Carmen Puerto no puede disimular un gesto en el que combina la rabia con la impotencia. Solo le queda una planta para llegar a la cuarta, que es donde se ha declarado el incendio.

Al pasar por el rellano del tercer nivel, como todos con un gran ventanal desde el que se puede contemplar el océano, descubren cómo dos personas, un hombre y una mujer, corren hacia la orilla, donde aguarda una enorme lancha negra, similar a la que utilizan los narcos en sus operaciones.

—¡Mirad! —grita Carmen.

—Joder.

Jaime le indica la situación a un agente de la guardia civil, que no tarda en ponerse en contacto con sus compañeros, alertándoles de la posible huida.

—Esto es para nada, Portugal está aquí al lado —se lamenta Julia.

—No te adelantes —trata de ser optimista Jaime Cuesta.

—Ya verás.

Al pasar por la primera planta se cruzan con los bomberos que han acudido al lugar. Carmen Puerto estaría dispuesta a acompañarlos y ayudarlos en la extinción, con tal de adelantar en la investigación, pero no le queda más remedio que esperar a que acaben con su trabajo.

Afuera, junto a la entrada del edificio Ocean, Pedro Ginés prosigue junto al cámara, sin apartar el micrófono de su boca.

Nada más descubrir a los policías se dirige hasta ellos, que no dudan en indicarle que se aleje.

El sonido del motor del vehículo de los bomberos se entremezcla con el de la emisora de los guardias civiles, conformando una sinfonía ininteligible y caótica. Carmen toma asiento en un bordillo, necesita respirar, busca en su memoria los ejercicios que le enseñaron para frenar la ansiedad. Se siente muy cerca del precipicio, de perder el control.

ANTES DE QUE TODO ARDIERA

Con un permiso de circulación interprovincial falso, a nombre de Luis Ramírez, el 10 de abril de 2020 fue la primera vez que Lucas Matesanz intentó matar a Alejandro Jiménez. Creyó que estaba solo, en su lujosa vivienda de Isla Canela, frente al Atlántico, pero la que estaba sola era Sofía Hernández, su esposa. Por eso no encontró en su sitio, en la entrada del edificio y en el rellano de la planta, a los vigilantes que había contratado.

—Tú quieres lo mismo que yo —dijo Sofía, cuando el bisturí de Luis/Lucas/Fernando se acercaba a su cara.

—¿Y tú qué sabes lo que yo quiero? —preguntó él, sorprendido de poder ver sus ojos como si se encontrase frente a un espejo.

—Matar a mi marido —respondió ella y fabricó una sonrisa en la que Lucas se sintió muy cómodo, reconocido.

A continuación, como invadido por una urgencia que jamás había sentido en su vida, más allá de la atracción, más allá del deseo, comenzó a manosear el pecho de Sofía, y a besar sus labios, como si nunca hubiera sentido tanta necesidad por hacer algo semejante. Y ella recibió esas bruscas caricias, esos tocamientos, como el mayor signo de pasión, de algo más, que jamás hubiera sentido en su vida, por parte de otra persona. Cómo explicarlo.

—Cuando llegue el momento —le dijo ella en la despedida de ese primer arrebatado e inesperado encuentro.

—¿Y cuándo será ese momento, carajo? —preguntó él, impaciente.

—Pronto, cuando toque.

—¿Y cómo lo sabré?

—Lo sabrás.

Y llegado ese momento, a Sofía no le costó el menor esfuerzo colocar unas gotas en la bebida de los vigilantes y de su marido, tal y como le indicó Fernando Casas. No pudo ser más fácil.

—Hace tiempo de un té helado.

—Gracias.

Y del resto se ocupó Luis/Lucas/Fernando, que es poseedor de esa sangre fría que Sofía es aún incapaz de exhibir, a pesar de vivir entregada a la venganza.

Gasolina, queroseno y un encendedor de gasolina, un Zippo que nunca falla. Y que el fuego finalice la secuencia. Como en aquellas noches de Valladolid, de la infancia y juventud. Como en Madrid, Málaga, Moguer, Ayamonte y Sevilla.

Solo vive quien arde. Solo vive quien muere.

—¿Tú sabes manejar esto? —le preguntó Sofía a Lucas, en el momento de tomar asiento en la potente lancha.

—Que te cagas.

Jaime Cuesta escribe a su esposa, Sonia, por quinta vez. No ha recibido respuesta a ninguno de sus mensajes anteriores. «Mañana estoy en casa, de vuelta», le ha escrito una vez más. Julia, cerca, presencia una de esas escenas que le son tan habituales cuando está fuera de Madrid.

A ella no le espera nadie en Madrid. No le espera nadie en ningún sitio. Es algo en lo que no quiere pensar.

Carmen Puerto recupera en su cabeza unos versos de Blanca Andreu: «Amor de los incendios y de la perfección, / amor entre la gracia y el crimen». Al mismo tiempo, no puede dejar de contemplar cómo las grietas se van extendiendo sobre un enorme ventanal de la tercera planta, como consecuencia del cambio brusco de temperatura que ha provocado el incendio, que está prácticamente controlado. En muy poco tiempo, el lujoso y moderno edificio de formas rectangulares ha cambiado de aspecto. El esplendor que ya solo se puede contemplar en las vallas publicitarias ha quedado atrás. En su cabeza dan vueltas las piezas de un puzle que no termina de encajar. Nombres, años y sucesos que deben formar parte de un solo relato que no es capaz de hilvanar.

Y no puede dejar de entender esa cristalera en la que crecen las grietas a cada segundo como una imagen que la representa. Ella, su vida, es ese ventanal.

∞

Acaban de pasar junto a la isla de Tavira. Luis Díaz, el guardia civil que pilota la potente *Delfín 3*, una lancha que les arrebataron a los narcos en una operación que tuvo lugar en noviembre de 2019, reduce la velocidad cuando reciben la llamada de la embarcación de la *guardinha, Camarão 456*, que se hizo cargo de atajar la fuga, en territorio portugués.

—No hemos visto ningún barco de esas características en las últimas horas, creo que no ha venido para acá —les comunica un sargento.

—¿Dónde se ha metido esta gente? —pregunta el capitán al mando de la embarcación española.

—Yo no descarto que se hayan ido por los caños y esteros de Isla Cristina —dice Luis Díaz.

—Por esa zona han estado ya los drones y no han visto nada. Y está a punto de llegar el helicóptero —dice el capitán.

—Si hubieran subido el Guadiana arriba se habrían encontrado con nuestra segunda embarcación —dice el tercer guardia.

—¿Subir el río, para qué, para lanzarse desde la tirolina de Sanlúcar? Eso es una ratonera, cualquiera lo sabe.

—Los caños y los esteros, no queda otra, aunque ese laberinto muy pocos lo conocen —sentencia Luis Díaz, a la vez que inicia la maniobra de regreso hacia el puerto de Ayamonte.

—Les digo a los del helicóptero que aligeren —dice el capitán.

∞

Las noticias que llegan desde el Hospital Infanta Elena de Huelva no son, precisamente, halagüeñas. Jesús Fernández sigue sin reaccionar, aunque mantiene el débil latido. Los profesionales que lo atienden temen que se encuentre dentro de un coma sin retorno, por lo que se conjuran a las próximas horas, como vitales, en la posible recuperación o defunción del paciente. En la analítica previa han encontrado una alta concentración de propofol y verocuronio, una combinación similar a la encontrada en los cuerpos de Manuel Contreras y los padres de Amalia Castro.

Nicolás Alfaro informa de que ya cuentan con una orden para poder interrogar a Ana Castro y acceder a su vivienda. Reciben, igualmente, la confirmación de que Alejandro Jiménez y su esposa, Sofía Hernández, viajaron desde México D. F. hasta Madrid el 8 de marzo de 2020. Desde ese momento, no hay más datos de su estancia en España, por lo que cabe pensar que viajaron desde la capital hasta Ayamonte en coche.

Carmen Puerto, dentro del vehículo policial, ha encontrado varias fotografías de Sofía Hernández con la ayuda de su iPad, una persona que le resulta familiar, aunque no entienda el motivo. No le cuesta encontrar sus redes sociales, cuentas en Facebook e Instagram. En esta última, creada en enero de 2020, ha desplegado una gran actividad en las últimas semanas. Copas de vino, algunos platos, le llama la atención a la policía un estofado de un rojo intenso, detalles decorativos o fotografías de ella misma que no revelan el lugar en el que fueron tomadas. La última fotografía la subió ayer mismo, y en ella se puede ver a un hombre de espaldas, todo apunta a Alejandro Jiménez, mientras contempla el atardecer frente a una descomunal cristalera. Bajo la imagen, Sofía Hernández escribió: «En la hora de la despedida». Podría tratarse de una vista desde la vivienda que acaba de ser pasto de las llamas, pero está tomada de tal modo que no aparece el océano.

—¿Despedida? —se pregunta Carmen.

En su cuenta de Facebook sí abundan las fotografías de Sofía Hernández. No le cuesta a Carmen realizar un recorrido vital de la mexicana, ya que sus cambios físicos son más que evidentes. A comienzos de siglo, año 2000 en concreto, Sofía era una mujer de una belleza natural, armónica, sin apenas curvas en su cuerpo. Cinco años después, en 2005, sus labios, mejillas y nariz evidencian los retoques estéticos a los que se ha sometido; su pelo ha amplificado notablemente su rubia tonalidad y, sobre todo, su pecho ha aumentado considerablemente.

—Joder, vaya dos tetas se puso la hijaputa —dice la inspectora, al tiempo que escribe «silicona a tope».

Es la versión final y retocada de Sofía Hernández la que le transmite a Carmen Puerto esa sensación de familiaridad, de conocimiento previo, que no puede apartar de su cabeza. Busca en su interior parecidos razonables y repasando todas las fotografías de los casos con los que considera que tiene relación el actual llega hasta una imagen de Ana Sosa, la gran rival de Luz Márquez, que murió en extrañas circunstancias. El parecido no es solo físico. Carmen busca otras fotografías de Ana Sosa y puede contemplar, asombrada, cómo repite Sofía Hernández estilismos, maquillajes, peinados y hasta vestidos de la actriz. Sitúa al lado las fotografías de ambas, con un palabra de honor de un azul intenso, prácticamente idéntico, y casi puede contemplar una réplica de la venezolana en la mexicana. Y lo mismo le sucede con un camisa transparente de encajes que acompaña de un sujetador rosa.

—Joder, joder, joder, y esto no puede ser casualidad, me cago en la puta, esto no puede ser casualidad. —Y Carmen abandona el vehículo con el iPad en la mano y camina en dirección a Jaime.

—Dime. —La conoce perfectamente el inspector y por la expresión que refleja su rostro sabe que acaba de descubrir algo importante.

Julia se incorpora a la improvisada reunión.

—¿Qué pasa? —pregunta.

—¿Qué me decís de esto? Esta es Ana Sosa y la de la derecha es Sofía Hernández, la esposa de Alejandro Jiménez —a la vez que la inspectora les muestra las fotografías en que las dos mujeres aparecen con el escotado vestido azul.

—Que parecen la misma persona —dice Jaime.

—O que pretende parecer esa otra persona —afina Julia.

—Eso, que pretende ser otra persona —sentencia Carmen sin poder apartar la vista de la pantalla.

—No lo entiendo.

—A lo mejor ella no sabía que se estaba convirtiendo en otra persona —expone Carmen Puerto, a la vez que enciende un cigarrillo.

—Sigo sin entenderte —reitera Jaime.

—Pues que cabe la posibilidad de que haya sido el marido el que la ha ido convirtiendo en su particular Ana Sosa a lo largo de los años —explica Carmen, al tiempo que expulsa el humo bruscamente.

—Tenemos una fotografía de Jiménez en una fiesta en Venezuela, o de alguien que se le parece mucho, poco antes de que muriera Ana Sosa —añade Julia.

—¿Y si mantuvieron una relación? —cuestiona la inspectora.

—¿Una relación?

—Sí, una relación.

—Pero…

—Siempre pensamos en Luz Márquez, pero cabe la posibilidad de que Jiménez mantuviera una relación con esta Ana Sosa —reitera la inspectora.

—¿Y la mujer? —cuestiona Jaime.

—Y cuando murió Ana Sosa, quiso convertir a su esposa en ella, al menos físicamente. Porque es más que evidente el cambio de Sofía Hernández, hasta en la forma de peinarse o de vestir —insiste Carmen.

—Las fotografías lo dejan claro, desde luego —apoya Julia, que sigue examinando imágenes que demuestran la teoría expuesta por la inspectora.

—Coño, mirad estas dos, con el mismo vestido transparente y el mismo sujetador rosa, es la leche —muestra la pelirroja policía.

—Total.

Las llamas han dejado su lugar a una espesa nube de humo negro que se ha instalado en la parte más alta del edificio, a modo de tétrica corona. Los bomberos han podido sofocar el fuego, que se ha cebado con la mayoría de las cristaleras cercanas a la cuarta planta, en la que tuvo origen el incendio. En el césped que rodea la piscina, así como en la zona del aparcamiento exterior más cercano al edificio, se ha creado una alfombra de trocitos de cristal, que crujen cuando los pisan.

Jaime Cuesta habla con un capitán de la guardia civil que le comunica que, de momento, no han podido apresar a la lancha que se ha dado a la fuga. Ni por mar, con el apoyo de la *guardinha* portuguesa, ni desde el cielo —mediante drones y desde hace unos minutos se ha incorporado un helicóptero— han podido dar con el paradero de la embarcación fugada.

—Creemos que han tenido que volver a los caños y esteros, con toda probabilidad han tomado el de Canela —le explica el capitán.

—Otra vez esa mierda de caños —protesta Jaime.

—Hemos comenzado una batida desde Punta del Moral, pero ese espacio es muy complicado, y quien lo conoce…

—Ya, ya me conozco la historia.

Lola Vallejo, tras finalizar una llamada que acaba de recibir, se acerca hasta Carmen Puerto, que se encuentra fuera del vehículo, examinando fotografías.

—Tenemos ya gente en la casa de los padres de Amalia y Ana Castro, y ya al menos sí podemos confirmar la presencia de huellas en la vivienda de Moguer, de la calle Sinaí, en Sevilla, así como en la casa de campo, en San José de la Rinconada. Eso, al menos, sí lo tenemos claro —informa la forense.

—¿De los dedos en Costa Guadiana? —pregunta Carmen.

—De eso no sabemos nada todavía, muy pronto.

—Muy pronto, claro, muy pronto —ironiza la inspectora.

—Es lo que sucede cuando trabajas con rigor —no duda en replicar Lola Vallejo, fiel a su estilo.

—Rigor y lentitud no son sinónimos —arremete la inspectora sin pensárselo, para sorpresa de Jaime y Julia.

—No cambias, eh, Carmen, da igual el tiempo que pase, que tú siempre serás la misma —le dice la forense.

—De eso se trata.

—También de cambiar, de evolucionar…

—Bueno, bueno, parece que podemos subir ya a realizar un primer reconocimiento —como siempre, media Jaime Cuesta.

—Subamos —indica Carmen Puerto.

Cubiertos los rostros por máscaras antigás y acompañados de dos bomberos, los cuatro policías comienzan a subir hacia la cuarta planta del edificio. El humo está presente en todo el recorrido, aunque ha descendido considerablemente en los últimos minutos. A pesar de la imagen dantesca que ven conforme se acercan al origen del incendio, también pueden contemplar en toda su definición el Atlántico, gracias a que las cristaleras han saltado en mil pedazos.

El recibidor de la amplia vivienda apenas ha sufrido la virulencia del fuego, aunque sí sus efectos más directos: todo está cubierto por un manto de grisácea ceniza.

En la cocina, es muy difícil distinguir la vitrocerámica de la encimera, todo teñido de un mismo y oscuro color.

—Ahí parece que asoman unos pies —señala Julia.

—Aquí tenemos dos cadáveres. —Es Jaime el primero en acercarse y descubrirlos.

—Tienen pinta de profesionales —añade Carmen Puerto nada más contemplar su aspecto: altos, fuertes, rapados al cero, completamente vestidos de negro, con botas militares y numerosos tatuajes en los brazos.

—Está claro —confirma Julia.

Continúan hacia el inmenso salón, donde por su aspecto es fácil de deducir que fue el origen del incendio. En la zona central puede verse lo que queda de dos cuerpos, pegadas las espaldas, calcinados, irreconocibles.

—Está claro que nos encontramos ante un incendio provocado, tanto por la centralización de las llamas como por la intensidad del fuego, injustificable para los elementos que podemos encontrar —explica un bombero.

—Y también está claro que se trata de un hombre y de una mujer y que, a tenor de la respuesta de sus cuerpos, ya estaban muertos cuando entraron en contacto con el fuego —explica Lola Vallejo, muy cerca de los dos cadáveres abrasados.

—¿La mujer tenía los pechos de silicona? —aunque ya conoce la respuesta, pregunta Carmen en voz alta.

—No, no hay restos de silicona… Y me atrevería a decir que es una mujer muy joven, por la resistencia que han expuesto sus músculos al fuego —relata Lola Vallejo.

—Y Sofía Hernández no tiene, precisamente, poca silicona en el cuerpo —apoya Julia.

—Vamos, que tiene para estar ardiendo unos días —a pesar de las circunstancias, trata de bromear Carmen.

—Ya te digo. Y además no es joven. —No puede evitar Jaime sonreír.

El bombero les señala hacia un lugar cercano a donde se encuentran los cadáveres, hacia una gruesa mancha negra que se extiende por el suelo.

—Yo diría que ha utilizado algunas garrafas de gasolina, por la velocidad y la intensidad de las llamas.

—Y que eso parece lo que queda de una —dice Jaime.

—Eso es.

Carmen Puerto camina hacia una puerta en una esquina del salón, junto a lo que debió ser una librería. Se trata de un amplio dormitorio, en el que el fuego apenas ha provocado desperfectos.

—Estaba la puerta cerrada y eso parece que lo ha protegido bastante del incendio —explica el bombero.

—La puerta es de acero, e imagino que las paredes, ya que tiene toda la pinta de tratarse de una falsa «habitación del pánico», preparada para utilizarla de ese modo si hiciera falta —relata Carmen, al tiempo que contempla la sofisticada cerradura, en la parte interior de la puerta.

—Eso parece.

Junto al amplio vestidor, hay tres maletas, de considerables dimensiones.

—Está claro que iban a salir de viaje —dice Carmen.

—Y un viaje largo, por el tamaño de las maletas —añade Julia.

—Es que México no está a la vuelta de la esquina, precisamente.

—¿México? —pregunta Lola Vallejo, sorprendida.

—México, sí, México lindo —afirma la inspectora.

Una enorme cristalera ocupa todo el testero donde reposa el cabecero de la cama. Y, curiosamente, la única que ha resistido el brusco cambio de temperatura provocado por el fuego.

—¿Os dais cuenta? —y Carmen señala la transparente pared—. Es un cristal blindado, por eso no ha estallado.

—¿Una habitación del pánico?

—Eso es, de alguien que tiene miedo, que se siente amenazado… —insiste la policía.

—Es evidente.

Jaime atiende una llamada, y todas lo miran con atención mientras habla, convencidas de que se trata de una importante información.

—¡Tenemos la lancha!

Como todos los días, tal y como habían pactado, Ana Castro llamó a su hermana por teléfono, mientras sonaba el pitido del despertador en el silencio de la mañana. Cuando Amalia se disponía a descolgar el teléfono, descubrió que un hombre de mediana estatura, moreno y canoso, con gafas metálicas en la punta de la nariz, atravesaba el salón. Avisó a su compañero, Lucas Matesanz, que se acercó hasta él con disimulo, para golpearle en la nuca con una botella. Al instante, cayó inconsciente al suelo.

Antes de agacharse a examinar al recién llegado, Lucas Matesanz atendió la llamada de Ana Castro.

—¿Cómo está Juan? —preguntó nada más descolgar.

—Mal. No creen que pase de hoy.

—Espero llegar a tiempo.

—Me dicen que sigue siendo muy peligroso que vengas.

—Eso me da igual.

Nada más colgar, se acerca hasta el hombre que yace sobre el suelo, y no tarda en darse cuenta de que se trata del vecino del piso de al lado. Lo sienta en una silla, dentro de la habitación secreta en la que viven desde mediados de marzo, y fija sus muñecas y tobillos a las patas y reposabrazos con unas bridas negras. Casi una hora después, Jesús comienza a despertar. Lucas Matesanz escucha atentamente sus explicaciones mientras su perro, Lucas, le lame los tobillos.

A las 8:25 Jesús recibe una llamada, que no atienden, de un contacto llamado Contreras. Lo intenta en tres ocasiones más, con semejante resultado.

—¿Qué coño quiere este? —le pregunta Lucas.

—No lo sé —no miente Jesús.

—¿Quién es?

—Un vecino.

A las 8:55 acepta que le envíe un mensaje a un cliente con el que ha quedado a las 9 de la mañana, saltándose la prohibición existente en el país, con respecto a las actividades laborales. Jesús le dicta a Amalia, a un contacto que tiene como iniciales C P, y que explica representa a Carlos Prado, a pesar de la extrañeza de Lucas Matesanz: «Imposible cita. El lunes te compenso con un café bien negro, te lo llevo en taxi».

Preso del pánico, cuando ve cómo una jeringuilla se acerca hacia él, Jesús reconoce que no le ha enviado el mensaje al tal Carlos Prado.

—¡El mensaje no se lo habéis enviado a un cliente, es una policía, que vive encima de mi peluquería, Carmen, yo le ayudo, ha resuelto algunos casos muy importantes!

—¿Cómo dices, Carmen qué? —pregunta Amalia, sorprendida.

—Lo que oyes, le habéis mandado un mensaje en clave y en menos de cinco minutos estará aquí —les advierte Jesús, desesperado.

—¿Carmen qué? —pregunta Lucas. El nombre retumba dentro de su cabeza, ya que estuvo en la investigación de casos en los que estuvo implicado en el pasado, en Madrid y Málaga.— Eso he dicho, y ha resuelto casos muy conocidos —insiste Jesús.

—¿Como cuáles?

—El de las chicas que desaparecieron en Ayamonte...

—¿El de Ana Casaño y Sandra Peinado? —pregunta Lucas, muy serio.

Está Jesús a punto de responder cuando Lucas ladra muy alterado, al tiempo que corre en dirección hacia la salida.

—¿Qué pasa? —pregunta Amalia, mientras Lucas sigue al perro.

Nada más terminar de abandonar la habitación, escuchan golpes y gritos que proceden de la puerta de la vivienda. El teléfono de Jesús se ilumina al recibir una llamada. «C P» se puede leer en la pantalla.

Se trata de un vecino de Jesús, Manuel Contreras, del bloque que se encuentra justo enfrente al suyo, que tras ver cómo el peluquero accedía de un piso a otro a través de la terraza y tras comprobar que no le atendía el móvil, ha decidido ir a verificar si ha sufrido un accidente. Ante su insistencia, deciden abrirle la puerta. Amalia finge que lo acompaña hasta donde se encuentra Jesús, mientras Lucas le inyecta una droga paralizante.

Seguidamente, Lucas retoma la conversación con Jesús:

—Amigo, venga, dime, cuéntame cosas de esa amiga tuya, por favor, ¿cómo dijiste que se llamaba?

—Carmen no sé qué —responde Amalia.

—Cuéntanos algo de esta Carmen no sé qué…

Jesús, muy asustado, reacciona mirando muy fijamente a los ojos de Lucas, y toma aire, como si la cinta le hubiera impedido respirar mientras le cubría la boca.

—Carmen Pérez, sí, mi… vecina.

—¿Pérez?

—Dijiste que era policía, ¿no?

Jesús se lo piensa antes de responder.

—Sí, policía.

—Y también dijiste, si no recuerdo mal —y Lucas se acerca aún más a Jesús, casi roza su nariz con la de él—, que había participado en la resolución de casos muy importantes, ¿no dijiste eso?

—A lo mejor me pasé…

—Vaya, ahora resulta que nuestro amigo se pasó y ya su supervecina superpolicía no es tanto como nos dijo, te cagas —y mientras dice esto, Lucas se aproxima al frigorífico y coge un bisturí que hay en la parte superior.

—¿Qué vas a hacer? —apenas puede decir Jesús.

—¿Chica, le digo lo que voy a hacer? —le pregunta Lucas a Amalia y ella no responde, se limita a sonreír malévolamente.

—¿El qué?

—Mira, amigo, voy a empezar por cortarte las orejas, primero la derecha y luego la izquierda. Pero muy lentamente, los lóbulos primero, y luego ya voy recortando, hasta que no te puedas volver a poner gafas en tu vida… —Y Lucas acerca el bisturí hasta la nariz de Jesús.

—¿Qué quieres saber?

—¿No se llamará Carmen Puerto tu vecina, por casualidad? —Y Lucas recrea una sonrisa terrorífica.

—Pérez, Carmen Pérez.

—Da igual.

—Es Pérez.

—Pues quiero saber dónde vive exactamente, si se encuentra sola y dónde tienes las llaves de su vivienda. Todo eso, y lo quiero saber ya.

—Yo no... —comienza a decir Jesús, pero el miedo se lo impide.

—Vamos a hacer una cosita: te enseño lo que te tengo preparado y tú ya te piensas si respondes a mis preguntas —le dice Lucas Matesanz, a la vez que arrastra a su vecino y lo sienta en una silla similar a la que ocupa el peluquero. Y también lo fija a ella valiéndose de bridas negras en los tobillos y muñecas.

A continuación, aprieta su mejilla izquierda entre sus dedos y, valiéndose del bisturí, comienza a recortarle una porción de carne con pasmosa facilidad, recreando una escena tan terrible como descarnada. Jesús, horrorizado ante lo que contempla, tiene la sensación de haber perdido el control de su propio cuerpo.

—Te diré lo que quieras.

Diez minutos después, cubierto por una peluca larga y morena, así como por una barba del mismo color, con mascarilla y gafas de sol, Lucas Matesanz sale de la vivienda y en primer lugar se dirige a un establecimiento junto a la estación de Santa Justa, donde recoge una furgoneta blanca que había alquilado el día anterior. Posteriormente, se dirige hasta la dirección que le ha indicado Jesús, en la calle Padre Pedro Ayala, junto a la antigua fábrica de la cerveza Cruzcampo. No le cuesta encontrar aparcamiento en una calle lateral.

Aparentando familiaridad, como si se tratase de su propio domicilio, Lucas Matesanz extrae de un bolsillo del pantalón el manojo de llaves que Jesús le ha entregado. Sube a toda velocidad la empinada escalera que conduce a la primera planta. Con la ayuda de la linterna de su teléfono, busca las marcas de las cerraduras de la puerta, lo que le ayuda a encontrar las llaves correspondientes. Trata de ser lo más rápido y preciso posible, agarra una pistola, que se aprieta contra los riñones, en el momento de acceder a la vivienda.

Está a oscuras y huele a tabaco reconcentrado. Le llaman la atención los cuadros de las paredes, así como la sensación de soledad, de vacío, que el apartamento le traslada. Una a una recorre todas las habitaciones, sin encontrar a nadie en ninguna de ellas. Dentro del dormitorio, abre el armario que hay paralelo a la cama. Rebusca en los cajones, pasa sus dedos por las bragas y las camisetas de algodón. Sonríe al descubrir varios consoladores, que se acerca a la nariz para olerlos con detenimiento. Le llama la atención especialmente uno, azul, que reproduce la cabeza de un delfín. Se lo mete en la boca, y lo chupa como si fuera un helado. Le gusta.

De vuelta al salón, sobre la mesa, junto a un cenicero colmado de colillas, ve que hay una libreta de recias pastas verdes. En la primera hoja que encuentra en blanco, escribe con letras mayúsculas: «Marcia, solo vive quien arde». Y abandona la vivienda de Carmen Puerto.

Convencido de que por su culpa han asesinado a Carmen Puerto, nada más regresar Lucas Matesanz a la vivienda de la calle Sinaí, lo primero que hace Jesús es preguntarle por su casera policía.

—¿Qué le has hecho?

—Lo que había que hacerle —responde sin dudar.

—No.

—Sí, claro que sí.

Y Jesús comienza a llorar, plenamente consciente de que por su culpa Carmen Puerto ha muerto. Una vez más la ha vuelto a traicionar.

Jaime Cuesta le explica a sus compañeras que han encontrado la lancha en un estero de las marismas de Isla Cristina, a la deriva, sin nadie a bordo y sin un objeto o evidencia relevante, salvo lo que parecen los excrementos de un perro. Las imágenes obtenidas por el dron de la guardia civil no aportan ninguna incidencia significativa que escape de la normalidad, tal y como sucede con los primeros avistamientos desde el helicóptero, que se ha incorporado a la operación.

Carmen Puerto, desde la terraza de la lujosa vivienda que ocupa la cuarta planta donde ha tenido lugar el incendio, descubre cómo Pedro Ginés sigue hablando al micrófono, mientras un cámara le apunta. La inspectora lo mira con desprecio y apaga el cigarrillo que tiene entre los dedos antes de regresar al interior. Comprueba si el periodista ha tuiteado en los últimos minutos, y no le cuesta descubrir una reciente publicación, a las 0:28.

> Sofocado el incendio en la lujosa residencia de un importante magnate mexicano, los primeros informes policiales apuntan a que fue provocado. ¿Cuál es la conexión con las muertes de Sevilla? En breve, toda la información. #AsesinoConfinado #AsesinoImitador

—Hijo de la gran puta —resopla.

—¿Qué sucede? —se interesa Jaime Cuesta.

—Nada, lo de siempre. —Y Carmen muestra el tuit.

—Cabrón —añade el inspector.

—Y mejor no veáis los periódicos —advierte Julia, con la mirada fija en la pantalla de su teléfono.

—Los de Tele7 se han tenido que hartar esta noche, habrán batido su récord de audiencia con el programita de los cojones —se lamenta Jaime.

—Por suerte, no hemos tenido tiempo de verlo —dice Julia.

—Pero se lo hemos puesto en bandeja: las imágenes del incendio están por todas partes —añade Carmen.

—Como para no estarlo.

La luna parece contemplarse sobre el Atlántico, blanca, resplandeciente, en esta luminosa y apacible noche de principios de mayo. No ruge el viento, como en los anteriores días: una agradable brisa recorre toda la costa de Huelva, de Matalascañas a Ayamonte.

Han conseguido recuperar buena parte del sistema eléctrico del edificio en el que se produjo el incendio y han instalado media docena de potentes focos en la vivienda. Lola Vallejo, junto con el resto de compañeros, recogen muestras de todo aquello que consideran susceptible de ser analizado. De las ropas que encuentran en las maletas, de los cuatro cadáveres que han encontrado, dos de ellos en el salón y otros dos en la cocina, de vasos, platos y utensilios de aseo y de un coche, un Jaguar, que han encontrado en el garaje, y que todo apunta a que fue utilizado por el matrimonio mexicano en sus desplazamientos, desde su llegada a España. Lola Vallejo ha podido encontrar restos de cabellos en la cama —también de fluidos en las sábanas—, en algunas de las prendas de las maletas —les ha llamado la atención que apenas haya prendas de hombre en el interior y que la mayoría correspondan a mujer—, así como en el reposacabezas del vehículo encontrado en el garaje.

—Pues parece que hemos encontrado más de lo que podría imaginar. Dos tipos de cabellos, al menos —les comunica una efusiva Lola Vallejo a los policías.

—Imagino que muy rubios algunos de ellos —dice Julia.

—Pues no, precisamente —dice Lola.

—¿No? Pues a lo mejor no habéis tenido tanta suerte —ironiza una desconfiada Carmen Puerto.

—¿Estás pensando lo mismo que yo? —pregunta Jaime.

—Creo que sí —dice la inspectora, que daría lo que fuera por tomar un capuchino o partir un lápiz en dos pedazos.

—¿Te podrías explicar mejor? —la anima Lola Vallejo, con un tono de voz que roza la exigencia.

—Lola, joder, mira en las maletas, apenas hay ropa de hombre y la que hay es sobre todo de mujer, ¿tú crees que es la que gastaría una pareja que está forrada? Es ropa muy normalita, de estar en chándal todo el día, esa ropa no es de los mexicanos —detalla la inspectora.

—Puede que lleves razón, no te lo niego, pero es lo que hemos encontrado —responde Lola Vallejo.

—Lo que hemos encontrado, no, lo que nos han dejado —sentencia Carmen Puerto.

Descontenta por lo que han descubierto, Carmen continúa con el examen de la lujosa vivienda. Guiada por su intuición, y por su costumbre, se dirige a la cocina. Anteriormente, no pudo inspeccionarla como hubiera deseado, debido a la presencia de los dos cadáveres. Como habitualmente, en primer lugar abre el frigorífico. Algunas latas de cerveza, varias colas sin azúcar, zumos y embutidos. Manzanas en el cajón inferior y restos de pizza, aparentemente de pollo y champiñón, en la bandeja superior. Carmen sonríe al descubrir que uno de los trozos tiene un mordisco, perfectamente trazado. Con cuidado, lo lleva hasta donde se encuentra Lola Vallejo.

—Mide esto, saca un molde y comprueba si coincide con la dentadura de alguno de los fiambres —le indica.

Jaime no puede disimular la euforia que el descubrimiento de la inspectora le provoca, mientras que Julia hace todo lo posible por ocultarlo, a pesar de sentir algo parecido. Lola Vallejo se limita a sonreír, antes de decir:

—Sigues siendo insoportable, pero también sigues siendo la leche.

୫

Nicolás Alfaro, tras haber realizado un primer examen de la lancha abandonada en el caño de Isla Cristina y haber conversado con algunos de los ocupantes de las viviendas más próximas

—ninguno ha visto nada extraño, tal vez más que acostumbrados al sonido de estas embarcaciones en horario nocturno—, se dirige de nuevo hacia la vivienda de José Alonso *Aparato*, junto a la iglesia de San Antonio de Padua, en las últimas calles de Punta del Moral.

—Sé que es tarde, pero necesito hablar con usted de nuevo —le dice Nicolás, nada más encontrarse con el fornido y retirado marinero.

—¿Qué pasa?

—Necesito que me diga cuándo murió exactamente Juan Martos, y qué ha sido de su cuerpo.

—De eso no sé yo nada —se encoge de hombros el puntero.

—¡Qué ganas de meterse en líos y toda su familia, qué ganas! Porque usted ya es mayor, y a lo mejor son pocos años de cárcel, pero le puedo asegurar que sus hijos lo van a pasar fatal, muy mal —muestra Nicolás su versión más dura, necesitado de enfrentarse a Carmen Puerto con algo que la pueda impresionar.

José mira hacia a la izquierda, y le hace un gesto a su esposa para que se aleje, se acerca hasta el pelirrojo policía y le habla en voz baja:

—Yo solo me limitaba a llamar, nada más, la pareja es la que se ocupaba de todo —confiesa.

—¿Pareja, qué pareja?

—Natalia y Luis.

—¿Natalia y Luis? —Y a Nicolás lo primero que le viene a la cabeza es el nombre de la persona que alquiló la furgoneta en Sevilla, junto a la estación de Santa Justa: Luis Ramírez.

—Sí, la pareja que vivía con don Juan... Un hombre, así rapado, con perilla, de unos cuarenta, y ella bastante más joven, feílla. No he hablado mucho con ellos, así que les puedo contar poco... —trata de justificar su desconocimiento.

—¿Y cuándo se fueron?

—Hará unas semanas.

—¿Y sabe adónde fueron?

—Eso ya no le sabría decir...

—¿Seguro?

—No lo sé, de verdad.

—¿Nunca les escuchó nada?

—Nada, eran muy reservados.

—¿Y sabe de qué ha muerto Juan Martos?

—Él estaba muy malito ya, con esa enfermedad que lo tenía consumido, y la cosa de ahora lo ha rematado.

—Entiendo.

છ

El estado de salud de Jesús Fernández sigue siendo crítico, según la información que acaba de recibir Jaime.

—No termina de remontar —le ha dicho un médico llamado Ángel Sánchez.

—¿Y eso qué significa? —ha preguntado Carmen Puerto.

—Mala pinta —se ha limitado a responder Jaime.

Y después han pasado varios minutos fumando en silencio, leyendo titulares de periódicos en sus teléfonos.

Ahora, Julia Núñez relata a Jaime y Carmen lo que le acaba de contar Nicolás Alfaro, de su conversación con José Alonso, recalcando el nombre, Luis, que coincide con el de quien alquiló la furgoneta. Durante unos segundos contemplan meditabundos ese océano que la luna les muestra, como si se estuviese mirando en el agua.

—Yo creo que nos queda claro que los cuerpos de la lancha que ardió en Punta del Moral, esta tarde, corresponden a Juan Martos y Luz Márquez —es Carmen Puerto quien rompe el silencio.

—¿Y estos de aquí, quiénes son? —pregunta Jaime.

—Los de la cocina, dos sicarios, dos matones, es evidente, por sus tamaños y por las armas que portaban —comienza a decir la inspectora—, los que nos hemos encontrado aquí, ya tengo más dudas… Yo diría que se tratan de Amalia Castro y de Alejandro Jiménez, y no creo que me equivoque —se atreve a decir.

—Con un *creo* no nos vale, Carmen, si salimos diciendo que se trata del mexicano y luego resulta que no es…, no tenemos un sitio en el que escondernos. Ese hombre no es un cualquiera, podemos montar un lío de orden internacional —precavido, por la cuenta que le trae, Jaime recela de la teoría de la inspectora.

—Le tienes demasiado respeto a *Jefe* —le reprocha la inspectora.

—Es que no sabemos quién es —tajante, le replica el policía.

—Lo sabemos.

—Lo crees, nada más.

—¿Tanto miedo le tienes a *Jefe*?

—No es miedo, Carmen, es profesionalidad, prudencia, sentido común.

—Estoy de acuerdo —apunta Julia.

—Menudo sermón —ironiza Carmen.

—Te pasas tres pueblos —le replica Julia.

—Carmen, cuando hable con *Jefe* no sé qué coño le voy a explicar, porque si os soy sincero, todavía no tengo muy claro qué es lo que ha pasado. Puedo coincidir contigo en muchas teorías, en suposiciones, pero son eso, teorías y suposiciones, no certezas —no le cuesta reconocer a Jaime.

—Hemos ido a remolque —apostilla Julia.

—¿Tú sabes lo que ha pasado? —le pregunta Jaime directamente a Carmen Puerto, y Julia resopla ofendida.

—Puedo suponer, creer algo... —divaga.

—Cuenta tus suposiciones —le pide el inspector.

—Creo, sencillamente, que ha habido un ajuste de cuentas del pasado, con un psicópata entre medias... —comienza a decir al tiempo que enciende un cigarrillo.

—¿Un ajuste de cuentas?

—Sí, Juan Martos creía que Alejandro Jiménez mató a su esposa, Luz Márquez, y Alejandro Jiménez creía que Juan Martos mató a su amante, Ana Sosa.

—No entiendo, y los asesinatos de Sevilla y... —comienza a decir Julia, visiblemente nerviosa.

—Déjame que os cuente y luego me preguntas lo que quieras, ¿de acuerdo? —impone Carmen su voz.

—Venga.

Antes de comenzar a hablar, la inspectora repasa durante unos segundos sus anotaciones, no quiere que nada se le quede atrás.

—Me va a llevar un tiempo —advierte.

—Estamos atentos —la anima Jaime.

—Bien. Empecemos por Juan Martos si os parece. Con toda probabilidad, estuvo tras la muerte de Ana Sosa, ya que la entendía como la rival directa de su esposa, Luz Márquez. Y posiblemente, Alejandro Jiménez lo descubrió y su venganza no fue otra que acabar con la vida de Luz Márquez. Durante años, Juan Martos estuvo convencido de que Osvaldo Cartagena fue el responsable de la muerte de su esposa, y por eso acabó con él, en 2014, cuando tuvo oportunidad, cuando descubrió que estaba en España, y junto con Gabriel Lozano, el seguidor fanático de Luz Márquez, cometieron los asesinatos de las tres chicas, así como de Javier Loiza, en lo que se dio a conocer como el caso del Amante Ácido —Carmen Puerto se toma una pausa antes de continuar.

—¿Cómo descubre Martos que el mexicano está implicado en la muerte de su mujer? —le cuestiona Julia.

—Le he dado muchas vueltas a eso… y lo cierto es que todavía no lo tengo claro. Solo caben dos posibilidades. Una, que Martos lo descubriera de algún modo, tal vez contratando a unos investigadores privados. Y dos, que es la teoría que entiendo como más fiable, pero que soy incapaz de demostrar: se lo dijo el propio Jiménez.

—¿El propio Jiménez? —muy extrañado, pregunta Jaime.

—Sí, el propio Jiménez. Sabiendo que Martos estaba enfermo, qué mejor forma de hacerle daño, intuyendo que la muerte no era una buena opción como venganza, ya que iba a morir de todos modos…

—Tiene su lógica.

—Sigo. Alejandro Jiménez no solo vino a España, a Ayamonte, en marzo de este año, a ver su nueva adquisición, eso no hay quien se lo crea. Fundamentalmente, y es mi opinión, vino a vengar la muerte de Ana Sosa. Como también vengó la muerte de Sandra Peinado, atendiendo a una petición de su padre, Alfonso Peinado, o simplemente como un gesto de amistad, aunque imagino que envió a alguien en octubre de 2018, que acabó con las vidas de *Chanclitas* y de *Joselín* en el Algarve —se detiene un instante Carmen Puerto, y revisa sus notas.

—¿Y qué hacían Fernando Casas y Amalia Castro en Sevilla? —pregunta Julia.

—Eso lo tengo muy claro: descubierto el lugar en el que estaban escondidos, y sabiendo con quiénes vivían, tanto Amalia como Fernando Casas estaban huyendo, así de simple. Dieron por supuesto que nadie iría a buscarlos a casa de los padres de ella, precisamente —no duda en explicar la inspectora.

—¿Huyendo?

—Sí, huyendo, eran conscientes de que Alejandro Jiménez iba a llegar, o había llegado, y seguramente acompañado por un ejército de asesinos a sueldo. Si fue capaz de acabar con *Chanclitas* con tanta facilidad… —expone Carmen Puerto.

—Eso puede ser así.

—Eso es así —rotunda la veterana policía.

—¿Y qué ha pasado hoy en Ayamonte? —es ahora Julia quien pregunta.

—¿En Ayamonte? Nos han traído para que contemplemos con nuestros propios ojos ese final que pretenden que nos creamos… —Y Carmen acude a sus anotaciones y fotografías.

—No te entiendo —dice Jaime.

—Primero nos llevó a Costa Guadiana, donde nos ha dejado dos regalitos en forma de cenizas y dedos, y yo doy por hecho que uno es de Osvaldo Cartagena. Después hemos presenciado el funeral, casi vikingo, de Juan Martos y Luz Márquez, y de ahí no hay quien me baje… Y ahora nos está haciendo creer que él, el gran Fernando Casas, y su joven novia, Amalia Castro, han fallecido. Son esos sus cuerpos calcinados… Pero yo sé que no es él. Fernando Casas se ha fugado en la lancha que no hemos podido localizar —sentencia Carmen.

—Puffff, ¿cómo vamos a poder explicar todo eso?, nos faltan muchas, pero muchas evidencias —resopla Jaime.

—No tantas —reniega la inspectora.

—Por favor…

—Carmen, mira lo que acaba de poner Sofía Hernández. —Una pálida Julia le ofrece su iPad.

Carmen Puerto contempla la nueva entrada de Sofía Hernández en su cuenta de Instagram. Vestida por completo de azul, con unos pantalones y camisa vaquera, se muestra sonriente junto a Natalia Peña, conocida por su relación con el influyente empresario extremeño Pedro Lázaro, veinte años mayor que ella, y por ser asidua en las revistas del corazón —célebres sus posados veraniegos y sus exclusivas exhibiendo el interior de sus casas—, sonríen felices ante la cámara junto a un picadero de caballos, en el que se pueden contemplar tres esbeltos y atléticos ejemplares.

Bajo la fotografía, Sofía Hernández ha escrito:

Qué placer y privilegio el haber compartido las últimas semanas con Natalia y Pedro. Ni Alejandro ni yo podríamos haber imaginado nunca unos anfitriones tan cálidos, atentos y generosos, especialmente en este tiempo de confinamiento. Como en nuestra propia casa nos hemos sentido.

Carmen Puerto, cubiertos los ojos por unas gafas de sol, unas Ray Ban de cristales verdes y montura dorada, clásicas, pasea por la plaza de San Lorenzo, en Córdoba. Catorce años después regresa a la que fue su ciudad, y en la que vuelve a sentirse como la niña que un día fue. Percibe a su lado a los protagonistas de su pasado, a sus padres, a sus tíos y primos, y cuando pasa por la calle Buen Suceso una avalancha de emociones y recuerdos, con la potencia de una descarga eléctrica, se cuela en su interior. La que fuera su casa, un piso de la primera planta del número 7, ahora es un alojamiento turístico, tras una profunda reforma del edificio. Le gustaría marcar el 1.º-1, convencida de que una voz querida y familiar le responderá. Y también le gustaría que le abrieran la puerta y, ayudándose de una silla, como tantas veces hizo de niña, rebuscar en los altillos del armario empotrado, en el dormitorio de sus padres. Volvería a agarrar la caja de las fotografías que, con tanto esmero, custodiaba su madre, como un tesoro del que no quería desprenderse a pesar del dolor que le provocaba. Viendo las fotografías trataría de reconstruir ese pasado que siempre le contaron a cuentagotas, a regañadientes, como no queriéndole contar todo.

La vibración del teléfono la devuelve a la realidad. La llama Jaime Cuesta.

—Dime.

—Otra vez los mismos resultados: uno de los dedos es de Osvaldo Cartagena, el otro seguimos sin saber de quién se trata…

—Sigue.

—Gracias a los restos de ADN, que hemos tomado en algunos de sus vestidos, el cuerpo de mujer calcinado en la embarcación, en la desembocadura del río Carreras, en Punta del Moral, pertenece a Luz Márquez, como ya habíamos supuesto, y el otro cuerpo, tal como se apuntó en un principio, es el de Juan Martos... —Y Jaime se piensa las palabras antes de continuar.

—¿Y? —nerviosa, Carmen Puerto.

—Y... todos los cabellos y huellas que hemos encontrado, tanto en la vivienda donde tuvo lugar el incendio como en el vehículo, el Jaguar, del garaje, corresponden a Fernando Casas, como ya habían dicho los informes anteriores. Se repite el mismo resultado, en todos los restos encontrados...

—¿Y el bocado de la pizza?

—Pues el bocado al trozo de pizza debe de ser de alguien que no controlamos, porque ni es de los dos cadáveres que encontramos en la cocina, ni de ninguno de los dos que encontramos calcinados en el salón... Lo que ya sabíamos.

—O sea, que la pizza la mordió Alejandro Jiménez, antes de irse, según tú.

—Eso no lo estoy diciendo yo.

—¿Y qué dices tú?

—Que no sabemos quién ha mordido esa pizza. Y que a lo mejor no es tan importante...

—O que lo hicieron para despistarnos.

—Eso lo dices tú.

—Ya...

—¿Vamos a intentarlo? —comienza a decir la inspectora.

—No, Carmen, no vamos a intentar que Alejandro Jiménez nos permita hacerle una prueba dental, bajo ningún concepto, y es que ni se lo voy a plantear a *Jefe*, y espero que tú tampoco lo hagas —contundente, le responde el policía.

—Ya, lo imaginaba —no le confiesa que ya lo ha intentado, y en más de una ocasión, y que siempre ha obtenido la misma respuesta.

—Carmen... —Jaime se toma unos segundos—, no le des más vueltas a este caso, y no te empeñes en intentar convencer a *Jefe* de que trate de formular una orden internacional contra Alejandro Jiménez o que nos dé permiso para interrogar a Pedro Lázaro y Natalia Peña, sus amigos de Extremadura, porque no lo vas a conseguir...

—Sabes que llevo razón.

—Lo que dicen las pruebas, Carmen, es que Fernando Casas y Amalia Castro, esta vez, sí han muerto. Eso es lo que dicen.

—Qué fácil lo tuyo —le reprocha Carmen.

—Tan fácil como aceptar las pruebas. Tan fácil como eso.

—Te dejo, Jaime.

—Vive, Carmen, vive y olvida, por favor.

—Adiós, Jaime.

—Por favor…

Carmen Puerto, frente a la que fue su casa, se encuentra poseída por la ansiedad. Hace todo lo que puede por controlarla, por no caer rendida, una vez más. Está a punto de perder el control cuando ve una mujer mayor que dobla la esquina. A pesar de los años sin verla, no le cuesta reconocerla: es Pilar, la vecina del segundo, la que les «cedía» su teléfono cuando en su casa aún no había. Durante mucho tiempo, fue una parte de su familia, al igual que su marido e hijos. Contemplarla la relaja, activa otra vez su memoria y la aleja de los demonios del presente.

—Pili, Pili —reclama la presencia de la mujer con una voz desconocida en ella, entrañable, cálida.

—¿Carmen, eres tú? —la reconoce al instante.

—Sí, sí, soy yo.

—Qué alegría.

—Estás como siempre, que hasta con mascarilla estás guapa.

—No digas eso, mujer, que soy ya una vieja.

—Para nada.

—¿Vienes para quedarte?

—No, de paso, ya sabes…

—Como siempre, de paso, que no paras…

—Ya sabes…

—¿La has visto ya?

—Todavía no…

—Bueno…

—Qué bien te veo, Pili, estás fenomenal —cambia de tema Carmen deliberadamente.

—Pásate luego, que he hecho albóndigas en caldo —le propone Pilar.

—Pues es para pensarlo.

—Nada que pensar. —Y se abrazan a modo de despedida.

Carmen Puerto prosigue su paseo por esta Córdoba que le es tan querida como desconocida por el Realejo, que ya no es la calle agitada y atestada de autobuses, negocios y gente subiendo y bajando desde el centro que recordaba. Ahora es una calle calmada, ordenada. El estanco de Rafael, donde la enviaba su padre a comprar tabaco, ya no está en el mismo lugar, y no reconoce a sus propietarios. Paquetes de Ducados. Su primer encuentro con el tabaco tuvo lugar allí, en el año de COU en el Instituto Luis de Góngora, en la plaza de las Tendillas.

En apenas unos metros alcanza la plaza de San Andrés, que es el destino de esta luminosa y calurosa mañana de final de verano en la que se ha atrevido a salir de su espacio controlado, de los límites de su propia frontera, que ahora es más amplia, menos estricta, pero que sigue cumpliendo por el mismo motivo: sentirse a salvo.

Antes de continuar, comprueba de nuevo en su teléfono si ha recibido un mensaje. Desde hace meses, desde principios de mayo, concretamente, Carmen espera un mensaje muy concreto, en el que pueda leer: «Jesús está bien».

En el número cinco de la plaza de San Andrés, en una esquina, casi escondida tras la fuente de incansables chorros, junto a una casa palaciega a la que Carmen adjudicó docenas de leyendas durante su infancia, se encuentra el lugar al que se dirige. Ya junto a la puerta, enciende un cigarrillo antes de pulsar el timbre del 2.º H. No está segura de hacerlo. Le tiemblan las manos, también las piernas. Busca en la nicotina rebajar la ansiedad que se ha apoderado de ella. Tras pensarlo durante unos segundos, cuatro caladas después, por fin pulsa el interruptor.

—¿Sí?

—Soy Carmen.

Accede a un portal sombrío y fresco, con buzones repletos de publicidad, en el que la puerta de un ascensor con aspecto de otro tiempo es la escasa iluminación. Dos tramos de una escalera de peldaños de una losa de granito claro, hasta llegar a la planta indicada, frente a una puerta de cuarterones sin placa en el frontal, que se abre antes de pulsar el timbre que asoma a la derecha.

—Pasa —le indica una voz de mujer.

Un recibidor escueto, con apenas un paragüero y una cómoda con remate en mármol, anticipo de una luz que se abre a la derecha.

—Mira quién ha venido a verte —vuelve a decir la voz, procedente de la luz.

En dos pasos, Carmen accede a un salón con cristalera en el frontal, desde la que se puede contemplar la plaza de San Andrés, verde, frondosa, relajante. Frente a ella, en un claroscuro que le cuesta adivinar, una mujer de mediana edad, recogido el pelo en un moño, y cubierta por una bata blanca, se apoya en una silla de ruedas en la que hay sentada una mujer con aspecto de anciana y larguísimo pelo blanco, y que exhibe una sonrisa que se sitúa entre la infancia y la amargura.

A Carmen Puerto le cuesta reconocer a su hermana Ana tras el rostro de esa mujer que la contempla desde la más absoluta indiferencia.

—¿Cómo está? —Se arrodilla Carmen y busca con sus ojos los de su hermana, perdidos en su propio laberinto.

—Bueno, como siempre, más o menos, todos los días un poquito peor, salvo algunos en los que parece un poquito mejor —responde la mujer que se encuentra tras su hermana, con una sonrisa en los labios.

—Puta enfermedad —no puede reprimirse la inspectora.

—Ella no se da cuenta de nada.

—Por eso no deja de ser una puta enfermedad.

—Está claro.

Durante varios minutos, Gloria, que así es como se llama la enfermera que se ocupa de atender a Ana Puerto, la hermana de Carmen, cada mañana, hasta que al mediodía llega Luisa, la chica que la acompaña el resto del día, le relata cómo son los días de la mujer, sus avances y retrocesos, la rutina, los cuidados, su alimentación y otras atenciones requeridas, a tenor de su estado. Le dice que de vez en cuando, como un extra, le da un poco de chocolate caliente, y Carmen puede recordar a su hermana, de niña, disfrutando de una taza; que no lleva bien la verdura, especialmente el calabacín, cuya crema evita comer, pero que, sin embargo, sobre todo en verano, le encanta el salmorejo. Y le sigue gustando mucho la radio, especialmente los informativos, y por eso todos los días, desde las nueve de la mañana, Gloria le coloca una cerca. Y sobre las diez y media, tras desayunar, una vez aseada, le lee el periódico, y Carmen Puerto puede volver a verla con un ejemplar del *ABC* o de *El País* entre las manos, como cuando eran jóvenes, leyendo con atención las noticias. Aún no sabe por qué, pero le encantaban las relacionadas con la economía y los negocios.

Gloria le indica que le acaba de leer el periódico, el que se encuentra sobre la mesa, junto a la cajita con las medicinas que debe tomar cada día. Carmen Puerto, mientras contempla cómo peinan a su hermana, abre el periódico y comienza a recorrer su interior con nulo interés, saltando de un titular a otro. Hasta que uno capta toda su atención: «La mexicana TAXACOL abandona su país y se instala en Costa Rica».

El desencuentro entre el empresario mexicano Alejandro Jiménez y el actual presidente del país, Andrés Manuel López Obrador, concluye con la salida de todo su *holding* empresarial con destino a Costa Rica. En contra de lo previsto, las desavenencias con el anterior presidente, Enrique Peña Nieto, lejos de suavizarse han aumentado hasta el punto de que el magnate de El Fuerte, Sinaloa, ha optado por trasladar su emporio hasta Costa Rica. Con una lujosa fiesta, en la conocida zona de Escazú, en la capital San José, en la que se han dado cita todas las fuerzas sociales, económicas y políticas del país, Alejandro Jiménez ha dado a conocer su plan de expansión, ahora a través de la nueva COSTACOL, y cuyos objetivos se van a dirigir, tal y como hizo en México, hacia las extracciones petrolíferas, las cadenas hoteleras y los medios de comunicación.
Alejandro Jiménez acudió a la presentación acompañado de su esposa, Sofía Hernández, que fue la encargada de dirigirse a los presentes, para agradecerles su presencia. Como viene siendo frecuente desde el pasado mes de junio, en el que el empresario mexicano padeciera un ictus que le ha afectado especialmente al habla y a la visión, de ahí que cubra sus ojos con gafas oscuras, Sofía Hernández acaparó

todo el protagonismo, siendo la encargada de explicar los nuevos proyectos y objetivos del emporio empresarial.

Carmen Puerto se acerca todo lo que puede el periódico a los ojos, tratando de buscar en este Alejandro Jiménez enfermizo y semioculto tras unas enormes gafas de sol a otra persona que no termina de encontrar, a pesar de la atención que le presta. Ayudándose de su iPhone busca nuevas imágenes del acto celebrado en Costa Rica, durante la presentación de COSTACOL, y descubre dos que le llaman poderosamente la atención. Una en la que se muestra cómo Sofía Hernández ha cambiado la tonalidad de color de pelo, pasando del característico rubio platino de siempre a un cobrizo, tenue, que le proporciona un aspecto más moderado, menos exótico. Y una segunda fotografía en la que Alejandro Jiménez aparece agarrando con naturalidad una copa con su mano izquierda. Zurdo, aparentemente, como Fernando Tienda, como Lucas Matesanz. Por un segundo, el primer impulso es el de llamar a Jaime Cuesta, y cuando se dispone a hacerlo un sonido gutural de su hermana la frena.

—¿Ana?

Y su hermana la mira con expresión infantil, con una media sonrisa en los labios. Carmen Puerto no puede evitar que sus ojos se humedezcan.

—¿Crees que sufre? —le pregunta a Gloria.

—No lo sé. Pero creo que, a su manera, es feliz en su mundo.

Una mujer que muestra su verdad

Frances F. Farmer
(Seattle, 1913-Indianápolis, 1970)

Este corazón que llevas siempre a cuestas
y del que no entiendes
su amor tan combustible
permítele que invoque a sus deidades,
permítele de nuevo el sacrilegio.

Aunque vendrá el rechazo si eres libre,
si en la vida y en su fiesta de disfraces
no te pones la máscara.
Alguien te advertirá seguramente:
una mujer que muestra su verdad
ha de ser destruida.

Los hombres de bien señalan con espanto
tu belleza blasfema.
Pero no quieres ser de la mentira
y escupes tu metralla.
Si has de nacer de nuevo,
escoge esta piel sensible al mundo,
este incendio constante:
niega a Dios,
niega a Hollywood,
camina con el fuego.

Ya domarán los bastardos a la fiera,
pero antes,
como se limpia el barro
quien viene de la lluvia,
deja atrás la prudencia.

Solo vive quien arde.

Braulio Ortiz Poole

(Poema perteneciente al libro *Gente que busca su bandera*,
publicado por Maclein y Parker en 2020).

AGRADECIMIENTOS

Mi hermano Manuel Ángel, como siempre, me asesoró en los asuntos médicos. Mi primache Javi, en los marinos. Carmen y mis hijos, Israel e Isabel, me apoyaron cada día. Pau Centellas sigue siendo un faro en el camino. Javier Ortega y Almuzara son la confianza. Pablo García Casado siempre es una certeza. Y los lectores, la energía que me anima a seguir. A todos ellos, y ellas, mil gracias.